dtv

Im Garten des Großtyrannen ist ein Mord geschehen. Der Alleinherrscher beauftragt Massimo Nespoli, den Chef des Geheimdienstes, mit der Aufklärung, aber Nespoli kann den Fall nicht in der vorgegebenen Zeit lösen. Er hat Angst, sein Amt zu verlieren, den Tyrannen zu täuschen, und sucht nach irgendeinem Schuldigen. Auch Monna Vittoria, seine Geliebte, wird in die Sache hineingezogen. Immer mehr Menschen geraten in Verdacht. Eine Atmosphäre des Mißtrauens und der Unsicherheit breitet sich aus. Alle Fäden laufen zusammen in der Hand des Usurpators.
Der 1935 erschienene Roman, dessen Handlung in das Zeitalter der italienischen Renaissance verlegt ist, wurde bereits bei seiner Erstveröffentlichung als Parabel gegen die Diktatur verstanden. Er ist heute ein bleibendes Zeugnis für die Literatur der Inneren Emigration.

Werner Bergengruen wurde am 16. September 1892 in Riga geboren, war nach dem Ersten Weltkrieg Journalist und begann ab 1923 zu veröffentlichen. 1936 trat er zum Katholizismus über, 1937 wurde er aus der Reichsschrifttumskammer ausgeschlossen und lebte danach zurückgezogen in Bayern und Tirol, später in der Schweiz. Er starb am 4. September 1964 in Baden-Baden.

Werner Bergengruen

Der Großtyrann und das Gericht

Roman

Mit einem Anhang
zur Neuausgabe

Deutscher Taschenbuch Verlag

Von Werner Bergengruen
ist im Deutschen Taschenbuch Verlag erschienen:
Der Tod von Reval (13446)

Ausführliche Informationen über unsere
Autoren und Bücher sowie Themen, die Sie
interessieren, finden Sie auf unserer Website
www.dtv.de

Januar 2002
5., erweiterte Neuausgabe
7. Auflage November 2009
Deutscher Taschenbuch Verlag GmbH & Co. KG, München
© 1949 Verlags-AG Die Arche, Zürich
Umschlagkonzept: Balk & Brumshagen
Umschlagbild: Ausschnitt des Gemäldes ›Der Zug des
Königs Balthasar‹ (1459–1461) von Benozzo Gozzoli
Gesamtherstellung: Druckerei C. H. Beck, Nördlingen
Gedruckt auf säurefreiem, chlorfrei gebleichtem Papier
Printed in Germany · ISBN 978-3-423-12940-4

Meiner Frau

Ne nos inducas in tentationem

PRÄAMBEL

Es ist in diesem Buche zu berichten von den Versuchungen der Mächtigen und von der Leichtverführbarkeit der Unmächtigen und Bedrohten. Es ist zu berichten von unterschiedlichen Geschehnissen in der Stadt Cassano, nämlich von der Tötung eines und von der Schuld aller Menschen. Und es soll davon auf eine solche Art berichtet werden, daß unser Glaube an die menschliche Vollkommenheit eine Einbuße erfahre. Vielleicht, daß an seine Stelle ein Glaube an des Menschen Unvollkommenheit tritt; denn in nichts anderem kann ja unsere Vollkommenheit bestehen als in eben diesem Glauben.

ERSTES BUCH

Nespoli

1

Es war verboten, den Großtyrannen anzumelden. Auf keinem anderen Wege konnte der Schieler seinen in der Morgenfrühe heimkehrenden Herrn von des Großtyrannen Anwesenheit im Nebenzimmer verständigen, als indem er bedeutsam die Augenbrauen hob und seinem Blick die Richtung auf das Hirschgeweih an der Wand gab. Ein Hirschgeweih nämlich führte das vor einem Menschenalter zur Sichtbarkeit aufgestiegene Geschlecht des Großtyrannen im Wappen. Der Blick traf den Spiegel; allein Nespoli setzte auf Grund vieljähriger Gewohnheit den schrägen Augenfall seines Dieners in Rechnung. Eine Sekunde später zwinkerte der Schieler nach der viertelsoffenen Tür, die vom Vorraum in Nespolis Schlafzimmer führte.

Nespoli schüttelte hurtig seine Gedanken zurecht, die bis jetzt an Monna Vittorias liebender Feindseligkeit gehangen hatten. Bestrebt, jeder denkbaren Frage des Großtyrannen die Antwort vorauszubilden, trat er mit einem Gähnen ein und rief über die Schulter ins Vorzimmer zurück: «Komm, Schieler, kleide mich aus!»

Die Fensterläden waren geschlossen. Die abgestandene Halbfinsternis des Zimmers dünkte Nespoli klebrig.

Wo mag er stecken? überlegte er. In der Schrankecke? Hinter dem Vorhang? Er wagte nicht hinzusehen und spürte erbittert die beschämende Unsicherheit, in welche ihn immer noch, nach vierzehn Jahren der Gemeinsamkeit, des Großtyrannen Gegenwart bisweilen nötigte —

eine Unsicherheit, an der auch Nespolis geringe Herkunft ihren Anteil haben mochte.

«Soll ich Licht machen?» fragte der Schieler.

«Nein», sagte Nespoli und gähnte abermals. Ich habe um einen Halbton zu deutlich gegähnt, dachte er in Beklemmung, auch hätte ich mich dabei schütteln und strecken müssen. Ja, so etwa.

Der Schieler begann, ihm am Gürtel zu nesteln.

«Wenn jemand in Dienstgeschäften kommt, dann weckst du mich sofort, sonst in zwei Stunden», befahl Nespoli und fühlte sich augenblicks von dem Gedanken gepeinigt: Ich mache es zu grob; er durchschaut es. Nein, keineswegs, ich hätte sogar sagen sollen: — weckst du mich sofort, wie immer. Einerlei, jetzt ist es zu spät.

«Ich k o m m e in Dienstgeschäften, mein Massimo», sagte die Stimme des Großtyrannen aus der Ecke, in welcher das Betpult stand. Sie klang angenehm, diese gedämpfte und sehr nachdenkliche Stimme.

«Herrlichkeit!» rief Nespoli im Tone der Bestürzung und verneigte sich gegen die Ecke. «Womit diene ich der Herrlichkeit?» fuhr er ruhig fort, für einen Augenblick angenehm mit der Vorstellung beschäftigt, daß ein minder Erfahrener: «welches Glück!» gerufen und damit des Großtyrannen Argwohn rege gemacht hätte.

Mit der Gelassenheit der Dienenden ging der Schieler, ohne eine Aufforderung abzuwarten, ans Fenster und lud mit einigen Griffen ein überhebliches, noch von keiner Sonne gütiggemachtes Tageslicht ins Zimmer.

Währenddessen fuhr der Großtyrann fort, aus dem Gebetswinkel zu sprechen, ohne daß er seinen Platz auf der teppichbelegten Truhe unweit des Pultes verlassen hätte.

«Es steht mir nicht an, nach dem Einzelnen deines Dienstes zu fragen. So will ich auch nicht wissen, wo du heute nacht dein Verhüteramt geübt hast. Genug, daß ich weiß: es liegt sicher in deinen Händen. Oder hast du Ursache, an ihm und an dir zu zweifeln?»

«Mein Zweifel hätte kein Gewicht», antwortete Nespoli

beunruhigt. «Zweifelt aber die Herrlichkeit, so erwäge sie, ihrer Sicherheitsbehörde einen anderen Vorsteher zu bestimmen.»

«Deine Schlüsse sind geschwinder als meine Gedanken, Massimo», sagte der Großtyrann, dessen schwer zu deutendes Lächeln inzwischen von der Helligkeit auch dem Auge sichtbar gemacht worden war, gleichwie der Klang seiner ersten Worte schon es Nespolis erfahrenem Gehör zu erkennen gegeben hatte. «Es ist mir noch kein Anlaß, an dir zu zweifeln, daß sich heute nacht etwas Unverhütetes, vielleicht Unverhütbares zugetragen hat.»

Nespolis runder Kopf schnellte vor. Die stark gebogene Nase, welche ein wenig schief nach links stand, blähte sich witternd in den Flügeln. «Was geschah, Herrlichkeit?» fragte er heftig.

Der Großtyrann war aufgestanden. Sein schönes und geistiges Gesicht lag ganz in der Helle.

«Komm mit, Massimo.»

Dann ging er rasch zur Tür. Im Hinaustreten drohte er dem Schieler, gleichmütig lächelnd, mit dem Finger.

2

Es war so still, daß der Klang der Schritte Ängstigungen hervorrief, als sie auf das heidnische Marmorpflaster des Stadtplatzes hinaustraten. Nespoli vermochte des Großtyrannen Gesicht nicht zu sehen, denn seine Untergebenheit hielt ihn an, um die Hälfte eines Schrittes hinter dem Herrscher zurückzubleiben. Er konnte keine Frage tun, denn der Gewalthaber gab durch kein Zeichen eine Bereitwilligkeit zum Hören und Antworten zu erkennen. So mußte Nespolis Wissensgierde in Bändigung gehalten bleiben.

Sie gingen durch die Straßen, welche noch sehr kühl und leer waren. Nur einmal begegnete ihnen ein verschlafener Bauer, der einen Eselkarren voller Melonen zum Markte führte. Der Himmel war an manchen Orten malachitgrün. Daneben standen rosenfarbene Wölkchen; andere gemahnten an Orangen, welche der Reife nahe sind.

Hinter dem Kloster der Minderbrüder bog der Großtyrann links ab, statt der Straße zum Haupteingang des Kastells zu folgen. Der Weg ging bergan, Nespoli erriet mit Unruhe, daß der Großtyrann ihn in seinen Garten führen wollte, welcher nach Westen zu das Zwinggelände begrenzte und zwischen der düsteren Strenge des Kastells und der bunten Welteinverstandenheit des Stadtvolkes eingesprengt lag als ein Härte und Lieblichkeit sonderbar verbindendes Gottesgebilde.

Der Großtyrann blieb stehen, um das unverschlossene Nebenpförtchen aufzuklinken. In diesem Augenblick begann schwalbengleich das zwitschernde Morgenläuten von San Sepolcro.

«Merke dir die Stunde, Massimo», sagte der Großtyrann. «Du wirst vielleicht an sie zurückdenken.»

Auf den Evonymushecken und Lorbeerbäumen lag Tau. Die Luft war kühl, bitter und gewürzhaft. Aus der Tiefe des Gartens scholl das klagende Geschrei der Pfauen. Hinter den Zweigen des Bosketts sah Nespoli etwas Dunkles auf dem Gartenwege liegen. Er hätte es für einen gestürzten Baum halten mögen, wäre er nicht auf den Anblick eines Getöteten vorbereitet gewesen.

«Baldassare!» rief der Großtyrann ins Boskett.

Ein Mann von der Leibwache trat aus dem Gebüsch, die Pike zum Gruß mit gerecktem Arm seitwärts setzend.

«Hat jemand versucht, sich dem Toten zu nähern?» fragte der Großtyrann.

«Niemand, Herrlichkeit.»

«Du kannst gehen.»

Nespoli hatte sich über den Leichnam gebeugt und mit Überraschung den Fra Agostino erkannt, welcher dem Orden der unbeschuhten Karmeliter angehörte, aber außerhalb der Klosterzucht lebte, da der Großtyrann sich seiner zu Gesandtschaften und Aufträgen zu bedienen pflegte.

«Fra Agostino!» rief Nespoli aus.

«Fra Agostino», sagte bestätigend der Großtyrann.

Nespoli untersuchte den Toten. Er fand die Wunde zwischen den Schulterblättern. Der dreikantig geschliffene Dolch war mit Kraft von rückwärts geführt worden; solcher Dolche waren viele im Gebrauch.

«Er lag auf dem Gesicht», erklärte der Großtyrann. «Ich legte ihn auf den Rücken, um nach einem Zeichen des Lebens in seiner Brust zu suchen. Und ferner, um zu erfahren, ob er die Depeschen noch bei sich trüge, die ich ihm einhändigte, als ich ihn entließ.»

Er gab Nespoli seinen Bericht. Bis nach Mitternacht hatte er mit Fra Agostino im Gartenhause gesessen, mit ihm ratschlagend, ihn anweisend, ihm diktierend. Endlich hatte er ihm Schriftstücke übergeben, mit denen er noch in der Nacht nach Venedig aufbrechen sollte, Geheimschreiben an die Signoria und an einige Vertraute, die bei der Signoria des Großtyrannen Angelegenheiten förderten.

Es geschah häufig, daß der Großtyrann, dem Hofstaat und Dienerschaft lästig waren, nachts im Gartenhause arbeitete und sich, wenn ihn die Müdigkeit ankam, dort bekleidet auf ein Ruhelager streckte. Nach Fra Agostinos Entlassung hatte er sich niederlegen wollen, als er den Schrei aus dem Garten hörte. Er fand seinen Geschäftsträger nicht mehr am Leben, doch hatte der Mörder die Depeschen nicht angerührt.

«Ob dies unterblieb, weil er meine Schritte hörte oder weil ihm an den Schriftstücken nichts gelegen war, das weiß ich nicht. Wüßte ich es, so wäre deine Aufgabe leichter. Nun frage mich, wenn dir etwas wissenswürdig erscheinen sollte, obwohl ich dir alles Dienliche und mir Bekannte gesagt zu haben meine.»

Nespoli erwiderte: «Eine Frage gäbe es wohl. Welcher Art waren die Geschäfte, mit denen die Herrlichkeit in dieser Nacht den Fra Agostino betraute? Welcher Art war der Inhalt der Schriftstücke? Erlaubt die Herrlichkeit es mir, diese Frage zu stellen?»

Der Großtyrann blickte prüfend in Nespolis Gesicht mit den mächtigen Nüstern, den breiten und feuchten Lippen, zu denen das schön gerundete Kinn in einem mildernden Gegensatz stand.

«Nein, Massimo», antwortete er. «Diese Erlaubnis kann ich dir nicht geben. Lasse dir genügen an dem, was ich dir sagte. Und nun suche, untersuche, höre, verhöre, wie es Gewohnheit und Erfahrung deines Amtes dir anraten. In drei Tagen magst du mir den Täter vorstellen. Hast du noch eine andere Frage?»

«Nein, Herrlichkeit», entgegnete Nespoli, «die Herrlichkeit hat mir eine jede beantwortet, ehe sie ausgesprochen wurde.»

Der Großtyrann nickte ihm zu und ging langsam davon, in der Richtung des Gartenhauses. Einmal blieb er stehen und prüfte mit spitzen Fingern behutsam die Reife einer Frucht, ohne sie vom Zweige zu lösen.

3

Fra Agostinos Antlitz schien auf eine sonderbare Weise verändert. Nespoli sah es zum ersten Male unrasiert, mit hellbraunen Stoppelpünktchen bestellt. Die untere Gesichtshälfte zeigte ein kindliches Erschrecken. Die Lippen standen offen, wie sie der letzte Schrei voneinandergerissen hatte. Doch mochte auch ein kraftloses Abwärtsfallen des Unterkiefers die Öffnung bewirkt haben. Die Augen waren geschlossen.

Nespoli meinte Fra Agostinos Gesicht so in der Erinnerung zu haben, als seien dort zufahrende Leidenschaft und zähige List miteinander im Widerstreit gelegen. Nun schien der Vergleich geschehen, die faltenlose Stirn wunderbar gereinigt.

Nespoli schloß die Augen, wie er es gern tat, um nicht ein Erkenntnisbild durch die Trüglichkeit eines Anblicks verschatten zu lassen. Er hätte das nicht tun sollen, denn nun schob sich augenblicks die schlaflose, die durchliebte, durchstrittene, durchzweifelte Nacht mit fiebrigen Erinnerungsfetzen hinter seine Lider — jene Nacht, welcher nicht Morgengrauen, Abschied oder Heimweg, sondern erst des Schielers warnende Gebärde im Vorzimmer ein Ende gesetzt hatte. Er sah Monna Vittorias gereizten Blick, den zornigen Spott in ihren Mundwinkeln, die lodernde Düsternis ihrer aus schwarzem und gelbem Samt gebildeten Kleidung. Für eine winzige, kaum zu messende Zeitspanne fiel er in die quälende Grübelei des Heimweges zurück, versuchte nach Art der selbstgerecht Liebenden die gewisse fremde gegen die mögliche eigene Schuld an der aufgekommenen Verstimmung zu wägen.

Er erschrak, als ihm dies Abschweifen der Gedanken zum Bewußtsein kam, entriß sich ihnen durch ein jähes Öffnen der Lider und fuhr sich mit einem taufeuchten Laubzweige über das Gesicht. Diesen Abend noch würde er ja Monna Vittoria wiedersehen: Pandolfo Confini, ihr Mann, hatte für eine Reihe von Tagen die Stadt verlassen, so standen Spätstunden und Nächte dieser Zeit den Liebenden offen.

Nespoli beugte sich von neuem über den Leichnam. Er stellte sich vor, der Großtyrann möge vielleicht als erstes nach den Schriftstücken gegriffen haben, ehe er sich des Getroffenen annahm. Nespoli fühlte sich von dem kalten Fieber seiner jägerischen Leidenschaft durchflutet, und zugleich lief ihm ein hitziges Hochgefühl durch alles Geflecht und Geäder seines Leibes, jenes Hochgefühl, in welchem er im Augenblick, da eine Aufgabe sich ihm stellte, bereits den Triumph ihrer Lösung vorzukosten pflegte.

Nespoli scheuchte ein paar geflügelte Kerbtiere vom gleichmütigen Gesicht des Toten. Er richtete Fra Agostinos Oberkörper auf und betrachtete noch einmal die Wunde. Dann untersuchte er die Kleidung des Mönchs. Doch fanden sich nur gleichgültige Gegenstände in den Taschen.

Er durchforschte den geräumigen Garten; einige Wege waren mit weißen, geäderten Steinplatten ausgelegt, andere mit dem verschiedenfarbigen Kies des Flußbettes bestreut. Hier und dort, wo der Kiesbelag dünner war, fanden sich Fußstapfen, wie auch auf den Grasflächen abseits der Steige. Allein es mischten sich hier die Spuren des Getöteten, des Großtyrannen, des Trabanten Baldassare mit seinen eigenen und denen der Gärtner und Bedienten, die am Vortage und Vorabend im Garten gewesen waren. Hier also fand sich nichts, das Nespolis beobachtende Nachdenksamkeit hätte leiten können.

Den Garten durchschreitend, stellte er sich die altherkömmliche Frage, wem wohl mit Fra Agostinos plötzlichem Hintritt gedient sein möchte. Allein wie eine Mauer stand vor dieser Frage die Heimlichkeit, in welcher der Großtyrann alle seine Staatsgeschäfte betrieb, eine Heimlichkeit, in die zugleich Fra Agostino eingeschlossen war. Der Gedanke kam ihm, es möchte die Tötung des Mönchs mit dessen geplantem Aufbruch nach Venedig in eine Verbindung zu bringen sein, dergestalt, daß sie seine Abreise hatte verhindern sollen; doch schob Nespoli diesen Argwohn wieder zur Seite als ein zunächst aller irdischen Stütze entbehrendes Luftgebäude; in seinem scharfen, wenn auch nicht tiefen Verstande hielt er es für gefährlich, gleich anfangs eine Meinung in sich entstehen zu lassen, die vielleicht Macht über ihn gewinnen und die Unbefangenheit seines Blickes trüben könnte. Mit Mißbehagen mußte er sich selber einbekennen, daß er wenig von dem Getöteten wußte. Fra Agostino hatte sich stets nur kurze Zeit in Cassano aufgehalten und war dann wenig aus dem Kastell in die Stadt gekommen; der Großtyrann wünschte nicht, daß sein Beauftragter Umgang mit den Cassanesen hatte.

Seit anderthalb Jahrzehnten lag diese Stadt Cassano gläsern vor Nespolis Augen. Der dort auf dem Gartenweg ruhte, war eine der wenigen aus dunkler Materie gebildeten Gestalten, die keinem Strahl einen Durchgang ließen. Und wie wenig weiß ich erst von ihm selber, in dessen Dienst ich stehe! dachte Nespoli mit einem Anfluge von Erbitterung.

Längst hatte ihn sein erstes Hochgefühl verlassen. Mit

eigentümlicher Betroffenheit suchte er in seinem Gedächtnis alle die Einzelheiten des Morgens wiederzuerstellen, des Großtyrannen bedeutungsvolles Gehaben und die dunklen, verhüllenden Worte, mit denen er ihn auf ein Außerordentliches vorbereitet hatte.

Hier trat ihm eine Aufgabe entgegen, grundverschieden von aller bisherigen Leistung. Allein nicht nur die Schwierigkeit der Aufhellung trennte die geschehene Untat scharf von all jenen, an welchen bis nun Nespolis Kunst sich bewährt hatte. Ihn beherrschte, erst jetzt zu seiner vollen Größe wachsend, ein Erschrecken über die ungeheuerliche Dreistigkeit, mit der sie verübt worden war, in engster Nähe des Herrschers, fast unter seinen Augen.

Zum Toten zurückkehrend, kam Nespoli am Gartenhause vorbei. Durch das Fenster sah er den schlafenden Großtyrannen auf seinem Ruhebette liegen. Sein Gesicht war klar und unschuldig wie das eines schlummernden Kindes.

4

Von den Räumen des winkligen, vielverbauten Bürgerschaftspalastes hatte der Großtyrann einige dem städtischen Senat belassen, damit er hier die geringen ihm verbliebenen Befugnisse üben und in Vorsicht die verlorene Stadtfreiheit beklagen konnte. Das Erdgeschoß war zum Zeughaus umgeschaffen, im Ostflügel saß des Großtyrannen Rechnungskammer, den Oberstock des westlichen Anbaues hatte Nespoli inne.

Die Arbeit im Garten war verrichtet, die Befragung des Hofgesindes im Kastell ohne Frucht geblieben. Jetzt stieg Nespoli, Trockenheit im Halse, ein Brennen in den Augenwinkeln, die düstere, schmale Treppe seiner Wohnung hinan.

«Frisches Wasser, Schieler!» rief er, noch auf halbem

Wege. Oben tauchte er gierig den Kopf in die schmucklose, irdene Schüssel, die zur mönchischen Unwohnlichkeit der Zimmer paßte.

«Die Hunde, Schieler!» befahl er, den triefenden Kopf für einen Augenblick aus der Schüssel hebend. Der Schieler ging ohne Eile.

Die Hunde traten ein, fünf an der Zahl. Halb in Anerkennung ihres Spürsinnes, halb in Verachtung pflegte Nespoli seine nächsten Untergebenen mit diesem Namen zu rufen. Auch geschah es, daß er sie «meine Fischer» nannte. Hierbei knüpfte er an ein Wort des Großtyrannen an. «Ego vos faciam piscatores hominum — ich will euch zu Menschenfischern machen», hatte, als er seine Sicherheitsbehörde schuf und Nespoli an ihre Spitze stellte, der Großtyrann gesagt, damit den Sinn der von Christus am Galiläischen Meere zu Petrus und Andreas gesprochenen Worte auf eine ungute, wo nicht gar lästerliche Weise abwandelnd. Wie manche Äußerungen des Großtyrannen, war auch diese in Cassano noch im Umlauf.

«Den Bericht», sagte Nespoli, mit dem vom Schieler gereichten Leinentuch das erfrischte Gesicht trocknend.

Der gewohnten Reihe nach machten sie ihre Meldungen, beantworteten Nespolis kurze Fragen, empfingen Geheiße, Rügen, sparsame Anerkennungen; hin und wieder kritzelte er ein paar Worte auf sein Merktäfelchen. Es handelte sich um allerlei Begebenheiten von meist begrenzter Wichtigkeit, deren Kenntnis Nespoli für den Vortrag beim Großtyrannen nötig war. Jeden Nachmittag hatte er sich im Kastell einzufinden, um entweder hier seinen Vortrag abzustatten oder zu erfahren, wo er den Großtyrannen suchen mußte. Es konnte geschehen, daß Nespoli zwei Stunden im Sattel zu sitzen hatte, um den Großtyrannen auf der Jagd oder einem unvermuteten Besichtigungsritt einzuholen und ihm zu melden, daß in Cassano nichts Meldenswürdiges vorgefallen war.

Die Berichte waren geendet. «Fra Agostino ist heute nacht getötet worden», erklärte Nespoli und beobachtete die Gesichter, in denen jede Falte, jede Unreinheit der Haut, jedes Härchen ihm vertraut war.

«Im Garten. Wir wissen es, Herr», antwortete der Leithund mit einer Trockenheit der Stimme, welche seinen gierigen Stolz verhehlen sollte.

«Das lobe ich», sagte Nespoli, der hieran bestätigt fand, daß die Hunde mit des Großtyrannen Dienerschaft und Trabantengarde die notwendige Verbindung hielten.

In ein paar Worten schilderte er den Vorfall und gab seine Weisungen. Der Leichnam war in den Keller zu schaffen und zur Verfügung der Karmeliter zu halten. Der Leithund hatte sich sofort in das Kloster des Getöteten zu begeben — es lag einen halben Tagesritt von Cassano entfernt —, die Nachricht hinzutragen und Erkundigungen nach Fra Agostinos näheren Lebensumständen anzustellen. Nespoli behielt sich vor, anderen Tages selber hinzureiten, wenn die eingebrachten Nachrichten hiervon etwas zu erwarten gestatteten.

Dies verstand sich von selbst, dies hatten die Hunde, dies hatte der Schieler begriffen, ohne daß Nespoli es hätte auszusprechen brauchen: nichts Wichtigeres gab es jetzt, als bis in seine schmalsten Ästelungen dem so jäh zerschnittenen Leben des Mönchs nachzugehen und alle Sachverhalte dieses wenig gekannten Daseins durchsichtig zu machen. Was für Feinde seiner Person konnte Fra Agostino gehabt haben? — (denn nach den Feinden seiner Tätigkeit zu forschen, dies verwehrten das Schweigen und das Frageverbot des Großtyrannen). Der Umstand, daß der Täter die Schriftstücke unberührt gelassen hatte, forderte auf, den Grund der Tötung in menschlichen, nicht in staatlichen Verhältnissen zu suchen. Freilich hatte schon der Großtyrann auf die Möglichkeit gewiesen, es habe vielleicht nur sein rasches Hinzueilen den Mörder am Ergreifen der Papiere gehindert. Immerhin entschloß sich Nespoli, einen seiner Hunde in Venedig nachforschen zu lassen. Diesen notwendigen Befehl erteilte er indessen mit Widerwillen, denn da der zu Entsendende selbst bei hitzigster Beeilung kaum in drei Tagen zurück sein konnte, so gestand Nespolis Geheiß schon die Möglichkeit zu, das Geheimnis jenes Dolchstoßes werde sich nicht innerhalb der gesetzten dreitägigen Frist entblößen lassen.

Nur über den Getöteten konnte man hoffen, an die Fährte des Töters zu gelangen. Auch was in der Stadt, was im Kastell an Forschungen geleistet werden mußte, das verfolgte vornehmlich den Zweck, farbige Stiftchen zu sammeln, aus denen das musivische Bild eines geendeten Lebens sich zusammensetzen ließe.

Dennoch wollten auch Nachsuchungen allgemeinerer Art nicht versäumt sein. Da mußte bei Waffenhändlern und Trödlern nach den Dolchverkäufen der letzten Zeit gefragt werden. Da galt es festzustellen, wer von den Bürgern der Stadt Cassano nachts außerhalb seines Hauses gewesen war, welche Fremden die Stadt betreten oder verlassen hatten.

«Springt! Schnuppert! Los!» rief Nespoli. Die Hunde schossen davon.

Nespoli, wohl wissend, daß er für den Nachmittag alle Klarheit seines Kopfes brauchen werde, legte sich zur Ruhe, bezwang mit Willenshärte die schlummerfeindliche Erregung seiner Gedanken und war bald eingeschlafen.

5

Zur befohlenen Zeit weckte ihn der Schieler. Der Schnellkraft seiner Glieder wie seines Geistes von neuem versichert, sprang Nespoli vom Lager. Sein Zutrauen war groß: so wichtige Handhaben sein Herr ihm auch vorenthielt, er würde das Geflecht entwirren und den widerstrebenden Gewalthaber mit einem meisterlichen Werk zur Bewunderung zwingen.

«Etwas gekommen? Jemand dagewesen?» fragte er während des Ankleidens.

Der Schieler griff schweigend in seine Tasche und legte einen Brief auf den Tisch. Nespoli erkannte das Petschaft, mit welchem Monna Vittoria ihre Briefe an ihn zu siegeln pflegte: den dreihäuptigen Vogel, aus dessen Halsgefieder Adler-, Tauben- und Schlangenkopf wuchsen, mit der Umschrift: «Discite, mortales: nil pluriformius amore — Lernet erkennen, ihr Sterblichen: nichts ist vielgestaltiger als die Liebe.»

Er las hastig: «Mein Mann ist erkrankt und zurückgekehrt. Du kannst heute abend nicht kommen, aber ich liebe Dich.»

Der Schieler, Mitwisser seines Herrn, dessen Bote er häufig zu sein hatte, gewahrte Betroffenheit und Enttäuschung in Nespolis Gesicht. Er entfernte sich, um das bereitstehende, sehr verspätete Frühstück zu holen.

Nespoli frühstückte wie immer ohne Muße. Er war nicht von denen, die auf eine schöne und leichte Art im Augenblick beharren mögen.

Es war kein gemeines Amt, das Nespoli ausübte, allein es hatte Wirkungen, die ihn von den Menschen sonderten, gleich als wäre es ein verfemendes. Sein Platz war hoch über allen anderen in der Stadt, fast war es Allmacht, fast Allwissenheit, was man übertreibend ihm zuschrieb. Er war gefürchtet — ob um seiner Person oder um seines Amtes willen, das unterschied niemand, auch waren beide schwer zu trennen, am schwersten für ihn selbst. Wäre er bestechbar gewesen, man hätte es ihm als einen menschlichen Zug gedankt, auch wo man nicht Anlaß gehabt hätte, sich diesen Zug zunutze zu machen. Er genoß Ehren, die er gering zu schätzen meinte, Macht, die ihm Gewohnheit geworden war; Macht aber will mit Einsamkeit bezahlt sein.

Nespoli hatte eine Frau gehabt, schmal, fügsam und sanft; sie starb im ersten Kindbett, der Sohn durfte sein Leben nur vier Tage behalten. Dies war lange her, so lange, daß Nespoli sich fast gewöhnt hatte, seinen Erinnerungen an jene Zeit zu mißtrauen. Danach erst hatte der Großtyrann ihn berufen; und von ihm angeleitet, deckte Nespoli jene furchtbaren Verschwörungen auf, die in den ersten Jahren vielfach des Großtyrannen Herrschaft bedrohten.

Der Schieler war unverheiratet, die Hunde waren es auch.

«In meinem Orden ist für Eheleute kein Raum», pflegte Nespoli zu sagen. Er bezahlte seine Untergebenen niedrig, indessen nicht aus Geiz: er wollte Leute, denen dieser Beruf eine Notwendigkeit ihres Lebens war gleichwie ihm selbst.

Nespoli hatte einen wachen Verstand, eine behende Verknüpfungsgabe und eine genaue Kenntnis aller Vordergründe des menschlichen Herzens; was ihm hierin nicht von Natur vergönnt war, dafür hatte er sich Ersatz zu geben versucht durch eine stetige Zucht des Geistes und einen unablässigen, um jede Erfahrung bemühten Lerneifer. Wäre er geistlich geworden, wie er es als junger Mensch eine Weile sich vorgesetzt hatte, so hätte er am liebsten in schwierigen Dingen Beichte gehört, Seelen erforscht und die erforschten geleitet; er wußte nicht, daß gerade die äußerste Wirklichkeit einer Seele ihm immer unerforschbar hätte bleiben müssen.

Nespoli konnte nicht leben ohne jenes spürerische Spiel der Einbildungsgabe, das scheinbar unzusammenhängenden Geschehnissen, oft Winzigkeiten, so lange zusetzt, bis sie sich als Gliedstücke einer Kette zu erkennen geben, die rückwärts von der Tat zum Täter, von der Wirkung zum Urheber führt. Mit einer kühlen Berauschung erfüllte ihn das Rückwärtstasten ins Dunkel der bereits vollendeten Tat, die schon zur Vergangenheit zählt. Hier Zwecke, Gründe, Antriebe menschlicher Handlungen aus ihrem Vergangensein ins gegenwärtige Licht zu zwingen, das dünkte ihn vergleichbar der Leistung eines Totenbeschwörers. Und doch war es bloß die Arbeit eines dringlich beobachtenden, eines einbildungskräftigen und zugleich rechnerischen Geistes, dem vielleicht nur Weisheit und Ahnung fehlten, um auf seine Weise groß zu sein.

Eine solche Natur liefe Gefahr, endlich in zerstörerischer Selbstfeindlichkeit sich aufzuzehren, stünde ihr nicht Zuflucht und Ausgleich in einem anderen Lebensbereiche offen: Nespoli liebte Monna Vittoria.

6

Nachdem Nespoli sich eine längere Weile in seiner Kanzlei aufgehalten hatte, ging er ins Kastell. Die Stunde des Vortrages war gekommen.

Der Großtyrann empfing ihn in einer schmalen, offenen Säulenhalle, die balkonartig über der Quaderwand hing und den Blick auf die Stadt Cassano freistellte. Turm an Turm stand gen Himmel, mit rötlichem oder grauem Ton stumpf in der Nachmittagssonne glitzernd, jeder ehemals Horst eines herrschgierigen Geschlechtes, jetzt Grabessäule der Sippenmacht, Denk- und Siegessäule der Herrschaft, die vom Kastell aus über die Stadt geübt wurde. Der Großtyrann liebte nicht nur die luftige Frischung des Ortes, sondern auch den Anblick der Stadt, die von hier aus klein und zusammengepreßt schien, als könne sie mit einer Faust umschlossen werden; ein vielgliedriges Stückchen Welt stellte sich als Einheit zur Schau, in das Grün und Gelb der genutzten Landfläche, in das Sonnenbraun des nackten Hügelgebietes wie von einem ordnenden Willen hineingesetzt. Und im Nordwesten, jenseits der Stadt und des Flusses, war ruhevoll der düstere, mit schwärzlichen Steineichen bewaldete Monte Torvo hingelagert, der einzelne Ausläufer wie Glieder zu Tal streckte.

Der Großtyrann winkte, Nespoli begann. Er hatte Einzelheiten zu berichten; die Einzelheiten zu grund- und aufrißhaften Gesamtbildern des von ihm beherrschten Gemeinwesens zu verbinden, dies behielt der Großtyrann sich selber vor. Manchmal durch eine Frage unterbrochen, erstattete Nespoli Meldung von den eingetroffenen Kaufmannszügen, von der Marktbeschickung und den Preisen. Er sprach von einer unehrerbietigen Äußerung, die ein Mann aus dem Kreise der ehemals regierenden Stadtgeschlechter über den Großtyrannen getan hatte. Der Großtyrann ließ sich die Äußerung im Wortlaut wiederholen und lächelte.

«Lasse ihn in Frieden. Sein Maß ist noch nicht gefüllt.

Ich will dies Wort in mein Merkbuch nehmen, wo schon mehrere seiner Aussprüche verzeichnet sind. Was gibt es neues von Sperone, dem Färber?»

«Es kommen gelegentlich ein paar Leute zu ihm, mit denen er Gebetsstunden hält. Auch fragen sie ihn um Rat in Angelegenheiten des Gewissens.»

«Behalte ihn im Auge, Massimo. Männer seinesgleichen mögen dem Himmel nützlich sein — dies steht außerhalb meiner Prüfung —, der Geordnetheit auf Erden können sie Abtrag tun. Es kann ein Zeitpunkt kommen, und vielleicht muß er es, da ich es geboten fände, der geistlichen Obrigkeit des Färbers wegen einen Wink zu geben. Mich dünkt, er übertreibt; und Übertreibung ist ja, hier weiß ich mich mit der Kirche einig, das Wesen der Ketzerei: eine Wahrheit, eine in sich löbliche Übung dadurch fälschen, daß sie auf Kosten aller anderen Wahrheiten und Übungen eine Stelle erhält, die ihr nicht zukommt. Damit wird heilsame Wahrheit in schädlichen Irrtum gewandelt. — Ist das Mädchen gefunden?» fuhr er ohne Übergang fort.

Die Frage galt Bice, einer schönen, aber geistesschwachen Waisen, die von einer armen Wäscherin, ihrer Verwandten, an Kindes Statt ins Haus genommen war und seit dem Vortage vermißt wurde. Der Großtyrann entsann sich ihrer anmutenden Erscheinung wohl.

«Als Ertrunkene, Herrlichkeit. Sie war gesegneten Leibes. Sie ist im wasserarmen Flußbett stromab gewandert, bis sie in die Region größerer Tiefe geriet. Hier, in der Stauung, hat sie sich ertränkt. Es mag heute im Laufe des Vormittags geschehen sein. Bis dahin ist sie, wie es scheint, in der Umgebung einhergeirrt.»

«Der Vater des Ungeborenen?»

«Er ist nicht bekannt. Eine ungeprüfte Äußerung des Mädchens läßt an einen Geistlichen denken. Befiehlt die Herrlichkeit, ihn ausfindig zu machen?»

«Nein.» Der Großtyrann war dabei, eine Streitigkeit mit dem Bischof auf eine behutsame Weise zum eigenen Vorteil beizulegen. So paßte es ihm nicht, den Bischof in diesem Augenblick durch die Bloßstellung eines Priesters zu verstimmen.

«Was hast du sonst noch?»

«Der Diebstahl im Gäßchen der Goldschmiede ist geklärt, der Schuldige dem Gericht zugeführt.»

«Nun, ich kenne ja deinen Ruhm, keine Tat länger als drei Tage verhüllt zu dulden», sagte der Großtyrann freundlich. «Allein jeder Ruhm ist gefährlich, denn jeder Ruhm erschafft uns einen Doppelgänger. Du wirst beweisen müssen, Massimo, dir und mir beweisen, daß die Gestalt, die deinen Ruhm trägt und im Glauben der Cassanesen lebt, die gleiche ist, in welcher du vor mir stehst.»

Er machte eine kleine Pause und fragte: «Hast du mir noch etwas zu sagen?» Nespoli verneinte.

«Setze dich. Trinke ein Glas Wein mit mir», sagte der Großtyrann mit einer ungewohnten, ja, befremdenden Vertraulichkeit. Er warf die Lärmkugel in das bronzene, von drei beflügelten Löwen getragene Becken. Der Ton rollte voll und schön. Der eintretende Diener wurde angewiesen, einen jener leichten heimischen Weine zu bringen, welchen der Großtyrann den Vorzug gab.

«Ich meine das Zeitmaß der Dinge zu kennen», sagte der Großtyrann, nachdem der erste Becher genossen war. «So habe ich nicht die Gewohnheit, dich vorzeitig nach dem Stande deiner Untersuchungen zu fragen; sondern ich lasse mir, da ja Ackerleute und Regenten sich auf die Geduld verstehen müssen, an den reifgewordenen Ergebnissen genügen. Dieses Mal aber ist es ein anderes. Hast du schon eine Fährte gefunden?»

«Es ist alles eingeleitet», antwortete Nespoli, nicht frei von einer Beklemmung.

«Gut. Stellte ich diese Frage, so geschah es, weil ich — das kann ich dir nicht vorenthalten, Massimo — durch Fra Agostinos Tötung in eine kleine Unruhe versetzt worden bin. Seit den Verschwörungen von einst, deren rechtzeitige Kenntnis ich dir danke, ist keine Tat von so schamloser Kühnheit geschehen. Konnte sich das ereignen — was bleibt da unmöglich? Ich gewahre, wie schlecht ich behütet bin. Konnte nicht ein ähnlicher Stoß mich selber treffen?»

«Die Herrlichkeit verzeihe», erwiderte Nespoli, indem er Mühe hatte, seinen Unmut nicht offenbar werden zu lassen, «aber sie erinnere sich, daß ich es war, der je und je solche Befürchtungen äußerte. Ich habe geraten und gebeten, das Gartenpförtchen verschlossen und durch Posten bewacht zu halten. Ich habe ferner geraten und gebeten —»

Der Großtyrann fiel ihm ins Wort: «Ich weiß, ich weiß, Massimo. Allein gerade dafür besolde ich dich, daß ich beschützt bleibe, ohne dass ich mich zum Diener deiner Gepflogenheiten machen müßte. Wollte ich Tag und Nacht die unleidlichen Gesichter eines Dutzends Spießträger um mich erdulden, so wäre ich freilich behütet. Dazu aber bedürfte ich deiner nicht.»

«Die Herrlichkeit wolle erwägen, daß die Tat der vergangenen Nacht einem Manne galt, den die Herrlichkeit selber aus den Übrigen dergestalt aussonderte, daß er meiner Aufsicht entzogen war. Ich bitte, mich nicht als einen Ruhmredner zu tadeln, wenn ich es ausspreche, daß ein solcher Anschlag sich gegen keinen anderen Menschen hätte richten können, ohne daß er schon vor der Ausführung zu meiner und meiner Hunde Kenntnis gelangt wäre.»

Der Großtyrann sah den Mauervögeln nach, die lärmend die kühler werdende Luft durchschossen und bisweilen so nah an der Säulenhalle vorbeistrichen, daß man meinen mochte, sie mit einem plötzlichen Ausstrecken des Armes greifen zu können. Ohne auf Nespolis Worte zu erwidern, sagte er mit nachdenklicher Langsamkeit, fast wie im Selbstgespräch: «Es müßte dein Amt sein, nicht Täter zu entdecken oder Taten zu verhüten, sondern Versuchungen zu entfernen. Damit freilich würdest du einem Amte Gottes vorgreifen. Und Gott will ja auch, daß Versuchungen seien. Der Teufel versucht nicht, er verlockt nur, doch kann ja auch er nicht ohne Gottes Zulassung handeln. Die Versuchungen der Menschen aber läßt Gott durch Menschen vollziehen. Und es ist dem Menschen wohl auch eine besondere Lust an der Verrichtung dieses Auftrages eingeboren.»

Diese letzten Worte sprach er bereits gedämpft, als sei er im Begriff, mit ihnen in jenes lethargisch wirkende Grüblertum abzusinken, das manchmal die Zeitlücken zwischen zweien seiner plötzlichen Handlungen zu füllen schien. Nach einer Weile hob er schnell den Kopf wie ein zu sich Kommender und entließ Nespoli mit einer Handgebärde.

7

Schon auf dem Wege zum Großtyrannen hatte Nespoli Mühe gehabt, seinen unbotmäßigen Gedanken die Richtung auf Monna Vittoria zu wehren. Jetzt, beim Verlassen des Kastells, fröstelnd im Nachgefühl jenes dunklen Schattens, den die Stunde mit dem Großtyrannen über ihn geworfen hatte, wurde er erfaßt von einem unzähmbaren Verlangen nach ihrer Gegenwart, wie ein von Liebe befallener Knabe. Zugleich empfand er eine zornige Abneigung gegen Pandolfo, ihren Mann, der mit seiner unzeitigen Erkrankung und Rückkehr die abendliche Zusammenkunft vereitelte.

Noch im Torwege des Kastells zog Nespoli das Briefchen aus der Tasche und überlas es von neuem. Warm ergriff ihn das Schlußwort, dieses «— — aber ich liebe Dich», mit welchem Monna Vittoria großmütig ihr Versöhntsein anzeigte. Um so herber war die Enttäuschung, um so erbitternder das Verbot des Besuches.

Entschlossen, seinem Drange nachzugeben, suchte er nach einem unverfänglichen Vorwande, um das Haus der Confini dennoch betreten zu können. Endlich fand er ihn in der Nähe der verübten Mordtat.

Das städtische Besitztum der Confini lag unweit des Südtores und grenzte mit Hof und Garten an die Stadtmauer, dergestalt, daß diese die mittägige Seite des vom Hauptbau und den beiden Seitentrakten gebildeten Vierecks ausmachte. Ein Mauerpförtchen führte aus dem Anwesen der

Confini ins freie Land, so daß man hier die Stadt verlassen oder rückkehrend betreten konnte, ohne das Stadttor mit seinen weitläufigen Überwachungs- und Zolleinrichtungen, mit seinen oft von Wagen und Karrenfuhrwerk verstopften Durchlässen berühren zu müssen. Für die Hut dieses Pförtchens haftete vor dem Gemeinwesen der jeweilige Herr des Confinischen Besitzes.

Gegen Abend betrat Nespoli das Haus und fragte nach dem Herrn.

«Der Herr ist krank», erklärte der Diener Matteo, ein kurzhalsiger Mensch, der gern lachte und Nespoli vertraut war.

«So krank, daß ich ihn nicht für einige Augenblicke sprechen kann?»

«Ich werde der Herrin Meldung tun», sagte der Diener.

Nespoli wartete in der Halle, welche sich bereits mit Dämmerung füllte. Der Diener hatte einen blanken doppelarmigen Leuchter auf den Tisch gesetzt. Die Flämmchen hielten sich still wie kleine Gartenblüten zur windlosen Stunde. Nespoli war zu unruhig, um auf seinem Sessel ausdauern zu können, so stand er auf und ging rasch hin und her. Eine ungewohnte Weichheit hatte sich seiner bemächtigt. «Um was haben wir uns gestritten?» fragte er sich verwundert. «Menschen sollen versöhnlich miteinander sein. Was liegt am Rechtbehalten, da wir doch sterblich sind und es schwer haben?»

Unbegreifbar erschien es ihm nun, daß sie einer Verstimmung aus nichtiger Ursache auch nur für Augenblicke hatten Raum gewähren können. Er vergaß, daß Mißhelligkeiten solcher Art in der letzten Zeit häufig geworden waren und wohl etwas ganz anderes auszudrücken hatten, als was sie vorgaben. Mit einer gewissen Rührung nahm er jetzt die ganze Schuld auf sich. Er fand es beschämend, daß zwischen ihnen — zwei Menschen, die sich nahe waren und einander lieb hatten — ein Zank hatte ausgehen können von der Frage, ob im vergangenen Jahre der März oder der April mehr Regen gebracht hatte —, Verschiedenheit der

Meinungen, die sich unter einander Fremden mit einem höflichen Scherzwort erledigt!

Nespoli, Beobachter aller anderen, unzulänglicher Kenner seiner selbst, verharrte in seiner liebenden Selbstbeschuldigung, ohne deren Ursache zu gewahren. Er hatte nicht erkannt, daß sich in einem Punkte seines Inneren ein Gefühl der Gefährdung erhoben hatte, welches ihn Zuflucht suchen ließ dort, wo allein eine Zuflucht für ihn offen sein konnte.

Die Tür ging auf, ein Luftstoß beugte die gelben Feuerblüten, Nespoli fuhr herum. Vittoria kam rasch herein, die starken, fast männlichen Brauen verwundert in die Höhe gezogen, so daß die freie und mutige Stirn sich ein wenig krauste. In den schwärzlichen Augen darunter war ein Ausdruck von Frage, Überraschung, nicht recht glaubenwollender Freude; die vollen, schönen Lippen, deren untere sich bisweilen um ein winziges vorstreckte, lächelten zärtlich.

«Massimo! Du? Was ist?»

Sie eilten aufeinander zu, sie küßten sich. Nespoli war gegen ihr Verbot gekommen, und doch dachte sie nicht daran, ihm Vorwürfe zu machen.

«Du willst zu Pandolfo? Er hat Fieber. Was gibt es?»

«Eine Frage in Sachen meines Dienstes. Nein, ein Nichts. Ein Vorwand, um dich zu sehen, Vittoria, und sei es für einen Augenblick. Am besten: ‚Messer Confini ist zu krank, als daß er Messer Nespoli empfangen könnte' — dann brauche ich nicht erst zu ihm.»

«Ich denke nicht mehr an unseren Streit. Denke auch du nicht mehr an ihn», bat sie.

«Wir hatten unrecht», antwortete Nespoli, der plötzlich eine Scheu empfand, das Wort: «Ich hatte unrecht» hinauszulassen.

Sie bedurften keiner Aussprache mehr und hätten nach Art wiederversöhnter Liebesleute dennoch eine solche vorgenommen, wäre das nicht durch Monna Mafaldas Eintritt verhindert worden. Die riesige, uralte Fettklößin mit den weißen Haarzotteln hatte kaum von ihres Bruders Erkrankung gehört, als sie auch schon angekeucht war, hinter sich zwei Dienerinnen mit Körben voller Tücher, Kissen, Salbenbüchsen und Arzneiflaschen. Von da an schaltete sie im Hause, als sei es das ihre, ließ Ärzte kommen und jagte sie wieder weg, verlangte abwechselnd eiskaltes und heißes Wasser, warf in der Küche alles durcheinander, um bald schweißtreibende, bald niederschlagende Tränke zu bereiten, zankte mit dem Gesinde und der um ein halbes Jahrhundert jüngeren Schwägerin Vittoria. Jetzt hatte sie von Nespolis Anwesenheit erfahren und kam, um ihm den Zutritt ans Krankenlager zu verwehren.

«Was gibt es? Was geht vor? Pandolfo ist doch krank!»

Nach jedem Schrei schnob sie durch die Nase; Wangen und Kinne zitterten. Es zitterte auch das Barthorn, ein starker, hornförmiger Haarbüschel, der unweit des rechten Mundwinkels vorstarrte. Man sagt, daß die Trägerin eines solchen Auswuchses nicht nur von der Natur selber gegen den bösen Blick geschützt, sondern auch zu hohem und heftigem Alter vorbestimmt ist.

«Messer Nespoli möchte mit Pandolfo sprechen», erläuterte Vittoria. «Eine amtliche Angelegenheit — aber ich glaube, angesichts des Fiebers bitten wir ihn, sich einige Tage zu gedulden. Pandolfo ist recht erschöpft.»

«Erschöpft? Pandolfo? Wir sind ein gesunder Stamm, wir Confini!» schrie die Alte. «Das verstehst du nicht, Kind! Beim bösen Christus! Der Kleine hat noch zu ganz anderen Dingen Kraft als ein paar Augenblicke mit diesem Herrn zu plaudern!»

Sie nannte Pandolfo immer noch den Kleinen, obwohl er ein Sechziger war. Aber es lagen zwei Jahrzehnte zwischen den beiden, und sie hatte nach der Mutter Tode ihn als den Jüngsten herangezogen. Die kurze Zeit seiner ersten Ehe hatte dies Verhältnis nur unterbrochen, nicht aufgehoben; vom Beginn seiner Witwerschaft an war Pandolfo für sie wieder der Kleine, nicht anders als sein Sohn Diomede, der sich freilich mit seinem selbstherrischen und unfügsamen Jünglingswesen der Alten frühzeitig zu entziehen gewußt hatte. Seither warf sie ihm Undank vor und beklagte ihren Bruder in aller Öffentlichkeit als den Vater eines Mißratenen. Übrigens sah sie den Neffen neuerdings selten, da Diomede in Bologna die Rechtsgelehrsamkeit studierte und sich, wenn er nach Cassano kam, auf einen pflichtmäßigen, manchmal abgewiesenen Höflichkeitsbesuch bei Monna Mafalda beschränkte. Sein Streben, den Vater von einer zweiten Eheschließung abzubringen, hatte in Monna Mafalda ein eigensinniges und günstiges Vorurteil für diese Heirat und für Vittoria erweckt. Dennoch hatte Vittoria unter der unbefangenen Mächtigkeit der Alten hart zu leiden.

Sie reckte jetzt die gewaltige Pranke aus, umschloß Nespolis Handgelenk und stampfte mit ihm davon. Unterwegs klärte sie ihn auf, ohne die mitfolgende Vittoria ans Wort zu lassen.

Pandolfo Confini war tags zuvor von Haus und Stadt geritten, um zu jagen und sich zur Aufsicht und Prüfung der Wirtschaft auf seinen Landbesitz zu begeben. Dieses Grundeigentum lag südwärts, schon in der entschiedenen Ebene, feucht und fruchtbar, während die Stadt Cassano ihren Ort zwischen Gebirge und Flachland hatte, solchermaßen dem Großtyrannen mit der Beherrschung der Straße die Macht über beide Geländeteile gewährend. Confini, der ein haushälterischer Mann war und den Erwerb liebte, hatte für die Zeit der großen Arbeiten bereits alles entbehrliche Gesinde aus dem städtischen Haushalt aufs Land geschickt; so ging es zu, daß er jetzt unbegleitet aufbrach. Er übernachtete inmitten der menschenarmen, von stechendem Kleintierzeug durchsirrten Sumpfwildnis in einer leeren Jagdhütte, die nicht viel mehr Bequemlichkeit bot als ein Kriegszelt. Er erwachte in üblem Zustande, von Fieberhitze und Gliederschmerzen gepeinigt, und mußte bald erkennen, daß der Entschluß zur Umkehr unvermeidlich war. Kaum fähig, sich im Sattel zu halten, langte er um die Mittagszeit wieder zu Hause an.

«Der Kleine ist töricht, er müßte doch wissen, daß die

Sumpfluft ungesund ist! Beim bösen Christus, ich habe es ihm oft genug gesagt! Aber der Storch war auch so.»

Nie anders als den Storch nannte Monna Mafalda ihren verstorbenen Gatten, den Stadtrichter.

8

Confini lag im Bette bei geschlossenen Fenstern und Vorhängen, eingehüllt in feuchte, nach scharfem Gewürzessig riechende Tücher. Kaum sah das Gesicht mit den beunruhigten Augen und dem dünnen grauen Knebelbart hervor. Sonst war es rechthaberisch, vollbäckig und von jener Farbe, welche die Möglichkeit eines Schlagflusses ankündigt. Jetzt wollte es Nespoli schmäler und verknitterter scheinen, doch war bei dem unsicheren, in einer Wasserschale schwimmenden Nachtlicht jede Täuschung möglich.

Nespoli sprach, neben dem Bette sitzend, ein paar höfliche Worte, wie sie an Krankenlagern gewöhnlich sind, und dachte: «Vittoria steht hinter mir, wir atmen im gleichen Raum.»

Pandolfo hörte ihm geduldig zu und nickte, als habe er den Empfang einer pflichtgemäß geleisteten, aber geringen Abgabe zu bestätigen. Dazwischen, wenn ein Fieberschauer über ihn hinging, machte er eine zornige Bewegung mit den Schulterblättern, ohne daß dieser Zorn auch auf seinem Gesicht erschienen wäre. Seine Schwester, die neben Vittoria am Fußende des Bettes stand, schnellte dann jedesmal vor und unternahm hastig irgendeine willkürliche Hantierung mit ihm, sei es, daß sie grundlos seine Decke zurechtzog oder ihm mit ihrer schweren Hand Luft zufächelte.

Nespoli entschuldigte sein Kommen und seine vielleicht ungelegene Bitte um eine Auskunft.

«Ich höre, Ihr wart ausgeritten. Nun ist derweil in Cassano eine Untat geschehen, der ich nachzuforschen habe.»

«Fra Agostino ist erstochen worden!» rief Mafalda. «Ist es das? In der Stadt spricht man davon.»

Nespoli neigte zustimmend den Oberkörper.

Ein neuer Fieberanfall erschütterte den Leib des Kranken. Er teilte sich auch seinen kurzen, kräftigen und stark behaarten Händen mit, die bis dahin halb geschlossen auf der Decke gelegen hatten. Es war zu sehen, daß sie feucht wurden. Mafalda sprang vor, um, unnötigerweise, etwas an den Kissen zu richten.

Nespoli wartete einen Augenblick, ehe er fortfuhr: «Mir liegt daran, zu wissen, wer zur bestimmten Zeit die Stadt verlassen oder betreten hat. Über die Tore bin ich berichtet. Nun bleibt Euer Pförtchen. Es ist so gelegen, daß es einen heimlichen Aufbruch, aber auch eine heimliche Einkehr, die verschwiegene Rückkunft eines Aufgebrochenen erlaubt. Ist es möglich, daß jemand es ungesehen durchschritten hat? Oder ist gar jemand dabei gesehen worden?»

«Keines von beiden», antwortete Confini knurrig und mit heiser gewordener Stimme. «Es gibt einen einzigen Schlüssel, diesen hatte ich bei mir. Ich bin durch das Pförtchen ausgeritten und zurückgekehrt. Es ist die Zeit über verschlossen gewesen.»

Sein hastiger Atem ging in ein Gebell des Hustens über.

Nespolis Absicht, seinen Besuch im Hause Confini unverfänglich zu begründen, war mit seiner Frage und Confinis Antwort erreicht. Er hätte gehen und allenfalls noch im Aufbruch versuchen können, einige Augenblicke des Alleinseins mit Vittoria zu gewinnen. Aber aus der Gewohnheit des Fragens, die ihm in langen Amtsjahren Natur geworden war, fragte er weiter und ließ sich den Weg beschreiben, den Confini geritten war. Ob er unterwegs eine Begegnung gehabt habe? Mit einem Fremden? Mit irgend jemandem, der ihm auffällig erschienen sei?

Confini schüttelte den Kopf. «Beim Ausreiten und beim Heimkommen bin ich in der Nähe der Stadt ein paar Leuten begegnet, Bauern und kleinen Bürgern — geringes Volk, das man vom Sehen kennt. Aber sonst? Nein, vierundzwanzig Stunden kein menschliches Gesicht. Mir liegt wenig daran.»

Der Ton dieses letzten Satzes ließ eine Unlust zu Gespräch und Umgang erkennen, die Nespoli als auch gegen sich gewendet zu bemerken hatte.

«Richtig, richtig — Ihr wart ohne Begleitung, ein Liebhaber der Einsamkeit. Niemanden gesehen, von niemandem gesehen worden, auch in der Jagdhütte nicht. War das nicht unvorsichtig? Hättet Ihr Bedienung und Bequemlichkeit gehabt, vielleicht hätte die Krankheit sich meiden lassen. Nun, ich wünsche Genesung.»

Nespoli ging. Beide Frauen geleiteten ihn hinaus. Er fand keine Möglichkeit mehr, Monna Vittoria noch einmal allein zu sprechen; fremd und höflich hatte er Abschied zu nehmen. Immerhin, er hatte die Tröstung ihres Anblicks und ihrer Stimme erfahren. Solcher Tröstung aber war er sehr bedürftig gewesen.

9

Das Leben des Fra Agostino, welches ein unöffentliches und sehr versperrtes gewesen war, trat mit einem Male in unnatürlich helle Beleuchtung. Allein die Lichtstrahlen, die nun von allen Seiten auf dies Leben fielen, hatten sämtlich verschiedene Fenster wie bunte Glasfenster, durch die man in alle vier Jahreszeiten blickt. Bald stellte der Getötete sich als Wüstling dar und bald als Aszet; als Geldverächter und als Raffer; er erschien als zuverlässiger, mittelmäßig begabter Willensvollstrecker und als staatsmännischer Kopf von höchster Fähigkeit; als bedenkenloser Abenteurer und als uneigensüchtiger Diener eines Herrschaftsgedankens. Und ein jeder dieser Blicke fand in vollkommen zureichenden Gründen seine Rechtfertigung.

Es kann nicht im Plane dieses Berichts liegen, jeder einzelnen der erwähnten Spiegelungen nachzugehen; genug, sie hoben einander auf, und in ihrer Summe erwiesen sie nichts als die Undurchsichtigkeit dieses Lebens, ja, die Fragwürdigkeit jeder menschlichen Feststellung überhaupt. Der

Leithund kehrte aus dem Kloster zurück. Fra Agostino war seit Jahren nicht mehr dort gewesen, und Nespoli verzichtete auf den eigenen Hinritt. Was der Leithund brachte, das waren kleine, wertlose Züge, widersprüchliche Hinweise auf Eigenschaften, die Fra Agostino gehabt haben sollte. Hiermit war Nespoli nicht gedient; er wußte, daß der Mensch nicht aus Eigenschaften besteht, sondern aus Kräften und Strebungen, die miteinander im Widerstreit liegen. Kurz, Nespoli mußte sich unwillig zu der Einsicht verstehen, daß der erprobte Weg, in der Nähe des Opfers die Fährten zu suchen, die dann zum Täter hinzuleiten hatten, hier nicht begangen werden konnte. Also galt es, allen übrigen Raum dergestalt unter Licht zu stellen, daß etwaige Spuren sichtbar würden, die zum Getöteten hinzulaufen schienen oder doch hinlaufen konnten; erwies es sich, daß ihrer eine in der Tat diese Richtung nahm, so war die Möglichkeit — mehr nicht! —, sie könnte die rechte sein.

Die Hunde, die mit Gekläff davongerannt waren, Witterung und Fährte zu nehmen, kamen zurück, einige unlustig und zögernd, geringe Brocken in den Mäulern; andere mit einem Fang zwischen den Zähnen. Nespoli fuhr auf sie zu, verhörte die Eingebrachten, einmal mit Verbissenheit, das zweite Mal mit Zweifel, das dritte Mal mit Unmut, dann ließ er sie laufen. Der Schieler grinste mit melancholischem Spott: «Messer Nespoli hätte mich befragen sollen, so war die Mühe zu sparen. Töter haben andere Gesichter.»

Und Nespoli trieb sein Amt weiter in unendlichem Verhören, unendlichem Fragen, unendlichem Prüfen und Verwerfen, voll dieses grübelnden Jagdfiebers, dem sich bereits ein Gran selbstquälerischen Zweifels immer wieder mit Arglist beizumengen suchte.

Als Nespoli sich nachmittags im Kastell einfand, da ließ ihm der Großtyrann durch seinen Haushofmeister sagen, er sei beschäftigt und verzichte für heute auf die Entgegennahme des Vortrages, es sei denn, Nespoli habe ihm etwas Unaufschiebbares mitzuteilen. Nespoli verneinte und ging.

Am Abend legte er sich angekleidet auf sein Bett. Durch manche Erfahrung belehrt, vermutete er, der Großtyrann werde ihn in der Nacht holen lassen. Er täuschte sich nicht.

Im Kellergeschoß, zwei Stockwerke unter Nespolis Wohnung, lagen die Gefängnisse. Ein Mann von der Wache kam nach oben und weckte den Schieler: der Großtyrann sei in der Rechnungskammer erschienen und habe ihn über den Hof hinweg angerufen; Nespoli solle sich einfinden.

Der Schieler fluchte und rüttelte seinen Herrn aus dem Schlaf.

Nespoli atmete voll Hast die sternige Frische der Nacht, während er über den Hof zum Ostflügel ging.

Der große Kanzleiraum mit den bröckligen, ungeschlachten Wandmalereien war zu einem geringen Teil von der Blendlaterne erhellt, die ein erfindungsreicher Florentiner dem Großtyrannen für seine nächtlichen Gänge hatte aussinnen müssen. Eine Reihe verschließbarer Luken erlaubte ein gänzliches wie auch ein teilweises und in seiner Wirkung genau berechenbares Abblenden, desgleichen eine Verstärkung des Lichts durch geschliffene Gläser, die ein Federdruck vor die Ölflamme schob.

Am Licht dieser Lampe saß der Großtyrann vor einem der Schreibtische bei aufgeschlagenen Büchern und gehäuftem Papier. Schrankfächer und Schubladen standen offen, durchwühlte Aktenbündel lagen auf den schwarz-weiß geschachten Fliesen des Bodens. Mit dem Nagel des Zeigefingers eine Zahlenkolonne bezeichnend, sagte der Großtyrann: «Setze dich, Massimo. Ich habe schon nach dem Rentmeister und seinen Kammerschreibern geschickt. Bis sie zur Stelle sind, magst du mir die Zeit vertreiben.»

Umblätternd, hier und da eine Ziffer an den Rand schreibend, fragte er in beiläufigem Tone, was Nespoli über den Mörder des Fra Agostino in Erfahrung gebracht habe.

«Es hat sich eine Reihe von Anzeichen finden lassen», antwortete Nespoli. «Ich bin beschäftigt, ihnen nachzugehen.»

«Eine Reihe, Massimo? Eine ganze Reihe? Das ist viel. Kann das nicht zu viel sein?»

«In meinem Handwerk wird es ein Zuviel nicht leicht geben, Herrlichkeit. Durch Sieben und Sondern des Vielen muß zuletzt das Eine in meinen Händen bleiben.»

«Nun, so unterhalte mich ein wenig von dem Vielen, da es ja scheint, als habest du mir von dem Einen noch nichts zu berichten.»

«Darf ich eine Bitte wagen, Herrlichkeit?»

Der Großtyrann legte das durchgesehene Aktenstück zur Seite und nahm ein neues vor. Er nickte, ohne aufzublicken.

«Es ist die Bitte, die Herrlichkeit wolle sich aller Frage und Einwirkung in dieser Sache enthalten und sich in Gnaden gedulden, bis ich ihr sichere Ergebnisse melden darf.»

«Soll ich dir diese Bitte gewähren, Massimo? Die Gewährung legte mir eine Fessel an. Ich kann nichts versprechen. Du möchtest also ein Gebäude erstellen, und es ist dir nicht recht, wenn ich deiner Maurerarbeit zuschaue? Ich soll vor dem fertigen an ein Wunder glauben; soll nicht zusehen dürfen, daß es Stein um Stein geschichtet worden ist wie alle anderen irdischen Häuser auch? Ist es das, Massimo? Und wer bürgt mir dafür, daß es nicht die bloße Fassade eines Gebäudes ist, vor die ich geführt werde?»

Er hob sein schönes Grüblergesicht von den Papieren und lächelte.

«Immerhin, warum sollte ich dir das nicht gewähren? Es ist ja nur eine Bitte auf vierundzwanzig Stunden, denn morgen als am dritten Tage — oder, wenn ich die Fristsetzung weitherziger auslege, übermorgen früh wirst du mir ja den Mörder zuführen. Ich kann dessen gewiß sein, wie ich deiner gewiß sein kann, nicht wahr, Massimo?»

Nespoli erwiderte mittelbar, indem er sagte: «Ich glaube das Zutrauen der Herrlichkeit in anderthalb Jahrzehnten nicht getäuscht zu haben; zum mindesten trachtete ich, es zu verdienen.»

Der Großtyrann nickte zerstreut, faltete die obere Ecke einer Seite zu einem Eselsohr und blätterte weiter.

Nach einer Weile fragte er. «Sagtest du etwas, Massimo? Täusche ich mich oder klang ein Vorwurf aus deiner Stimme? Oder schwiegst du, und es hat sich mir nur ein vorwurfsvoller Ausdruck deines Gesichts mitgeteilt? Vergib, ich habe mich hier von einem Ziffernposten fesseln lassen.»

«Es steht mir nicht an, der Herrlichkeit Vorwürfe zu machen.»

«Du mußt nicht gekränkt sein, Massimo. Streiten wir nicht um Worte. Was hast du?»

«Die Herrlichkeit befiehlt mir aufzuschließen und verwehrt mir den Zutritt zur Schlüsselkammer!» rief Nespoli, bestrebt, Ehrfurcht und Unmut gleichermaßen in seine Stimme zu legen; so zwar, daß keins von beiden das andere ungebührlich verschattete. «Ich meine, indem die Herrlichkeit mir keinen Blick in jene Staatsgeschäfte gestattet, mit denen sie Fra Agostino betraute», fügte er hinzu, indem er durch die Ergebenheit seines Tones zu mildern suchte, was etwa am Inhalt der ersten Worte das Maß des Zulässigen übersprungen haben könnte.

«Aber wer sagt dir denn, daß der Schlüssel in jener Kammer hängen muß?» fragte der Großtyrann verwundert. «Du hast dir diese Meinung gebildet, weil es dir an Fähigkeit oder an Glück gebrach, den Schlüssel zu finden. Du gleichst einem Jäger, der die Spur eines seltenen Waldtieres verloren hat: da will er denn sich und andere glauben machen — obwohl er zu dieser Meinung keine andere Ursache hat als die eigene Verlegenheit —, das Tier müsse sich in die Schatzkammer des Heiligen Vaters geflüchtet haben, und er spricht: erlaubte man mir nur einmal, die Schatzkammer zu betreten, so genügte mir ein Griff, mich des Wildes mächtig zu machen. — Das sind Ausflüchte, obzwar sehr menschliche. Allein manneswürdig sind sie nicht, diese Krücken des Unvermögens, diese ewigen: dürfte ich nur einmal... ja, dann...!»

Es geschah selten, daß der Großtyrann tadelnde Worte auf eine so unverhüllte Art aussprach. Sie erschreckten Nespoli um so mehr, als er im heimlichsten einräumen mußte, daß des Großtyrannen Vergleich den Bewandtnissen des Falles gerecht wurde. Eine Weile saßen sie schweigend, jeder mit den Gedanken beschäftigt, die er hinter der Stirn des anderen vermutete.

Endlich begann der Großtyrann: «Sage mir, Massimo, wirst du alt? Berufe wie der deinige nähren sich vielleicht vom Grundstoff des Menschen und können sich nicht begnügen mit dem, was Schlaf und Speise ihrem Ausüber an neuen Kräften zubringen.»

Leichthin, dennoch voll Unerbittlichkeit berührte hier der Großtyrann jene heimliche Angst, die in Nespolis Selbstzweifeln während dieser Tage sich schon eine Stelle geschaffen hatte. Fand er sich wirklich nur der Widerständigkeit einer vielleicht unlösbaren Aufgabe oder aber einem Weichen seiner Kräfte gegenübergestellt? Und war es erdenklich, daß auch Vittoria schon Wahrnehmungen dieser Art an ihm zu machen meinte? Was sie band, war das nicht mehr er selbst, sondern nur noch Macht und Hoheit seines Amtes als des höchsten ihr erreichbaren Mannes? «Wendete sich etwa der Großtyrann ihr zu, verlöre sie dann noch einen Herzschlag an mich?» Aber waren denn nicht Amtsmacht und Stellung auch Teile seiner selbst?

Der Großtyrann hatte für einige Sekunden innegehalten, obwohl er keine Antwort erwarten mochte. Er fuhr fort: «Solltest du schon müde sein, Massimo? Nein, nein, ich weiß, daß dein Eifer stärker ist als deine Ermüdbarkeit. Indessen glaube ich, daß du nicht aus Eifer handelst, sondern aus jägerischer Leidenschaft, und ich weiß nicht, ob mir das gefallen soll. Denn dein Eifer würde mir und meinem Dienste gelten, während deine Leidenschaft doch nur sich selber und ihre Befriedigung meint. Ich wäre demnach nichts als der Grundherr, in dessen Forsten du deiner Jagdlust nachgehst. Nun, sei es, wie es will, vielleicht ist es müßig, solchen Dingen nachzudenken. Dennoch, ich gäbe viel darum, dies Verhältnis deines Eifers zu deiner Leidenschaft genau zu kennen.»

«Ist denn der Herrlichkeit nicht damit gedient, daß ja Eifer und Leidenschaft dem gleichen Ziele nachjagen?»

«Es möchte sein», antwortete der Großtyrann. «Aber ich könnte mir auch vorstellen, daß sie einmal getrennte Bahnen liefen, und das wäre die Stunde, da ich zu bedenken hätte, ob nicht auch du selber, mein Massimo, einer Trennung bedürftest. Einer dergestaltigen Trennung, meine ich, daß mit dem Kopfe der Eifer, mit dem Rumpfe die Leidenschaft begraben würde.»

Nespoli konnte es nicht hindern, daß sein Körper zusammenzuckte. Ein schauriger Frost eilte seinen Rücken hinab und machte jedes Härchen seines Leibes sich aufrichten.

«Du mußt nicht blaß werden, Massimo, das sind Gefahren, die ein jeder läuft, wenn es ihn drängt, mehr zu wirken und zu gelten als ein Küfer oder Schreiner. Und was meinst du, welchen Gefahren ich selber mein Leben lang ausgesetzt war? Erinnere dich nur des jüngsten Vorkommnisses im Garten. Und sieh, es gibt noch einen Fall, der mir Anlaß bieten könnte — nein: Anlaß bieten müßte —, an eine solche Trennung zwischen deinem Kopfe und deinem Rumpf zu denken: dies wäre jener Fall, daß es dir nicht gelänge, den Mann ausfindig und stellig zu machen, der das Ableben des Fra Agostino bewirkte und mit gleicher Ungefährdetheit das meine hätte bewirken können. Es wird ja auch von Königen berichtet, die ihren Leibärzten den Kopf nehmen lassen, wenn sie nicht imstande sind, eine offenbare Krankheit zu beheben oder aber — und dies liegt uns näher — eine verborgene Krankheit aufzudecken. Sieh, es wäre ja nicht, weil ich dich auf einer Begrenztheit deines Könnens betroffen hätte, denn diese wäre wohl nicht strafenswürdig —, obgleich es fraglich scheint, ob ich am Vorsteher meiner Sicherheitsbehörde nicht auch eine solche zu strafen hätte, und sei es nur des Beispiels halber oder weil er mir betrüglich eine allzu hohe Schätzung seiner Fähigkeiten durch Jahre aufgenötigt hätte. Ich glaube auch nicht an eine Begrenztheit deines Könnens oder doch nicht daran, daß seine Grenzen bereits bei einem Falle, wie es der des

Fra Agostino ist, sichtbar werden könnte. Nein, ich müßte an einen Mangel deines Eifers glauben. Mangel an Eifer auf einer Stelle läßt aber immer schließen, daß ein anderer Antrieb stärker wirkt, als der Drang, mir zu Diensten zu handeln. Und du sollst keine anderen Götter haben neben mir. — Nach Göttinnen frage ich nicht», setzte er nach einer kleinen Weile gleichgültig dazu.

Draußen wurden Schritte vernehmlich.

«Da kommen meine ängstlichen Rechenkünstler», sagte der Großtyrann. «Gute Nacht, Massimo.»

10

Nespoli begab sich nicht mehr zur Ruhe. Er weckte den Schieler und ließ seine Menschenfischer holen. Er stellte Fragen, er erteilte Befehle und war gepeinigt von der Vorstellung, die Hunde könnten wahrnehmen, daß dies ja weder Fragen waren noch Befehle, sondern flehentliche Bitten. Immer von neuem begann das Durchlaufen längst verworfener Denkwege, das Nachsinnen hinter dem, das als möglich allenfalls gedacht werden konnte. Wie durch ein Sieb rann in Nespolis Hirn die gesamte Einwohnerschaft der Stadt. Was übrigblieb, war Abhub und gering. Fast von jedem Menschen war ausgemittelt, wo und wie er jene Nacht hingebracht hatte, in jede Lebensritze hatten Nespoli und seine Hunde späherisch sich eingebohrt.

Für die Länge eines kleinen Stundenteils hob ihn bisweilen eine abenteuerliche Hoffnung. Dann war er versucht, scheinbare Fingerzeige gewichtig zu nehmen, obgleich deren Läpperei ihm unverhohlen blieb; so verzerrte ein fratzenhafter, ihm selber verächtlicher Spuk der Wünsche die klare Folgekraft seiner Denkwelt. Er erlitt alle Qualen des Selbstzweifels. Er warf sich sein Alter vor wie eine Verfehlung.

Am Morgen durchging Nespoli das Gefängnis und besuchte die letzteingebrachten Häftlinge. Abermals überzeugte er sich leicht, ob auch mit Widerstreben, daß ihrer keiner ernsthaft mit Fra Agostino in Verbindung gesetzt werden konnte. Er verfügte einige Freilassungen und verließ dann, vom Schieler begleitet, den Bürgerschaftspalast, um den gewohnten vormittäglichen Rundgang durch die Stadt zu machen.

Der Markt war erfüllt von Menschen, Lärm und Gerüchen; allerlei Früchte und Gemüse flammten buntfarbig im Sonnenlicht. Ein paar Stände waren schon abgeräumt, hier klaubten Arme weggeworfene Überreste auf, Straßenbuben und riesige verwilderte Hunde balgten sich um Abfall. Zank, Gelächter, Schacher, Schwatzen und Bettelei brausten und summten in Vielfalt. All dies war unverändert und von je, es hatte die warm atmende, die unbarmherzige Natürlichkeit des Lebens. Nichts deutete eine Bereitschaft an, teilzunehmen an Nespolis Sorgen.

«Gewürzkuchen, frische Gewürzkuchen!» schrie die alte Hökerin.

«Weint, Kinder, weint! Weint, bis euch die Mutter frische Gewürzkuchen kauft!»

Nespoli hatte sie ungezählte Male rufen hören; heute empfand er die gellende Stimme wie eine ihm zugefügte Unbill. Dies warzige alte Weib hatte alles vor ihm voraus: ihr Leben, heil und aus einem Stücke gemacht, war noch heute, wie es vor drei Tagen gewesen war; das seine nicht. Für Augenblicke wandelte ihn eine böse Lust an, die unbeirrt rufende Hökerin packen und wegschleppen zu lassen, damit auch sie die grauenvolle Veränderbarkeit des Daseins plötzlich erfahre.

Der starke Duft wohlfeiler Schönheitsmittel belästigte ihn, der Geruch in minderem Öl gebackener Fische wollte ihm Ekel bereiten.

«Frische Fische! Frische Fische!» rief der Verkäufer. «So frisch, wie Fra Agostino noch vor wenigen Tagen war!»

Der Marktaufseher, ein invalid gewordener ehemaliger Leibwächter des Großtyrannen, humpelte eilig heran, das Stelzbein stieß hart gegen das Steinpflaster. Er machte die vorgeschriebene Meldung. Nespoli winkte mißwillig ab. Seiner Gewohnheit nach trat er an ein paar Verkaufsstellen und prüfte die Gewichte, im voraus wissend, daß hier niemand einen Betrug wagte.

Er ging weiter, ingrimmiger Grübelei überantwortet, gleichzeitig aber seine Beobachtungswerkzeuge in fast unnatürlicher Bereitwilligkeit haltend. Er merkte auf jede Äußerung, die sein Ohr zu fassen vermochte. Hierbei wußte er: nur für ihn hatte sich das Leben auf einen Punkt verengt, für alle anderen rann es breitbettig weiter; es wurde Nespoli nicht erlaubt, um der einen Sache willen all die kleinen Jedentagsdinge außer acht zu lassen, zu deren Hut und Kenntnis er bestellt war und aus welchen ja auch alle Wichtigkeiten sich nährten. Deutlich spürte er die Verlockung, jeden Lebensumstand, jedes Stückchen des hundertfältigen Stadtgetriebes mit Fra Agostinos Tode zu verbinden. Dieser Gefahr suchte er zu begegnen, doch wurde ihm das dadurch erschwert, daß in der Tat Mutmaßungen über den Mörder viele Markt- und Gassengespräche beherrschten. Dabei aber redeten die Leute von dem Vorfall, der ihn, Nespoli, an seinem Wesen bedrohte, nicht sehr anders als von der Geburt eines dreiköpfigen Kalbes, von einer Feuersbrunst oder Heirat, und nur die tags zuvor ausgelobte Belohnung verlieh ihrer Anteilnahme einen Zug von gieriger Leidenschaft.

Sie gaben Nespoli Raum und grüßten voll Ehrerbietung. Ihm war es, als sehe jeder Begegner ihn erwartungsvoll an, gleichsam als wolle er von seinem Gesicht eine Antwort auf die Frage nach dem Mörder ablesen. Oder begannen diese Mienen bei aller scheinbaren Unterwürfigkeit des Grußes nicht schon Schadenfreude anzudeuten, winzigen Spott, ja, das Ärgste: ein Mitleid? Er mußte sich Gewalt tun, die Augen nicht abzuwenden, sondern sich in jener gleichgültigen und kühlen Sicherheit, zu welcher seine Stellung ihn nötigte, zu behaupten. Aber konnte es nicht hinter ihm bereits ein Köpfezusammenstecken geben, ein Tuscheln, ein eifriges Blickewerfen?

Am Südtor rief er die Wache heraus und ließ sich, wie wenn nichts geschehen wäre — denn in diesem Wahn suchte und fand er für die Augenblicke einer solchen Verrichtung einen geringen Schutz —, Meldung von den vorgefallenen Ein- und Ausreisen machen, gleich als könnten diese für ihn noch eine Bedeutung haben. Er beschloß, das nämliche an der Pforte der Barmherzigkeit zu tun, und erkannte im nächsten Augenblick die Ursache seines Entschlusses: der Weg von dem einen Tor zum andern führte am Confinischen Hause vorüber.

Die Gasse folgte gewunden dem Zuge der Stadtmauer. Es war totenstill, niemand begegnete ihm, auch die Ausläufer des marktlichen Treibens reichten nicht bis hierher. Der gelbe Sonnenschein des späten Vormittags lag verschlafen auf der trockenen Bodenkruste, von der unter Nespolis und des Schielers Tritten kleine Staubwolken langsam abstoben und nach kurzem Verweilen in der unbewegten Luft zergingen. Hart beieinander standen, von Türmen überragt, die rötlichen und safranfarbenen Geschlechterhäuser mit den geschlossenen Fensterläden.

Nespoli schaute auf. Wie hatte er denn hoffen können, Vittoria an einem der Fenster zu sehen? Das Haus der Confini lag tot und stumm wie die anderen. Nur vor dem versperrten Hoftor dehnte sich Vittorias große, nebelfarbene Katze, ein Tier von edler morgenländischer Abstammung, blinzelte in der Sonne und schlug dazwischen schläfrig nach einem vorbeiflatternden Schmetterling.

Nespoli, welchen nichts zu Tieren zog — auch das Pferd war ihm nur ein Werkzeug der Fortbewegung —, vermochte in der Katze kein Zubehörstück eines geliebten Lebens zu erblicken. Er ging rasch weiter, ein paar Male den Blick auf das Haus zurückwendend, und es kam ihn ein Schauer an vor der gespenstischen Verlassenheit des Ortes und der Stunde, welche ihm gleichnishaft seine eigene Bewandtnis anzuzeigen schienen. Der Schieler trottete hinter ihm drein; im Vorübergehen war er der Katze flüchtig über das sonnenwarme Fell gefahren, ohne indessen einen Blick auf das

Haus zu werfen, welches doch auch für ihn einen vertrauten Menschen umschloß; dies war Agata, eine mürrische und ältliche Person, halb Beschließerin, halb Magd der Confini, und der Schieler hatte das Liebesverhältnis unlustig begonnen auf Nespolis Geheiß — als das gewöhnliche, aber bei aller Hergebrachtheit immer wieder sich empfehlende Mittel, um zwischen der Herrschaft einen verstohlenen und ungestörten Austausch von Nachrichten und Vereinbarungen zu begünstigen. Auch Agata war nicht zur Zärtlichkeit geschaffen. So hatten sie sich zusammengeschlossen in einer trockenen und wortarmen Kameradschaft, um ihren Brotgebern gefällig zu sein und Trinkgelder zu empfangen. Sie fanden beide ihren Vorteil, und Agata nahm es träge hin, wenn sie bisweilen mit ihrem schielenden Liebhaber geneckt wurde.

«Es ist nichts vielförmiger als die Liebe», sagte Vittoria lächelnd zu Nespoli, den Spruch ihres Petschafts auf die sonderbaren Liebesleute anwendend.

11

Ohne ein sicheres Ziel durchschritt Nespoli die Pforte der Barmherzigkeit und gelangte in die ärmliche Vorstadt, die mit ihren Frucht- und Gemüsegärten allmählich ins offene Land hinüberleitete. Bestrebt, seine Aufmerksamkeit von dem, das ihm allein wichtig war, abzuziehen und sie, wie es ja von ihm gefordert wurde, der Gesamtheit seines Pflichtenkreises zuzuwenden, erinnerte er sich plötzlich jenes Mädchens, das den Tod im Wasser gesucht hatte und tags zuvor aufgefunden worden war.

Seitab der Vorstadtstraße führte auf den Fluß zu ein schmaler Durchgang, welcher das Gäßchen der Wäscherinnen genannt wurde. Nespoli bog ein und betrat nach wenigen Schritten das kleine und verwahrloste Haus, das einer Höhlung in zerklüftetem Felsgestein ähnelte.

Der Raum war niedrig und düster. In seiner Mitte lag

auf dem gestampften, höckerigen Estrich etwas Weißes. Dies mochte der Leichnam sein. Um ihn war ein scharfer Geruch von Wein und Essig, denn mit diesen Flüssigkeiten hatte man ihn gewaschen, um die natürliche Zerstörung noch hinzuhalten.

Drei kleine Kinder, die auf dem Fußboden gespielt hatten, waren bei Nespolis Eintritt verstummt.

«Wo ist die Mutter?» fragte er.

«Am Fluß. Bei der Arbeit», antwortete das größte — Nespoli konnte noch nicht unterscheiden, ob es ein Knabe oder ein Mädchen war.

«Soll ich sie holen, Herr?»

«Ja.»

Das Kind ging zur Tür.

«Halt», sagte Nespoli. «Du kannst deine Geschwister mitnehmen.»

Die drei waren draußen. Nespoli hatte von ihrer Gegenwart eine Befangenheit gespürt; er hatte nicht gern mit Kindern zu schaffen, hierin waren sie ihm den Tieren ähnlich.

Mittlerweile hatten seine Augen sich der Dämmernis des Raumes angepaßt. Er neigte sich über die Tote und betrachtete ihr Gesicht, welches gänzlich weiß war. Kaum ließ sich unterscheiden, wo das Weiß der Haut in das Weiß des langen, sorgsam geplätteten Hemdes überging. Man hatte die Tote auf eine grobe und mißfarbene Tuchdecke gebettet und ihr ein billiges Kreuz zwischen die gefalteten Hände gesteckt.

Der Schieler hatte sich ohne Anteil auf die Eckbank gesetzt, willens, die Kühle des Raumes, der freilich von dem säuerlichen Dunst der Armut erfüllt war, in Ruhe zu kosten. Dies war eine der wortlosen Vertraulichkeiten, die er sich bisweilen gestattete, wenn er mit seinem Herrn allein war. Er schrak auf, als er Nespoli zur Tür eilen sah.

Nespoli trat hinaus und erblickte die Kinder, welche in einiger Entfernung die Gasse flußwärts hinuntergingen; das größte schritt in der Mitte, in obsorglicher Ordnung die Geschwister an den Händen führend.

Nespoli rief ihnen nach, sie wandten sich um.

«Die Mutter soll erst in einer halben Stunde hier sein!»

Das Große nickte zum Zeichen, daß es verstanden hatte.

Nespoli kehrte zurück, der Schieler sah mit Verwunderung die Erregtheit seiner Miene.

«Schieler», sagte Nespoli, «du gehst sofort und holst mir einen Arzt oder eine Hebamme — gleichviel — wen du am geschwindesten fassen kannst.»

Der Schieler stand auf und entfernte sich schweigend.

Das Mädchen hatte nicht lange im Wasser gelegen, so hatten seine Gesichtszüge keine Entstellung erfahren können. Die Mienen waren voll eines anmutigen, wiewohl unbelebten Ebenmaßes; sie zeigten die erhabene Leere eines schöngemeißelten augenlosen Steinbildes. Wie sie dalag, schien sie nie lebendiger gewesen zu sein als eben jetzt. Es hätte Mühe und eine kleine Ergriffenheit gekostet, in der Aufgebahrten die gleiche zu erkennen, die noch jüngst, vorgebeugt kniend, bei der Arbeit am Flußufer zu sehen gewesen war oder mit ihrem schlanken Gang, den Korb, von der rechten Hand gestützt, auf dem schwergeknoteten, hellbraunen Haare tragend, die Wäsche in die Häuser der Kunden gebracht hatte.

Nespolis Geist stand solchen Erinnerungen und Vergleichen nicht offen. Nespoli fuhr mit beiden Händen tastend über den rechten Oberarm des Mädchens, welcher sich unter dem weißen Hemdärmel kalt und rauh anfühlte. Dieser Arm mußte kräftig genug gewesen sein, einen tödlichen Stoß zu führen.

Nespoli erschrak. Wohin hatte er sich fortreißen lassen? Er hätte den Schieler zurückrufen mögen.

Er spürte, daß er an einer Grenze stand. Oder hatte er sie bereits übersprungen? Er, welcher mit klaren Sachbeständen zu schaffen hatte — und nur mit diesen! —, er sah sich plötzlich verfangen in die teuflische Lockung, Wolkenbänke für Straßen, Schatten für Körper, aufzuckende Irrlichter, wie sie im Fiebersumpfland einherhuschen, für die strenge Heiterkeit des umrißscharfen cassanesischen Mittagsscheines zu nehmen. Er schüttelte sich.

«Was denn, was denn», sagte er halblaut, seiner inneren Meinung zuwider, «was tue ich denn anderes als meine Pflicht, die mir ja gebietet, jeder Möglichkeit, ja, einer jeden bloßen Denkbarkeit nachzusinnen und auch die verwegenste nicht außer Betracht zu lassen?»

Er ging hastig durch den Raum, längs und quer. Er umkreiste den Leichnam, türmte Mutmaßungen und entsetzte sich vor dem Schaumgebäude, das plötzlich vor ihm stand und den Anspruch erhob, als ein unerschütterbarer Quaderbau hingenommen zu werden. Hitzig wünschte er den Schieler herbei mit dem Arzt oder der Hebamme, um der widerspruchsvollen Qual dieser zu Stunden wachsen wollenden Minuten enthoben zu werden — auf diese oder jene Weise.

Der Arzt trat ein, hinter ihm der Schieler. Es war ein mißlauniger Mann von gesammelten Jahren, und sein Gesicht gleichwie die Gebärde, mit welcher er über der Brust den leichten schwarzen Seidenmantel zusammenhielt, bekundete seine Bereitschaft, sich augenblicks an seiner Würdigkeit gekränkt zu fühlen, sobald nur ein geringer Anlaß sich bieten werde.

Nespoli begrüßte ihn und bat um eine Untersuchung der Toten.

«Untersuchung welcher Art?» fragte der Arzt.

«Es heißt, sie habe ein Kind erwartet.»

«Eine Aufgabe für Hebammen», erwiderte der Arzt mürrisch. «Dazu bin ich hergebeten worden?»

Sein offenkundiges Widerstreben gegenüber einer Verrichtung, die außerhalb der herkömmlichen Grenzen seiner Zunft lag, schien Nespoli sekundenlang eine Rettungspforte öffnen zu wollen, durch welche er aus der beklemmenden Nebelwirrnis in die Klarheit seiner angestammten Tatsachenwelt zurückkehren konnte. Allein die knurrige Unehrerbietung im Tone des Heilgelehrten brachte ihn auf und machte ihm den Rückzug unmöglich. Nun dünkte es ihn gewiß: die Untersuchung hatte zu geschehen, und ihr Ergebnis mußte die Entscheidungskraft eines Beweises haben!

Er antwortete mit Bestimmtheit, fast schroff: «Ihr seid nicht von einem beliebigen Manne hergebeten worden, sondern herbestellt in einer dringlichen Sache vom Vorsteher der Sicherheitsbehörde. Ich bitte zu beginnen.»

Der Arzt zuckte wortlos die Achseln und hob die Arme seitlich vom Körper ab, um sie in verdrießlicher Ergebung gegen die Oberschenkel fallen zu lassen. Mit dieser Gebärde schob er Nespoli als dem Vertreter der ungelehrten Gewalt die Verantwortlichkeit für eine Verletzung der gelehrten Standesgrenzen zu. Hierauf trat er an den weißen Leichnam.

Nespoli begab sich ans Fenster und starrte auf die rissige, bröckelnde Wand des gegenüberliegenden Hauses.

«Es ist der vierte Monat», meldete nach einer Weile die widerwillige Stimme des Arztes.

Nespoli wandte sich um.

«Ein Irrtum ist nicht denkbar?» fragte er rauh.

Der Arzt schüttelte gekränkt den Kopf.

Nespoli rechnete zurück. Sein rasches und verläßliches Gedächtnis stellte ihm augenblicks den ersehnten und gefürchteten Sachbestand zur Verfügung: in jener Zeit hatte sich Fra Agostino, der insgeheim nur für Tage in Cassano einkehrte, durch mehrere Wochen in der Stadt aufgehalten.

Nespolis Blick begegnete dem des Schielers, welcher voll eines schwermütigen Spottes war. Er erkannte, daß sein Diener unverzüglich die gleiche Rechnung angestellt hatte, und wandte zornig seine Augen von denen des mitwisserischen Erraters ab.

«Was macht Messer Confini?» fragte er mit Hast, um den Augenblick zu überbrücken. «Oder gehört er nicht zu Euren Kranken?»

Der Arzt antwortete mit einem abschätzigen Ausweichen; denn es hatte ihn beleidigt, daß Monna Mafalda außer ihm noch andere Ärzte, ja, allerlei Kräuterweiber und volksmäßige Heilkundige an der Behandlung ihres Bruders teilnehmen ließ. Hierin hatte auch die üble Laune ihren Grund, in welcher er dem Schieler gefolgt war und Nespoli unwissentlich bestärkt hatte, die schöne Geistesschwache nach ihrem Tode jenes Dolchstoßes zu bezichtigen.

Nespoli hörte der Antwort des Arztes nicht zu, dankte zerstreut und ließ ihn gehen.

12

Gleich darauf wurde zaghaft an die Tür geklopft; mit diesem Pochen bat die Wäscherin um die Erlaubnis, ihr Haus betreten zu dürfen.

«Herein.»

Die Frau kam, ausgedörrt, faltig und von der Arbeit zerschlissen. «Bleibt draußen, ihr!» rief sie über die Schulter den Kindern zu.

«Du kannst heimgehen, Schieler», sagte Nespoli heiser und haßte den Mann, von welchem er sich durchschaut wußte.

Danach richtete er seinen Blick auf die Wäscherin. Ach, wie gut kannte er diese Leute! Sie waren trübe, ängstlich und voller Gier. Man mußte nur schauen, worauf ihre Ängstlichkeit und ihre Gier zielten, so war alles zu erreichen.

«Es ist ein Leiden über dich gekommen», begann er. «Ich bin bei dir eingetreten, um einen Blick auf die Tote zu werfen, die ich als eine Lebende manches Mal gesehen habe. Wann wird die Bestattung sein?»

Die Frau strich sich bekümmert über die nasse Schürze.

«Ach, Herr, die Bestattung! Ich bin in Ängsten. Es heißt doch, wenn einer seinen Tod selber angestellt hat, dann dürfe er nicht christenmäßig zur Erde gebracht werden.»

«Hast du den Pfarrer gefragt? Zu welcher Kirche gehört ihr? Zu San Giovanni dem Täufer?»

«Nein, zu den Zwölf Aposteln, Herr. Ich habe nicht selber hingehen können, Herr, wegen der Arbeit, darum habe ich meinen Buben zum Pfarrer geschickt. Der Pfarrer ist nicht gekommen. Wir sind arme Leute, Herr.» Sie fuhr sich mit dem Handrücken über die Augen, und es war etwas Gewohnheitliches in dieser Bewegung, so als klage sie gern vor den Nachbarinnen.

«Nein, der Pfarrer ist nicht gekommen», fuhr sie fort, «aber es ist jemand anderes dagewesen.»

«Und wer?»

«Sperone war da, Sperone, der Färber», sagte sie geheimnisvoll.

«Was hat er gewollt?»

«Ich habe den Pfarrer so sehr bitten lassen», wiederholte sie in einer weinerlichen Verzückung. «Erst ist er nicht daheim gewesen, und hernach hat er sagen lassen, er müsse noch mit seiner Obrigkeit sprechen. Aber Sperone ist gekommen, ungebeten, ungerufen. Der Geist hat ihn hergetrieben. — Ja, der Geist», setzte sie ehrfürchtig hinzu. «Sperone hat ihr das Kreuzchen in die Hände gesteckt, er hat bei ihr gebetet. Man sagt, sein Gebet habe viel Kraft. Sperone ist ein heiligmäßiger Mann.» Als beichte sie etwas sehr Verborgenes, fügte sie in einem scheuen Flüstertone bei: «Zuerst hatte ich geglaubt, er werde das Mädchen vielleicht von den Toten erwecken. Denn es heißt doch, er habe die Macht dazu. So wie er ja auch Macht hat, Kranke gesunden zu lassen.»

Offenbar war es der Frau unbekannt, daß Selbstmördern, welche nicht im Besitz ihres völligen Verstandes waren, das christliche Begräbnis nicht vorenthalten werden darf. Weil der Pfarrer sich Zeit gelassen hatte, sah sie das Mädchen schon in ungeweihtem, ja, in verruchtem Boden eingescharrt.

Sie wollte nun abermals von dem Pfarrer und der Bestattung reden, doch ließ Nespoli das nicht zu.

«Höre, du brauchst nichts zu fürchten», sagte er. «Ich werde dafür sorgen, daß der Pfarrer kommt, daß die Leiche eingesegnet, das Totenamt gehalten und alles nach den christlichen Bräuchen getan wird. Ich verspreche es dir. Hier, das ist für die Messe.»

Er legte ein Geldstück neben den Leichnam auf das Tuch.

«Ich danke, Herr. Ich danke», stotterte die Wäscherin, neigte sich vor und küßte Nespolis hängenden Rockärmel. Sie griff an ihre Schürze, sie fuhr sich über die Augen und schien sich zu wortreichen Danksagungen anschicken zu wollen.

Diese hinderte Nespoli, indem er sagte: «Du mußt mir noch ein paar Auskünfte geben, an denen mir gelegen ist. Du weißt ja, wer ich bin. Es ist mir in meinem Berufe nötig, alles zu wissen, was in Cassano geschieht.»

«Frage nur, Herr!» rief sie eifrig. «Alles, Herr, was du willst! Ich bin dankbar! Du wirst es nicht dulden, daß die arme Kleine auf dem Schindanger verscharrt wird. Frage nur! Nein, ich bin keine Undankbare! Herr, ich danke dir, du bist mir ein großer Trost. Frage nur.»

Nespolis Fragen waren vorbereitet, Nespoli war ein vielerfahrener Fragensteller. Die Wäscherin, welcher das Ziel dieses Gespräches verborgen blieb, redete wirr, abschweifig und mit ungezählten Wiederholungen, wie es ja die Art der einfachen Leute ist, wenn sie einmal zum Sprechen gebracht worden sind. Nespoli hörte geduldig zu, hin und wieder eingreifend, ein allzu geil aufschießendes Rankenwerk beschneidend und die Leidvoll-Gesprächige mit Behutsamkeit an den jeweils gewünschten Punkt hinlenkend. Mitunter machte er sich eine Anmerkung auf seinem Schreibtäfelchen. Einige Male überlief es ihn heiß. Was denn, was denn? mußte er sich einraunen. Das alles bedeutet ja noch nichts, es ist nur für alle Fälle... Bin ich nicht meiner Pflicht zuliebe oft schon viel ungewisseren Fährten nachgegangen? Und ist diese denn so ungewiß?

Er wiederholte der Frau jene ihm zugetragene Äußerung, deren er vor dem Großtyrannen Erwähnung getan hatte: den Ausspruch des Mädchens, welcher die Möglichkeit einer geistlichen Vaterschaft zuzulassen schien oder

— denn so wollte es ihn jetzt bedünken — eine solche Vaterschaft gewiß machte; und es gelang ihm leicht, von der Wäscherin die Bestätigung dieser Worte zu erwirken. Gleichsam von selbst aber schärfte sich über dem Fragen, Antworten und Wiederholen der Ton, in welchem diese Worte gesprochen sein sollten, zu Haß und Drohung gegenüber einem Manne, der die Verführte mit Gleichgültigkeit hatte im Stich lassen wollen.

Das erst zu Erhärtende nahm Nespoli als den Ausgangspunkt — versuchsweise, nur versuchsweise, beteuerte er sich. Schon war die Frage nicht mehr: war das Mädchen im Besitz eines Dolches gewesen?, sondern: konnte etwa erwiesen werden, daß sie nicht im Besitz einer solchen Waffe gewesen war? Sie mochte sie gefunden haben, und der Verlierer — nun, das war begreiflich, daß dieser einen solchen Verlust nicht ruchbar werden lassen wollte, um sich nicht dem Argwohn auszusetzen, er habe sich eines ihn überführen könnenden Werkzeuges entledigen wollen.

Das Mädchen hatte nicht mit der Wäscherin und den Kindern zusammen geschlafen, sondern in einem nach dem Hofe gehenden Anbau, wo es zugleich der eingelieferten und noch nicht in Arbeit genommenen Wäsche zum nächtlichen Schutze zu dienen hatte. In einer Ecke dieses Schlafzimmers hielt sie allerlei Gerümpel aufbewahrt, um das die Wäscherin sich nicht gekümmert hatte. Wer hinderte die Annahme, daß ein alter Dolch darunter gewesen war? Die Wäscherin sprach ja von einer Gewohnheit ihrer Nichte, wo sie hinkam, mit Neugier, mit spielerischer Besitzlüsternheit in weggeworfenem Abfall umherzuspähen und diesen oder jenen Gegenstand an sich zu nehmen. Nespoli empfand klar die Notwendigkeit, ja, Selbstverständlichkeit, den Gerümpelhaufen im Anbau zu durchstöbern. Allein so weit schon hatte er sich forttragen lassen, daß er, irgendeinen störenden Fund befürchtend, sich ohne Mühe eine solche Durchstöberung für überflüssig erklären konnte. Er meinte den Vorgang zu sehen: das Mädchen steht gebückt und gräbt mit den Händen in einem Abfallhaufen, etwas

Metallisches blitzt auf. Die Klinge ist leidlich wohlerhalten, die Waffe zum Gebrauch noch tüchtig, aber der Eigentümer hat sie weggeworfen — wer weiß, vor wie langer Zeit? —, denn der Griff ist schadhaft oder auch nur unansehnlich geworden, so daß es für einen gutgekleideten Mann nicht mehr schicklich wäre, die Waffe am Gürtel zu tragen.

Daß die Waise in jener Nacht außerhalb des Hauses gewesen war, dies stand ja fest. In der Zeit zwischen dem Sterben des Fra Agostino und der Auffindung des Mädchens konnte sie den Weg reichlich zurückgelegt haben, selbst wenn man allerlei Irrgänge und verzweifelte Umhertreibereien annahm. Auch vermochte sie als Ortskundige und Cassaneser Kind vom Garten des Großtyrannen aus an verschiedenen Stellen das freie Land und den Flußlauf zu gewinnen, ohne von der Stadtmauer und den nächtlich verschlossenen Toren gehindert zu werden.

Die Wäscherin geriet wieder in ihr Jammern um Unglück und Schande, indem sie sich selber einer mangelnden Achtsamkeit bezichtigte, und es war offenbar, daß sie nicht nur den Verlust einer willfährigen und bescheidenen Arbeitshilfe beklagte, sondern auch eines Menschen, den sie in ihrer Art wohl lieb gehabt haben mochte. Allein auch ihre Jammerbekundungen ließen sich, wenn man zwecksicher zu Werke ging — und hierauf verstand sich ja Nespoli —, in die passenden Bahnen der Aussage lenken.

«Du kannst das alles beschwören?» fragte Nespoli zuletzt.

«Beschwören? Ja, Herr, wenn du es befiehlst, beschwören kann ich es.»

Nespoli legte eine zweite Münze auf den Tisch. «Ich habe dir ein Stück Arbeitszeit fortgenommen», sagte er, wie mit einer leichten Entschuldigung.

Er nickte der Wäscherin zu und trat hinaus in die schwüle Mittagsglut und Augenblendung der Straße. Er ging stadtwärts. Ein künftiges Gewitter stand schwarzblau zwischen den Türmen.

13

Während sich die Sonne an einem fahlen und bösen Himmel zum Untergang bequemte, schlief Confini ein, matt von der gewitterverheißenden Schwüle, welcher auch die Abgeschlossenheit des Krankenzimmers den Eingang nicht hatte wehren können. Monna Mafalda schickte sein Wasser zum Arzt, obwohl diese Art der Untersuchung am gleichen Tage schon mehrfach vorgenommen worden war, jedesmal durch einen anderen Heilgelehrten; denn Monna Mafalda glaubte um so besser bedient zu sein, je mehr ärztliche Meinungen ihr zu Gebote standen, mochten diese Meinungen einander noch so sehr zuwiderlaufen. Willkürlich stellte sie sich aus den Äußerungen aller Befragten, aller ans Krankenlager gerufenen Ärzte eine Ansicht zusammen, vervollständigte sie durch eigene Zusätze bis zu ganzer Unkenntlichkeit und erhielt sie in einem immerdauernden Fluß. Willkürlich wählte sie unter den Ratschlägen, Verordnungen und Arzneien das ihr Zusagende, ohne daß sie einen Grund dafür hätte angeben können; indessen bedarf ja der selbstgewisse Mensch keiner Begründungen. Obwohl sie jedem der Ärzte aus Grundsatz mißtraute, dünkte sie doch immer die zuletzt gehörte Meinung am gewichtigsten, zum mindesten so lange, bis ihr Verfechter wieder gegangen war. Wunderlicher konnte kein Kranker behandelt werden.

«Die Breiumschläge!» schrie sie in die Küche. «Warum sind die Breiumschläge nicht hergerichtet?»

Agata erinnerte sie übellaunig daran, daß sie ja selber den erteilten Auftrag vor einer Stunde widerrufen hatte.

«Widerrufen? Beim bösen Christus! Heißes Rübenmus sollte es sein statt des Haferbreis, sechzehn Tropfen Fenchelöl dazu. Für das Öl sorge ich selbst, ihr verzählt euch ja alle. Die Flasche ist leer? Laufe zur Apotheke, spute dich, sie wird gleich geschlossen.»

Dann, aus dem Fenster, rief sie ihr nach: «Laß nur. Der Herr schläft. Glaubst du, ich werde ihn deinem Rübenbrei zuliebe wecken? Die Natur hilft sich im Schlafe am besten. Das erfährt jeder, hast du es noch nicht gewußt? Warte, das ist für dich.» Sie kramte in ihrem Gürteltäschchen und warf der Überraschten ein Silberstück zu.

Agata fing es und steckte es ein. Sie bedankte sich mit einem stummen Kopfneigen. Sie war ein schweigsames Geschöpf, das unversorgte Verwandte hatte und jede Münze auf die Seite legte.

Monna Mafalda ging zu ihrer Schwägerin.

Vittoria wußte seit langem, daß es nutzlos war, mit Mafalda kämpfen zu wollen, wie dies alle Leute in Cassano wußten. Daß sie im Augenblick ihres Eintritts jede Hausgewalt mit Selbstverständlichkeit an sich nahm, mußte erduldet werden und war um so leichter zu dulden, als sie sich oft monatelang nicht blicken ließ.

Pandolfos Pflege blieb fast völlig seiner Schwester überlassen; sie ihr zu entreißen, wäre unmöglich gewesen. Wenn Vittoria sich dennoch hier und da in die Sorge um den Kranken einschob, so tat sie es, um nicht außer Kenntnis vom Ergehen ihres Mannes zu bleiben und um nicht dem Gesinde einen Anlaß zur Verwunderung oder zu achtungslosem Gerede zu bieten.

Vittoria saß im Schwanenzimmer, das seinen Namen vom Bildwerk der Decke hatte. Das Tischchen mit dem Zeichenbrett hatte sie ans Fenster gerückt, um die letzte Helle, aus der eine tiefe und unerklärliche Traurigkeit strömte, für ihre Verrichtung zu nutzen. Vittoria war mit dem Entwurf einer Stickerei beschäftigt, auf der kleine geflügelte Genien zwischen Tieren und Fruchtranken spielen sollten. In solchen Arbeiten, die jede Vorlage verschmähten, fand sie Freude, wie sie Freude in den Dichtern fand, die im Latein oder in der Volkssprache geschrieben hatten.

Für alle diese Dinge hatte Pandolfo Confini Unverständnis, ja, Geringschätzung, die er freilich als ein gutgezogener Mensch hinter einer Achtung zu bergen pflegte. Vittoria indessen ließ er hierin gewähren, wie denn ein kühles Gewährenlassen seiner Natur entsprach. Obwohl Vittoria erfahren genug war, um zu wissen, daß man niemandem einen Einzelzug seines Wesens zum Vorwurf machen darf, vielmehr einen jeden Menschen in seiner Gesamtheit fassen muß, so konnte sie es doch nicht hindern, daß Confinis Gefühllosigkeit gegen Tätigkeiten und Ergebnisse, die sie schön und wichtig dünkten, sie immer von neuem mit unmutigem Widerwillen erfüllte. In diesem Betracht schien Nespoli ihrem Manne freilich nicht unähnlich; sonderbar und doch folgerecht war es, daß ihr hierin Nespolis Art nichts Anstößiges bot.

Monna Mafalda steckte den weißumzottelten Kopf durch den Türspalt.

«Ich habe ihn zum Schlafen gebracht», sagte sie befriedigt. «Ich gehe jetzt für die Nacht nach Hause. Sollte eine Verschlimmerung kommen, so schicke nur nach mir. Und sei ohne Sorge; ich denke, ich bekomme ihn bald gesund.»

Alle Gewöhnung konnte es nicht hindern, daß ein grimmiges Flackern Monna Vittoria durch die Gewebe lief, als die Alte so voll gänzlicher Unbefangenheit dies Wörtchen «ich» aussprach.

Aber sie stand höflich auf und geleitete die Schwägerin zur Haustür, und sie hielt höflich still, als Mafalda ihr zum Abschied die Wange klopfte.

Nicht einmal vor seiner Schwester hat er mich schützen können — wie hätte er mich schützen sollen vor den Bedrängnissen, die sich aus mir selber erhoben?, dachte sie, als sie wieder an ihrer Zeichnung saß.

Das Spielwerk der vielbewegten und in Leidenschaftlichkeit gebändigten Formen, in welchem ihre beste Seelenkraft tätig sein durfte, nahm sie binnen kurzem wieder vollkommen hin. Einmal unterbrach sie ihre Arbeit, um an der Tür der Krankenstube zu horchen. Sie hörte die leicht rasselnden, aber regelmäßigen Atemzüge des Schläfers und kehrte ins Schwanenzimmer zurück. Hier hatte Matteo inzwischen Läden und Vorhänge geschlossen und einen Leuchter mit drei ebenmäßig brennenden Kerzen auf den Tisch gestellt.

Vittoria knetete nachdenklich das Brotkügelchen, das zum Auslöschen irregegangener Bleistiftlinien diente.

Matteo kehrte zurück. «Messer Nespoli ist gekommen, um sich nach dem Befinden des Herrn zu erkundigen», sagte er.

Solcherlei Meldungen hatte er in diesen Tagen vielfach zu machen. Denn es kamen zahlreiche aus der Stadt, um nach Confinis Gesundheit zu fragen. Zwar war er kein geselliger und gastlicher Mann, doch gehörten die Confini zu den alten Stadtgeschlechtern, und so wurde eine solche Höflichkeit für notwendig gehalten. Manche indessen begnügten sich, ihre Diener mit einer Frage der bezeichneten Art zu schicken.

«Führe ihn her», befahl Monna Vittoria. Sie trat vor den runden Metallspiegel an der Wand, welcher den Kerzenschein verstärkt zurückwarf, prüfte ihr Gesicht und ordnete mit ein paar Griffen ihr reiches, nach der Mode goldblond gefärbtes Haar. Auf der rechten Wange gewahrte sie einen schwärzlichen Flecken, sie mochte in Gedanken mit dem Zeichenblei die Stelle berührt haben. Sie säuberte sie nun mit dem angefeuchteten Finger, wie eifrige Kinder tun, und lachte gleich darauf über das eigene Gehaben. Ihr Herz war voll Zärtlichkeit und Erwartung.

14

Nespoli trat ein, sein Gesicht war wie ein Hilferuf.

«Wie siehst du aus, Massimo? Ist etwas geschehen?»

«Nichts, nichts», antwortete er feindselig.

In einer Ecke des Zimmers stand, in der Mitte rechtwinklig gebrochen, eine breite Polsterbank an der Wand. Ohne Vittoria zur Begrüßung geküßt, ja, ohne sie berührt zu haben, ging Nespoli auf diese Bank zu und ließ sich nieder wie ein Erschöpfter.

Sie saßen einander schräg gegenüber, durch die Ecke geschieden. Nespoli lehnte sich zurück, so daß seine zerrütteten Züge im Halbdunkel verblieben.

Vittoria forschte umsonst in dem beschatteten Gesicht. Um so beklommener, um so befremdeter wurde ihr zu Sinn, als sie ja an Nespoli eine Selbstbeherrschung gewöhnt war, die ihr oft unnatürlich scheinen wollte, eine Verschlossenheit, die sie manchmal gekränkt hatte.

«Confini schläft. Wolltest du zu ihm?» begann sie unsicher.

Nespoli machte mit der Linken, die, halb aufgestützt, wie leblos über die seitliche Lehne der Polsterbank hing, eine matt abweisende Bewegung.

«Zu dir, Herzenszuflucht», antwortete er. Und halblaut fügte er hinzu: «Ich bin mir selber unkenntlich geworden.»

Er streckte die Beine weit von sich, wie es wohl ein Mensch im Zustande äußerster Ermüdung tut.

Durch alle Beängstigung hindurch, ja, durch die zaghafte kleine Freude an diesem Wort «Herzenszuflucht» hindurch empfand Vittoria, der die feine, frauenhafte Art des Sitzens mit aneinandergestellten Knien natürlich war, sekundenlang diese bäurische und zuchtlose Gebärde als verletzend. Es gab immer wieder Augenblicke — und solche waren häufig vor allem in den Zeitabschnitten gegenseitiger Verstimmungen —, da sie sich peinlich an das geringe Herkommen erinnert sah, von welchem Nespoli aufgestiegen war.

«Vergib, Vittoria», sagte er. «Ich lasse mich gehen. Aber ich habe heute wohl nicht viel Kraft mehr. Ich habe an diesem Nachmittag unter den Augen, unter den Worten und unter dem Schweigen des Großtyrannen eine Reihe arger Stunden hingebracht. Ich habe meine Selbstzügelung anspannen müssen bis ins äußerste; mir ist wenig von ihr verblieben.»

Plötzlich stieß er Worte hervor von einer Wildheit und Empörung, die Vittoria erschrocken zusammenfahren machten.

«Dieser Schuft!» schrie er. «Dieser Schuft! Dieser Bluthund!»

«Wer? Wer? Massimo, wer denn? Alle Heiligen! Was hast du? Es ist dir etwas begegnet!»

Nespoli nannte mit gegeneinandergepreßten Zähnen den Vornamen des Großtyrannen.

«Massimo! Wie sprichst du von ihm?»

Nespoli kam zu sich. Hatte er zuviel gesagt? Aber sollte er denn hier nicht alles sagen dürfen?

So gewaltig war der Schatten, welchen der Großtyrann über alle Lebensverhältnisse in Cassano warf, daß kaum die vertrautesten Menschen unter vier Augen abschätzig oder auch nur urteilerisch von ihm zu reden wagten. Alle hatten sie das Gefühl seiner möglichen Gegenwart. Konnte er nicht plötzlich hinter jedem Vorhang, jeder Säule, jedem Gartenboskett hervortreten, ja, wer bürgte, daß er nicht lauschend hinter dem am Beichtstuhl Knienden stand?

Nie hatte Nespoli Monna Vittoria zu einer Bekanntschaft mit seinen amtlichen Verrichtungen aufgefordert; nie hatte die Lust oder gar die Versuchung sie angewandelt, sich Einblick, geschweige denn Eingang in die Geschäfte seines Dienstes zu erbitten, noch weniger zu erlisten. Sein Amt, das ihn zum ersten Manne in der Stadt, zum vertrautesten Mitarbeiter des Herrschers machte, war ihr eine stolze und ungefährdete Selbstverständlichkeit, gleichwie des Großtyrannen Regierungsgewalt ihr eine Selbstverständlichkeit war. Denn obwohl durch Geburt und Heirat dem Kreise der einst mächtig gewesenen, vom Großtyrannen auf die Seite verwiesenen Stadtgeschlechter angehörig, zählte sie doch ihrem Lebensalter nach eher zu jenen, welche die alte Zeit der Sippenherrlichkeit kaum mehr recht erfahren hatten. Auch von ihrem Manne hatte Vittoria nie ein urteilendes Wort über den Großtyrannen und die Herrschaftsverhältnisse in Cassano zu Gehör bekommen, denn Confini war kein Mensch geheimer Auflehnung, unruhigen oder ehrgeizigen Wühlens; hieran hätte ihn seine nüchterne Vorsicht gehindert, auch wenn nicht seine Hauptgedanken auf Erwerb, Haushaltung und Ruhe gerichtet gewesen wären.

Vittorias erstem Entsetzen folgte eine leidenschaftliche,

eine entschlossene Wissensgierde. Sie spürte Wirrsal und Gefahr; hier wuchs etwas Dunkles, Geheimnisvolles und Strenges, und es schien rätselhaft verwoben mit jener widersprüchlichen Qual, in welcher jeder von beiden des anderen Gefangener war. Sie standen miteinander in der Liebe, und sie standen miteinander in Feindschaft; in jener Feindschaft nämlich, welche zwischen Männern und Weibern gesetzt ist von dem Augenblick an, da unsere Erzeltern Adam und Eva einander erkannten und aneinander ihres Adels verlustig gingen.

Gewahren wir die Veränderung eines uns nahen Menschen, der plötzlich unter sein Schicksal gestellt wird, so suchen wir gern für den ersten Augenblick eine kümmerliche Ausflucht in der Vorstellung, er sei von einer Krankheit befallen, welche ja heilbar ist.

«Massimo, bist du krank?» rief Vittoria. «Du hast Fieber. Ich will dir etwas bringen. Du glühst!»

«Ich bin in den letzten Nächten wohl nicht zu einer rechten Ruhe gekommen», antwortete er und fuhr sich mit dem Taschentuch über die Stirn. «Nein, nein, das hat nichts zu bedeuten, Vittoria. Ich bin empfindlich gegen die Schwüle dieser vorgewitterlichen Stunden. Du mußt nicht weiter daran denken. Ich hätte jetzt nicht zu dir kommen sollen.»

Er sprach gegen den Estrich, undeutlich und eintönig.

«Krank? Nein, krank bin ich nicht. — Des Teufels bin ich! Ganz und gar des Teufels!» rief er plötzlich, indem er den Kopf hob.

Er stand auf, gebückt und verfallen.

«Ach, ich will gehen. Es ist ja gleich», murmelte er.

Ihr Atem zitterte, ihre Stimme flog.

«Ich lasse dich nicht aus der Tür, Massimo, hörst du? Ich bin dir lästig, aber wenn es nötig ist, will ich dir lästig sein. Du kannst mich nicht wegschieben, Massimo, dazu hast du kein Recht, und ich werde das nicht hinnehmen. Habe ich mich jemals in dich gedrängt? Ich habe mir genügen lassen an dem, was du selber mir von deinem Leben einräumtest, aber jetzt... Massimo!»

Sie umklammerte seinen gesenkten Nacken; mit dem Gewicht ihres Leibes zog sie ihn auf die Bank zurück.

In all ihrem Drängen trat überraschend eine mädchenhafte Demut zutage.

«Massimo, Liebster, ich flehe dich an! Warum willst du mich quälen? Du sagst, du seiest nicht krank. Bist du in Gefahr?»

«Man kann es eine Gefahr nennen», sagte er langsam und mit einem bösen Hohn. «Wenn man nämlich die Lage eines Mannes, der auf dem Schafott niederkniet und den Kopf gegen den Block neigt, als eine Gefahr bezeichnen will.»

Sie schrie auf, sie preßte sich an ihn, als sei sie es, die sich von ihm eines Schutzes versehen dürfte. Sie bekreuzte sich und ihn.

«Wozu das alles? Du weißt noch von nichts? Willst du mich schonen mit einer vorgespielten Unkenntnis?» fragte er in einem zornigen Mißtrauen. «Ich denke wohl, die ganze Stadt redet von nichts anderem.»

«Nichts, Massimo, nichts weiß ich!» schrie sie angstvoll. «Nichts! Ich schwöre es dir! Ich gebe dich nicht her!»

Es war in diesem selbstwilligen, verschlossenen, mit eifersüchtiger Härte sich selber bewahrenden Manne dennoch ein Stückchen jenes menschlichen Dranges, welcher einen zum anderen hintreten und sagen heißt: «Hier bin ich, nimm mich und gib mich nicht wieder frei.» Dergleichen deutlich zu machen, ja, dergleichen auch nur mit Deutlichkeit zu empfinden, war ihm verwehrt. Und doch muß, da er, geängstigt und verzweifelt, indessen ohne eine bestimmte Willensabsicht an diesem Abend zu Vittoria kam, sein Kommen diesem Drange zugerechnet werden, aus welchem alle Verbundenheit unter den Menschen sich herschreibt.

Auch jetzt noch hatte er nicht vorgehabt, sich ihr zu eröffnen. Er wollte von Vittoria weder Rat noch Hilfe —

denn wie hätte sie ihm diese gewähren können? Sondern er begehrte von ihr, was alle Männer von allen Frauen begehren: einen Mutterschoß, eine Höhle, in welcher sie sich bergen und klein sein können, um die gefundene Zuflucht mit Kühle oder Beschämung zu verleugnen, sobald sie ihrer nicht mehr bedürftig sind. So wollen sie Gäste der Frau sein, Gäste auf ewig; indessen die Frau geschaffen wurde, festzuhalten, zu besitzen, zu hüten, ja, zu besitzen mit Ausschließung, Eifersucht, Habgier! Und auch Nespoli brauchte vielleicht weniger Vittoria als vielmehr sein Gefühl für sie. Ja, liebt denn auf dieser Erde ein jeder um seinet-, keiner um des anderen willen? Es hat diesen Anschein. Aber es ist nichts vielgestaltiger als die Liebe.

Gegen die Fensterläden schlug plötzlich jener Wind, der als ein ungestümer Herold dem Gewitter voranzugehen pflegt.

Vittorias Drängen hatte die unerbittliche Gewalt einer Sanftmut, welche selten an ihr zutage trat. Nespoli wehrte sich, indessen mit einer bereits verwesenden Stärke seines Willens. Er wehrte sich gegen die von Vorbehalten freie Preisgabe seiner selbst, der er sich dennoch zutreiben fühlte. Er suchte sich alle Verstimmungen und Erkaltungen, die je zwischen Vittoria und ihm vorgefallen waren, ins Gedächtnis zu rufen, und wie konnte er gerade ihr Einblick geben in jenes Nachlassen seiner alternden Kräfte, das ihm in dieser Stunde erwiesen schien?

Wie ein Kind, das voll Hartnäckigkeit eine begangene Näscherei durch Stunden leugnet, mit einem Male die Lippen zum Schuldbekenntnis öffnet, ohne jeden äußerlich erkennbaren Grund, aber auch ohne daß von einer gewissensmäßigen Nötigung geredet werden dürfte, so begann Nespoli plötzlich zu sprechen. Er erzählte von Fra Agostino, er erzählte von seiner Not und Fährnis, er erzählte die Begebenheiten dieses Tages, dessen schwüle Drohung sich draußen im endlichen Losbruch des Gewitters erfüllte und aufhob.

15

Aus dem Gäßchen der Wäscherinnen heimgekehrt, war Nespoli bestrebt gewesen, dem Blick, ja, dem Anblick des Schielers auszuweichen, obwohl er sich nicht verhehlen konnte, daß gerade dies dem Schieler auffallen und den Gedanken recht geben mußte, die er über seinen Herrn haben mochte.

Des Nachmittags hatte er ihn zum Pfarrer der Zwölf-Apostel-Kirche geschickt, um in Sachen des toten Mädchens zur Beschleunigung zu mahnen. Er selbst war ins Kastell gegangen.

Im Hofe stand ein gesatteltes Pferd.

«Die Herrlichkeit läßt Messer Nespoli bitten, sie beim Brückenbau zu suchen», meldete der Stallknecht.

Das kleine Flüßchen, welches in einem Drittelbogen die Stadt Cassano umfließt, voll von Kies und gerölligem Steinzeug, zur heißen Zeit arm an Wasser, wurde unweit des Kastells von einer mächtigen steinernen Jochbrücke überwölbt, die man erbaut hatte, als die Kaiser Roms noch dem abgöttischen Glauben dienstbar waren. Erst weiter abwärts, nachdem es eine Reihe von Nebenwässern empfangen hat, nimmt es an Breite und Tiefe zu, und hier betrieb der Großtyrann, welcher an zweckvollen Bauten eine besondere Lust hatte, seit kurzem die Errichtung einer Brücke und eines befestigten Brückenkopfes.

Nespoli ritt unbeeilt durch die windlose Schwüle. Einige Male zwar fühlte er sich versucht, eine stärkere Gangart zu wählen, um desto schneller den Großtyrannen zu erreichen und eine endigende Entscheidung seines Zustandes herbeizuzwingen; doch warfen ihn wankelmütige Gedanken hin und her, und selbst die qualvolle Frist des kleinsten Aufschubs wollte ihn Gewinn dünken.

Als er die Stadt hinter sich hatte und der weißstäubenden Straße folgte, die hier zwischen der blassen Totenfarbe beschienener Gartenmauern hinging, schrak er plötzlich zurück vor der Bezichtigung jenes Mädchens als vor einem hirnlosen Gespinst, für das von niemandem eine Glaubwilligkeit erwartet werden durfte. Er gelangte in freies Land, ein paar Nebenwege waren auf die Hauptstraße gemündet, die sich nun belebte mit allerlei Karren, Maultiertreibern, Fußgängern und Vieh, mit allerlei Geschwätz, Zurufen und Gelächter; und dies ganze Wesen erfüllte Nespoli mit einem kleinen Gefühl der Sicherheit, so als bekunde sich eine Gemeinschaft zwischen allen Menschen, als sei da etwas Behütendes, an welchem auch er auf eine geheimnisvolle Weise teilhabe; es war ihm nun, es müsse einer der Hunde heute noch mit einer guten und gewissen Botschaft zu ihm kommen. Er ließ das Pferd antraben, gleich als könne er es nicht erwarten, auch dem Großtyrannen etwas von seiner frischen Zuversicht mitzuteilen.

Der abzweigende Feldweg, der, von staubigen Stachelgewächsen eingefaßt, auf den vielfach gekrümmten Fluß zulief, war einsam. Nur einmal überholte Nespoli einen Ochsenkarren mit Balken, welcher der Baustelle zufuhr; auch wurde hier und da bereits an der Ebnung und Verbreiterung des Weges gearbeitet, denn der Großtyrann wünschte ihn in eine stattliche Heeres- und Handelsstraße umzuschaffen. Dann war niemand mehr zu erblicken, links lag ein Ölbaumhain mit bleifarbenem, bestaubtem, unbewegtem Laube, rechts hingen von schichtweise abblätterndem Felsgestein wilde Mispeln und Ginsterbüsche gleich einem düsteren Totenbehang. Der Hohlweg war wie ein glühendes Gefängnis, das Pferd schlich im Schritt und mit gesenktem Kopfe. Nespoli gewahrte, daß es keine Ausflucht gab außer in jener Darstellung, welche in dem selbstmörderischen Mädchen ihren Mittelpunkt hatte; es war, als habe er nur über die Hürde einiger kleiner Bedenken zu setzen, um sich in dieser Darstellung gänzlich unangreifbar und daheim zu fühlen. Er raffte sich zusammen und legte die letzte Strecke dieses höllischen Weges im Galopp zurück.

Endlich erblickte er in mäßiger Entfernung die bewaldeten Bergzüge jenseits des Flusses in allen Abschattungen der grünen Farbe, vom Schwarz bis zum Gelblich-Lichten. Davor hob sich die einzelstehende Hügelkuppe, welche bestimmt war, den Schutz der Brücke und der noch zu bauenden Straße zu übernehmen. Zu einem großen Teil war sie bereits von ihrem dichten Strauchwerk gesäubert, an dessen Beseitigung auch jetzt eine Reihe von Männern und Weibern arbeitete; auf ihren hellen Hemden, die hier und dort aus dem Graugrün der Gewächse vorleuchteten, lag die weißliche, stechende Sonne.

Zwei Leute, von denen der eine dunkel gekleidet war, bewegten sich hügelabwärts; sie erschienen nicht größer als Kinderspielzeug. Auf halber Höhe blieben sie stehen, der eine entrollte etwas Weißes, und der Dunkelgekleidete schien vorgeneigt darauf zu schauen. Dann gingen sie weiter. Es war der Großtyrann, der in eifrigem Gespräch mit dem Baumeister dem Flusse zustrebte und strittige Einzelheiten des Planes mit ihm erörterte.

Nespoli dachte betroffen, ob es nicht möglich sein müßte, sich den Sinn derart zu befreien, daß einem in der Tat die Menschen, und auch die mächtigsten unter ihnen, wie Kinderspielzeuge erschienen, klein, fern und nicht zu fürchten; doch vermochte er diesen Gedanken nicht festzuhalten.

16

Zwischen zerstreuten Gruppen von Pappeln, Ulmen und Weiden ritt Nespoli zum Fluß hinab, über den ein leichtgezimmerter hölzerner Steg gelegt war, um dem Heranschaffen der Baustoffe und dem menschlichen Verkehr zu dienen, bis das dauerhaftere steinerne Brückenwerk vollendet sein werde.

Am Ufer stand der Reitknecht des Großtyrannen mit den beiden grasenden Pferden. Der Großtyrann hatte seinen vielbewunderten Goldfuchs geritten, einen Hengst mit einzelnen weißen Haaren, einem klar gezeichneten Keilstern und silberweißen Hinterfesseln. Nespoli übergab sein Pferd dem Reitknecht und ging auf die Brücke, dem Großtyrannen entgegen. In dem Augenblick, da er sie betrat, hatte er die Meinung, alles Gewisse und Behütende hinter sich zu lassen; dieser Fluß war die Grenze, jenseits deren ihn eine unerbittliche Entscheidung erwartete. Nespoli blickte hinunter auf das hurtig strömende, grünlichtrübe Bergwasser, von dem eine leichte Kühlung aufstieg.

Inzwischen waren der Großtyrann und der Baumeister, ein junger Mensch mit leidenschaftlichem und hochmütigem Gesicht, bis in die Nähe des Ufers gelangt. Der Großtyrann sah mitten im Gespräch auf, erblickte Nespoli und winkte ihm leichthin mit einer begrüßenden Handbewegung, wie man sie wohl für einen vertrauten Untergebenen hat. Er entließ den Baumeister, der sich nun einer Gruppe von Arbeitern zuwandte, und betrat die geländerlose, nur von einzelnen Pfosten gesäumte Notbrücke, auf welcher er und Nespoli nach wenigen Schritten einander begegneten.

Der Großtyrann schien noch gänzlich in seinen Baugedanken befangen. Er deutete mit dem Kopf auf den Baumeister, der zu den Arbeitern getreten war, und sagte lebhaft: «Ich habe einen guten Fang an ihm getan. Das ist es: junge Leute muß man haben, ehrgeizige und noch unenttäuschte Jünglinge, die es nach Beginn und Vollbringen gelüstet. Bei denen rinnt der Wille nicht dünn aus dem Hirn, er schäumt noch aus dem nährenden Blutsaft des Herzens!»

Obwohl der Großtyrann gänzlich aus der Wärme eines Gefühls und nicht aus einer Absicht gesprochen haben mochte, empfand Nespoli eine Verletzung, indem er sich des Gesprächs in der Rechnungskammer erinnerte, und die eigene Altersangst sprang augenblicklich zur Höhe.

«Ich wollte und sollte wohl eine Anzahl starkmütiger junger Leute um mich sammeln wie eine Bruderschaft und jeden zu einem ungemeinen Zweck bilden», fuhr der Großtyrann fort. «Damit ließe sich etwas erreichen! Aber freilich, das Jungsein allein tut es nicht, die Jugend eines Menschen verführt uns, ihn zu überschätzen, gleichwie er selbst es tut, indem wir den aufsteigenden Rauch seiner Hoffnungen als eine Gewähr für die Stetigkeit seiner Wesensflamme nehmen. Wenn wir schon einmal auf ein menschliches Mittelmaß angewiesen bleiben, so sind wir mit dem Mittelmaß eines gesammelteren Alters am besten bedient. Nun, laß hören, was bringst du mir? Ist es richtig, daß sich heute früh in der Wollwebergasse ein Pestfall ereignet hat? Ich hörte die Arbeiter davon reden.»

«Es ist ein Altweibergeschwätz, Herrlichkeit», antwortete Nespoli. «Ein Fuhrknecht von auswärts ist auf der Gasse niedergebrochen. Ich habe ihn ins Kloster der Minderbrüder schaffen lassen, unter denen ja erfahrene Heilkundige sind. Diese versichern, es sei der Ausbruch einer inneren Krankheit, die schon lange in ihm gewirkt und wohl in einer Verstopfung der Leber ihre Ursache haben müsse. Der Mann war blatternarbig und hatte sich im Fall zwischen den Narben einige dunkle Beulen gestoßen. Da nun die Furcht große Augen hat, so haben einige hierin die Anzeichen der Pest erkennen wollen. Ich habe im Kloster bestellen lassen, man möchte mir heute noch eine Nachricht über sein Ergehen senden, fürs nächste aber ihn vorsichtshalber von den übrigen Kranken abgesondert halten.»

«Wahrhaftig, Massimo, man braucht keinen Jungen, wenn man dich hat. Deine Augen sind überall.»

Nespoli fühlte: Es ist unmöglich, daß ich mit leeren Händen vor ihm stehe. In wenigen Minuten werde ich ihm sagen, daß die Mörderin entdeckt ist.

Der Großtyrann fragte nach einigen anderen Dingen, während sie auf dem Stege hin- und widerschritten. Nespoli gab Auskunft. Hier war alles eindeutig und in gänzlicher Klarheit; nichts war Vermutung, alles erwiesen. Und daran sollte er jetzt ein vorspieglerisches Luftgeflecht reihen? Nein doch, es war ja keins, es war ebenfalls erwiesen und unwiderlegbar; nichts mangelte ihm als das Geständnis der Täterin, die ja nicht mehr reden konnte.

Nespoli unterbrach seinen Vortrag nicht um einen Augenblick. Aber er sprach aus der Gewohnheit seines Handwerks; sein Geist hatte keinen Teil mehr daran. Dieser nämlich — jedoch nicht er allein, vielmehr auch alle seine Nebenkräfte — war gleichsam eingesogen in einen Strudel.

Nespoli wand sich in einem Albtraum, während seine Stimme ruhig fortredete. Er war wie ein Schwimmer in seichtem Sumpfgewässer, dessen Grund kein Auftreten gestattet, seine Füße verfangen sich in schlinghaftem Wurzel- und Krautwerk, indes die Ruderschläge der ihm Nachsetzenden immer unbarmherziger in sein Gehör fallen. Es erging ihm wie einem des Reitens unkundigen Flüchtling, der in einen Sattel gesprungen ist und nun, verfolgt, ein Hindernis vor sich gewahrt. Aus äußerster Kraft gibt er dem Pferde die Sporen und fast zugleich pariert er mit beiden Zügelhänden, unvermögend zu entscheiden, welche Gefahr die größere ist: der Sprung oder das Eingeholtwerden. Jede Sekunde ändert seine Meinung, bald will er den spornierenden Füßen, bald den parierenden Fäusten den Ausschlag lassen; plötzlich, ohne zu wissen, wie es zuging, ist er jenseits des Hindernisses, nun aber gewahrt er, daß der Verfolger ihm mühelos nachsprang, ja, daß vor und neben ihm unversehene Gefahren aus dem Boden wachsen.

Plötzlich hatte Nespoli ruhig und im gewöhnlichen Ton seiner Berichte gesagt: «Auch der an Fra Agostino geschehene Mord ist nun aufgeklärt.»

«In der Tat? Laß hören, Massimo. Wer ist es?»

Nespoli atmete auf. In diesem Augenblick schien ihm ein Strom winterlicher Kälte vom Wasser aufzusteigen. Das Hindernis war genommen; er hatte die furchtbare Freiheit der Wahl nicht mehr, er hatte sie hingegeben um eine furchtbare Eindeutigkeit.

Es war etwas von der Kälte jenes Wasseranhauchs in Nespolis ausführlicher Erzählung.

«Nun, es scheint, das lasse sich hören», sagte der Großtyrann, als Nespoli geendet hatte. «Aber ist es nicht denkbar, du habest dich von deinem Eifer verleiten lassen, Umstände für Merkmale zu nehmen?»

Der Großtyrann begann den Fall nach allen Seiten prüferisch hin und her zu wenden wie einen Gegenstand. Doch hatte Nespoli für jede seiner Fragen eine Antwort, welche die Lücke schloß. Wo dem Großtyrannen ein noch so winziges Teilstückchen zu mangeln schien, Nespoli hatte es bei der Hand und fügte es, sicher und ohne vordringlichen Triumph, an die passende Stelle.

Immer noch schritten sie auf der Behelfsbrücke hin und her. Endlich blieb der Großtyrann stehen und sagte: «Es wäre mir sehr lieb, wenn ich deine Meinung teilen könnte; doch darf ich dir ein Bedenken nicht verschweigen. Nämlich es ist einer meiner Kuriere dem Mädchen in jener Nacht begegnet, und zwar am Flußufer unweit von Bissola und gerade um die Stunde, in welcher Fra Agostino starb.»

Nespoli schloß für eine Sekunde die Augen. Er dachte: da ich nicht die Kraft habe, für meinen Blick die Menschen in Kinderspielzeuge zu verwandeln, was bleibt mir anderes übrig, als diesen Mann mit einem Vorschnellen meiner rechten Faust von der Brücke zu stoßen?

Der Großtyrann sah noch eine kleine Weile ins Wasser, dann ging er dem cassanesischen Ufer zu.

«Wir wollen heimreiten», sagte er mißmutig. «Man müßte Raum schaffen für junge Leute und mit ihnen von vorne beginnen.»

17

Nespoli folgte stumm. Als sie bei den Pferden angelangt waren, fragte er mit verwürgter Stimme und ohne Hoffnung: «Wird die Herrlichkeit mir gestatten, mit dem Kurier Rücksprache zu nehmen?»

Der Großtyrann antwortete verneinend: «Wozu?»

Sie ritten im Galopp bis auf die Höhe oberhalb des Hohlweges. Hier hielt der Großtyrann an, und indem er die Hand als Blendschirm über die Augen legte, betrachtete er, sich langsam im Sattel wendend, die seinen Blicken rundum überlassene Landschaft: steinige und bewaldete

Berge, sonnenversengte Weidehügel, Dörfer, Gärten und Felder, von Wegen und Straßen durchschnitten, welche er angelegt oder doch gebessert hatte; Ölbaumhaine und Weinpflanzungen, hier und da eine Burg, die er in sicherer Hand wußte; endlich die Stadt Cassano mit der Vielfalt ihrer Türme und dem wuchtigen Kastell. Im Süden verlor sich die unausmeßbare Ebene im Dunst.

«Ein schönes Land, Massimo!» sagte er. «Und ein brauchbares Volk! Ich hoffe, für beide noch manches tun zu können, bevor ich sterbe.»

Sie ritten im Schritt abwärts.

Nach einer Weile winkte der Großtyrann den hinter ihm reitenden Nespoli an seine Seite und sagte: «Ich weiß wohl, daß du mich nicht hast täuschen wollen, Massimo. Du hast dich selber getäuscht, aber ich will dich deswegen nicht tadeln. Denn es ist mir ja bekannt, daß in jedem Menschen gleichzeitig zwei Gedankenbahnen laufen: eine, welche sich nährt von den unanfechtbaren Erkenntnissen seiner Urteilskraft, und jene zweite, welche ihren Ausgang hat und ihr Ziel sucht in dem, dessen er zum Lebenkönnen bedarf. Und ich glaube, daß in dieser Doppelheit der Gedanken die Ursache alles dessen liegt, was man Unwahrheit oder Lüge nennt, und nicht in einer Schlechtigkeit des Gemüts, von der die Sittenlehrer reden. Der Versuchung eines solchen Selbstbetruges bist du erlegen und wirst ihr vielleicht ein weiteres Mal erliegen, doch hat das nicht viel zu bedeuten. Denn du bist ja, dem zum Trotze, ein klarer und kluger Mensch, und ich brauche dir nur ein Zeichen der Warnung zu geben, eine Mahnung zum Wiedergewinn deiner Klarheit, so wirst du augenblicks diese schlechte Krücke von dir werfen, und sei es auch nur darum, weil du merkst, sie werde dich zu Fall bringen.»

Nespoli wollte etwas sagen von dem absonderlichen, ja, wunderhaften Zusammentreffen für den Augenschein unwiderleglicher mittelbarer Beweise, durch welche er zu seinem Irrtum geradezu gezwungen worden sei, doch der Großtyrann fiel ihm ins Wort:

«Laß nur, laß nur, Massimo, ich nehme das nicht schwer. Ich sagte dir ja, es ist mir bekannt, daß der Mensch manchmal das Leben nicht bestehen kann ohne einen Selbstbetrug. Es tut mir leid, daß du kein Glück gehabt hast. Aber du hältst ja wohl noch andere Eisen in deinem Schmiedefeuer. Magst du mir nichts von diesen anderen erzählen? Du hattest doch unlängst, wenn ich mich richtig erinnere, von einer Vielzahl deiner Spuren gesprochen.»

Nur für kurze Zeit hatte der erlittene Schlag in Nespoli eine Art Lähmung bewirkt. Der tödlichen Gefahr bewußt, hatte sein Hirn bald danach fieberisch zu arbeiten begonnen. Es durchlief die ganze Reihe der erwogenen und abgewiesenen Möglichkeiten, es prüfte die Gründe der Abweisungen, und einige unter ihnen wollten ihm nicht mehr stichhaltig scheinen. Es verweilte bei einer Mutmaßung, welche an jenem Morgen im Garten des Großtyrannen aufgestiegen war, und spann sie in Hast, in Hitze weiter; denn hier konnte sich ein Ausweg eröffnen, wenn noch nicht zur Entdeckung des Untäters, so doch zur Rettung Nespolis.

Er begann also von jener Mutmaßung zu sprechen.

«Die Herrlichkeit wird mir erlauben, für jetzt abzusehen von der gewöhnlichen Art der Fährtenverfolgung und statt dessen die Frage zu erheben, wer wohl vom Tode des Fra Agostino einen Vorteil für sich erhoffen könnte. Da möchte ich antworten: die venezianische Republik. Denn der Getötete stand ja im Begriffe, in Staatsdingen, von denen ich freilich keine Kenntnis habe erlangen dürfen, nach Venedig abzureisen. Offenbar sollten die Dinge, die in Venedig zu verrichten ihm aufgegeben war, verrichtet werden zum Nutzen der Herrlichkeit, welcher ja bekanntermaßen mit dem Nutzen der venezianischen Republik niemals zusammenfallen kann. So ließe sich leicht denken, daß es zum Nutzen der Republik sein müßte, wenn Fra Agostino als der Herrlichkeit gewandtester Unterhändler aus dem Wege geschafft würde, woraus sich die Notwendigkeit ergäbe, ihn durch einen minder gewandten zu ersetzen. Erlaube mir die Herrlichkeit für eine kleine

Weile anzunehmen, dies sei die Erwägung der Signoria von Venedig gewesen. Würde sie in einem solchen Falle den Fra Agostino in Venedig haben verschwinden lassen? Nein, meine ich, denn alsdann wäre sie ja der Tat verdächtig oder müßte zum mindesten für sie haften. Dadurch indessen, daß sie diese Tat in Cassano, und zwar mit so großer Keckheit in unmittelbarer Nähe der Herrlichkeit, verüben ließ, dadurch, so meine ich, glaubte sie jeglichen Verdacht von Anbeginn auszuschließen; und selbst wenn —»

«Ich denke, du hast das nur für eine kleine Weile annehmen wollen?» unterbrach der Großtyrann den Eifrigen. «Nun aber gehst du damit um wie mit einem sicheren Geschehnis. Hätte ich Fra Agostino nach Pisa schicken wollen statt nach Venedig, du hättest mit gleicher Gewißheit die Pisaner beschuldigt. Du meinst also, wenn jemand in Sizilien erstochen wird, tue man gut, den Mörder in Dänemark zu suchen. Du bist nicht ängstlich, Massimo, du bist ein großherziger Erdbeweger.»

«Ich fürchte, mich nicht klar genug ausgedrückt zu haben, Herrlichkeit», erwiderte Nespoli. «Ich behaupte ja nicht, daß der Mord von der Signoria veranlaßt worden ist, sondern daß es um einer gewissen Wahrscheinlichkeit willen nützlich und notwendig wäre, Fahndungen auch in Venedig vorzunehmen. Zwar habe ich bereits am Morgen nach der Untat einen meiner Fischer nach Venedig entsandt, doch wäre es mir lieber, die Nachsuchungen selber anzustellen. Darum möchte ich die Herrlichkeit bitten, mir einen Urlaub gewähren zu wollen.»

«Du hast jemanden hingeschickt? Sehr umsichtig. Welcher von deinen Hunden ist es?»

«Zampetta, Herrlichkeit.»

«Zampetta? Ein brauchbarer Mann. Ich habe keinen Grund, anzunehmen, daß er der venezianischen Aufgabe nicht gewachsen sein sollte. Du hättest mir von dieser Entsendung nichts sagen sollen, Massimo. Dennoch, ich würde dir den Urlaub wohl nicht verweigern, hättest du in Cassano Frau und Kinder. So aber besorge ich, du möchtest dich vielleicht an der Rückkehr gehindert sehen. Auch scheint es mir überhaupt nicht gut, wenn du zu dieser Zeit die Stadt verlässest. Sollte das aber aus zwingender Ursache für ein paar Stunden notwendig sein, so werde ich dir zwei meiner Lanzenreiter mitgeben. Ich habe Anweisung erteilt, daß von heute abend ab sich ihrer einige an allen Stadtausgängen für solche Fälle zu deiner Verfügung halten.»

Nespoli erbleichte.

«Ich habe mir selten erlaubt, der Herrlichkeit eine Bitte zu unterbreiten», sagte er zögernd. «Wenn ich es jetzt tue, so —»

Der Großtyrann fiel ihm mit plötzlicher Heftigkeit ins Wort: «Aber was reden wir denn?» rief er. «Wahrhaftig, ich hatte es ganz vergessen, daß die Frist, die ich dir stellte, ja im Ablauf begriffen ist! Denn du wirst wohl nicht meinen, dein Schutzpatron werde dir den Mörder hinwerfen in den paar Abend- und Nachtstunden, die noch vor dir sind. Nun, es ist gut, daß du mich daran erinnert hast mit deinem Versuch, auf dem Umwege über Venedig dir eine Fristverlängerung zu erschleichen!» Ruhiger fuhr er fort: «Ohne Zweifel erinnerst du dich, mein Lieber, welche Ankündigung ich dir für diesen Fall gemacht habe. Nun, der Fall scheint eintreten zu wollen.»

Sie hatten jetzt die Fahrstraße erreicht. Die Sonne stand bereits niedrig. In gerader Richtung vor ihnen lag die Stadt, immer noch unter der Drohung gewitterhaft dunkler Wolken.

Nespoli bedurfte eines Zeitmaßes, um die Herrschaft über seine Stimme wiederzugewinnen.

«Ich habe nichts erschleichen wollen, und ich will nichts erbetteln», sagte er endlich, und in seiner Erregung sprach er vielleicht um einen Ton lauter, als es der Höflichkeit angemessen war. «Aber ich bitte zu bedenken, ob eine Fristeinhaltung und mithin auch eine Fristsetzung hier überhaupt möglich sein konnte. Die Herrlichkeit ist davon ausgegangen, daß man mir nachsagt, ich hätte noch jeden Übeltäter in drei Tagen ergriffen. Hierbei ist aber außer acht geblieben, daß von den Übeltaten ihrer Natur nach die eine sich einer hurtigeren, die andere einer langsameren Aufhellung darbietet, nämlich nach der Natur der Tat, nicht aber nach der Natur ihres Verfolgers und Entdeckers. Es hieße, einen Regelzwang ausüben wollen auf lebendige und daher immer ungleichförmige Dinge, wollte man —»

«Es steht dir nicht zu, Massimo, Anordnungen, die ich traf, vor dein Urteil zu stellen», sagte unterbrechend der Großtyrann. «Ich habe deine letzten Worte nicht gehört und will keine ähnlichen mehr hören. Auch ist meine Fristsetzung ja geschehen und somit nicht mehr rückgängig zu machen. Zu überlegen bleibt mir nur — mir, nicht dir —, welche Folgerungen ich daraus ziehe, daß du die Frist verstreichen ließest. Was soll ich tun? Ein Gläubiger, dessen Schuldner die bedungene Zeit nicht innehielt, wartet nun nicht länger; er hat ja das Recht und dessen Zwang auf seiner Seite. Ein anderer freilich wird sagen: wozu soll ich meinen Schuldner verderben? Setze ich ihm eine neue Frist, so wird er vielleicht wieder zu Kräften kommen und danach seine Schuld abtragen. Was rätst du mir, Massimo? Willst du dir eine Fristverlängerung erbitten?»

Nespoli hob ungestüm den Blick zum Gesicht des Großtyrannen, doch sagte er nichts.

«Aber meinst du wirklich von den nächsten drei Tagen erwarten zu dürfen, was die vergangenen drei dir verweigerten. Glaubst du, der Mörder werde dir jetzt zulaufen?»

Nespolis Blick hing immer noch am Gesicht des Großtyrannen, voll einer schmerzlichen Gier.

«Ich erwarte kein Zulaufen, Herrlichkeit, und habe nie eines erwartet», sagte er hastig. «Ich habe alles getan, was menschliche Kräfte zulassen. Ich bin dem geringfügigsten Kennzeichen nachgejagt, ohne mich zu schonen, und ich werde das weiterhin tun. Die Steige, von denen ich berichtete und von deren Begehbarkeit ich meinen Herrn nicht zu überzeugen vermochte, sind nicht die einzigen. Es liegen des weiteren Hindeutungen vor, die darauf schließen lassen —»

«Nun, von denen will ich jetzt nichts hören, du hast mir mit deiner Erzählung von dem Wäschermädchen ein wenig die Lust vertrieben. Auch möchte es dir keineswegs von Nutzen sein, wollte ich zulassen, daß du mir jetzt mit aller Beeiferung und Beflissenheit von der Spürerei erzählst, die du in Cassano leistetest und noch weiter zu leisten gedenkst. Denn um so zweideutiger müßte mir deine Behauptung von der Notwendigkeit einer venezianischen Reise erscheinen, je lebhafter du mir etwa schilderst, welch zweckdienliche und tüchtige Arbeit sich hier in Cassano von dir verrichten läßt. Davon also erzähle mir gegenwärtig lieber nichts. Du hast Fehler begangen, Massimo, indem du der Versuchung erlagst, die Tatsachen deinen Bedürfnissen anzuverwandeln. Wenn du schon einen Toten bezichtigen willst — und diese Möglichkeit, ja, diese Notwendigkeit kann sicherlich eintreten, denn da niemandes letzte Stunde gewiß ist, so könnte auch Fra Agostinos Mörder in diesen Tagen vom Tode ereilt sein oder noch ereilt werden —, wenn du also, sage ich, einen Toten bezichtigen willst, so darf es nicht ein solcher sein, der zur Stunde der Tat an einem entfernten Orte gesehen worden ist. Vielmehr dürfte es nur ein solcher sein, der in dieser Nacht von niemandem erblickt wurde, ja, ein solcher, von dem irgendwelche Bekundungen vorliegen, welche mehr Gewicht haben als das unbestimmte Geschwätz einer Schwachgeistigen. Hier rate ich dir gut. Aber mir scheint, indem ich dir Ratschläge für deine weitere Arbeit gebe, so habe ich unversehens die Frage nach der Fristverlängerung schon entschieden. Mag es denn dabei bleiben. Bist du hiermit zufrieden, Massimo?»

«Ich danke der Herrlichkeit», antwortete Nespoli. Seine Stimme war ohne einen Ausdruck, es sei denn der einer plötzlichen Heiserkeit; er mußte sich Gewalt antun, um die wilden Atemstöße, in denen seine entbürdete Brust auf- und niederging, nicht vernehmlich werden zu lassen.

Das Gespräch schien beendet, und Nespoli hielt sich wieder zurück. Sie gelangten durch das Stadttor, und der Großtyrann wurde nun häufig durch allerlei Zurufe begrüßt, sei es von Straßengängern, sei es aus Türen oder Fenstern. Denn er wurde vom einfachen Volke geliebt wie fast jeder Gewaltherrscher; indem nämlich die geringen Leute nicht die Frage stellen, ob er ihrem Lose eine Besserung gebracht habe, sondern sich freudig daran genügen lassen, daß jemand da ist, welcher den Herrenstand bedrückt.

Endlich befahl der Großtyrann mit einem Winken des Kopfes Nespoli abermals an seine Seite.

«Ich muß dir noch etwas von der Fristverlängerung sagen. Ich gewähre dir eine weitere Frist von drei Tagen, und nach ihrem Ablauf wieder eine und so fort. Doch wirst du dir eine jede neue Verlängerung ausdrücklich zu erbitten haben, denn ich vertraue darauf, daß der Zwang dieses Bittenmüssens deinen Fähigkeiten nachhelfen werde. Allein ins Ungemessene wird das nicht währen dürfen, vielmehr nur bis an eine gewisse Grenze. Die Setzung dieser Grenze aber behalte ich mir vor, und ich kann dir auch nicht versprechen, daß ich sie dich schon von weitem werde erkennen lassen. Sondern es könnte sich wohl ereignen, daß du plötzlich, ohne es zu wissen, an dieser Grenze angelangt wärest, ja, sie wohl gar überschritten hättest; und vielleicht wird das schon sehr bald geschehen sein und in einem Augenblick, da du es nicht erwartetest.»

Nespoli hatte sich nicht so weit in der Beherrschung, daß er bei diesen Worten des Großtyrannen nicht im Sattel eine zurückweichende Bewegung gemacht hätte. Hier wurde auf eine dunkle, schwer faßliche Weise das eben Gegebene wieder zurückgenommen oder doch der Wert der Gabe in Zweifel gehüllt.

In der Nähe der Zwölf-Apostel-Kirche begegnete ihnen ein ärmlicher Leichenzug. Die Wäscherin hatte einen klagenden Gesichtsausdruck und eine gewisse feierliche Wichtigkeit der Gangart. Die drei Kinder gingen in einer Reihe, sorglich einander an den Händen haltend, genau wie am Vormittag, da sie auf Nespolis Geheiß die Gasse zum Flußufer hinuntergegangen waren. Hinter einigem geringem Vorstadtvolk kam mit geducktem Kopfe Sperone, der Färber. Nespoli, der ja die Bestattung angeordnet hatte, wunderte sich fast, daß seinen Winken und Befehlen in Cassano immer noch eine so schleunige Folge geleistet wurde. Er besorgte, der Großtyrann werde ihn fragen, wer in dem armseligen Sarge liege und werde an die Antwort einige spöttische Bemerkungen knüpfen. Doch der Großtyrann schien wieder seiner Grübelei verfallen; er bekreuzte sich nur zerstreut, fast ohne aufzublicken.

Noch eine Mahnung richtete er während dieses Heimrittes an Nespoli; Worte, deren eigentümliche Betonung den Hörer wohl stutzig machte, deren möglicher Hintersinn ihm aber erst später zum Bewußtsein kommen sollte.

«Halte deine Zeit zu Rate», sagte der Großtyrann, während er mit einem Handwinken den Begrüßungen einiger Straßengänger dankte. «Ob du nun *das Richtige* tust oder nicht — handle. Es ist ja nicht daran das meiste gelegen, daß ein Mensch das Richtige tue, sondern daran, daß, was er tut, ihn zu Kräften nötige, die er zuvor nicht gehabt hat.»

Sie kamen durch den düsteren Torweg des Kastells. Stärker als zuvor empfand Nespoli in diesem Augenblick die Beschattung des dunklen, schleichenden, lauernden Todes. Der Großtyrann nickte vor sich hin und sagte, ohne sich umzuwenden: «Guten Abend, Massimo. Ich halte dich nicht länger zurück.»

18

Diesen Nachmittag also schilderte Nespoli und was ihm bedingend vorangegangen war. Einige Male, schwer atmend, verstummte er unter der Gewalt von Donnerschlägen. Die geschlossenen Vorhänge ließen keinen Blitz wahrnehmen, doch bewies der Hall des Donners, daß das Gewitter nahe über dem Hause war. Der lange erwartete Regen schlug zornig gegen das Fenstersims und die Steinplatten des Hofes.

Es war kein Bericht, es war ein Bekenntnis. Nespoli fühlte tief die nie zuvor erfahrene Lust einer Selbstpreisgabe ohne Vorbehalte. Er hatte jede Scham verloren, jede Rücksicht vergessen. Er bekannte alle erlittenen und noch zu erleidenden Demütigungen. Er bekannte alle die grauenvollen und fruchtlosen Zermarterungen seines Hirnes, bekannte alle Altersangst und alle Zweifel an sich selbst.

Und Vittoria saß neben ihm, vorgeneigt, und hielt seine Hand, und in allem Entsetzen wurde sie von einer zitternden Freude durchflutet. Denn Nespolis Not machte alles neu. Alle Verstimmungen, Mißverständnisse und Halbherzigkeiten, all dies unwürdige Rechthaben- und Rechtbehaltenwollen, alle diese zwiespältigen, doppelsinnigen Gedanken — mitten in den Empfindungen der Leidenschaft und Zärtlichkeit — und diese immer wiederkehrende Furcht vor dem Erkalten und Entgleiten, das alles war plötzlich zunichte, und Vittoria atmete in der Einfachheit eines großen Gefühls.

Sie hörte die Todesdrohungen des Gewalthabers, in der Kinderlosen regte sich der mütterliche Drang, Flügel über den hilflos Gefährdeten zu breiten.

«Kindchen», flüsterte sie und streichelte den Kopf, der sich gegen ihre Brust wühlte.

Welche Frau, selbst unter dem Todesschatten härtester Gefahren, empfände nicht ein Glück in der Wahrnehmung, daß der geliebte Mann ein größeres Zutrauen zu ihr hat als zu sich selber?

«Kindchen, Kindchen», wiederholte sie, als könne sie sich nicht ersättigen an dem zauberischen Klang dieses Namens, «Kindchen, du mein Kindchen, alles, alles sollst du mir sagen. Wie hast du dich denn nur schämen können vor mir? Hat er denn geglaubt, dieser Kleine, Dumme, er müsse mir verschweigen, daß ihm in seinem Amte etwas verquergegangen ist? Aber Massimo», rief sie in verändertem Ton, und es war einer der Augenblicke, da ihre Stimme überraschend eine männliche Stärke annehmen konnte, «ich habe doch einen Menschen lieb gehabt, einen Menschen liebe ich und nicht den Inhaber eines Amtes!»

Sie hatte je und je schmerzlich gelitten unter dem Triebe, gegen diesen von ihr geliebten Menschen gereizt zu sein, ja, ihm in kleinem weh zu tun. Vielleicht war es seine natürliche Selbstgewißheit, die solche Erbitterungen fallweise in ihr bewirkt hatte. Nun, da sie ihn zum ersten Male im Stande der Erniedrigung und Selbstverlassenheit sah, nun war alles gewandelt.

Indessen war Nespoli nicht geschaffen, in der Einfalt und Ausschließlichkeit eines starken Gefühles länger auszudauern als für eine streng zugemessene Zeitspanne. Mehr noch als in anderen Menschen pflegte es in ihm zu geschehen, daß zwei Gefühlsläufe zu gleicher Zeit ihn durchrannen, vergleichbar einer aus mehreren Fäden geflochtenen Schnur, von denen bald der eine, bald der andere auf der dem Licht zugewandten Seite sich bloßgibt. Wohl erschütterte ihn das Glück, schrankenlos sich öffnen zu dürfen; und doch streifte ihn bald schon ein Erschrecken darüber, daß er sich so völlig in die Hände dieser Frau begab, die er liebte; und doch trieb ihn bald schon eine Begierde, nicht nur nach Trost und Kraft, sondern auch nach sachdienlichen Hilfsmitteln. Und so geschah es über dem Erzählen, daß sich, ihm selber unmerkbar, Ausflüsse seiner gewöhnlichen Vorsicht und Klugheit wieder in ihn einstahlen: kleine Versuche, die Gänzlichkeit seiner Selbstöffnung einzuschränken, ja, ihr vielleicht die Richtung auf diesen oder jenen Zweck zu geben. Schon war es, als habe er hier und da ein Stocken zu überwinden, da er sich in der Angelegenheit der Selbstmörderin und des nach Venedig erbetenen Urlaubes als vom Großtyrannen in die Enge getrieben und mit Hohn überschüttet bekennen mußte; und so deutete er heftig auf das Mögliche, ja Wahrscheinliche seiner venezianischen Auskunft und ereiferte sich über die eigensinnige Härte, mit welcher der Großtyrann seine Arbeit beschränke.

Vittoria fragte: «Und wie entließ er dich, Massimo? Mit Strenge? Oder hat er, da du ihn zum Kastell begleitet hattest, zum Abschied doch noch ein Wort für dich gehabt, das der Hoffnung Raum gibt?»

Nespoli antwortete nicht. Plötzlich stand jene sonderbare Mahnung des Großtyrannen vor ihm. Es war ihm, als habe er ihr nicht genügend Aufmerksamkeit zugewandt, als berge sich vielleicht ein ganz besonderer, erst jetzt sich ihm öffnen wollender Sinn in diesen Worten: «Ob du nun das *Richtige* tust oder nicht — handle. Es ist ja nicht daran das meiste gelegen, daß ein Mensch das Richtige tue.» Und dieser Ausdruck «das Richtige» begann nun mit einem Male in ein unheimliches Zwielicht zu rücken und in seiner Bedeutung zu schillern, bis er nicht nur den Sinn des sachtunlich Richtigen, sondern auch des sittlich Erlaubten, des Rechten anzunehmen vermochte, so daß hier vielleicht eine Gutheißung zweifelhafter Hilfsmittel, ja, eine Einladung zu deren bedenkenlosem Gebrauch erblickt werden konnte. Nespoli war es, als habe er eine bestürzende Entdeckung gemacht. Hatte er so blind sein können?

Hastig nahm er seine Erzählung wieder auf. Sie war nicht ein ruhig fortschreitendes, nach der zeitlichen Abfolge geordnetes Wiedergeben der Vorkommnisse gewesen, sondern ein leidenschaftliches, oft zufälliges Hinschleudern von Einzelstücken; denn ein wählender und ausschließender Verstand, wie er in jedem Bericht, und sei es der geringfügigste, am Werke ist, war ihm ja in dieser Stunde nicht zu Gebot. Auch hatte er manches wiederholt, gleich als könne es dadurch eindringlicher werden.

Auch jetzt geriet er hier und da in ein Wiederholen. Nun aber geschahen dabei winzige Verschiebungen; ein Ton fiel anders, ein Nachdruck verlegte sich, abermals kam er auf diese und jene Mutmaßung zu sprechen und auf all sein fast übermenschliches Mühen und Hirnzerspalten; er schilderte die eine oder andere der vorgenommenen Befragungen. Keinen Augenblick, selbst im Traum nicht, sei er von seiner Aufgabe verlassen worden, nichts habe er tun können, in das dieser Albdruck sich nicht eingeschoben habe.

«Du armer, lieber Mensch!» sagte Vittoria, «und daß du vorgestern Pandolfo fragtest —»

«Daß ich vorgestern Pandolfo fragte?» wiederholte Nespoli langsam, und es war nicht zu entscheiden, ob dieses langsame Sprechen einer Nachdenklichkeit oder einer Abwesenheit des Geistes zuzuschreiben war. «Daß ich vorgestern Pandolfo befragte, das war auch ... nein, selbstverständlich, Vittoria, ich sagte es dir ja bereits, es war nichts als ein Vorwand, damit ich dich sehen konnte ... Dennoch, wer in meinem Amt steht, und noch mehr: in meiner Gefahr, der wird in keinem Augenblick vergessen dürfen, was ihm obliegt. Aber sage mir, Vittoria: wie geht es deinem Manne, und was ist das doch für eine Krankheit, die er sich in jener Nacht zugezogen hat?»

Vittoria gab ihm Auskunft. Danach geriet Nespoli wieder auf die Selbstmörderin, und in einer sonderbaren Verflechtung der Einfälle gedachte er der tadelnden, aber auch ratenden Worte, mit denen der Großtyrann, da er kurz vor dem Stadttor in die Fristverlängerung willigte, auf die bei Bezichtigung der Toten von Nespoli begangenen Fehler hingedeutet hatte.

«Wenn der Zufall nicht gewesen wäre, daß sein Kurier das Mädchen erblickt hätte», sagte er halblaut, «nun, so hätte er wohl meine Erklärung hinnehmen müssen, und die Tote hätte als Töterin gegolten.» Und rasch beflissen, fügte er bei: «Das aber hätte mir die Möglichkeit gewährt, ungehetzt und in jener Ruhe und Stetigkeit, die allein den Erfolg geben können, dem wirklichen Mörder nachzuspüren, dessen Findung dann auch den Makel vom Andenken der Schwachgeistigen getilgt hätte. Freilich, er ist mit mittelbaren Beweisen schwer zufriedenzustellen. Ja, wäre von dem Mädchen irgendeine Bekundung zu schaffen gewesen, eine unmißverständliche, eine schriftliche gar ... Ach, was rede ich, Vittoria, nimm es nicht anders, als spräche ein Kranker zu sich selbst ... Aber ich muß den Täter haben», rief er aufspringend und wurde nicht gewahr, daß er beinah gesagt hätte: einen Täter. «Und wenn ich ihn aus der Erde scharren sollte als einen Toten! — Die Lebenden habe ich durchforscht», setzte er matt hinzu.

Vittoria mühte sich eifrig in Zuspruch und Tröstungen.

Das Gewitter war verstummt. Vittoria erhob sich, zog die Vorhänge beiseite und öffnete Fenster und Läden.

Noch immer rauschte der Regen, allein es war nun ein mildes und gleichmäßiges Fallen, bewirkt von der eigenen Schwere der Tropfen, nicht mehr ein zorniges Niederschlagen geschleuderter Wassermassen.

Nespoli trat zu ihr ans Fenster. Beide atmeten tief. Eine wunderbare Frische strömte besänftigend ins Zimmer. Auch Nespoli konnte sich ihrer Einwirkung nicht völlig entziehen. Es war ihm nun fast, er habe an seinem Teil eine ähnlich reinigende Entladung erfahren dürfen wie die Schöpfung im ganzen, deren wiederhergestellte Unversehrtheit bereit schien, auch ihn aufzunehmen.

In der Stadt schlug eine Turmuhr.

«Du mußt jetzt gehen, Kindchen», sagte Vittoria.

Nespoli ergriff ihre linke Hand, wandte sie um und saugte sich mit den Lippen an ihrer Innenfläche fest; das tat er abgekehrten Gesichts, als hindere ihn eine Scham, Vittoria seine Züge sehen zu lassen.

Vittoria bekreuzte ihn. Ohne die Augen noch einmal zu ihrem Gesicht zu heben, preßte er wiederholentlich ihre Hand und ging dann, wie aus einem jähen Entschluß, zur Tür.

ZWEITES BUCH

Vittoria

1

DEM Gewitter folgte eine kühle und ruhevolle Nacht. Die unangefochtene Klarheit des Himmels dauerte auch nach Sonnenaufgang noch fort; doch war sie jetzt bereits so groß, daß sie als ein ungutes Vorzeichen gedeutet werden mußte. Das Gebirge schien sehr nahe, mit Umrissen von unnatürlicher Schärfe; jeder einzelne Höhenzug des Monte Torvo, schroff vom anderen geschieden, zeigte sich dunkelblau, jeder Waldstreifen tiefschwarz. Die Schatten wiesen eine sonderbare bläuliche oder violette Färbung auf.

Und in der Tat begann schon in den Morgenstunden die Herrschaft jenes bösen Windes, der feucht und heiß von Südosten weht. Die Luft wurde dunstig, der Himmel deckte sich mit eiter- und bleifarbenen Schleiern, deren Schichtung eine tückisch und träg stechende Sonne vergebens zu durchdringen trachtete.

Von diesem Winde sagen einige, er bringe die winzigen Sporen einer giftigen Wüstenpflanze unsichtbar mit sich. Wie sich dies nun auch verhalten mag, gewiß ist es, daß er bei vielen Menschen Änderungen des Gemütszustandes heraufführt. Bei einigen bewirkt er eine Lähmung ihrer Entschluß-, bei anderen ihrer Urteilskräfte, in diesem Unmut und Ängstlichkeit, in jenem ein übermäßiges und prahlerisches Selbstvertrauen. In manchen erweckt er einen ungeregelten Tätigkeitstrieb, andere bestimmt er zu einem nörglerischen Müßiggang. Hier hat er ein leibliches Mißbehagen im Gefolge, dort eine Verwirrung der Seele und des Gewissens, und selbst ein strenger Richter setzt es mildernd in Anschlag, wenn eine Tat der Wildheit, Leidenschaft oder Auflehnung zu der Zeit dieses Windes begangen wurde. Es erstreckt sich aber seine unheimliche Kraft auch darauf, daß er gewisse Leute zu einer dreisten, ja, schamlosen Offenheit bringt; er nötigt verborgene Dinge ans Licht und läßt stürmisch aufsteigen, was der Mensch in sich verschlossen oder gar vergessen hielt. Kurz, er stellt alle, die seiner Beeinflussung zugänglich sind — und dies sind nicht wenige —, auf irgendeine Weise scheinbar außerhalb ihres alltäglichen Wesens.

Unter der Wirkung dieses Windes erwachte Nespoli matt und verwüstet. Der Schieler, als ein geübter Beobachter seines Herrn, beeilte sich, während er Nespoli rasierte, ihn mit einer Nachricht zu unterhalten, von welcher er sich einen günstigen Einfluß auf seine Laune versprechen durfte. Der Großtyrann, so berichtete er, hatte vor Tagesanbruch einige seiner Höflinge wecken lassen und war mit ihnen zu einem Jagdaufenthalt im Bergwaldgebiet, wo er ein kleines und unwohnliches Schlößchen besaß, davongeritten. Obwohl er sich über die Dauer dieses Aufenthaltes nicht geäußert hatte, so erlaubten doch die befohlenen Zurüstungen, an eine nicht unbeträchtliche Reihe von Tagen zu denken.

Nespoli hörte diese Mitteilung, die ihn überaus hätte erleichtern müssen, schweigend an. Es erfüllte ihn mit Widerwillen, daß eine Bekundung der Freude von ihm erwartet zu werden schien. Immerhin konnte er sich nicht verhehlen, daß die Abwesenheit des Großtyrannen ihm für die nächsten Tage wichtige Freiheiten verhieß, ja, eine wortlos gewährte Verlängerung der Frist zu bedeuten hatte.

«Die Schwachsinnige ist nun also zur Erde gebracht worden», begann der Schieler nach einer Weile.

«Ich habe dich nicht nach ihr gefragt», sagte Nespoli.

Der Schieler sah ihn verwundert an, er war es seit Jahren gewohnt, seinem Herrn beim Rasieren allerhand Dinge zu erzählen, die zu seinen Ohren gekommen waren. Er versuchte noch einige Anspielungen, welche seine Vermutung erkennen ließen, Nespoli möchte das Mädchen dem Großtyrannen als mögliche Täterin genannt haben. Nespoli hieß ihn schweigen und mied seinen Blick.

Mißwillig verzehrte er einen geringen Teil seiner Morgenmahlzeit. Ihm war zumute, als müsse er sich am Abend zuvor betrunken und im Rausch irgendwelche Dinge getan oder gesprochen haben, deren er sich bei aller Anspannung seiner Gedächtniskräfte nicht zu erinnern vermochte und von denen er nur fühlte, daß sie fehl an ihrer Stelle, beschämend und verderblich waren.

«Was habe ich ihr alles gesagt?» dachte er. «Hierauf kommt es nicht mehr an, denn in jedem Falle ist es zu viel gewesen. Ich hatte mich aus der Hand verloren. Wem das geschieht, der gibt sich in die Hand jenes anderen Menschen, welchen er seiner Schwäche zum Zeugen bestellte. Nun, immerhin: da meine Schwäche mich einmal hierzu gebracht hat — ich hätte mich in keine liebere und getreuere Hand geben können als in diese.»

Und schon quälte ihn das bitterste Verlangen, sobald wie möglich abermals in Vittorias Gegenwart zu kommen. Er beschloß, ihm nicht nachzugeben, indem er sich vorhielt, sein langes gestriges Verweilen im Confinischen Hause zu so später Stunde sei bereits eine Unvorsichtigkeit gröblichster Art gewesen.

Sein Vorstellungsvermögen blieb innig an Vittoria haften, und nun stiegen ihm erschreckend einige Andeutungen in den Sinn, welche er an diesem verworrenen Vorabend gebraucht hatte oder doch gebraucht haben könnte, vielleicht, wie er jetzt meinte, ohne Absicht, zum wenigsten ohne eine willentliche Absicht —, denn es scheint ja, als könne es auch eine solche Art der Absicht geben, von welcher unser vordergründiger Wille nichts weiß. Waren da nicht, mit einem vielleicht unwillkürlichen Schwung der Hand Körner ausgestreut worden, aus denen etwas Ungeheuerliches aufwachsen konnte? Es graute ihm.

Mit einer heftigen Anstrengung nötigte er sich, diese

Gutenberg-Buchhandlung
Grosse Bleiche 29 - 31
55116 Mainz
Tel.: 06131/27033-0
email: info@gutenbergbuchhandlung.de

Ihre Kundennummer : 11112

Frau
Nidal Günduz
Thomas-Jefferson-Str. 1
55122 Mainz

Bergengruen, Werner
Der Großtyrann und das Gericht
978-3-423-12940-4   9,90 1

Betrag enthält 0,65 EUR MwSt:
1: 7,00% = 0,65 Netto: 9,25   0,25

Total: 1	9,90 EUR
Bar:	9,90 EUR
Zurück:	0,00 EUR

Steuernummer: 26/200/0547/3
USt-IdNr.: DE 149025557
08.12.09 12:42:32 38-9-2501

Vielen Dank für Ihren Besuch
Quittung für Fachliteratur
ISBN und Titel identifizieren das Buch
Anzahlung wird bei Kauf verrechnet
Steuernummer: 26/200/0547/3

Gegenstände aus seinem Gedächtnis zu bannen, und ging verbissen hinüber in seine Kanzlei, in welcher die Hunde ihn bereits erwarteten. Freudlos und gezwungen rief er sich unterwegs wieder in die Erinnerung, daß ja des Großtyrannen Abwesenheit ihm gestatte, während der nächsten Zeit seine Arbeit in verhältnismäßiger Sicherheit und Ruhe fortzuführen. Von unten her, aus dem summenden Gewirr des Marktes, stieg unabänderbar die Stimme der alten Kuchenverkäuferin in die Höhe: «Frische Gewürzkuchen! Weint, Kinder, weint!»

Der arge Wind hatte dieses Mal eine besonders eindringliche Wirkung — viele meinten, weil er, was selten geschieht, unmittelbar nach dem Niedergang eines Gewitters eingetreten war; und es stand die ganze Stadt unter seiner Gewalt, die furchtbarer sein und länger anhalten sollte, als es von irgendeiner Zeit her in den Gedächtnissen der Cassanesen aufgezeichnet war. Ja, einige verfielen auf die Meinung, er habe vorausgewirkt, und schon vor seinem Auftreten habe manches Geschehnis unter seinem Einfluß gestanden.

In diesen Tagen erzeigten die Cassanesen sich aufsässig, der Arbeit abgeneigt, reizbar und händelfangerisch und mehr noch als sonst zu geil emporschießenden Gerüchten aufgelegt. In Schenken und Werkräumen, in Läden und Kirchenportalen, auf Plätzen und an Gassenecken wurde gestritten und geraunt. Hände, welche unter der Einwirkung der Luft feucht geworden waren, begleiteten rechthaberische und lärmende Worte mit maßlosen Gebärden. Es hieß, Nespoli habe die Gewogenheit des Großtyrannen eingebüßt und sei aus diesem Grunde von der Teilnahme an der Jagdreise ausgeschlossen worden. Jemand wollte wissen, der an Fra Agostino verübte Mord rühre her von einem geheimnisvollen Meuchelmörder, der in der Stadt sein Wesen treibe und dessen Blutgier jederzeit ein jeder zum Opfer fallen könne. Ängstliche trugen diese Meinung weiter, sie vergrößerte sich zu einer überall lauernden Gefahr. Gleichzeitig wurde gesagt, die ausgesetzte Belohnung sei überraschend vervielfacht worden; ja, es sei versprochen, wer den Mörder finde, der solle überdies auf Lebenszeit von allen Abgaben befreit sein; andere redeten von erblichen Privilegien, wieder andere meinten märchenhaft, der Aufdecker der Mordtat solle drei Wünsche frei haben. Und schon begann hier und dort ein spürerischer Argwohn um sich zu greifen, hinter welchem für überlebt gehaltene Abneigungen und Feindseligkeiten sich vorwagten. So schienen auch hier Eigenschaften und Gelüste offenbar werden zu wollen, welche gemeinhin durch den Willen, die Gewöhnung oder allerlei äußere Umstände in Verborgenheit erhalten bleiben. Gewahrte man Nespoli, so folgte ihm ein bedeutungsvolles Gemurmel und Gebärdenspiel. Wo man aber des Schielers oder eines der Menschenfischer ansichtig wurde, da suchte man ihn unter allerlei Vorgaben auf die Seite zu locken und auszuholen. Übrigens kehrte um diese Zeit der nach Venedig entsandte Zampetta mit leeren Händen zurück.

2

Auch auf das Befinden der Kranken äußerte das Wetter seinen Einfluss. In einigen erzeugte es ein sprunggleiches Anschwellen der widerständigen Gesundungskräfte, während bei anderen die furchtbare Last der vom Winde vergifteten Luft Schwäche und Verschlimmerung heraufführte. Zu welcher dieser Gruppen Pandolfo Confini durch seine natürliche Körperbeschaffenheit vorbestimmt war, das hätte von niemandem beurteilt werden können, da die tolle Art der Krankheitsbekämpfung ihn außerhalb jedes Vergleiches rückte. In der Tat schien Confinis leiblicher Zerfall seinen Fortgang zu nehmen. Ob dies geschah, weil der Krankheit ein solcher Ernst innewohnte, daß selbst die zweckmäßigsten Heilversuche ohne Wirkung hätten bleiben müssen, oder weil die unsinnige Behandlungsweise auch eine unschwere Erkrankung zum Ärgeren wenden mußte, ist nicht zu entscheiden.

Als Monna Mafalda wiederum im Hause Confini erschien, fand sie es bereits von ihrer Klientel belagert. Unter dieser verstehe man alle die Gerufenen und Ungerufenen, welche sich zur Heilung des Kranken anheischig machten. Denn die Nachricht, hier gäbe es zu verdienen, hatte sich ausgebreitet, und so mischten sich unter die Ärzte allerlei einfache Leute, alte Weiber aus den Vorstädten, Hirten aus den Bergen. Sie drängten sich zu, sie brachten Amulette mit, Kräuter oder tierische Bestandteile, sie erfüllten die Küche, Tränke bereitend, schwatzend, sich bewirten lassend, und einander zänkisch zur Seite stoßend; und kurz, sie ließen es sich wohl ergehen in einem herrschaftlichen Haushalt, bis ein plötzlich aufbrausender Entschluß der Monna Mafalda sie hinausjagte. Sofort aber traten andere gleichen Schlages an ihre Statt, ja, binnen einigem waren auch die Vertriebenen wieder zur Stelle und von neuem aufgenommen.

Die Alte klopfte Vittoria laut lachend auf die Backen und schrie: «Blaß, mein Töchterchen? Der Wind? Ach, was seid ihr für ein schwaches Volk! Lustig, lustig, der Kleine wird bald gesund sein! Dafür sorge ich schon, das verspreche ich dir, Töchterchen, ich!»

Sie stürmte ins Krankenzimmer. Confini, gelblichgrau im Gesicht, vom letzten Aderlaß geschwächt, mochte erst kaum den Blick heben. «Lustig, lustig, mein Kleiner! Beim bösen Christus, tanzen werden wir noch miteinander. Tanzen sage dich dir, mein Kleiner!» Confini sah die mächtige Schwester gehorsam an.

Es war Mafaldas Art, daß sie bei Beginn solcher Witterungszustände in eine lärmvolle und gespenstische Heiterkeit geriet, in welcher sie sich bewegte wie ein springlustiges junges Mädchen und fortdauernd lachen mußte. Es war ihr nicht möglich, eine Minute lang zu schweigen, und sie war bereits heiser von ihrem unaufhörlichen Reden.

Vittoria dachte erbittert: Was für Zurüstungen, was für

Anstalten, um der leichten Krankheit eines alten und unwichtigen Menschen Einhalt zu tun! Da doch zugleich ein kräftiger und vollgültiger Mann unter einer wirklichen Todesdrohung steht, und niemand bewegt seinethalben einen Finger oder Gedanken!

Über Ernst oder Unernst der Erkrankung war für Vittoria keine Klarheit zu gewinnen inmitten zahlreicher heftig und feindselig einander widersprechender Aussagen und Maßregeln. Es geschah bisweilen, daß dieser oder jener Vittoria auf die Seite zog, ihr dringlich das Törichte solchen Behandlungswustes vorstellend, und sie bat, auf Abhilfe bedacht zu sein. Allein selbst wenn sie der Schwägerin hätte Widerstand leisten mögen, in welcher Richtung denn sollte sie entscheiden, da doch ein jeder der auf sie Einredenden nichts verfolgte als die Alleingültigkeit der eigenen Heilungsvorschläge? Und jetzt am allerwenigsten wäre sie imstande gewesen, den Kampf gegen Monna Mafalda, den sie durch Jahre lässig verabsäumt hatte, plötzlich aufzunehmen und gar mit einem Siege zu enden. Jetzt, hingenommen durch Nespolis Not, von Kopfschmerzen, Ohrenbrausen und Gliederschwere geplagt, ging sie durch all die lärmende schwüle Verworrenheit gleich einer wandelnden Schläferin; wie ein Werkzeug tat sie diesen und jenen Handgriff, zu welchem Monna Mafalda sie nötigte, und gab Antworten ohne Geistesanwesenheit.

Vittoria war empfindlich gegen alle Einwirkungen des Wetters, ihr Körper hatte zu leiden. Sie trank Ströme kalten Wassers, kalter Fruchtsäfte. Aus den tiefen schwarzen Kellern mußte gläsernes Eis geholt werden. In den Schläfen summte ihr das Blut, ihre Denkkräfte bewegten sich anders als sonst, nämlich bald stockend, bald springend.

«Keine Sorgen, Töchterchen, keine Sorgen!» schrie die Alte lachend. «Ich rette ihn dir, ich — beim bösen Christus!»

Dies war wie ein aufreizender Hohn. «Ich rette ihn dir.» Ihn? Wen? Um wessen Rettung denn ging es für Vittoria?

Das Gewirr um Pandolfo Confini mehrte sich von Stunde

zu Stunde, Tag zu Tag. In der Küche, im Krankenzimmer häuften sich die Flaschen und Dosen auf den Tischen. Durcheinander, nebeneinander liefen lauter Heilweisen, deren jede einen Verzicht auf die Anwendung der anderen hätte bedingen müssen. Jeder war beleidigt, jeder suchte das Ohr der Frauen zu gewinnen. Längst hätten wohl die Ärzte alle weitere Obsorge verweigert, wäre Monna Mafalda weniger verschwenderisch mit ihren Vergütungen umgegangen.

Von Confini selber war kein Beistand noch Widerspruch zu erlangen. Es war, als sei er mit seiner Erkrankung in jene frühere Zeit zurückgeraten, in welcher er, ein Knabe, noch völlig und ohne einen Zweifel der älteren, an Mutters Statt lenkenden Schwester anbefohlen, ja, ausgeliefert war. Er sprach selten, und es schien ihm Mühe zu machen. Sein Fieber wuchs, er begehrte immer häufiger zu trinken. Die Meinung, man müsse seinem Verlangen nach Flüssigkeit nachgeben, hatte abwechselnd mit der gegenteiligen die Oberhand. Manchmal wehrte er sich gegen irgend etwas, das mit ihm vorgenommen wurde oder werden sollte, doch war sein Widerstand gering und pflegte bald einer fügsamen Geduld zu weichen; indessen drückte diese keine Zustimmung aus, sondern eher eine Gleichgültigkeit, so, als lohne es nicht, sich zu ereifern. Gegen die an sein Lager tretenden und ihn ausfragenden Ärzte und Quacksalber zeigte er matte Abkehr. Übrigens begnügte sich seine Schwester auch oft damit, den sich Andrängenden, ohne sie ins Krankenzimmer zu führen, Confinis Zustand redselig zu schildern und sie die Färbung seines Wassers prüfen zu lassen, worauf sie dann ihre weitläufigen und abenteuerlichen Vorschläge machten.

Inmitten all dieser Wirrnisse strömte aus der Fortwirkung jenes Abends ein nie zuvor verkostetes Glücksgefühl in Vittoria ein. Sie wurde nicht müde, sich jede Einzelheit dieses Beisammenseins gegenwärtig zu machen, jedes seiner Worte, jede seiner Gebärden, und so durchlief sie in Beseligung und in Entsetzen immer wieder alle Stufen ihres Leidenschaftsweges bis in den Hafen des großen, alles andere ausschließenden Gefühls, das sie endlich aus der Zwiespältigkeit ihrer vorbehaltenden Liebe geführt hatte. Indem sie aber trachtete, nicht die kleinste Geringfügigkeit dieser entscheidungsvollen Stunden verlorengehen zu lassen, begegnete sie sonderbaren Schwierigkeiten.

Da wollte es ihr scheinen, als sei manches an jenem Abend für ihr Verständnis gleich einer Woge schon wieder von der nachrollenden nächsten verschlungen worden und als tauche es jetzt wieder vom Grunde auf und vermöge nun erst ihr in seiner ganzen Bedeutung offenbar zu werden. Von anderem wieder war sie sich im Zweifel, ob er das wirklich gesagt oder ob sie es nur einem Tonfall, einer Miene, einer Handbewegung Nespolis entnommen habe. Bald mutete der Abend im Schwanenzimmer sie an als ein Gebilde der Unwirklichkeit, des Traumes oder Fiebers, bald empfand sie als auf diese Weise unwirklich den Tag, durch welchen sie sich jetzt bewegte. So sehr war sie dazwischen ihrem mächtig flutenden Glücksgefühl überantwortet, weil ja nun das Gitter zwischen ihnen beiden zerbrochen war, daß sie für Augenblicke Nespolis Not und Bedrohung vergessen konnte, um dann plötzlich mit einem Zusammenfahren dieser eiskalten Unbarmherzigkeit wiederum innezuwerden. Dann malte sie sich wilde Rettungstaten aus, von denen sie wußte, daß sie nie zu Wirklichkeiten werden konnten, dann erwog sie einen Kniefall vor dem Großtyrannen und mußte sich doch sagen, daß dieser Mann sich noch nie durch die Bitte einer Frau zu einem Entschlusse oder zur Rücknahme eines Entschlusses hatte bestimmen lassen.

Aber auf welche Wege zu einer Rettung hatten denn Nespolis Äußerungen gedeutet? Irgend etwas hatte er ihr übermittelt, das sie nicht recht angenommen hatte, nun aber ungeduldig in sich aufdrängen fühlte. Ja, ohne Frage fanden gewisse Hindeutungen jetzt erst den Weg in ihr rechtes Bewußtsein. Hatten sie nicht mit der schwachsinnigen Selbstmörderin in Verbindung gestanden? Nein, mit Pandolfo.

Wie viele Tage waren es, die auf solche Weise hingingen, ob zwei oder hundert — Vittoria wußte es nicht. Sie lebte außer der Zeit, wie ihr kranker Mann außer der Zeit lebte.

Sie sehnte Nespoli herbei mit allen Herzenskräften, und doch war es ihr, als habe sie ihn zu scheuen, solange sie, zu seiner Errettung aufgerufen und in Pflicht genommen, noch kein Mittel der Hilfe geschaffen hatte. Wiederum meinte sie eine gänzliche Abgeschiedenheit von ihm nicht erdulden zu können. Sie floh aus dem tollhäusigen Wirrsal, das sich verhundertfacht in ihr selber widerbildete, an ihren Tisch im Schwanenzimmer und schrieb hier, hastig und ohne Besinnen, ein paar Zeilen für Nespoli, des Inhaltes etwa, er möge sich nicht mit Sorge zermürben, seine Rettung müsse ja geschehen und er solle ihrer immer bereiten Liebe gewiß sein. Diesen Brief siegelte sie mit dem Bilde des mehrhäuptigen Vogels und jenem Spruche, der mahnend seinem Betrachter die Vielform und Vieldeutigkeit jeglicher menschlichen Liebesbeziehung ins Herz rief: Discite, mortales, nil pluriformius amore.

Dieser Spruch konnte genommen werden im Sinne eines Trostes, ja, einer stolzen Zuversicht, als ein Hinweis auf die unerschöpfliche Fülle der Leidenschaft, die sich in tausendzähligen Gestalten offenbart und erneuert, die hellsichtig um viele Auskunftsmittel weiß und ewig wird siegen müssen. Doch hätten die Worte des Petschafts wohl auch in einem bedenklichen Sinne gefaßt werden können, nämlich als eine Erinnerung daran, daß alle Liebe mit der Änderbarkeit ihrer Gestalt auch von einer Änderbarkeit ihres Wesens nicht frei ist und somit unter jener großen Frage steht, unter die Gott alle irdischen Dinge, die sichtbaren, wie die unsichtbaren, beschlossen hat.

Vittoria rief Agata zu sich ins Schwanenzimmer und übergab ihr den Brief.

«Besorge das.»

«Heute wird es sich nicht mehr tun lassen», antwortete Agata mit ihrer gewöhnlichen Mürrischkeit. «Ich hoffe, ich habe morgen Gelegenheit.»

Vittoria nickte, sie wußte ja, daß dieser heimliche Verbindungsweg zwischen ihr und Nespoli nicht zu jeder Stunde begehbar war.

«Soll eine Antwort sein?» fragte Agata.

«Es ist nicht nötig», erwiderte Vittoria, in der Meinung, es müsse Nespoli überlassen sein, ohne Zwang und je nach dem Triebe seines Herzens ihr Botschaft zu geben oder ihr ohne eine äußere Botschaft verbunden zu bleiben.

3

Es hatte in dieser Zeit bei dem Herrn Confini an kleinen Anzeichen einer Besserung zwar nicht durchaus gemangelt, doch behaupteten die gegenteiligen ein unverkennbares Übergewicht. Einzig Monna Mafaldas lärmerische Zuversicht erhielt sich unverändert. Vittoria aber konnte nun nicht länger die Wahrnehmung ableugnen, daß hier von einem unbedenklichen und nur durch Mafalda ins Maßlose übertriebenen Unwohlsein nicht mehr gesprochen werden durfte. Hier und da versuchte sie einzugreifen und allzu offenbarer Unvernunft in der Pflege des Kranken zu steuern.

Vittoria meinte sich frei von aller feindseligen Gesinnung gegen ihren Mann. Wenn sie ihn hinterging, so geschah das inmitten einer Welt, die über solche Dinge läßlich dachte. Und Pandolfo mit seiner gleichgültigen Ruhe hatte ja nie einen Versuch gemacht, sich ihres Wesensmittelpunktes zu bemächtigen. Sie hatte ihm pflichtmäßig zur Seite gestanden in der Verwaltung seines Besitzes und in der Erfüllung jener Obliegenheiten, welche die städtische Gesellschaft von ihren Gliedern erwartete. Enttäuscht hatte sie sich auf ihre häuslichen Beschäftigungen zurückgezogen und auf ihre Freude an den Künsten, bis Nespoli gekommen war, und, angetan mit dem düsteren Zauberglanz seiner Macht, erst ihr Vorstellungsvermögen und dann sie selber gewonnen hatte. Und ihre Einsamkeit war ja nicht weniger groß gewesen als die seine.

Immerhin hatte ein Gefühl der Zugehörigkeit zu ihrem Mann auch jetzt noch in Vittoria seine Stätte, denn es nahm ja auch Pandolfo Confini seinen gewissen Platz in ihrem Leben ein, und es ist nichts Kleines, wenn ein Zustand, welcher unverbrüchlich schien, jählings in Frage gerückt und damit zu einem Mahnzeichen an die Hinfälligkeit aller Erdenverhältnisse wird.

An die nördliche Schmalseite des großen Saales im Confinischen Hause schloß sich die Kapelle wie eine Apsis an ihr Kirchenschiff, nur daß sie durch Wand und Flügeltür von dem umfänglichen, selten benutzten Festraume geschieden wurde. Hier waren für die Genesung Confinis von Mafalda und Vittoria Kerzen aufgestellt worden, dazu einige kleinere von der Dienerschaft, welche damit ihren Eifer und ihre Anhänglichkeit bekunden wollte.

Vittoria lag auf den Knien und betete. Ihr Ton war der eines Flüsterns, welcher ja eindringlicher ist als jener des Schreiens. Ihre Lippen flogen, ihr Unterkiefer schien locker in den Gelenken. Wie in einer Litanei die Worte «Bitte für uns», «Erbarme dich unser» oder «Erlöse uns» nach jeder Anrufung wiederkehren, so durchflochten die heißen, gestammelten Bitten «Rette ihn» und «Lasse ihn gerettet werden» jeden Satz ihres Gebetes. Sie wußte nicht, um wessen Rettung sie flehte. Dann, deutlicher, murmelte sie: «Lasse Pandolfo genesen!» und im selben Atemzug fast: «Lasse Massimo gerettet werden!»

Sie hielt inne, von einem tiefen Entsetzen befallen; denn nun kam es ihr plötzlich ins Bewußtsein, daß sie ja hiermit gleichzeitig um zwei einander ausschließende Dinge gebeten hatte, so als sei auch sie schon ergriffen von jenem unordentlichen Geist, der sich vom gleichzeitigen Gebrauch entgegengesetzt wirkender Heilmittel eine Besserung verhieß.

Sie wies bestürzt diese Erkenntnis von sich, sie flüchtete in ihr Beten um Nespolis Erlösung aus seiner Not. Allein gleich darauf gewahrte sie mit einem eisigen Schauder, daß die Gebetsworte «Lasse Nespoli gerettet werden» bereits den Sinn anzunehmen begannen, immer eindeutiger den Sinn: «Lasse Pandolfo sterben!»

Sie sprang auf und floh, ihre Knie bebten. Sie lief durch den Saal und fühlte, daß ein Einfall sich ihrer bemächtigt hatte. Sie stieß ihn angstvoll von sich, zugleich aber wußte sie schon, daß sie ihm werde zu Willen sein müssen. Sie eilte in die Kapelle zurück, sie warf sich in die Knie und flehte um ein gnädiges Ende ihrer Versuchung. Aber noch während dieses Gebetes begann etwas wie eine verbotene Süßigkeit übergewaltig ihr Herz auszufüllen, und fast war es Wollust, daß sie ihren Widerstand erliegen fühlte.

Sie war keiner Gebetsworte mehr mächtig. Sie trat ans Kapellenfenster, neben welchem in einem Wandschränkchen unter allerlei anderen gottesdienstlichen Bedürfnissen und Geräten die wächsernen Kerzen bewahrt wurden. Sie wühlte im Vorrat, die längste und stärkste Kerze suchend. Als Vittoria sie aufsteckte, drängte sich all ihre Not in ein vieldeutiges Wort zusammen. Sie flüsterte: «Rettung, mein Gott, Rettung, Rettung, Rettung!» — als wolle sie Gott den Entscheid darüber anheimstellen, ob Pandolfos Rettung aus seiner Krankheit, Nespolis Rettung aus seiner Gefahr oder ihre eigene Rettung aus der Versuchung, die ohne Unterlaß ihr verwilderndes Gemüt bestürmte, den Gegenstand dieser Bitte ausmachte.

Beim Verlassen der Kapelle begegnete sie Agata im Saal. Das Frauenzimmer meldete die geschehene Besorgung des Briefes. Grämlich und wortkarg brachte sie darauf ihre Neuigkeiten vor. Herr Nespoli scheine immer noch in Bedrängnis und Geschäftigkeit, und das sei ja kein Geheimnis, daß der Großtyrann nach seiner Rückkehr von seinem Jagdaufenthalt, die wohl bald geschehen dürfe, von Herrn Nespoli den Mörder des Fra Agostino verlangen oder ihn mit größter Strenge zur Rechenschaft ziehen werde. Auf dem Markte habe heute eine Händlerin gerufen: «Kaufe den schönen Kohlkopf, ich gebe ihn wohlfeil, morgen ist er ja wertlos, wie der Kopf des Herrn Nespoli.»

Das Geldstück, welches Vittoria aus ihrem Gürteltäschchen wühlte, fiel ihr aus den Fingern. Agata bückte sich gleichmütig und hob es auf.

«Für dich. Geh.»

«Es wäre schade um den Herrn Nespoli», sagte Agata im Davonschlurfen.

«Jesus Christus!» flüsterte Vittoria. «Es ist nicht anders: es kann nur einer von beiden gerettet werden.»

4

Es hatte sich eingeführt, daß jede Nacht jemand am Lager des Kranken wachte, Umschläge erneuerte, Arzneien und Erfrischungsgetränke reichte. Es war auch nicht mehr an dem, daß Monna Mafalda bei Tagesende in ihr Haus zurückkehrte, sondern ihre Unruhe und Redelust hatten eine solche Mehrung erfahren, daß sie es nicht ertragen zu können meinte, dem Ort der Begebenheiten auch nur für eine Reihe von Stunden fernzubleiben.

«Heute kannst du bei ihm wachen, Kind. Ich muß schlafen», sagte sie zu Vittoria, als habe diese sie bisher am Schlafe gehindert. «Lasse mir ein Lager im Schwanenzimmer herrichten, ich bitte dich, Töchterchen, ich muß schlafen!»

Sie war erschöpft und vermochte dennoch ihrem Sprechwerk keinen Einhalt zu tun. Ehe sie hinüberging, erklärte sie Vittoria mit viel Umständlichkeit, dazwischen grundlos lachend, welche Verrichtungen bis zum Morgen mit Pandolfo vorzunehmen waren, so als habe Vittoria eben zum ersten Male dies Krankenzimmer betreten. Sie mühte sich, mit Rücksicht auf den in fiebrigem Halbschlummer stöhnenden Bruder, ihre Stimme zu bändigen, und vergaß es immer wieder im fortreißenden Taumel der Worte. Hatte ihre Stimme die Lautkraft eines Hilfsgeschreis angenommen, so kam ihr Vorsatz ihr wieder in den Sinn, und sie begann ein hastiges und kaum verständliches

Geflüster, das allmählich abermals zum Schreien sich steigerte.

Agata, welche sich in der Nacht bereithalten sollte, um Vittoria zur Hand zu gehen, stand an der Tür, die Hände unter der Schürze, und hörte mit Geringschätzung zu. Vittoria mühte sich vergebens, den Sinn des Wortgewoges zu ergreifen. Bald war dies Räucherwerk zu entzünden, bald jenes, bald war dem Kranken auf Stirn und Brust, Herzgrube oder Magen dies Kräutersäckchen zu legen, bald jenes, und zwar wollten überall genaue Zeitmaße beachtet sein, welche einander häufig ebenso ausschlossen, wie die Wirkungen der Medikamente es taten. Diese Flüssigkeit sollte das Fieber dämpfen, jene es erhöhen, damit die Krankheit auf einen Scheitelpunkt getrieben werde, von dem aus sie weichen müsse. Diese Arznei hob die Wirkung jener auf, eine andere wiederum sollte sie verstärken. Ein stündlich zu erneuerndes Pflaster hatte die Hitze aus der Brust zu ziehen, ein halbstündlich zu machender Umschlag den Magen warm zu halten. Hier sollte für eine Beschleunigung des Pulses, dort für seine Verlangsamung gewirkt werden.

Agata sah mit kaum verborgenem Hohn auf den Tisch mit den Arzneigefäßen, deren ungeheuerliche Vielfalt jede Verwechslung geschehbar machte.

«Ich meine», sagte sie zu Vittoria, als Mafalda gegangen war, «ich meine, das ist mehr als zur Vergiftung von zehn Familien benötigt wird. Wenn der Herr aus dem Bauernstand wäre, den hätte man längst gesund bekommen.»

Eine große Wichtigkeit wurde bei den einzelnen Arzneigaben den Mengenverhältnissen beigelegt. Von einem Pulver waren vier Messerspitzen in lauwarmer Milch zu geben, beileibe nicht mehr; von einer bitterlich nach Kirschlorbeer riechenden Essenz dreimal täglich neun Tropfen in weißem, mit Salbeiblättern aufgekochtem Wein. Da war eine gewisse zinnoberrote Flüssigkeit, welche die erlöschenden Lebensgeister zurückbeschwören und anfeuern sollte; im Übermaß gereicht, hätte sie hingegen das Entflammen eines Kraftaufwandes bewirkt, welcher die Adern des Kranken zum Schwellen, ja, Zerspringen führen mußte. Und von jenem dicklichen grünen Liquor, welcher den flatternden Herzschlag zu mäßigen bestimmt war, konnten wenige Tropfen über die Vorschrift die gänzliche Einschläferung im Gefolge haben.

Vittoria schickte Agata hinaus: sie möge sich unausgekleidet in ihrer Kammer aufhalten, bis sie benötigt werde.

«Nun? Was macht Confini?» fragte ohne sonderliche Anteilnahme der Schieler, als Agata eintrat.

Eine trübe brennende Unschlittkerze klebte auf der Tischplatte. Der Schieler saß auf dem Strohsack ihres Bettes und war mit dem Reinigen von Schuhwerk beschäftigt. Zu dergestaltigen Verrichtungen stellte sie ihn gerne an, auch hatte er diese und jene Besorgung in der Stadt für sie vorzunehmen, wogegen sie ihm Wäsche und Kleidung in Ordnung hielt. Niemand wußte, daß in solchen untereinander geübten Dienstwilligkeiten die ganze Liebesbeziehung der beiden sich erschöpfte.

«Was ist da viel zu reden?» antwortete Agata auf des Schielers Frage. «Wenn einer krank ist, soll man ihn zufrieden lassen. Und deiner?»

«Meiner ist nicht krank. Aber ihm wäre besser, er wäre es.»

Agata nahm ihr Strickzeug vom Wandbrett, setzte sich neben den Schieler und machte sich an ihre Arbeit. Sie hatte viele Neffen und Nichten, für deren Fußbekleidung sie sorgte. Eine Weile schwiegen sie, sie liebten keine unnützen Worte. Ab und zu kratzte sich Agata mit der Stricknadel den Hinterkopf.

«Bist du mit den Schuhen fertig?» fragte sie. «Du kannst mir Garn halten.» Denn sie hatte es nicht gern, wenn seine Arbeitskraft auch nur für kurze Zeit ungenutzt blieb.

Der Schieler streckte gehorsam die Hände aus.

«Ich hab dir ein Hemd zum Flicken gebracht», sagte er dann. «Nächstens mußt du mir auch wieder ein paar Strümpfe stopfen.»

«Es ist gut», antwortete sie.

Später hatte er Haushaltsziffern zu prüfen. Er klapperte emsig mit dem Rechenbrett.

Sie saßen schweigsam beisammen, bis endlich der Schieler gähnend aufstand. «Ich gehe», sagte er. «Ich bin müde. Gute Nacht.»

«Gute Nacht», antwortete Agata und gähnte ebenfalls. Als er draußen war, blies sie haushälterisch die Kerze aus und legte sich schlafen.

5

Confini lag jetzt still. Die Nachtlämpchen brannten gleichmäßig. Ab und zu kam ein gedämpftes nächtliches Straßengeräusch, ein verspäteter Schritt, ein schwacher Hufschlag, ein Glockenschlag ins Zimmer. Und für Vittoria hob abermals jenes düstere, schreckliche und doch von geheimen Glücksschauern erfüllte Gewoge an, das sie bald in nachtwandlerischer Wegessicherheit durchschritt, bald in Ängsten und Zweifeln ohne Halt durchtaumelte.

Sie saß neben dem Bette und betrachtete Pandolfos Gesicht. Es war, als ginge von diesem eine Aufforderung aus: «Tu, was du magst; mir ist das alles gleichgültig geworden.»

Ja, war denn nicht eine solche Gleichgültigkeit dieses Menschen beherrschender Wesenszug?

«Vielleicht», so ging es Vittoria durch den Sinn, «vielleicht hat er alles gewußt, was je und je zwischen Massimo und mir geschah, indessen wir uns um Vorsicht und Heimlichkeit mühten. Es lohnte ihm nur nicht, ein Wort oder gar einen Streit daran zu wenden.»

Grüblerisch gedachte sie der merkwürdigen Schicksalsverbindung unter diesen beiden Männern, deren Bedrohtheit ja aus der gleichen Nacht sich herschrieb. Wieder traten gewisse Worte und Andeutungen Nespolis in ihr Bewußtsein. Daß er Pandolfo über die Mordnacht befragt hatte, war das wirklich nur ein Vorwand gewesen? Und wie sonderbar war dieser Aufenthalt in der Jagdhütte, dieser Ritt ohne einen einzigen Begegner! Ja, war denn diese Fieberkrankheit nur im Sumpfland zu Hause? Konnte sie nicht auch bewirkt worden sein durch eine große Erregung, durch ein leidenschaftliches Anspannen aller Gemütskräfte, weit hinaus über das ihnen gewohnte und erträgliche Maß?

«Du Mensch hier in deinen Kissen», dachte sie, «bist du es gewesen, der alle diese Not heraufgeführt hat?» Aber was waren das für Gedanken? Und was konnte denn ihr Mann mit Fra Agostino zu schaffen gehabt haben?

Sie vermochte nicht mehr stillzusitzen, sie begann im Zimmer auf und ab zu gehen. Ihre weichen Schuhe und die dicken Teppiche auf dem Boden ließen keinen Laut aufkommen.

Sollte ich Massimo einen Vorschlag machen? dachte sie. Einen Rat geben? Nein, ich muß eine Tat wagen für ihn.

So gewiß war sie Nespolis seit jenem Gewitterabend, daß der Mangel seiner körperlichen Gegenwart ihr nichts verschlug.

«Dies hat so sein sollen. Hätte ich mit ihm zusammen sein können, ich hätte mich beraten mit ihm. So aber soll ich den ersten Schritt gehen.»

Das kam über sie wie ein Rausch. Es war, als sei ein gänzlich neuer Geist mit gänzlich neuen Kräften in sie gefahren. Es erwachten in ihr Mut, List, Verschlagenheit, Zähigkeit, Verachtung jeder Gefahr, Verachtung jedes Gewissenshemmnisses — lauter Eigenschaften, die sich zuvor nicht in ihr geregt hatten, da sie ihrer nicht bedürftig gewesen war. Pläne jagten durch ihren Sinn wie Wetterleuchten. Sie empfand eine unerklärbare Steigerung ihres Wesens, ja, für Augenblicke fühlte sie sich hinauswachsen über Nespoli, so daß sie sich verwundert fragte: Ist es wirklich um dieses Menschen willen, daß solche Fähigkeiten und Entschlossenheiten mir zuströmen? Allein gleich danach meinte sie, ihn noch nie so geliebt zu haben wie in dieser Stunde. Und es gelangte nicht in ihr Bewußtsein, daß sie doch Nespoli nicht nur retten, sondern auch ihn für sich selber erhalten, ja, auf immerwährende Zeit erwerben wollte. Selbstlos und eigensüchtig, opferwillig und besitzgierig in einem — was gibt es Vielförmigeres als die Liebe? Allein was ist vielförmiger als alles Wollen und Denken der Menschen? Es ist zwei Flüssen bestimmt, im gleichen Strombett ihren Verlauf zu haben, dergestalt, daß sie bald sich trennen, bald sich berühren oder gar vereinigen und doch Wasser von verschiedenem Ursprung führen; es fließt die eine Strömung für eine Weile unter der Erde und tritt dann plötzlich an die Oberfläche. Sie mischen ihr Wasser, und nur Gottes Auge vermag das Vereinte zu unterscheiden. Und so leben die Menschen im Doppelten, und es kann sie niemand aus ihrer Zweisinnigkeit führen als der Herr und Freund des Einfachen, in welchem allein die Vollkommenheit und Einfalt der großen Gefühle gefunden werden kann.

6

Vittoria blieb stehen, ihr war, als hätte Pandolfo sie gerufen. «Vittoria... Vit-to-ria!» flüsterte er.

Sie eilte zu ihm.

Er wandte das Gesicht ins Zimmer hinein und hob die Augenlider. Der Kraftaufwand dieser geringen Bewegung verzog sein Antlitz.

«Willst du etwas? Hast du Durst? Liegst du unbequem?»

Er sah sie eine Weile stumm an. Dann sagte er: «Ich habe keine Lust mehr.»

Dies war wie das Feststellen eines Ergebnisses, die Endsumme einer langen Rechnung.

Vittoria fühlte sich bewegt, ja, erschüttert vom Ton dieses furchtbaren Satzes, in welchem eine Kreatur allen ihren kreatürlichen Rechten zu entsagen schien; doch drängte sich augenblicks in ihre Erinnerung die Todesmattigkeit, mit welcher Nespoli im Schwanenzimmer sich vor sie hingeworfen hatte.

«Was kann ich für dich tun, Pandolfo?» fragte sie. «Magst du trinken? Soll ich nach Bologna schicken? Willst du, daß Diomede kommt?»

Pandolfo schien sich erst lange besinnen zu müssen, ehe er diese Frage auffaßte.

«Diomede?» sagte er endlich. «Diomede?»

Aber als vermöge er den Gedanken an seinen Sohn nicht festzuhalten, wiederholte er gleich danach: «Ich habe keine Lust mehr.»

Er schloß die Augen und kehrte das Gesicht ab. Vittoria nahm ihre Wanderung wieder auf. Confini schien zu schlafen. Vittoria wünschte sich den Tod, an seiner, an Nespolis Stelle.

«Vit-to-ri-a», begann er nach einer Weile. Sie beugte sich fragend zu ihm. «Mariano hat das Mahlgeld erhöht. Denkst du, ich lasse ihm die Mühle zu den alten Bedingungen in Pacht? Ich werde sie selber bewirtschaften. Nein, erst muß sich zeigen, daß die Erhöhung nicht die Kundschaft verringert. Aber er wird nachträglich einen Pachtzuschlag geben müssen, wir hatten mit einem niedrigeren Mahlgeld gerechnet, ja, das wird er.»

Diese Äußerungen schienen ihn sehr ermüdet zu haben.

Und ich hatte gefragt, ob er seinen Sohn sehen will, dachte Vittoria. Gibt es denn ein Wesen, dessen er bedarf? Und wer bedarf seiner? Massimo ist derjenige Mensch, dessen ich zu meinem Leben bedarf.

«Gib mir zu trinken», sagte er streng wie zu einem Dienstboten.

Und wieder fühlte sie aus der Furchtbarkeit der Dinge, mit denen ihre Gedanken sich befaßten, eine wilde und lockende Süße in ihr aufgewühltes Herz tropfen. Und wie sonderbar band sich mit diesem neuen Kräterausch ein wollüstiges Gefühl der Ohnmacht von dem Augenblicke an, da sie sich nicht mehr gegen die Versuchung wehrte!

Aber in der tückisch zehrenden Schwüle dieser Nacht hatten auch die kühnen Tatempfindungen keinen Bestand. Pandolfo bat abermals um Getränk, und vor der Arglosigkeit dieser Bitte überkamen Vittoria ein tödliches Erschrecken und ein heißes Mitleid. Lippen und Knie erzitterten, sie bekreuzte sich hastig, sie bekreuzte ihn und sie bekreuzte das Glas, da sie es ihm zum Trinken reichte. Nespoli schien ihr so fern, als gäbe es ihn nicht.

«Was ist denn?» knurrte Pandolfo, während sein Blick ihrer kreuzschlagenden Hand folgte. «Ich habe doch nur Durst.» Allein bald nachdem er getrunken hatte, setzte er noch einmal hinzu: «Ich habe keine Lust mehr.»

Vittoria entzündete die Räucherkerze und schellte nach Agata. Die Magd kam schläfrig angeschlurft, und Vittoria graute es vor ihrem Gesicht. Dies verdrießliche Geschöpf hatte ihr als Werkzeug gedient und war Mitwisserin ihres Tuns. Oder war sie schon Mitwisserin ihrer furchtbarsten Versuchungen und Gedanken?

Mit Agatas Beistand wurden Umschläge und Packungen gemacht. Da Vittoria den hageren Oberleib ihres Mannes aufrichtete und stützte, überkam sie vor dem Hilflosen ein kleines Gefühl der Mütterlichkeit.

«Du mußt gesund werden, Pandolfo, hörst du?» flüsterte sie. «Wir wollen alles tun.»

Pandolfo seufzte. Auch dieser Seufzer schien zu sagen: «Tut, was ihr mögt. Ich habe keine Lust mehr.»

Um dieses Halbleichnams willen sollte Nespoli sterben?

Vittoria legte ihm die mit Essenz getränkten Tücher auf die faltige und höckerige Stirn. Die Schläfen erschienen ihr sehr eingefallen. Agata wurde zu ihrer Ruhe geschickt; von draußen klang abermals Stundenschlag in dies tote Zimmer.

Bis dahin hatte Vittoria, der Vielfalt von Vorschriften das Überzeugende entnehmend, offensichtlich Widerspruchsvolles aber unterlassend, verhältnisweise einfache Obliegenheiten der Pflege erfüllt. Nun aber kamen die Zeitabschnitte, in welchen die Verabreichung jener gefährlicheren Tränke an der Reihe war; hier konnte eine winzige Änderung der Tropfenzahl von entscheidender Folge sein.

Mehrere Male näherte sich Vittoria dem Tisch mit den Arzneien. Die dickbauchigen und die schmalen Flaschen, die kleinen irdenen Phiolen, die Glas- und Metallgefäße standen wirr und eng beieinander. Vittoria kehrte um und hastete im Zimmer einher.

«Rettung, mein Gott, Rettung!» schrie sie laut auf.

Sie blickte nach Confini. Er lag regungslos; nur seine linke Hand machte über der Bettdecke winzige scharrende Bewegungen wie die eines Gelangweilten. «Er hat keine Lust mehr», flüsterte Vittoria. «Massimo muß leben.» Und sie suchte sich jene groß aufrauschenden Empfindungen wiederherzustellen, aus welchen die starkmütigen Taten geboren werden.

Vittoria hatte die Fähigkeit des Überlegens und Erwählens eingebüßt. Sie war nicht mehr imstande, die ärztlichen Anweisungen, die Eigenschaften der Arzneien in ihrem Gedächtnis zu finden. War es dies Gefäß, war es jenes? Drei Tropfen oder fünfzehn?

«Ich weiß nichts mehr, ich kenne mich nicht aus! Soll ich ihm gar nichts geben? Allein dies Unterlassen könnte ja die gleiche Wirkung haben wie das Verabreichen des Irrigen!»

Mit einer heftigen Sehnsucht dachte sie, es müßte das höchste Glück der Menschen sein, gehorsam und voller Vertrauen in allen Stücken klaren Vorschriften folgen zu dürfen. Gleich danach aber schämte sie sich der Schwäche eines solchen Gedankens als einer knechtlichen Unwürdigkeit, welche ja den Menschen auf die Stufe eines wohlgezogenen Haustieres oder gar eines Werkzeuges gesetzt hätte; denn daß er in Entscheidungen und Kämpfe des Gewissens gestellt wird, dies einzig macht ja den Adel des Menschen aus.

Der Geruch all der wirksamen Stoffe auf dem Tisch befahl sie herrisch zu sich. Sie wußte nicht mehr, ob ihre Hand sich nach einem Werkzeuge der Heilung oder der Vernichtung streckte. Mit zitternden Fingern, das Gesicht abgewandt, griff sie in den Haufen.

«Gott, lasse Massimo gerettet werden!» betete sie und flehte im gleichen Zuge um Pandolfos Genesung. Sie hielt eine Flasche, sie schüttete eine verworrene Tropfenzahl in den silbernen Becher mit rotem Wein, welcher auf den Traubenbergen der Confini im Sonnenlichte gewachsen war.

Pandolfo trank gehorsam.

7

Vittoria fand es später nicht mehr in ihrem Gedächtnis, wie diese furchtbare Nacht zu Ende gegangen war. Sie erwachte am Vormittag nach einem kurzen und dumpfen Schlaf, mit schmerzendem Kopfe, schweren Gliedmaßen, trockener Kehle und brennenden Augenlidern. Allein sehr viel anders war ihr Erwachen an keinem der letzten Tage gewesen.

Auf ihrem Bett sah sie die Katze kauern, welche zwischen einem zufriedenen Schnurren und der Hervorbringung eines rasselnden Geräusches von strengem Klang abwechselte. Vittoria liebte sonst den Anblick ihrer Augen, in denen sie die Farbe herbstlich gegilbten und von einer linden Sonne beschienenen Laubes wiederzufinden meinte. Heute drückten diese Augen ihr nichts aus als die Allgenugsamkeit der Natur; und dies will heißen, die Erbarmungslosigkeit der Welt.

Auf dem Gange begegnete sie Agata, die mit Tüchern und heißem Wasser aus der Küche kam.

«Wie geht es dem Herrn?» fragte Vittoria.

«Schwach», antwortete die Magd und war vorüber.

Vittoria hörte die Stimme ihrer Schwägerin dröhnen und kam gerade ins Empfangszimmer, als eine teilnehmende Besucherin sich von Mafalda verabschiedete, eine ältliche Verwandte der Confini, deren Gatten der Großtyrann mit auf sein Jagdschloß befohlen hatte.

Vittoria wechselte mit der Aufbrechenden einige Worte der Höflichkeit.

«Nein, Galeazzo hat gestern um Wäsche geschickt», sagte die Besucherin auf Vittorias Frage nach ihrem Manne. «Es scheint, die Jagdgesellschaft soll noch einige Zeit im Gebirge bleiben.»

Wenn sie zurückkommt, muß Massimo außer Gefahr sein, dachte Vittoria.

«Was macht der junge Messer Confini?» fragte die Besucherin, schon im Durchschreiten der Tür. «Ist er unterwegs? Wann wird er erwartet?»

Sie schied mit einer feierlichen Umarmung und mit kummervollen Wünschen für Pandolfo.

«Ja, richtig: Diomede!» sagte Monna Mafalda. «Hast du nach ihm geschickt? Nicht? Wie konntest du das unterlassen? Kind, was für leichtwilligen Hoffnungsseligkeiten hast du dich denn ergeben?»

«Wie steht es?» fragte Vittoria flüsternd mit weggekehrten Augen.

«Ich habe dir gesagt, Diomede muß geholt werden! So schnell, wie es nur geschehen kann!» schrie Mafalda. «Wäre auf mich gehört worden...»

Tatsächlich hatte ihre Abneigung gegen den Neffen sie bis jetzt verhindert, seine Benachrichtigung auch nur zu erwägen.

Vittoria hörte starr die Schilderung der Schwägerin an. Mit der gleichen Starrheit nahm sie darauf in der Küche Agatas ergänzenden Bericht entgegen.

Confini war aus seinem Halbschlummer geworfen worden durch ein plötzliches Sichaufbäumen des Körpers, welches außerhalb seines Willens geschah und alle Merkmale einer gewaltsamen Zusammenreißung seiner Kräfte trug. Die Wildheit dieses Ausbruches, der von furchtbaren Beklemmungen des Atems, von lauten, aber unverständlich bleibenden Schreien begleitet war, hatte nicht nur Monna Mafalda, sondern auch Agata erschreckt. Versuche, ihm mit niederschlagenden Tränken, mit kalten Waschungen zu begegnen, mußten ohne Erfolg bleiben, denn es war weder möglich, dem Rasenden etwas einzuflößen, noch überhaupt irgendeinen pflegerischen Handgriff an ihm zu tun. Keuchend schleuderte er Kissen und Decken beiseite und war schon im Begriffe, das Bett zu verlassen, als die Bewegungen seiner Arme und Beine sich zu verlangsamen begannen und er allmählich in einen Zustand der tiefsten Erschöpfung verfiel. In diesem verharrte er noch jetzt.

Vittoria ging zu ihm. Er war völlig verändert, und die mittelgroße Gestalt schien zwergisch verkümmern zu wollen. Auf seiner Stirne stand Schweiß, die Augen waren geschlossen. Vittoria griff nach seiner Hand. Der Puls ging schwach.

Vittoria verließ ihn, um Diomedes Kommen ins Werk zu richten. Eine halbe Stunde später brach der Bote nach Bologna auf, zu dringlichster Eile angehalten.

Ins Krankenzimmer zurückgekehrt, wurde sie von Mafalda am Handgelenk gepackt und auf die Seite gezogen.

«Es ist nicht der Gefahr wegen, Kind, nein, nein, keine Sorgen, aber um des erbaulichen Beispiels willen, auf uns sehen die Leute, du verstehst, die Sakramente, kurz, schicke nach seinem Beichtvater, aber das leidet keinen Aufschub, hörst du, es muß sofort sein, wer weiß denn, was über ihn bestimmt ist, und es geschieht ja, daß nach dem Empfang der Sakramente Besserungen eintreten, ich kenne Beispiele...»

Vittoria machte sich von ihr los und ging, um in steinerner Kälte die notwendigen Anordnungen zu treffen.

Der Diener Matteo wurde zum Beichtvater des Herrn Confini geschickt. Er kam zurück und meldete, er habe den Priester nicht zu Hause getroffen, auch habe ihm nicht gesagt werden können, wann seine Rückkunft zu erwarten sei. Damit keine Zeit verloren werde, habe er sich an Don Luca gewandt, den Pfarrer von San Sepolcro; dieser werde in kurzem mit dem Allerheiligsten zur Stelle sein.

Die Frauen billigten seine Selbständigkeit. Es wurde erwogen, ob Pandolfo Confini zum Empfang der Sakramente in die Kapelle getragen werden sollte. Doch wurde trotz Monna Mafaldas anfänglichem Drängen hiervon zuletzt abgesehen, denn es wäre eine allzu große Anforderung an seine Kräfte gewesen.

In Eile richteten sie nun den Kranken her, welcher mit sich alles geschehen ließ, und räumten das Zimmer auf, bestrebt, ihm einen Anstrich von gottesdienstlicher Würde zu geben. Inmitten solcher Vorbereitungen wurde auf dem Gange schon die Stimme des Geistlichen gehört, der beim Eintritt den Friedenswunsch für das Haus und seine Bewohner betete.

8

Dieser Don Luca war ein alter und schlichter Mann, welchem vornehmlich die geringeren Leute ihr Vertrauen zuwandten. Das mochte auch im Zusammenhang stehen damit, daß er die Armen gern beschenkte, indem er lieber sich ausnutzen lassen als karg sein wollte. Hierin pflegte seine Haushälterin das Übermaß ihres Herrn zu tadeln und suchte ihn mit Strenge zu hindern. Da hatte er denn eine kindliche Freude an ihrer Überlistung, etwa, wenn er einem Bettler, welchem sie die Tür gewiesen hatte, in Heimlichkeit nacheilte und ihm verstohlen hinter der nächsten Straßenecke ein Geldstück reichte. Die Verrichtungen seines Amtes, welche ihn leicht und natürlich dünkten, erfüllte er sorgfältig und aus dem heiteren Vertrauen seines von aller Beirrung freigebliebenen priesterlichen Gemütes; und so lebte er als ein glücklicher Mensch und genoß viel Zuneigung. In vornehme Häuser aber kam er selten, und es hätten ja auch sein ungepflegtes Haar und die bäurische Beschaffenheit seiner Gebärden nicht recht in diese gepaßt.

Vittoria und Mafalda begrüßten ihn, und er spendete ihnen den Segen. Darauf verständigten sie ihn mit einigen Worten, denen er aufmerksam, aber schweigend zuhörte. Er nickte nur und ging zur Tür des Krankenzimmers, die Agata mit einer tiefen Verneigung vor ihm öffnete. Und nun war er mit Confini allein, um ihm die Beichte abzunehmen.

Mit ihm war sein Kirchendiener gekommen, ein stoppelbärtiger und beleibter Mann, und man hatte ihm einen Stuhl im Empfangszimmer angewiesen. Hier saß er in steifer Haltung und wartete, bis jenes Sakrament, das keinen Zeugen leidet, geendet sein und er gerufen werde. Vor sich auf den Tisch hatte er das Hostienbehältnis gestellt, samt den übrigen gottesdienstlichen Gerätschaften. Das Ciborium war aus Silber gearbeitet und eine genaue Nachbildung des turmlosen, altertümlichen Rundbaues von San Sepolcro. Dies sollte bedeuten: «Kannst du nicht zur Kirche kommen, so kommt die Kirche zu dir.»

Unweit von ihm saßen Vittoria und Monna Mafalda, und selbst diese schwieg jetzt in der Vorstellung, sie habe ein Beispiel frommer Schicklichkeit zu bieten. Nur dazwischen seufzte sie, und alsdann geriet das Barthorn in Regung.

Endlich erschien Agata und meldete im Auftrag des Priesters, die Beichte sei geschehen und es solle dem Herrn Confini nun das Sakrament des göttlichen Leibes gereicht werden. Die beiden Frauen und der Kirchendiener erhoben sich und gingen langsam ins Krankenzimmer hinüber. Ihnen folgte Agata mit den übrigen Dienstboten. Einige Kräuterweiber und volksmäßige Heilkünstler schlossen sich an.

Leise auftretend, mit gefalteten Händen und gesenkten Köpfen, dennoch nicht ohne Blicke der Neugier, drängten sie sich hinein und fanden endlich unweit der Tür in einem halben Kreise ihre Anordnung. Dieser Eintritt, dies Rücken und Platzmachen und Stellesuchen dauerten noch, als der Mesner schon das Confiteor zu beten begonnen hatte.

Matteos Gesicht drückte bei allem angenommenen Ernst eine deutliche Genugtuung aus, denn er war es doch, der all diese fromme Anstalt zuwege gebracht hatte. So hatte er sich berechtigt geglaubt, sich seinen Platz ein wenig vor der übrigen Dienerschaft zu suchen und hier durch nachdrückliches Seufzen und Kreuzschlagen seinen besonderen

Anteil an den heiligen Vorgängen darzutun. Er reckte seinen kurzen Hals, um die Züge des Priesters möglichst genau zu betrachten. Denn in ihm wie in manchen anderen der einfachen Leute mochte sich die neugierige und abergläubische Vorstellung regen, es könne sich am Ende aus Don Lucas Gesicht etwas von dem ablesen lassen, was den Inhalt der Beichte gebildet hatte.

Das geordnete Zimmer hatte ein fremdartiges, feierliches Ansehen gewonnen. Die wirren Anhäufungen von Arzneigefäßen waren verschwunden. Unweit des Bettes war ein Tisch gestellt, mit einer schweren, bis zum Boden reichenden, violetten Samtdecke belegt. Auf dem Tische stand zwischen zwei brennenden Kerzen ein Kruzifix und ihm zu Füße, mit Salz gefüllt, eine kleine silberne Schale, welche als einen altertümlichen Schmuck das Geschlechtswappen der Confini trug. Zwischen Bett und Tisch amtete Don Luca mit seinem Mesner. Ihnen zunächst standen, fast durch die ganze Ausdehnung des Zimmers von den übrigen Anwesenden geschieden, Vittoria und Mafalda.

Mafalda hatte ein schwer bezwingbares Bedürfnis, zu sprechen. Da sie ihm nicht nachgeben konnte, schuf ihre Natur sich in lautem Ächzen sowie in häufigem Wechseln der Fußstellung einen Ausweg. Vittoria verhielt sich unbeweglich. Die Blicke der beiden gingen zwischen dem Priester und Pandolfo hin und her. Durch Auftürmung einer Anzahl von Kissen war bei dem Kranken eine Haltung bewirkt worden, welche zwischen Liegen und Sitzen die Mitte behauptete. Seine farblosen Hände waren gefaltet, sein Blick konnte von niemandem wahrgenommen werden, da er sich niederwärts auf die Bettdecke gerichtet hielt. Pandolfos Gesicht war ohne einen Ausdruck, der Schlußziehungen auf seinen Zustand erlaubt hätte.

Die feierlichen Handlungen wurden in Rücksicht auf Pandolfos Befinden so weit abgekürzt, wie die kirchlichen Vorschriften es irgend gestatten. Ohne aufzusehen, ja, ohne daß sich in seinen Zügen die geringste Veränderung angezeigt hätte, schluckte Pandolfo mühsam, als ihm die

Hostie in den Mund gegeben wurde. In diesen Sekunden hob die kniende Vittoria ihr Gesicht, und ihr Blick fiel auf die spitz gewordene und verfallene Nase des Kommunizierenden. Sie spürte die furchtbare Starrheit, welche sich in ihr niedergelassen und verfestigt hatte, in eine wogende Lösung übergehen. Es stiegen ihr Tränen in die Kehle, sie schluckte schwer. Die Vorstellung, daß jener Mensch dort in den Kissen zu diesem Augenblick, entsühnt und gereinigt, Gott in sich empfing, überwältigte sie so gänzlich, daß alles zuvor Geschehene auf Sekunden aus ihrem Gedächtnis fortgelöscht war. Es hatte ein lebendiges Herz auch in diesem Menschen geschlagen, und es war ihre Schuld, daß sie es nicht aufzufinden vermocht hatte.

Gleich danach indessen fielen, höllische Fiebergespenster, die Erinnerungen der Nacht wieder auf sie. Sie spürte eine wahnwitzig lodernde Freude darüber, daß nun Massimos Rettung ihren sicheren Gang zu nehmen hatte, und sie spürte zugleich die Eiseskälte von Schauern über ihre Schulterblätter und ihren Nacken laufen.

Ihr Blick irrte von Pandolfo ab. Er haftete an dem geschorenen weißen Haar des Priesters, an seiner gebeugten Haltung und an der sicheren Sanftheit seiner Bewegungen. Diese Bewegungen mußten ein Zutrauen erwecken wie die eines säenden oder mähenden Bauern, welcher ja das Natürliche tut und es auf die richtige, zweckmäßige und allein mögliche Art ausführt. Und Vittoria war unterjocht von der einen Begierde, sich diesem alten Manne zu Knien zu werfen und alles zu bekennen.

Sie begann um Pandolfos Genesung zu beten. Ja, konnte sie nicht mit dem von ihr Gereichten eine günstige Wendung der Krankheit heraufgeführt haben? Ihre Gedanken verwirrten sich. Dann fiel Massimo ihr ein, und nun meinte sie abermals einen sicheren Grund gefunden zu haben.

Es war bis dahin sehr still gewesen, und außer den halblauten Worten des Geistlichen und des respondierenden Mesners hatten höchstens hier und da einige Seufzer sich vernehmen lassen. Nun aber hörte Vittoria Hüsteln, Räuspern und Schneuzen und die behutsamen Fußbewegungen, mit welchen Menschen, die eine Weile unbeweglich gestanden haben, ihre Stellung ändern. Sie schrak auf, sie erhob sich, trat auf Pandolfo zu und drückte seine Hände, die immer noch verschränkt auf der Decke lagen. Mafalda beglückwünschte ihn mit einem überstürzten und undeutlichen Gemurmel zum Empfang der Wegzehrung, und ebenso tat nach ihr das Hausgesinde. Vittoria riß sich aus ihrer Versunkenheit, um jenes bescheidene Maß an Anordnungen zu treffen, das Monna Mafalda ihr verstattete.

9

Inzwischen war ein Arzt gekommen und wurde hereingeführt. Von dem Gang durch den glutheißen Wind liefen über sein Gesicht Rinnsale von Schweiß, die er umsonst mit einem gestickten Tuch zu entfernen trachtete. Er trat zu Confini und fühlte den Puls. Auf sein Geheiß wurde dem Kranken ein wenig Nahrung gereicht. Confini schluckte fügsam einige Löffel Brühe, welcher ein Heiltrank beigesetzt war.

Danach traten die beiden Frauen, Don Luca und der Arzt ans Fenster und besprachen sich halblaut. Monna Mafalda ließ die Augen nicht von der Tür, als erwarte sie das Kommen eines der übrigen Ärzte, um einer lautgewordenen Meinung eine andere entgegenstellen zu können. Doch kam keiner, und die vier wurden sich einig: das Sakrament der Ölung sollte nicht hinausgeschoben werden.

Als habe sich schon eine bestimmte Ordnung hierfür festgesetzt, nahmen alle Gegenwärtigen wieder ihre Plätze ein.

Confini schien durch die empfangene Nahrung und Arznei ein wenig gekräftigt. Sein Blick war jetzt den Vorgängen voll zugewandt, sein Blick um ein kleines beweglicher. Dieser Blick schien zu fragen: «Was macht ihr mit mir?» — doch nicht im Sinne eines Vorwurfs, sondern einer geduldigen Verwunderung, welcher eine Nachdenklichkeit zugrunde lag.

Auch beim Sakrament der Ölung wurde ohne Zeiteinbuße verfahren. Don Luca sprach die Salbungsformeln gedämpft, doch hielt er sich von einer unziemlichen Hast fern. Als der Mesner, der alle seine Handbietungen geschickt und gleichmäßig verrichtete, die Bettdecke zur Seite schob und der Priester sich vorbeugte, um Confinis Füße zu salben, sprang Vittorias Katze, welche sich unvermerkt ins Zimmer geschlichen und in einer Ecke aufgehalten hatte, auf das Krankenbett, plusterte ihr langhaariges Fell auf, wie es wohl ein Vogel mit seinem Gefieder tut, und richtete die goldgelblichen Augen, in deren Mitte ein senkrechter schwarzer Strich stand, gleichgültig auf die beiden ihr fremden Männer. Dann rollte sie sich mit einem Schnurrlaut zusammen.

Monna Mafalda machte eine Bewegung, als wollte sie vorstürzen. Über das Gesicht des knienden Matteo lief ein Lächeln, dessen er erst durch einen Biß auf die Unterlippe Herr wurde. Die entschlossene Agata aber trat leise und mit gefalteten Händen hinzu, löste die verschränkten Finger erst hart vor dem Bett auseinander, packte die Quäkende am Nackenfell und trug sie aus dem Zimmer.

Hierbei verschoben sich einige Muskeln in Pandolfo Confinis Gesicht. Es schien, als habe sein Körper einen Vorgang von natürlicher Lebendigkeit empfunden und als habe sich ihm von dieser etwas mitgeteilt, das ihn nun für die allernächste Dauer nicht mehr verließ. Als Don Luca mit Hilfe des Salzes die Ölspuren von seinen Fingern entfernte, sah Pandolfo ihm zu wie ein sich Erinnernder.

Das Sakrament war vollzogen, doch verharrten die Anwesenden noch eine Weile in ihrer beterischen Haltung. Endlich bekundeten, wie vorhin, allerlei kleine Geräusche und Bewegungen das eingetretene Ende der Feierlichkeit. Confini hatte die Augen wieder geschlossen, doch meinte man in seinem Gesicht ein wenig rückgekehrter Farbe zu erblicken.

Es entstand die Frage, ob das weitere Verbleiben des Geistlichen und die Vornahme der Sterbegebete erwünscht sei. Der Arzt widerriet mit einem Hinweis auf des Herrn Confini kräftigeren Puls und auf die nachteilige Wirkung eines möglichen Erschreckens. Monna Mafalda, die sich plötzlich wieder von einer aufgeregten Hoffnungswilligkeit erfüllt zeigte, so als sei von Don Luca eine neue und vielverheißende Kur mit dem Bruder eingeleitet worden, Mafalda stimmte ihm mit Nachdruck bei. Vittoria nickte schweigend zu den Äußerungen der beiden.

Die übrigen hatten sich inzwischen entfernt. Die Frauen empfingen nun den Segen des Priesters und geleiteten ihn und den Mesner ehrerbietig zur Tür.

Sie kehrten in das Krankenzimmer zurück, das jetzt sehr leer und sehr still erschien. In dieser Stille wurde Pandolfos Stimme gehört. Er sagte klar und scharf: «Schreibzeug!»

Sie stutzten. Dies war das erste Wort, das Vittoria seit der Nacht von ihm vernahm. Mafalda eilte zu ihm, Vittoria aber ging nach dem Verlangten.

Das Geheiß des Pandolfo meinte einen hölzernen Kasten, dessen Deckel sich durch einen Federdruck aufrichten ließ, während die Berührung eines anderen Knopfes die eine Längswand niedergehen machte, so daß etwas wie ein kleines Pult entstand. Im Innern des Kastens fanden sich alle Schreibbedürfnisse.

«Soll ich etwas für dich schreiben? Willst du diktieren?» fragte Vittoria.

Er sah sie an und deutete mit dem Zeigefinger vor sich auf die Decke. Offenbar wünschte er eigenhändig zu schreiben und traute sich die Kraft zu. Vittoria zögerte, allein schon fiel Mafalda ein: «Der Kleine will schreiben, hörst du? Das ist ein gutes Zeichen, die Sakramente haben ihn gestärkt, sicherlich, Pandolfo, es kommt alles in Ordnung, schreibe nur, Kleiner, schreibe nur.»

Der Kasten wurde vor ihn hingesetzt und geöffnet. Vittoria schraubte den Deckel von dem hornenen Tintenfaß.

«Geht hinaus», sagte Confini. «Alle hinaus», wiederholte er streng, da sie Anstand nahmen, seinem Geheiß nachzukommen.

Mafalda ergriff den Arm der Schwägerin. «Komm nur, komm nur», flüsterte sie. «Pandolfo will schreiben, Pandolfo wird sicherlich bald gesund sein, darum riet ich ja so dringend, den Priester zu holen.»

Sie gingen. Draußen wurde Mafalda von einem Bewegungsdrang überkommen, der sie zu der Vorstellung führte, bei ihr im Hause könnten sich die ärgsten Unordnungen ereignen, wenn sie nicht selber zum Rechten sähe. «Gott sei gedankt, daß es ihm besser geht», rief sie. «Ich kann ohne Gefahr das Haus verlassen. Ich gehe, Kind. Sollte es nötig werden, so schicke augenblicks nach mir. Im anderen Falle bin ich gegen Abend wieder da.»

Vittoria verbrachte eine Viertelstunde im Schwanenzimmer. Darauf kehrte sie zu Pandolfo zurück.

Pandolfo schrieb nicht. Seine Körperlage hatte sich gänzlich verändert. Durch eine Verzerrung der Oberlippe waren die schadhaften Zähne bloßgelegt worden. Schwärzlich und verquollen lag die Zunge im offenstehenden Munde. Die behaarte Nase hatte sich noch entschiedener zugespitzt.

Das Ende schien nicht über ihn gekommen zu sein ohne eine letzte Auflehnung seiner Natur. Von einer solchen zeugte der umgestürzte Kasten. Die Tinte hatte sich über Bett und Boden ergossen, Schreibblätter lagen wirr umher.

Vittoria verstand, daß ihr Mann tot war, und fühlte ein Nachgeben ihrer Beine, das sie langsam in die Knie zog.

10

Exequien und Beisetzung des Herrn Confini sollten in der Klosterkirche der Minderbrüder vorgenommen werden, denen von seinem Vater und Großvater bedeutende Spenden zugewandt worden waren; auch hatten beide in dieser Kirche ihre Stätte gefunden.

Einstweilen war der Leichnam in der Hauskapelle aufgebahrt. Mehrere Geistliche verrichteten die Gebete. Die Flügeltür zum großen Saale, welcher trauerlichen Schmuck trug, stand offen, und es herrschte ein unablässiges Kommen und Gehen, da alle Freunde, Verwandten und Bekannten des Hauses Confini sich eingefunden hatten. Einer nach dem anderen traten sie an die Leiche, um dem Abgeschiedenen ihre Achtung zu bezeugen, und danach standen sie in einem höflichen Gedränge, halblaut sprechend, im Saale umher. Hier wurde Wein und das herkömmliche Trauergebäck gereicht. Viele erschienen mitgenommen von der Witterung und fächelten sich häufig Luft zu. Es wurde auch von Diomede geredet und gefragt, wann er erwartet werde.

Monna Mafalda war unermüdlich, den Trauergästen ihres Bruders Krankheit und Hingang zu schildern. Ab und zu verstummte sie und drückte ein Tuch gegen die Augen.

«Der arme Kleine! Er hätte gerettet werden können, ich weiß es», versicherte sie immer wieder. «Warum hat nur Vittoria nicht rechtzeitig nach mir geschickt? Es wurde ihm stets besser, wenn ich kam.»

Denn in ihrem Gedächtnis hatte sich eine Verschiebung ereignet, derzufolge ihr nicht mehr bewußt blieb, wie Pandolfos Sterben plötzlich geschehen war, nicht sehr lange, nachdem sie das Haus verlassen hatte.

Dann preßte sie gewalttätig eine junge Frau an ihre Brust und fuhr zu gleicher Zeit über deren Schulter hinweg einen Diener an: «Wo hast du deine Augen, du Hohlkopf? Siehst du denn nicht, daß Messer Sellacagna noch kein Gebäck angeboten worden ist?» Und fast im nämlichen Augenblick erzählte sie wieder von ihrem letzten Zusammensein mit Pandolfo. «Was er hat schreiben wollen? Nun, ich denke, einen Abschiedsgruß und ein Dankeswort an seine Schwester, die ihn erzogen und gepflegt hat. Das ist mir tröstlich zu wissen, daß sein letzterer Gedanke mir zugekehrt gewesen ist.»

Dunkel und verschleiert, ein Inbild nonnenhafter Witwenstrenge, stand Vittoria unter den Gästen. Immer wieder trat jemand auf sie zu, drückte ihr die Hand oder umarmte sie und sprach dabei Worte, denen der Eingang in Vittorias Bewußtsein verschlossen blieb.

Plötzlich verstand sie, daß Nespoli es war, der ihr jetzt murmelnd die Hand drückte. Wie eine jäh zu sich Gerufene hob sie ihr Gesicht.

In diesem Augenblick ging eine Bewegung durch die Versammelten. Die halblauten Gespräche brachen ab, man drängte raumgebend zur Seite, man verneigte sich. Es war, als sondere dieser Augenblick unwiderruflich und mit Schärfe die letztvergangenen Minuten von den nächstkommenden.

Der Großtyrann, von dessen eben geschehener Rückkehr nach Cassano noch niemand Kenntnis gehabt hatte, war eingetreten.

Vittoria sah Nespoli nicht mehr. Vor ihr stand der Großtyrann und reichte ihr die Hand. Sie neigte sich tief und hörte ihn sagen: «Ich beklage das Abscheiden des Herrn Confini. Könnte mein Wunsch dem Gebet der Kirche zur Unterstützung dienen, so würde ich sagen: das ewige Licht leuchte ihm. Ich denke mich einzufinden, wenn dem Toten sein Ruheplatz gegeben wird.»

Der Großtyrann begab sich in die Kapelle und verweilte einige Augenblicke in Stille bei dem Toten. In den Saal zurückgekehrt, musterte er die Gegenwärtigen, hier und da das Wort an jemanden richtend.

Nespoli ging blaß auf ihn zu, um in der Nähe zu sein, wenn der Großtyrann, welcher ihn schon bemerkt haben mochte, ihn zu sprechen wünschte.

Vittoria verfolgte beide Männer mit brennenden Augen. Den Diener, der aufgeregt mit Wein und Gebäck auf den Großtyrannen zukam, entfernte er durch eine Kopfbewegung. Darauf winkte er Nespoli mit einem Blick und einem Anheben des Kinnes zu sich und verließ, von ihm begleitet, den Saal.

Jener Raum, der auf drei Seiten von dem Confinischen Hause und seinen Nebenbauten, auf der vierten von der Stadtmauer umschlossen wurde, teilte sich in Hof und Garten. Inmitten der Gemüsebeete und der Obstzucht fand sich ein Stück baum- und buschreichen, mannigfach verwilderten Zierlandes. Es enthielt einen zerbrochenen Röhrenbrunnen mit unregelmäßigem Wasserfluß und in dessen Nähe ein offenes Lusthäuschen, dessen rundes Dach von bewachsenen Säulen getragen wurde; diesen Säulen dienten zusammengekauerte steinerne Löwengestalten zum Tragegrunde.

Hierher begab sich der Großtyrann und wählte sich als Platz die Steinbank, die in einem halben Kreise an einigen der Säulen entlanglief.

Nespoli stand wartend vor ihm.

Der Großtyrann, über den Witterung und Wind seiner Natur nach keine Gewalt hatten, schien nicht ungut gelaunt. Mit lächelnder Selbstverspottung sprach er einige Worte über die Jagdtage im Gebirge. Nespoli wußte, daß es nicht die Jagd selbst war, was den Großtyrannen von Zeit zu Zeit fortlockte, sondern die vollkommene Einsamkeit, in welcher er sich dort oben behagte. Er war ein gewandter Jäger, bewundert auch von einfachen Leuten, welche ja nicht schmeicheln, und bekundete dennoch häufig eine Mißachtung gegenüber der Jagdleidenschaft der allzu Eifrigen. Auf eine ähnliche Art achtete er auch seinen heerführerlichen Ruhm gering, obgleich dieser sich aus einer Reihe glücklicher Feldzüge für alle Welt fest gegründet hatte, und liebte es, mitunter eine wohlwollende Abschätzigkeit gegenüber allen Kriegsleuten von Beruf zu offenbaren.

«Nun, ich bin nicht gekommen, dir von meinen Jagden zu erzählen, sondern von den deinigen zu hören. Wer hat Fra Agostino getötet?»

In der Geradwegigkeit dieser Frage — da er doch

früher gefragt hatte: Wie steht es um deine Nachforschungen? — lag etwas Bestürzendes. Nespoli schwieg und erinnerte sich bitter daran, daß er in diesem selben Lusthäuschen vor Zeiten zum ersten Male ohne Zeugen mit Vittoria zusammen gewesen war.

Er hatte diese letzten Tage in einer Zurückhaltung hingebracht, so nämlich, daß er die Geschäfte seines Amtes pflichtmäßig, aber ohne Hingabe behandelte. Was an ihn herantrat, darum kümmerte er sich; allein er selber trat an nichts mehr heran. Mit einem Nagen im Herzen hatte er immer von neuem an jenen Abend im Schwanenzimmer zurückgedacht, dessen Einzelheiten er gleichwohl zu vergessen strebte. Sie liebt mich, aber sie will mich besitzen — diese Kennzeichnung hatte er für Vittoria gefunden. Ich liebe sie, aber ich kann mich nicht besitzen lassen.

Unter der Einwirkung des Wetters war, von Tag zu Tag erstarkend, ein Geist der Aufsässigkeit und des Gleichmuts gegenüber deren Folgen in ihm eingekehrt; und zum Wachstum dieses Geistes hatte die Abwesenheit des Großtyrannen beigetragen. Das Gegenwärtige schien ihm in eine Ferne gerückt. Häufig kehrten in diesen Tagen Nespolis Gedanken zu seiner toten Frau und seinem toten Sohne. Es dünkte ihn auch, er träume von ihnen in den Nächten, doch blieb ihm hiervon bei Tage keine deutliche Erinnerung.

Zum Schutze seiner selbst hatte Nespoli die Meinung angenommen, der Großtyrann werde vielleicht bis zu seiner Wiederkehr noch eine längere Weile verfließen lassen. Die unversehene Rückkunft des Großtyrannen, die nackte Plötzlichkeit der gestellten Frage empfand er wie Schläge; allein wie Schläge, die eher aufreizen, als daß sie niederwerfen. Die heiße giftige Luft hielt seine Stirn umpreßt wie eine Klammer. Das Blut rauschte ihm in den Ohren. Bisweilen war es ihm, als hingen Schleier zwischen ihm und dem Manne, der dort ruhig vor ihm saß.

Als er jetzt antwortete, da nötigte er sich zu einer Ergebenheit des Tones; dennoch offenbarte dieser ein Weniges von Nespolis Seelenverfassung. Nämlich so, als sei über diese Dinge noch nie verhandelt worden, zählte er eine Reihe von Leuten auf, von deren keinem es sich beweisen ließ, daß er die Tat begangen hatte, ebensowenig wie man bei ihnen etwas über Ursache oder Zweck der Tötung hätte angeben können; freilich konnte von diesen auch nicht bewiesen werden, daß sie die Tat nicht begangen hatten. Er sprach hiervon, als ginge ihn das wenig an, als erfülle er mit dieser Herzählung eine gleichgültige Pflicht und fordere den Großtyrannen auf, sich aus den Angeführten nach seinem Gefallen jemanden auszuwählen.

Der Großtyrann hörte ihm zu und spielte lässig mit einem Blütenzweige, der seitlich in das offene Lusthäuschen hereinhing.

«Soll das heißen, du habest deine Forschungen eingestellt?» fragte er, jedoch ohne Schärfe.

«Im Gegenteil, Herrlichkeit. Es sind Ergebnisse meiner Forschungen, die ich soeben der Herrlichkeit unterbreitete», antwortete Nespoli fast höhnisch.

«Nun, dann bist du freilich nicht müßig gewesen. Du erschaffst Mörder, wie der Vikar Christi Heilige und wie der Kaiser Edelleute erschafft. Mir aber ist nicht mit erschaffenen, sondern mit gewordenen Mördern gedient. Du hast mir eine Anzahl halber Täter genannt. Aber bei aller Achtung vor deiner Rechenkunst kann ich dir nicht verschweigen, daß es mich nach einem ganzen verlangt. Ich höre, daß Zampetta zurückgekehrt ist. Hast du mir nicht etwas von Venedig zu erzählen?»

«Nein», gab Nespoli schroff zur Antwort.

Der Brunnen, welcher eine Zeitlang geschwiegen hatte, warf jetzt einen Strahl Wasser von sich. Der Großtyrann sah sich flüchtig nach ihm um und wandte sich dann Nespoli wieder zu.

«Du mußt nicht zornig sein, Massimo. Ich habe sagen hören, Gott gefalle die Sanftmut der Bekümmerten. Ich bin wohl zu lange fortgeblieben. Lasse uns nachrechnen, wieviel Zeit war es? Und wie verhielt es sich denn mit unserer Frist? Mir scheint fast, du habest die Grenze meiner Fristsetzung bereits überschritten.»

«Nehme die Herrlichkeit meinen Kopf!» schrie Nespoli. «Ich habe nicht mehr Lust, ihn ihr streitig zu machen.»

«Ereifere dich nicht, mein Massimo», erwiderte der Großtyrann in Ruhe. «Wer sagt dir denn, daß wir nicht über eine neue Frist sollten verhandeln können? Ich denke, du kennst mich als einen Geduldigen. Aber sage mir eins: warum hassest du mich, Massimo?»

«Die Herrlichkeit hat ein Anrecht auf meine Dienste. Ein Anrecht auch auf Rechenschaften über meine Dienste, nicht auf Rechenschaften über meine Gefühle.»

«Sehr wahr. Über einen Hohlraum ist niemand zur Rechenschaftslegung verpflichtet.»

«Ich könnte die Frage zurückgeben. Was habe ich getan, daß die Herrlichkeit mich mit ihrem Hasse verfolgt?»

Der Großtyrann schüttelte in gleichmütiger Verwunderung den Kopf. «Ich hasse niemanden, Massimo. Kann denn ein Regent hassen? Wer haßt denn seine eigenen Hilfsmittel, die ihm doch dienlich sind zu dem, das er nach dem Willen der Vorsehung erreichen soll?»

«So verachtet die Herrlichkeit mich als ein Werkzeug?»

«Ich achte dich nach deinem Wesen und Werte.»

Nespoli kam plötzlich der Gedanke von der Brücke in die Erinnerung, und er spürte mit einem wilden und freudigen Schrecken, daß er von einer solchen Selbstbefreiung nicht mehr weit entfernt war; dies freilich vermochte er nicht zu erkennen, daß seine selbstbefreierische Entschlossenheit nicht aus einer ruhigen Kraft seines Innern, sondern zu einem guten Teile aus der Aufreizung des bösen Windes stammte.

12

Als habe der Großtyrann es erraten, daß Nespolis Gedanken bei jenem Zusammensein am Brückenbau verweilten, fragte er: «Warum hast du mich damals nicht von der

Brücke gestoßen, Massimo? Du weißt doch, ich verstehe mich nicht auf das Schwimmen. Auch ist die Strömung dort sehr kräftig, und sie hätte mich davongetragen, bevor jemand vom Ufer bei mir gewesen wäre.»

Nespoli antwortete mutig: «Stünden wir eben jetzt auf dieser Brücke, so würde ich die Herrlichkeit des Anlasses überheben, eine solche Frage an mich zu richten.»

«Ach, Massimo, Massimo! Du bist zornig und möchtest an mir einen Gefährten deiner Zornigkeit haben. Aber du nimmst eine vergebliche Mühe auf dich: ich bin nicht aufgelegt, mich zornig machen zu lassen, denn ich strebe ja nach der Langmut als nach einer Herrschertugend. Dennoch ist es nicht geraten, sich auf diese Langmut eine zu gewisse Rechnung zu machen. Es wird nur eine kurze Zeit sein, und du wirst erschrecken über die Worte, die du zu mir gesprochen hast. Dann wirst du, da du sie ja nicht in deinen Hals zurückbefehlen kannst, bemüht sein, sie zu vergessen, um nicht ein unablässiges Entsetzen aus ihnen zu empfangen. Nun, ich komme dir entgegen, ich werde dich nie an sie erinnern, und ich will ebenfalls bemüht sein, sie zu vergessen. Du hast Beweise meiner Langmut erhalten, und du erhältst jetzt einen neuen, indem ich dir ungebeten abermals eine Frist von drei Tagen bewillige. Aber nun kaufe die Zeit aus. Mache dich an deine Arbeit. Eile dich.»

«Ich habe keine Eile», erwiderte Nespoli kalt. «Ich beabsichtige nicht, in dieser Zeit noch etwas zu verrichten. Die Herrlichkeit will mein Geschick von einer Zufälligkeit abhängig machen. Gut. Ich werde dem Zufall nicht vorgreifen. Was ich tun konnte, das habe ich getan. Mag also der Zufall eintreten, daß der Mörder bis zum Freitag gefaßt wird. Oder mag der Zufall eintreten, daß er bis zum Sonntag oder aber bis an seinen Tod unentdeckt bleibt. Was kümmert das mich? Für mich, der ich nicht in einer Welt der Zufälle lebe, sondern es mit Ursachen und deren Folgen zu schaffen habe, für mich besteht kein Anlaß, an diesem Spiel um Zufälligkeiten teilzunehmen.»

Der Großtyrann sah voll zu Nespoli auf; wie es schien,

befriedigt oder gar belustigt. «Gut, gut», sagte er halblaut in einem beifälligen Tone.

Nespoli fuhr fort: «Daß aber die Herrlichkeit einen Zufall zum Richter über mich setzen will, nachdem ich ihr anderthalb Jahrzehnte gedient habe —»

«Es ist wahr, Massimo, du hast mir anderthalb Jahrzehnte gedient. Allein glaube nicht, mir mit deinem Dienen ein Geschenk gemacht zu haben. Du hast Sold und Wappenbrief, Haus, Felder, Weinberge und Leute dafür erhalten. Mehr noch, ich gab dir die Möglichkeit, so zu leben, wie es deine innerste Natur verlangt. Ist einer im Debet, so bist du es.»

«Es ist nicht fürstlich, zu rechnen.»

«Du hattest die Rechnung begonnen, nicht ich. Fürstlich aber ist es, Beleidigungen zu überhören, die ein Niedrigerer im Zorn ausspricht. Täte ich nicht dergleichen, es stünde übel um deinen Kopf.»

«Ich sagte es der Herrlichkeit bereits: ich hänge nicht mehr an ihm! Aber nun will ich wissen, was die Herrlichkeit mit mir vorhat! Und warum will sie mich verderben?»

«Wir mißverstehen uns», antwortete der Großtyrann. «Es handelt sich nicht um einen Menschen namens Nespoli, sondern um den Vorsteher derjenigen Behörde, welcher die Sicherheit meiner Person wie des Staates aufgegeben ist.»

Nespoli sprach jetzt überlaut, mit einer Erregung, die sich bei jedem Wort mehrte und ein Keuchen in seine Stimme brachte.

«Ich könnte nach allerlei Hilfsmitteln greifen. Ich brauchte nur die Schuld auf einen jener Auswärtigen zu werfen, die am Morgen nach der Tat unsere Stadt verließen. Ich brauchte nur irgendeinen schlecht beleumundeten Lumpen zu verdächtigen und ihn bei der Gefangennahme in einem Kampfe um sein Leben kommen zu lassen, ich brauchte nur —»

Er brach ab, er hatte die Miene des Großtyrannen wahrgenommen.

«Vergib, Massimo, wenn ich lächle», sagte dieser. «Aber es ist mir bei deinen Worten jenes Wäschermädchen eingefallen. Beiße dich getrost auf die Lippen, ich werde vergessen, daß ich dies Lippenbeißen gesehen habe; denn es ist mir ja nichts an deiner Beschämung gelegen.»

«Ich leugne ja nicht, mich in dieser Angelegenheit getäuscht zu haben!» rief Nespoli.

«Richtig!» sagte der Großtyrann. «Du hattest dich getäuscht. Aber wir wollen — ich glaube, ich tat das bereits bei unserem letzten Zusammensein — den Sinn dieser Worte deutlicher werden lassen und also sagen: du hattest dich einer Täuschung schuldig gemacht oder doch eines Täuschungsversuches. Dieser Versuch gelang dir bei dir und mißlang dir bei mir. Antworte mir nicht, Massimo, du sollst davor behütet sein, Worte zu sagen, welche dir leid sein würden. Ich glaube, es möchte dir bekömmlich sein, wenn wir unser Gespräch endigen. Auch verlangt es mich nach Bewegung und nach freierer Luft, als sie sich hier darbietet. Darum gehe hinein und hole mir den Schlüssel des Mauerpförtchens.»

13

Nespoli verneigte sich und ging. Er spürte wohl die Absicht, die den Großtyrannen leitete. Indem er ihm nämlich diesen unwichtigen und dienerhaften Auftrag des Schlüsselholens erteilte, wollte er auch alles Vorangegangene nachträglich seiner Größe und seines menschlichen Gewichtes entkleiden. Nespoli sollte abgehen wie etwa ein Schauspieler, der nach einer Szene von tragischer Gewalt durch irgendeine alltägliche Verrichtung, wie das Wiederknüpfen eines aufgegangenen Schuhbandes, vor den Augen der Menschen sich selber um alle Wirkung brächte und in Lächerlichkeit absänke.

Nespoli trat vom Hof durch die rückwärtige Tür ins Haus. Über den langen Gang eilten Bediente mit Wein und Gebäck. Matteo, der mit leerer Schüssel aus dem Saale kam, hielt er an und erteilte ihm den Auftrag. Während Nespoli auf seine Rückkehr wartete, fiel ihm ein, ob er nicht, um seine neue Gesinnung zu bekunden, den Diener mit dem Schlüssel zum Großtyrannen schicken und selber nach Hause gehen sollte.

«Nein. Er soll nicht denken, ich scheue sein Gesicht. Und ich selber werde mir nicht erlauben, sein Gesicht zu scheuen.»

Vittoria trat aus dem Saale, blieb stehen, hob den Schleier und fächelte sich Luft zu. Nespoli eilte zu ihr.

«Massimo!» rief sie und fuhr leise fort: «Pandolfo ist tot.»

Mehr zu sagen, gelang ihr nicht; auch meinte sie, er müßte sie ohne ein deutlicheres Wort verstehen.

Nespoli starrte sie an, zwischen Sehnsucht und Abneigung.

«Ich betrauere ihn mit allen anderen», antwortete er höflich.

Vittoria empfand eine Betäubung vor der Leere und Kälte dieses Tones. Welch ein Fremder war das? Konnte jener Abend vergessen sein, jener Abend und alles, was ihm gefolgt war?

«Massimo!» flüsterte sie heiß. «Du darfst nicht verderben! Wie steht es? Was wirst du tun?»

«Nichts», antwortete er und zuckte die Achseln.

Menschen, die einander vertraut sind, haben kein stärkeres Wort zu Gebote und keine gewaltigere Beschwörung, als daß der eine den Namen des andern nennt, welcher ja des Menschen Wesen umgreift und in tausend Abschattungen gesprochen werden kann. «Massimo», sagte Vittoria noch einmal.

Sein Gesicht rührte sich nicht.

«Ich habe dir vor einigen Tagen geschrieben, Massimo. Hast du den Brief nicht erhalten?»

«Doch», antwortete Nespoli.

«Und was hast du mir zu sagen?»

«Nichts, Monna Vittoria.»

Ihr Herz tat jählings einen heftigen Schlag; darauf aber meinte sie es stocken zu fühlen.

Der Diener näherte sich mit dem Schlüssel. Zugleich kam Agata, offenbar wollte sie eine häusliche Frage an Vittoria richten. Beide Dienstboten, seit Stunden gehetzt, blieben stehen und erwarteten in Ungeduld das Ende des Herrschaftsgespräches.

Nespoli verneigte sich vor Monna Vittoria und ging.

Ohne auf Agata zu hören, sah sie ihm nach, den langen Gang hinunter. Dieser Mann hielt sich, abgesunken in eine unbegreifbare Gleichgültigkeit, zum eigenen Untergang bereit. Sie hatte ihm einen Rettungsweg zu eröffnen gemeint; der Weg lag frei. Nun stand er davor, ein plötzlich Versteinerter, unfähig, ihn zu beschreiten.

Mit der jählings zur Hellsicht gesteigerten Sehkraft ihres Herzens erkannte Vittoria die Eigensucht ihrer Liebe. Sie sagte: «Alles, was ich bin und tat, hat keinen Wert, solange ich meine Liebe zu ihm nicht dahin heben kann, daß ich nichts mehr für mich begehre, sondern alles für ihn. Ich weiß nicht, ob ich schuldig geworden bin an Pandolfos Tode. Aber das weiß ich, daß ich schuldig werden will an Massimos Errettung. Von mir wird es gefordert, von mir allein.»

Nespoli fand den Großtyrannen nicht mehr im Lusthäuschen. Endlich gewahrte er ihn in der Nähe der Pforte. Er stand vorgeneigt und beobachtete ein Ameisenvolk, das sich am Mauerfuß regte. Als er Nespolis Schritte hörte, winkte er ihm lässig zum Zeichen, daß eine Störung ihm noch nicht gelegen war. Nespoli öffnete behutsam das Pförtchen und wartete.

Nach einer Weile schien des Großtyrannen zuschauerische Lust gesättigt.

«Ich danke dir, Massimo», sagte er. «Ich trage dir nicht nach, was du gesprochen hast. Da ist nur ein Uhrwerk in Unordnung geraten. Einem Uhrwerk trage ich nichts nach. Höchstens lasse ich den Uhrmacher kommen und es wieder richten. Und geht das nicht mehr an, so werfe ich das

Uhrwerk auf den Rumpelhaufen und beschaffe ein neues an seiner Statt, dergleichen ist nicht schwer.»

Nespoli schloß hinter ihm zu. Während er den Schlüssel in das Haus zurücktrug, meinte er zu fühlen, wie sich seine Züge vor kaltem Haß versteinerten. Viel mehr als alles Vorangegangene erbitterten ihn jetzt des Großtyrannen letzte Worte, mit welchen er erkennen ließ, wie gering er von Nespolis neuer Seelenstärke dachte.

Nespoli übergab den Schlüssel einem Dienstboten und verließ rasch das Haus, als scheue er sich davor, Vittoria noch einmal zu begegnen.

14

Früh am Morgen wurde des Herrn Confini mächtiges Bett auf den Hof hinausgetragen. Agata nahm es in seine Stücke auseinander, lüftete, reinigte und klopfte. Über dieser Verrichtung fand sie Gesellschaft, denn es stellte sich der Schieler ein, welcher sich mit seines Herrn verändertem Wesen nicht zurechtfand. In seiner düsteren Gleichgültigkeit fühlte Nespoli Widerwillen gegen des Schielers Gegenwart und Dienstleistungen und litt ihn noch weniger um sich als nach jenem Besuch im Gäßchen der Wäscherinnen. Sich selbst überlassen, war der Schieler zum Confinischen Hause geschlendert; er hatte keine Botschaft hinzutragen, dennoch trieb ihn die Gewohnheit, nicht an jener Stelle zu fehlen, wo jetzt für seinen einsiedlerischen Herrn die einzige Verbindung zur Menschenwelt lag.

Die Hände in den Taschen, stand er zuschauend neben Agata, hin und wieder zu einem Handgriff aufgefordert. Da hatte er ihr die Bürste einzutauchen oder frisches Wasser vom Brunnen zu holen. Agata schlug mit Ingrimm auf die Polster ein und antwortete kurzatmig auf sein knurriges Geplauder. Ihr schweißfeuchtes Gesicht lag in verdrossenen Falten.

Da Agata zwei tintenfleckige Polster voneinanderzerrte, kam ein Blatt Papier zum Vorschein.

«Da ist ja ein Brief», sagte der Schieler.

«Ein Brief? Meinethalben», antwortete Agata und zog das Papier hervor. Es war zu einem Teile beschrieben und trug ein Siegel.

Der Schieler konnte nicht schreiben, verstand sich aber ein wenig auf das Lesen, insbesondere großer und klarer Handschriften, während Agata beider Dinge unkundig war. Doch erkannte sie augenblicks das Siegel mit dem Wappen des Hauses Confini.

Sie betrachtete das Papier und meinte: «Das wird etwas Ärztliches sein, eine Anweisung für den Apotheker.»

Der Schieler sah ihr über die Schulter in das entfaltete Blatt und suchte die schwer lesbaren Schriftzüge zu verstehen. Es machte ihm Mühe.

«Gib mir den Brief», sagte er.

«Wozu?»

«Gib ihn mir.»

Er nahm ihr das Papier aus der Hand und betrachtete es noch eine Weile. Dann faltete er es zusammen und schob es in seine Rockstasche. Er hatte es eilig, aufzubrechen; Agata wunderte sich über seine Erregung.

Über den Hof auf den Torweg zugehend, gewahrte er Vittoria. Sie stand unbeweglich an einem rückwärtigen Fenster und hielt den Blick auf die arbeitende Agata gerichtet. Auf ihrer Schulter saß die Katze. Der Schieler verneigte sich im Gehen nach seiner wenig geschliffenen Art und nahm die Mütze ab.

Es war dem Schieler nicht fraglich, welch eine Bedeutung dem gefundenen Zettel beikam; er beabsichtigte mit Selbstverständlichkeit, ihn in die Hände seines Herrn zu geben. Doch zweifelte er, ob er den Sinn des Schriftstückes durchaus recht aufgenommen habe. Denn die Handschrift war klein und undeutlich, dazu verwischt und mit Tintenflecken bespritzt. Auch hatte seiner geringen Übung im Lesen die flüchtige Betrachtung nicht genügen können. Er wünschte Gewißheit, Wort für Wort, ehe er den Fund überlieferte.

Als er am Zunfthause der Seiler vorbeikam, lockte ihn die menschenleere und kühle Vorhalle. So trat er durchs Portal und entfaltete das Papier.

Er spürte die Berührung eines Fingers auf seiner Schulter und sah auf. Vor ihm stand der Großtyrann; es blieb ungewiß, ob er gleich dem Schieler von der Straße aus eingetreten oder aus dem Innern des Hauses gekommen war.

«Sieh da, bist du unter die Schriftgelehrten gegangen?» sagte er lächelnd, «denn obwohl dein Blick an jener Bankschnitzerei haftete, schien er mir doch das Papier zu meinen. Wer schreibt dir Briefe mit so schön geschnittenem Wappensiegel?»

Er streckte die Hand aus, in welche der Schieler mit einer Verneigung das Blatt legte.

Der Großtyrann las, ohne seine Miene zu ändern. Danach steckte er den Zettel zu sich und fragte: «Wie kam dies Schriftstück in deine Hände? Wer las es außer dir?»

Der Schieler berichtete wahrheitsgemäß und setzte bei, er sei auf dem Heimweg gewesen, in der Absicht, das Schreiben seinem Herrn zu überbringen.

«Und wolltest es hier in Behagen zuvor zur Kenntnis nehmen? Du verstehst dich auf das Lesen? Ein wenig? Nun, für dieses Mal wird deine Kunst ausgereicht haben. Du kannst mich ins Kastell begleiten und magst dich bei mir aufhalten, bis dein Herr zum Vortrag kommt. Aber gehe ein paar Schritte vor mir her.»

Der Schieler verstand, daß der Großtyrann mit Nespoli über das Schriftstück reden wollte, ohne daß dieser zuvor in Kenntnis gesetzt sei. Und er sollte nicht hinter dem Großtyrannen hergehen, um nicht heimlich irgendeinem Begegner ein Zeichen geben zu können, welches vielleicht eine Botschaft an Nespoli bedeutet hätte.

Indessen rief der Großtyrann den Schieler nach einer kurzen Zeit Gehens zu sich und bemerkte, da von dem Herrn zurzeit wenig zu erlangen sei, so möge der Abwechslung wegen doch einmal der Gehilfe Vortrag halten und ihm erzählen, was sich in Cassano während seiner jagdlichen Abwesenheit zugetragen habe.

Dem Schieler dünkte es rätlich, des Großtyrannen Gedanken von der Mordsache abzulenken. So berichtete er von einigen kleinen, den Einwirkungen des Windes zuschreibbaren Übertretungen, wendete es so, als käme diesen eine Wichtigkeit zu, und war bestrebt, das hierbei von Nespoli Unternommene in einem Licht unermüdbarer Pflichtverfolgung aufglänzen zu lassen. Er erwähnte, daß sich die Pestbefürchtung zerstreut und somit seines Herrn Meinung von dieser Sache erwahrheitet habe. Auch ließ er beiläufig merken, Nespoli habe unter dem Wetter zu leiden und verdiene Schonung. Endlich, als er nicht mehr viel zu reden wußte und sie gerade an der Werkstatt des Sperone vorübergingen, erwähnte er eine Äußerung des Färbers, welche ihm letzthin zugetragen worden war. Dieser nämlich sollte in Aufgreifung des evangelischen, bereits vom Großtyrannen umdeuterisch verwandten Wortes zu einigen seiner Anhänger gesagt haben: «Ego vos faciam piscatores domini — ich will euch zu Herrenfischern machen.» Und es sei vielleicht nicht undenkbar, daß sich hier ein arger Sinn vorwage, dergestalt nämlich, daß unter dem Herrn der Großtyrann verstanden sein könne und also zu Unternehmungen hochverräterischer Natur aufgefordert werde; und wo es nicht so gemeint sei, da könne es von dem unwissenden Volke doch leicht so hingenommen werden. Der Großtyrann sagte zu all diesem kein Wort.

Als sie den Torweg des Kastells durchschritten, rief er ins Fenster der Wachtstube hinein: «Laßt diesen Mann bei euch bleiben und auch an eurer Mahlzeit teilnehmen. Aber redet nicht mit ihm und sorgt auch, daß er mit niemandem in Verkehr trete. Am Nachmittag, Schieler, wenn dein Herr bei mir war, magst du mit ihm heimgehen.»

Der Schieler trat in die Wachtstube, nickte den Männern zu und legte sich auf eine leere Pritsche. Er sagte: «Wenn es Essen gibt, mögt ihr mich wecken.» Hiermit kehrte er sich zur Wand, denn wie manche Menschen, die von Gleichmut erfüllt sind, hatte er die Fähigkeit, jede leere Zeitspanne nach seinem Belieben zum Schlaf zu verwenden.

15

Die für Nespolis Vortrag gewöhnliche Stunde kam und ging. Der Schieler, welcher geschlafen, gegessen und wieder geschlafen hatte, beobachtete aus dem Wachtstubenfenster den Torweg und wunderte sich, seinen Herrn nicht durchgehen zu sehen. Befremdet, ja, in einer Unruhe fragte er einen der Männer in der Wachtstube, ob Nespoli während seines Schlafes das Kastell betreten habe oder sonst etwas von ihm gehört worden sei. Der Angesprochene schüttelte stumm den Kopf; dies war ihm unverboten. Schon hatte es längst zum Engel des Herrn geläutet, da erschien der Großtyrann im Torwege, rief: «Schieler, komm mit» und ging rasch zur Stadt hinunter.

Nespoli lag auf seinem Bett, geschlossenen Auges, mit verschränkten Armen, wobei er die Finger über Kreuz in das Fleisch der Oberarme preßte, als könne er aus dieser Haltung eine Kraft der Abwehr ziehen. Je näher die Stunde des Vortrages rückte, um so bissiger zerrte an ihm die Versuchung, aufzuspringen und seinen bräuchlichen Nachmittagsweg anzutreten.

Er löste die aufeinandergepreßten Zahnreihen, um sich selber laut sagen zu hören: «Ich werde den Schritt nicht tun. Mag er mich gewaltsam holen lassen. Er soll gewahr werden, daß es mir Ernst ist um das, was ich gestern geredet habe.» Dies sagte er mehrere Male.

Draußen schlug eine Glocke. Es kam nun eine stolze Erstarrung der Seele über ihn, denn die Stunde war vorüber.

«Ich habe mir den Sinn befreit, wie ich es mir vorsetzte. Er ist mir klein geworden wie ein Spielzeug.»

Es dämmerte schon, als Nespoli die Stimme des Schielers zu hören meinte. Die Tür wurde aufgerissen, der Großtyrann trat ein; hinter ihm kam der Schieler, machte Licht und verschwand. Nespoli war aufgestanden und verneigte sich. Der Großtyrann nickte ihm zu und setzte sich in einen Sessel.

«Warum bist du nicht gekommen, Massimo?»

«Ich habe nichts zu berichten», erwiderte Nespoli. «Denn ich fürchte ja nun die Ungnade der Herrlichkeit nicht mehr, nachdem ich ihr gesagt habe, es sei nicht länger meine Absicht, ihr meinen Kopf streitig zu machen.»

«Ach, Massimo, du schmollst wie ein Mädchen. Ich bin weniger empfindlich als du. Du hast nicht zu mir kommen mögen; nun, so bin ich zu dir gekommen. Du hast mir deinen Bericht vorenthalten, ich erstatte dir den meinen: der Mörder des Mönchs ist gefunden. Ich habe sein Geständnis, und es ist ein freiwilliges.»

Nespoli trat einen Schritt vor; dieser Schritt war wie der Ansatz zu einem Sprunge. Darauf aber senkte er den Kopf.

«Was hältst du hiervon, Massimo?»

«Ich darf annehmen», erwiderte Nespoli mühsam, «der Täter habe sich durch meine Nachforschungen bedroht gefühlt... wie im Fangnetz...»

Und mit diesen Worten verstummte er wieder und hob sein Gesicht in gieriger Frage zum Großtyrannen.

Dieser lächelte und meinte: «Ach nein, mein Lieber, hier scheinen deine Verdienste den Ausschlag nicht gegeben zu haben.»

Er zog das Schriftstück hervor und streckte es Nespoli hin.

Nespoli nahm es, Nespoli erkannte das Siegel, Nespoli las: «Ich, Pandolfo Confini, bekenne im Angesicht des Todes aus meinem freien Willen, daß ich den Fra Agostino getötet habe, nachdem —» Hier schien der Schreiber von seiner Kraft verlassen worden zu sein. Die ausgeglittene Feder hatte einen langen, schräg nach unten laufenden Strich gezogen.

Nespoli wich zurück, die Hand, welche den Zettel hielt,

sank nieder. Er selber spürte, wie die Blutströme seines Leibes aufwärts in sein Gesicht schossen, dann, als seien sie plötzlich gegen einen Damm geprallt, noch einmal aufwallten, nun abwärtsfluteten und seinen Kopf leer zurückließen.

Der Großtyrann wandte sich voll Schonung ab und sah aus dem Fenster, bis er meinte, Nespoli möge die Beherrschung seiner selbst wiedererlangt haben. Danach fragte er, ob Nespoli zu der Täterschaft des Confini etwas zu sagen wisse.

Nespoli begann zu sprechen, anfangs mit viel Beschwerde, hernach flüssiger und mit sich erwärmendem Eifer. Gewiß sei es nicht unverdächtig gewesen, daß Pandolfo Confini gerade jene Nacht in so sonderbarer Einsamkeit draußen im freien Lande verbracht haben wolle. Ja, er müsse jetzt gestehen, daß ihm der Gedanke von der Täterschaft des Herrn Confini auch schon aufgestiegen sei, doch habe er zur Herrlichkeit nicht davon sprechen mögen, da es ja an sicheren Untergründen gemangelt habe. Immerhin sei er nach jenem Vortrage auf dem Säulenaltan, also schon am ersten Tage seiner Nachsuchungen, abends ins Confinische Haus gegangen, um den Erkrankten in Vorsicht zu verhören. Diese Einvernahme habe seinen Argwohn bestärkt, doch sei Confini im Fieber und so erschöpft gewesen, daß nicht viel aus ihm habe herausgebracht werden können. Leicht sei es denkbar, daß die Erkrankung zurückgehe auf ein maßloses Aufschwellen aller Leidenschaftskräfte, wie es sich im Zusammenhang mit dem Geschehenen dringlich annehmen lasse.

Der Großtyrann hörte ihm zu und lächelte dabei zwischen Mitleid und Spott.

«Ach, Lieber», sagte er endlich, «wie schnell hast du dich in ein neues Verhältnis der Dinge gefunden! Und wo ist der auftrotzende Mut geblieben, mit dem du gestern, ja, noch vor einer halben Stunde bereit warst, mir alles vor die Füße zu werfen, darunter gar dein Leben! Du hältst also den Herrn Confini für den Schuldigen? Es ist nur zu bedauern, daß seine Kräfte nicht zur gänzlichen Vollendung der Niederschrift vorhielten — da er doch offenbar die Absicht hatte, noch weiteres auszusagen, nämlich von dem, was ihn zu seiner Tat getrieben hat. Hier kann ich noch keine rechte Meinung gewinnen. Und auch von dir will ich zur Zeit keine hören. Ich ersehe zwar mit Genugtuung aus deinen Worten, daß dir deine Amtsfreudigkeit flugs wiedergekehrt ist. Da ist es schade, daß ich von ihr in diesem Stück keinen Gebrauch mehr werde machen können; in allem anderen magst du fortfahren. Aber da du selber dich einmal in diese Zurückhaltung begeben hattest, so will ich die Sache mit eigenen Händen zu Ende führen. Denn obwohl ja durch dies Geständnis eine Klarheit eingetreten ist, halte ich doch noch einige Untersuchungen für notwendig. Veranlasse du die Aufschiebung der Exequien. Die Leiche des Herrn Confini mag eine vorläufige Aufbewahrung finden, da ja noch ein Urteil wird gesprochen werden müssen: Enthauptung, Vierteilung, Begräbnis auf dem Schindanger, Einziehung des Vermögens, je nach der Bewandtnis der Dinge. Auch habe ich nicht vor, diese Sache meinem Stadtgericht zu überlassen; vielmehr muß ich die Urteilsfindung mir selbst aufbehalten, da doch die Tat mich nahe angeht. Guten Abend, Massimo.»

Nach des Großtyrannen Weggang fand sich Nespoli in dem Zustande, in welchem ein wahnsinniges, ein tierisches Aufschreien, und vielleicht nichts als dies, ihn hätte erleichtern und sich selber zurückgeben können. Allein selbst zu einer solchen Entladung hatte ihn die Kraft verlassen. Ja freilich, er durfte sich gerettet glauben. Aber er konnte es nicht hindern, daß ihn ein Ekel faßte vor dieser Rettung, vor dem Wege, auf welchem sie gekommen war, und vor sich selbst. Nach einer Weile ging er mühselig in seine Kanzlei hinüber und befahl dem Schieler, ihm den Hergang zu erzählen. Abgewandten Blickes hörte er ihm zu. Sodann fertigte er der Leiche halber einen schriftlichen Befehl aus. Die Amtlichkeit eindeutig zu machen, ließ er ihn nicht durch den vertrauten Schieler, sondern durch den Leithund der Witwe Confini überbringen.

Dies war ihm gewiß: er werde, er dürfe nach diesem nie mehr die Möglichkeit haben, Vittoria zu begegnen und ins Gesicht zu sehen.

Nachts, in Heimlichkeit und ohne Fackelschein wurde der Sarg aus dem Hause Confini zu den Minderbrüdern verbracht und hier in einem Gewölbe abgestellt.

DRITTES BUCH

Diomede

1

Die verstörliche Nachricht, der abgeschiedene Herr Confini habe nicht lange vor seinem Ende jenen Mord begangen, hatte sich in Cassano mit ungeheurer Schnelligkeit ausgebreitet; dies um so mehr, als der Großtyrann zu seinen Höflingen und in der Anwesenheit von Bedienten noch bei der Abendtafel hiervon gesprochen hatte.

Diomede Confini, der Sohn des Toten, erfuhr die Kunde bereits am Stadttor. Von Staub überkrustet, mit verklebten Haaren, sprang er am Morgen des anderen Tages im Hof seines Erbhauses aus dem Sattel und lief ins Wohngebäude. Sein schmales, mutiges Gesicht flammte. Gleich danach rief er aus einem der Fenster: «Satteln! Ein frisches Pferd!»

In der Hast seiner Reise hatte er seit der vergangenen Mittagsstunde noch keine Nahrung genommen. Er verschmähte sie auch jetzt und trank nur einige Becher Wein, mit Wasser untermischt.

Vittoria hatte gegen Morgen einige Stunden geschlafen oder sie doch in einem schlafnahen Zustande verbracht. Danach kleidete sie sich an und betrat den Festsaal, um zur Kapelle zu gehen, in welcher tags zuvor der Sarg gestanden hatte. In dem riesigen und öden Raume wurde sie von Agata eingeholt.

«Der junge Herr ist gekommen!» rief sie.

Vittoria blieb stehen und nickte. Dann kehrte sie um und ging langsam zu Diomede. Sie begegneten einander im Gang. Diomede, welcher um acht Jahre jünger war als seine Stiefmutter, stutzte, als er ihrer ansichtig wurde. Er hatte eine schöne Frau in der Reife ihrer frühsommerlichen Jahre im Gedächtnis; nun gewahrte er eine in Strenge verschleierte Witwe. Darauf aber sprang er ihr entgegen, preßte ihre Hände und redete Worte, wie ein unzügelbarer Schmerz, ein unzügelbarer Zorn und eine Verrückung allen Gleichgewichtes sie eingeben. Er fragte bitter, warum er nicht eher benachrichtigt worden sei.

Vittoria erwiderte ohne Ausdruck der Stimme: «Deine Vatersschwester und ich, wir waren beide des Glaubens, es könne eine solche Gefahr nicht verhängt sein. Erst zuletzt ist die Wendung zum Argen erkennbar gewesen.»

«Und jetzt? Was wirst du tun?»

Vittoria antwortete: «Ich denke, man wird mich vorladen und mich um meine Zeugenschaft vernehmen. Dies wird, so glaube ich, heute oder morgen geschehen. Dabei werde ich aussprechen, was nötig und wahrhaft ist.»

Sie gingen in eines der rückwärtigen Zimmer. Diomede stellte hastig noch vielerlei Fragen, war aber kaum imstande, Antworten abzuwarten und zu hören. Häufig lief er ans Fenster und schaute auf den Hof. Das Pferd hätte längst zur Stelle sein können, wenn es sich um ein bloßes Satteln gehandelt hätte; doch schien es dem Pferdepfleger nicht denkbar, was immer geschehen sein mochte, ein Tier ungeputzt aus dem Stall zu führen.

Vittoria wollte ihren Stiefsohn bestimmen, auszuruhen, sich zu säubern und umzukleiden. «Später, später», entgegnete er. Kaum wurde das Pferd aus dem Stalle gebracht, als er ohne Abschied hinausstürzte. Er jagte zum Kastell, er hatte den Torweg hinter sich, ehe die Wache ihn halten konnte. Der Haushofmeister wich zurück, als er Diomede vor sich sah. Er achtete den Zustand des jungen Menschen, dessen Ursache ihm ja bekannt war, und versprach, ihn sofort zu melden.

In einer halben Stunde wollte die Herrlichkeit Messer Diomede Confini empfangen. Der Haushofmeister schickte ihm zwei Diener, die ihm Kleider und Schuhwerk reinigten, ihn wuschen und rasierten. Die Anspannung lockerte sich und verschwand; Diomede duldete, was sie mit ihm vornahmen. Nachdem die Diener gegangen waren, wartete er dumpf, bis der Haushofmeister ihn abholte.

2

Der Großtyrann saß hinter einem Schreibtisch, welcher mit Landkarten, Rollen und Papierblättern bedeckt war. Er sah, daß der Eintretende sich nicht in der Herrschaft hatte, sondern zitterte wie ein Fieberischer und am liebsten in einer Gewalttätigkeit den Ausweg aus seiner Not gefunden hätte.

Diomede war nicht vermögend, eine Anrede des Großtyrannen abzuwarten. Er sprach wild und voller Empörung von dem Schimpf, den man seinem toten Vater zufüge, und die Raserei seiner Ankunft hatte sich augenblicks wiederhergestellt.

«Du kommst zu mir», antwortete ihm der Großtyrann, «als habest du eine Rechenschaft von mir zu fordern. Diesen Gedanken mußt du nicht haben. Du weißt ja, daß ich dem Hause Confini niemals übel gesinnt gewesen bin. Und was habe ich denn getan? Ich erhielt ein schriftliches Tatbekenntnis von der Hand deines Vaters. Und hieraus zog ich keine anderen Folgen, als daß ich ein Untersuchen der Sache anordnete.»

«Es ist Wahnsinn, Herrlichkeit!» rief Diomede. «Was hat mein Vater mit diesem Mönch zu schaffen? Kaum bin ich sicher, daß er auch nur zwei Worte mit ihm gesprochen, ja, kaum daß er ihn je gesehen hat.»

«Nun, hierin könntest du um so leichter irren, als du doch, wie ich höre, lange von Cassano abwesend warst.»

«Aber was für Ursachen denn sollte mein Vater zu einer solchen Tötung gehabt haben?»

«Hierüber kann ich dir noch nichts sagen. Ich beklage es, daß sein Geständnis inmitten eines Satzes abbricht. Den Gründen wird nachzuforschen sein. Aber erkläre mir: wie ist nach deiner Meinung dieses Einbekenntnis zustande gekommen?»

«Ich werde den Beweis leisten, daß mein Vater unschuldig ist! Das Geständnis ist eine Fälschung! Oder aber es ist geschrieben in einer Verwirrung des Geistes, im Vorfieber des Todes!»

«Was dieses angeht, so könnte ich dir erwidern, daß das Fieber dem Rausche gleicht, insofern nämlich es nicht erfinderisch macht, sondern nur ausplauderisch. Was aber Echtheit oder Unechtheit betrifft, so magst du hierauf einen Blick tun.»

Damit suchte der Großtyrann unter den Papieren auf der Tischplatte und legte endlich ein beschriebenes Blatt vor Diomede hin; doch hielt er die Hand mit den ausgespreizten Fingern über das Schriftstück, dergestalt, daß der Lesende in den Fingerzwischenräumen wohl die Handschrift, nicht aber Zusammenhang und Sinn der Sätze erkennen konnte.

«Ist das deines Vaters Hand?» fragte er.

Diomede verneinte mit Feuer.

«Nun, ich sehe, daß du mit den Schriftzügen deines seligen Vaters nicht sehr genau vertraut bist», sagte der Großtyrann, seine Hand von dem Schreiben zurückziehend, «denn was ich dir vorlegte, das war nicht jenes Schuldbekenntnis, sondern eine Eingabe, welche dein Vater vor mehreren Wochen an mich machte, in Sachen eines eurer Halbkornpächter, gegen den ein Steuereinnehmer sich allerlei Übergriffe erlaubt haben soll. — Aber lasse dich nicht davon beschweren, daß du jetzt nicht in der Verfassung eines klaren Urteils bist. Die Schrift wird untersucht werden, und ich verspreche dir, was ja keines Versprechens bedarf, daß ich in aller Billigkeit zu Werke gehen will. Du aber halte mir zugute, daß ich ja nicht nur das Geschlecht der Confini zu schützen habe, sondern auch die Gerechtigkeit in Cassano.»

«Ich bitte um Vergebung, Herrlichkeit», sagte Diomede beschämt.

«Ich habe dir nichts zu vergeben. Du hast in deinem Zorn zu Irrtum einen Verfolger und Verunglimpfer deines Vaters in mir erblicken wollen; dies ist zu begreifen. Aber sei nicht mein Feind, wir dienen alle der Gerechtigkeit, und wenn ich zutreffend berichtet bin, so hast du vor, ihr nach Beendigung deiner Lehrzeit erst recht zu dienen.»

Hierbei betrachtete der Großtyrann mit Wohlwollen die Züge des Jünglings.

Indessen hatte es nicht lange gedauert, und Diomede war von seiner Beschämung in den anfänglichen Zorn zurückgekehrt. «Die Herrlichkeit hat mir eine billige Untersuchung zugesichert», sagte er, «und ich nehme diese Zusicherung mit Dank entgegen. Aber die Herrlichkeit erlaube mir nun, das Folgende zu fragen: wenn sich im Ablauf dieser Untersuchung irgendwelche scheinbare Gründe finden sollten, nach denen ein Böswilliger, ein Voreingenommener meinen Vater für schuldig halten könnte — was für Folgerungen gedenkt die Herrlichkeit daraus abzuleiten?»

«Du bist sehr erregt, Diomede. Ich will also deine Frage so verstanden haben, was für Folgerungen ich zu ziehen gedenke, im Falle die Untersuchung die Richtigkeit des Geständnisses erhärtet; denn vom bloßen Anschein und von Böswilligkeiten wird nicht die Rede sein. Und auf diese Frage antworte ich, daß ich solchenfalls gegen deinen Vater erkennen werde, wie ich gegen einen Lebenden erkennen würde.»

«Es ist mir am Stadttor etwas erzählt worden, das zu glauben ich mich weigere: die Herrlichkeit habe die Absicht, meinen Vater auf dem Schindanger verscharren zu lassen und seinen gesamten Besitz einzuziehen!»

«Die Gesetze sehen dergleichen vor.»

Diomede schwieg eine Weile. Dann sagte er mit einer großen Festigkeit:

«Ich kann nicht erwarten, in meinen bisherigen Jahren bereits den Blick der Herrlichkeit auf mich gelenkt zu haben. Sonst wüßte sie, daß ich auch im stillen nie zu ihren

Feinden gezählt habe. Denn die Gedanken, die ich auf der Hochschule mir gemacht und erworben habe, meinen ein Staatswesen, das durch einen Gewaltherrn an seiner Spitze selbst dem Letzten seiner Zugehörigen eine Kräftigkeit gibt, wie sie nicht sein kann, wo Kürschner und Wollkrämer miteinander um Amtssitze hadern. Ohne in einen Verdacht niedriger Schmeichelei zu geraten, darf ich dies aussprechen, weil ich ja auch das Folgende aussprechen werde: nämlich, daß es mir leid wäre, wenn eine offenbare Ungerechtigkeit mich sollte erschüttern müssen in jenen Gefühlen, mit welchen ich der Regierung der Herrlichkeit bis nun ergeben gewesen bin!»

Diomedes Stimme, welche anfangs verquollen und rauh geklungen hatte, war zu einer leidenschaftlichen Klarheit befreit worden. Sein Blick begegnete offen dem des Großtyrannen; dessen Miene zeigte Überraschung an, allein Überraschung innerhalb der Ruhe. Diomedes Worte waren fast eine Drohung und darum eine Tollkühnheit, denn sie drückten eine Bereitschaft des Sprechers aus, sich der Partei derjenigen beizugesellen, welche innerhalb der alten Geschlechter sich mit des Großtyrannen Gewalt nicht hatten abfinden können und welchen immer noch die Geneigtheit zu Verschwörungen zugetraut wurde.

Diomede fuhr fort: «Und also sage ich der Herrlichkeit meinen Kampf an. Vielmehr nicht der Herrlichkeit», verbesserte er, jedoch ohne Eile, «aber all den Bekundungen und Vornahmen, sie mögen kommen, woher sie wollen, die meinen Vater zu einem Meuchelmörder und meinen Namen zu einem beschimpften machen möchten! Die Herrlichkeit hält es nicht für notwendig, zu sagen: ‚Hier ist ein Mann gestorben, der zu seinen Lebzeiten untadelhaft war, so ziemt es mir nicht, wie ein Gerichtsbüttel seinem nachgelassenen guten Namen zuzusetzen.' Daher werde ich, der ich diesen Namen erbe, nicht abstehen, mich dem allem in den Weg zu werfen, was gegen meinen Vater geschieht. Und hiermit bitte ich die Herrlichkeit, mich zu entlassen.» Diomede stand auf.

«Ich entlasse dich gern, Diomede», versetzte der Großtyrann. «Doch kann ich das nur tun, weil wir unter vier Augen geredet haben. Denn ich als der Herrscher darf langmütig sein. Hätte aber Nespoli als der Vorsteher meiner Sicherheitsbehörde oder hätte ein anderer meiner Diener diese Rede mit angehört, so müßte ich dich wohl im Kastell behalten. Nun aber darf ich den gegenwärtigen Zustand deines Inneren in Rechnung setzen. Auch gefällt es mir wohl, daß du dich mit solcher Leidenschaft deines Vaters annimmst. Ich habe keinen Sohn und somit niemanden, welcher dergleichen für mich täte, wenn mir nach meinem Abscheiden Anschuldigendes nachgeredet würde.»

«Dies würde ich tun, Herrlichkeit», antwortete Diomede mit einer plötzlichen Aufwallung.

Der Großtyrann hob sein Gesicht zu der schlanken Gestalt des vor ihm Stehenden. «Vorausgesetzt, daß ich jetzt nach deinem Willen verfahre», sagte er und winkte danach entlassend mit der Rechten.

3

Es lebte damals in Cassano ein Mann, welcher der Rettichkopf genannt wurde; sein eigentlicher Name war den Leuten über dieser Bezeichnung aus dem Gedächtnis gekommen. Er galt für einen Kenner von allerhand Gelehrsamkeiten, ohne daß ihm dieser Ruf eine große Achtung eingetragen hätte; denn er war schmutzig, böszungig, habgierig und vertrunken, und sein dreistes Grinsen, sein vertrauliches Zwinkern war vielen zuwider. Er nährte sich aber davon, daß er unkundigen Leuten Schriftstücke an Behörden aufsetzte und Ratschläge gab, wie er denn einige Rechtskenntnisse hatte. Zwischen großen und kleinen Aufträgen machte er keinen Unterschied, sondern nahm ohne Stolz alles, was sich ihm anbot. Manchmal reiste er umher, wußte sich in entlegenen Klöstern bewirten zu lassen und forschte hier nach alten und unnützen Handschriften, die er hernach mit Vorteil an Liebhaber und Gelehrte verkaufte; waren sie unvollständig oder zerstört, so unternahm er mit Geschick ihre Ausbesserung und Ergänzung.

Der Rettichkopf hatte keine eigene Haushaltung, sondern lebte zur Miete in der Dachstube eines handwerkerlichen Gebäudes hinter der Kirche der Zwölf Apostel. Der faulige Raum war angefüllt mit Essensabfällen, leeren Weinkrügen, staubigen Büchern und Schriften und sonst allerlei widrigem und ordnungslosem Gerümpel.

In diese Lumpenhöhle trat am frühen Vormittag der Großtyrann. Der Rettichkopf, welcher noch im Bette lag — denn es fiel ihm nicht leicht, sich zum Aufstehen zu entschließen, wie auch sonst irgendeinen Zwang gegen sich zu üben —, wollte aufspringen, doch der Großtyrann wehrte es ihm, indem er sagte: «Bleibe liegen, ich sehe dich lieber bedeckt.»

Der Rettichkopf stützte den Arm auf das verschlissene Polster, und seine kleinen unruhigen Augen funkelten vor Neugier.

Der Großtyrann reichte ihm das Blatt mit dem Confinischen Siegel und sagte: «Sieh dir das an.»

Fast hätte der Rettichkopf es ihm aus der Hand gerissen. Die schnuppernde Nase lief über die Zeilen, denn der Rettichkopf hatte ein kurzes Gesicht. Er wollte sich einen höfischen Zwang antun und vermochte es nicht; er schnalzte mit der Zunge, er pfiff durch die Zähne, er machte kußliche Bewegungen mit den Lippen.

«Ich will wissen, ob die Schrift echt ist», fügte der Großtyrann bei, nachdem der Rettichkopf gelesen hatte. «Und für den Fall, daß sie es nicht ist, sollst du mir sagen, wen in Cassano du einer so geschickten Fälschung für fähig hältst. Oder gibt es hier keinen Schriftkünstler außer dir?»

«Mit der gnädigen Erlaubnis der Herrlichkeit, ich traue mich wohl, dies Schreiben nach Echtheit oder Unechtheit zu erkennen», plapperte der Rettichkopf, «aber die gnädige Erlaubnis der Herrlichkeit vorausgesetzt, möchte ich es mit anderen Schriftproben des seligen Herrn Confini vergleichen dürfen. Ich bitte daher die Herrlichkeit, mir dies Blatt für eine Weile anzuvertrauen, ich werde trachten, unbezweifelte Papiere des Seligen zu erlangen, und mit der Herrlichkeit gnädiger Erlaubnis —»

«Ich habe einen meiner Trabanten bei mir, er steht vor dem Hause», sagte der Großtyrann, ohne Ungeduld den Schwätzer unterbrechend. «Ich kann mich ohne sein Geleit behelfen. Nimm diesen Mann mit dir, begib dich ins Haus Confini und beschaffe dir, wessen du zum Vergleich bedarfst.»

Schon während dieser Worte näherte er sich der Tür, als sei es ihm undenkbar, seinen Aufenthalt in einem solchen Raume auch nur um Augenblicke über die strengste Notwendigkeit hinaus zu verlängern.

4

Der Großtyrann, dessen Gepflogenheit es ja war, unangemeldet und überraschend einzutreten, wo es ihm beliebte, glich auch hierin nicht den Vornehmen, welche er beherrschte, daß er etwa dem Dome von Cassano oder einer der großen Klosterkirchen einen Vorzug vor den geringeren städtischen Gotteshäusern gegeben hätte. Vielmehr pflegte er bald hier, bald dort den geistlichen Verrichtungen beizuwohnen, indem er es keineswegs verschmähte, sich unter Handwerker, Krämersgattinnen oder Landleute zu mischen.

Von des Rettichkopfs Behausung kommend, betrat er die Kirche von San Sepolcro, die um diese Stunde, nach geendigter Messe, meist wenig gefüllt war. Er verneigte sich vor dem Hochaltar und befahl den Mesner zu sich, welcher mit der Löschung der Kerzen beschäftigt war.

«Wer hat Messe gelesen?» fragte er.

«Don Luca, Herrlichkeit.»

«Ist er schon heimgegangen?»

«Er mag noch in der Sakristei sein. Befiehlt die Herrlichkeit, daß ich ihn hole?»

Der Großtyrann winkte ab und ging. In der Sakristei, welche als ein ärmliches Gemisch aus Rumpelkammer, Kanzlei und Kapelle erschien, fand er Don Luca. Dieser hatte seine gottesdienstliche Gewandung bereits abgelegt und schickte sich zum Fortgehen an.

«Gelobt sei Jesus Christus», sagte der Großtyrann.

Der alte Priester sah überrascht auf; ohne Furcht zwar, doch in einer sonderbaren Mischung aus Verlegenheit, Ehrerbietung und jenem Zutrauen, das er allen Menschen entgegenbrachte, begrüßte er den Eingetretenen mit den fortführenden Worten «in Ewigkeit, Amen» und trachtete, einen kleinen Unmut über den entstandenen Verzug in sich zu ersticken; denn er hatte sich auf sein liebes Gärtchen gefreut.

In diesem brachte er viele Zeit hin. Auch befaßte er sich mit der Bienenzucht, indem er sich Aufzeichnungen über die wunderwürdige Lebeart dieser Tiere machte. Er sammelte Pflanzen, Schmetterlinge und Käfer und hatte Neigung, Gottes Größe im Winzigen zu bestaunen.

Der Großtyrann erbat sich Don Lucas priesterlichen Segen und empfing ihn mit einer Beugung des Nackens.

Darauf fragte er: «Du warst der Beichtvater des Herrn Confini?»

«Nein», gab der Geistliche zur Antwort. «Vielmehr habe ich ihm nur die letzte Beichte abgenommen. Man hat mich geholt, weil der Beichtvater nicht erreicht werden konnte und die Zeit des Herrn Confini drängte.»

«Immerhin kanntest du ihn?»

«In geringem Maße, Herrlichkeit. Wie man einen Menschen kennt, mit welchem man in der gleichen Stadt lebt, nicht mehr.»

«Es ist auf den Abgeschiedenen ein Verdacht gefallen»,

sagte der Großtyrann. «Und ein Verdacht, welcher nicht leicht wiegt.»

Der Großtyrann hielt inne und beobachtete das ruhige Gesicht des alten Mannes.

«Du hast von der Sache gehört?» fragte er dann.

«Nein, Herrlichkeit», erwiderte der Geistliche.

«Nun, es ist der Verdacht einer Menschentötung, die er unmittelbar vor seiner Erkrankung vollbracht haben soll, und ich habe Anlaß gesehen, seine Beisetzung einstweilen noch zu verbieten. Kannst du mir vielleicht hierüber etwas mitteilen?»

«Ich sagte der Herrlichkeit soeben, daß ich von der Angelegenheit nichts gehört habe.»

«Gut, gut. Aber du verstehst mich nicht recht. Ich fragte ja nicht nach dem, was du etwa aus einer Kenntnis der in Cassano umlaufenden Gerüchte und Meinungen wissen könntest, denn es gäbe ja keinen Grund für mich, eine solche Frage gerade an dich zu richten. Sondern du wirst wohl begreifen, daß ich dich frage, weil du derjenige Mensch bist, mit welchem als mit dem letzten der Herr Confini vor seinem Ende gesprochen hat und welcher ihm in articulo mortis die Beichte abnahm.»

«Die Herrlichkeit verzeihe, aber es ist ihr ohne Zweifel bekannt, daß meine Unterredung mit dem Herrn Confini unter dem Verschwiegenheitssiegel der Beichte stattgefunden hat.»

«Oh, ich habe nicht die Absicht, dir einen Bruch des Beichtgeheimnisses anzusinnen, denn ich weiß doch, daß die Bewahrung einer solchen Verschwiegenheit zu deinen vornehmsten Amtspflichten gehört, und ich würde es nie unternehmen, dich zu deren Verletzung bewegen zu wollen. Auch möchte ich von dir denken, daß ein Versuch dieser Art umsonst getan wäre.»

«Ich möchte das auch denken, Herrlichkeit», erwiderte Don Luca freundlich und mit einem kleinen Lächeln.

«Dennoch», so fuhr der Großtyrann fort, «denke ich von dir einige Auskünfte zu erlangen, die mit deiner Obliegenheit in keinem Widerspruch stehen. Zum Beispiel wirst du mir sagen können, ob Confini dir etwas mitgeteilt hat, das mit der Tötung des Fra Agostino — denn um diese handelt es sich —, in irgendwie geartetem Zusammenhang stehen könnte. Merke wohl, hiermit habe ich nicht gefragt, ob er dir einen Mord gebeichtet hat.»

«Ich bitte um Vergebung, Herrlichkeit», antwortete der Priester. «Allein diese Frage scheint mir einer Frage nach dem Inhalt der Beichte gleichzukommen oder doch auf eine beunruhigende Weise verwandt zu sein.»

«Diese Auffassung könnte deiner Pflichtstrenge zur Ehre gereichen, wenn sie nicht einem verständlichen und entschuldbaren Denkfehler entsprungen wäre. Denn meine zulässige Frage ist, wie du ohne Zweifel einsehen wirst, einer unzulässigen Frage nach dem Inhalt der Beichte nur benachbart, nicht aber verwandt oder gar gleich.»

Der Großtyrann nahm sich einen Stuhl und sagte:

«Setze dich ebenfalls. Du bist älter als ich und hast mir gegenüber den Vorrang des geistlichen Charakters. Ich habe vorhin vielleicht nicht das richtige Wort gefunden; ich will meine Frage anders stellen. Nämlich so: könntest du es ruhigen Gewissens geschehen lassen, daß etwa ein Urteil gegen den Verstorbenen erginge, das zwar ihn selber nicht mehr berühren würde, wohl aber in einer sehr empfindlichen Art dasjenige, das er zurückgelassen hat, als: seinen guten Namen, seinen noch unbestatteten Leib, seine Habe; dazu, und dies ist nicht das Geringste, seine Witwe sowie seinen Sohn?»

Der Großtyrann betrachtete mit viel Aufmerksamkeit Don Lucas Gesicht über den rohen Holztisch hinweg, welcher zwischen den Sitzenden stand, und fuhr fort, ohne eine Antwort abgewartet zu haben: «Aber es könnte auch etwas anderes eintreten. Nämlich, es sind in dieser Sache schon mancherlei Leute verdächtigt worden, und nichts hindert, anzunehmen, daß noch neue Verdächtigungen geschehen werden. Denn da ja die Sippe des Toten keinen heftigeren Willen haben kann als den, seine Unschuld zu erweisen, so wird sie vielleicht bemüht sein, den Verdacht der Tat auf andere zu leiten. Sagen wir zunächst, auf einen Messer Ohnenamen. Gibst du mir recht?»

Don Luca neigte in Zustimmung seinen weißhaarigen Schädel.

«Gut. Gegen diesen Messer Ohnenamen werden sich, dies versichere ich als ein Kenner, höchst gewichtige Anzeichen richten, denn das ist die Weise jeder Rechtsübung, daß sie Schuldige zu finden trachtet, und es ist leider um menschlicher Unvollkommenheit und um der Eigengewalt der Einrichtungen willen zwischen dem Finden und dem Erschaffen keine vollkommene deutliche Grenze gesetzt. So möchte wohl unserem Freunde Ohnenamen ein Todesspruch drohen. Sein Leben könnte in deinen Händen sein, und vielleicht wird dich Gott einmal nach ihm fragen. Könntest du es also ruhigen Gewissens geschehen lassen, daß eine dieser beiden Möglichkeiten zur Begebenheit wird?»

Don Luca erwiderte bedächtig, aber wie einer, dessen Sichbedenken der Wahl der angemessenen und treffenden Form seiner Aussage gilt, nicht ihrem Inhalte, welcher keiner Überlegung mehr bedarf. Er sagte: «Die Frage dünkt mich an den Falschen getan. Denn was haben die Entscheidungen eines weltlichen Gerichtsherrn mit meinem Gewissen zu schaffen? Vielmehr scheint es mir darum zu gehen, ob der Gerichtsherr es ruhigen Gewissens geschehen lassen kann, daß ein Urteil gesprochen wird ohne Rücksicht darauf, daß unter dem Mantel des Beichtgeheimnisses unerfahrbare Dinge liegen, von denen, wie ja die Herrlichkeit durch ihre Fragen selber einräumt, die Möglichkeit besteht, sie könnten dem ganzen Gerichtsverfahren ein anderes Antlitz geben. Mein Gewissen aber heißt mich, das Siegel der Beichte unbeschädigt zu lassen und im übrigen Gott zu bitten, er wolle den Richter erleuchten.»

«Du meinst also, der Richter sei in Finsternis befangen?»

«Es bedarf ein jeder Mensch göttlicher Erleuchtung, zumal ein solcher, in dessen Geist die Entscheidung über Sterben oder Lebenbleiben eines anderen gelegt ist.»

«Ein Teil dieser Entscheidung — vielleicht die ganze — kann in deiner Hand liegen.»

«Ich bitte ja Gott auch um Erleuchtung für mich», sagte der Priester mit gesenkter Stimme.

«So scheinst du mir deines Falles doch nicht gänzlich sicher zu sein, wenn du zugibst, einer Erleuchtung noch zu bedürfen. Aber wir wollen das noch ein wenig auf die Seite stellen. Es ist die Meinung aufgetaucht, der Herr Confini, welcher inmitten der Niederschrift seines Schuldbekenntnisses vom Tode erlangt wurde, könne sie bereits in einer Verwirrung des Geistes vorgenommen haben. Ich bitte dich, mir zu sagen, was du hiervon denkst. Diese Frage aber — das sage ich zu deiner Beruhigung — richte ich nicht an den Priester, welcher die Beichte hörte, sondern an den unbefangenen Menschen, welcher als letzter eine längere Weile mit dem Verblichenen allein zusammen gewesen ist. Daher wirst du mir ohne Beschwernis antworten können.»

Der alte Priester hatte im Anfange mit seinem kindlichen und natürlichen Mut geredet, denn es war ja nicht in seiner Gewohnheit, bei den Menschen, mit welchen er zu schaffen hatte, Unterscheidungen zu treffen nach ihrer Stellung in der Welt. Nun aber war es ihm, als bewege er sich inmitten eines Gestrüpps voll unsichtbarer Fußangeln und Fallstricke. Wäre er unter anderen Umständen befragt worden, in welcher Verfassung er den Kranken gefunden habe, so hätte er nicht das schwächste Bedenken gehabt, davon zu reden. Jetzt sagte er betrübt: «Herrlichkeit, ich bitte dich von Herzen, lasse mich heimgehen und lasse mich weiterleben in Frieden und in Unscheinbarkeit. Ich bin ein alter Mensch und habe nicht die Klugheit, die du hast. Es ist mir zu entscheiden unmöglich, ob die Beantwortung irgendeiner von deinen Fragen oder auch ihre Nichtbeantwortung eine Beschädigung des Beichtsiegels darstellte oder nicht, denn ich kann ja nicht im vorhinein die Folgen und Schlüsse übersehen, die du aus meinen Antworten, aber auch bereits aus der bloßen Tatsache der Beantwortung oder Nichtbeantwortung ziehen würdest. Darum meine ich, eine Sicherheit für die unangetastete Bewahrung des Beichtsiegels könne nur dann vorhanden sein, wenn dies Gespräch, dessen du mich würdigst, überhaupt nicht stattfände. Und so bitte ich dich denn: erweise mir die Huld, keinerlei Fragen an mich zu richten und diese Unterredung zu enden.»

«Du hast es sehr eilig, mein Freund», entgegnete der Großtyrann. «Du bist sehr um dein Gewissen besorgt; besorgter als um die Verhütung eines möglichen Unrechts, welches vielleicht nicht wieder gutgemacht werden könnte. Ich weiß nicht, ob dies den Gedanken entspricht, die ein Priester von seinen Pflichten haben soll. Denn nun sehe ich wohl, daß du in geistlichen Dingen ein Hab- und ein Selbstsüchtiger bist, dem alles an der Ungefährdetheit des eigenen Gewissens gelegen ist, nichts aber daran, ob ein anderer, nämlich ich, der ich ja auch ein Gewissen habe und Gott Rechenschaft schulde —, ob also dieser andere, sage ich, sein Gewissen mit einem unrechten Urteil, ja, möglicherweise mit schuldlosem Blute verunreinigt.»

«Mich dünkt, Herrlichkeit, hier kann ein Ausweg gefunden werden», sagte Don Luca nach einigem Zögern. «Gib den Leichnam des Herrn Confini zu einem christlichen Begräbnis frei und überlasse es Gott, den Schuldigen an den irdischen Tag zu bringen oder aber ihn nach seinem Gefallen dem Anbruch des himmlischen Tages aufzubehalten. Dergestalt wirst du sicher sein, daß dein Gewissen keine Befleckung erfährt.»

«Dies müßte mir eine andere Gewissensbeschwerde eintragen», meinte der Großtyrann. «Denn ich bin ja jene Obrigkeit, welcher das Schwert gegeben wurde und welche selber sündigt, wenn sie eine Schuld ungestraft läßt und damit in den Gemütern der Menschen eine Sicherheit zum Sündigen und Gewalttun emporruft.»

Hierauf wußte der Priester keine Erwiderung und richtete seine Augen auf die viereckigen Fliesen des Estrichs, welche in Schachbrettweise zwischen der weißen und der roten Farbe abwechselten. Der Großtyrann aber fuhr in seiner sanften und dennoch lauersamen Art fort:

«Für den Fall übrigens, daß Pandolfo Confini dir in der Beichte von dem Morde nichts gesagt haben sollte, hättest du — nämlich wenn er dennoch der Mörder wäre oder gewesen sein könnte —, dir zu überlegen, ob er nicht einen Gottesraub begangen hätte mit einer wissentlich unvollständigen Beichte, die dann ja ungültig sein müßte. In diesem Falle hätte er als ein Unwürdiger die Sakramente empfangen, sich also einer Todsünde von solcher Schwere schuldig gemacht, daß ihm vielleicht das Begräbnis zu verweigern wäre. Also denke ich, deine kirchlichen Oberen würden nicht viel Einwendungen zu machen haben, wenn ich seinen Leichnam nach geschehener Vierteilung auf dem Schindanger vergraben ließe.»

Don Luca sah erschrocken auf. Aber er vermochte die sehr ruhigen Augen des Großtyrannen nicht zu ertragen. Sein ängstlich abirrender Blick fiel auf eine schönfarbige bepelzte Raupe, die sich über die roten und weissen Vierecke des Bodenbelages fortbewegte in ihrer langsamen Art des Leibziehens, welche den Menschen zu gleicher Zeit fremdartig und aufs höchste zweckmäßig anmutet. Sie befand sich aber im Durchgang durch einen Bezirk farbigen Lichtes, das sie wunderbar aufleuchten machte; denn von den schmalen Fenstern der Sakristei waren einige bunt verglast. Dies geringe Tier wollte ihm in der Richtigkeit aller seiner Bewegungen ein Unterpfand dafür sein, daß jene Klarheit und Eindeutigkeit aller Weltendinge, an die er geglaubt hatte, ihren unverstörten Fortbestand behaupteten.

Über diesem nahm das Gespräch seinen Weitergang. Der Großtyrann bewies ein reichliches Maß an Geduld und lenkte Don Luca gemächlich auf die Frage zurück, ob er an Pandolfo Confini Anzeichen einer geistigen Trübung wahrgenommen habe. Er könne doch wohl sagen, ob Confini vor und nach der Beichte bei klarer Besinnung gewesen; hiermit sei ja mit keinem Wort an die Beichte gerührt.

Der Priester hatte die Empfindung, einer gänzlichen Unüberschaubarkeit entgegengestellt zu sein. Schon war er so unsicher, daß er nicht mehr unterscheiden zu können meinte, was unter das Beichtsiegel rechne und was außerhalb seiner verbleibe. Allein über den Worten des Großtyrannen dünkte es ihn zuletzt selber eine grillige Störrigkeit, daß er auch diese Frage unbeantwortet hatte lassen wollen, und so bequemte er sich endlich zu der Mitteilung, er habe den Herrn Confini sehr schwach gefunden, immerhin jedoch fähig und bereit, sich in den Formen der Kirche mit seinem Schöpfer versöhnen zu lassen. Wie weit er jedoch in irdischen Dingen die Klarheit seines Geistes noch gehabt habe, dies vermöge er nicht zu beurteilen. Es könne ja auch eine Verwirrung später, nämlich nach seinem Fortgange, aufgetreten sein.

«Du räumst also die Verwirrung ein?» fragte der Großtyrann.

«Ihre Möglichkeit muß ich einräumen», antwortete Don Luca.

«Das ist bereits etwas. Hast du mir in diesem Punkte nachgegeben, so wirst du wohl auch in anderen Stücken nicht mehr so ganz hartköpfig sein. Ich könnte nämlich daraus, daß du die Verwirrung nur für denkbar erklärst, nicht aber zugeben magst, den Schluß gewinnen, Pandolfo Confini habe noch so viel Klarheit besessen, dir wissentlich in der Beichte den getanen Mord zu verschweigen. Ja, dies würde ich einstweilen annehmen *müssen,* solange du mir nicht mit Ja oder Nein deutlich sagst, ob der Beichtende dir etwas mitgeteilt hat, das zu der Meucheltat in einer Bezüglichkeit steht. Und so wiederhole ich jetzt meine vorhin erhobene Frage und rufe dir noch einmal deine Verantwortung ins Gedächtnis.»

«Aber die Herrlichkeit weiß doch sicherlich, daß die Rechtsgelehrten den Satz verteidigen, es dürfe dem, was ein Geistlicher etwa unter Beschädigung des Beichtgeheimnisses aussagt, niemals ein Gewicht beigelegt werden, vielmehr sei es dem Zeugnis unehrlicher und unglaubwürdiger Leute als: Huren, Gaukler und Scharfrichter gleichzusetzen, deren Bekundungen doch auch keine Beweiskraft haben.»

Don Luca fühlte gleich darauf, daß er so nicht hätte sprechen sollen. Denn mit diesen Worten war er ja von der lauteren Strenge eines göttlichen Geheißes auf den vieldeutigen Bereich menschlicher Rechtsordnungen abgetreten. Er wollte das Gesagte zurechtdrücken, allein er fand die passenden Worte nicht in seinem Hirn, das ihm öde und verwüstet erschien. Aber sei es, daß der Großtyrann den Vorteil nicht wahrnahm, der sich ihm bot, sei es, daß er ihn aus irgendwelcher Ursache zu benutzen verschmähte — genug, er unterließ es, ihn von dieser Seite her anzugreifen. Obwohl er bis jetzt kein Zeichen von Ungeduld zu erkennen gegeben hatte, stand er nun auf, und dieses Aufstehen hätte bei einem minder beherrschten Menschen wohl die Form eines Aufspringens gehabt. Augenblicks erhob sich auch der Priester. Der Großtyrann aber drückte ihn auf seinen Stuhl zurück und tat schweigend ein paar Schritte. Darauf umging er den Tisch und blieb vor Don Luca stehen. Er sagte: «Aber, Lieber, du kehrst ja zu deinem alten und für mich kränkenden Irrtum zurück, indem du mir abermals die sündhafte Absicht unterstellst, ich wollte dich zu einer Siegelverletzung bestimmen.»

Er trat wieder auf die Seite, und es war nun von der Raupe nichts mehr zu sehen als eine winzige Spur, welche bei den nächsten Schritten der linke Schuh des Großtyrannen hinterließ. Bald aber war auch diese verrieben.

«Entlasse mich, Herrlichkeit», rief Don Luca mit einem Tone bekümmerten, ja, verzweifelten Flehens. «Ich bitte dich darum. Bringe mich nicht in Verwirrung.»

«Nicht in Verwirrung will ich dich führen, sondern in Versuchung. Aber ich führe dich in Versuchung, das Rechte und Fromme zu tun. Der Teufel hingegen will dich versuchen, nur an dein ungefährdetes Gewissen zu denken. Und es scheint, er hat damit ein leichtes Spiel bei dir, weil er sich seine Überredungsmittel aus dem Rüsthause der Klerisei entlehnt.»

Don Luca dachte an die Raupe. Er wußte, wie töricht es war, in diesem winzigen Geschehnis etwa ein Abbild erblicken zu wollen. Er fragte sich vergebens, was ihn denn ermächtige, gerade dem Geschick dieses einen Tieres eine Wichtigkeit zu geben, da doch zwei Motten vor dem Kleiderschrank, welcher die gottesdienstlichen Gewänder enthielt, unangefochten umeinanderflatterten und mehrere Fliegen behaglich über das Bücherpult und über das hölzerne Schnitzwerk der Heimsuchung Mariä krochen.

«Ich kann nicht mehr sagen», antwortete er dem Großtyrannen, und seine Stimme war bereits voll der äußersten Ratlosigkeit.

Der Großtyrann sah ihn lange an, und es lag dabei ein eigentümlicher Ausdruck von menschenerforscherischer Leidenschaft in seinem Gesicht.

«Nun, ich habe ja noch andere Mittel der Frage», sagte er endlich. «Es könnte geschehen, daß du mich zu ihrer Anwendung nötigst. Hierbei mußt du aber nicht glauben, ich würde dir zur Krone des Martyriums verhelfen. Du hättest nicht zu leiden um einer priesterlichen Pflichttreue, sondern um eines bäuerischen und greisigen Eigensinnes willen. Denn nicht, dies beachte wohl, um dir ein Beichtgeheimnis zu entreißen, würde ich dich auf die Streckbank legen lassen, sondern damit du all das aussagest, was nicht mit voller Sicherheit unter das Geheimnis des Bußsakramentes fällt. Du kannst jetzt heimkehren und mit dir zu

Rate gehen. Ich werde nach dir schicken und meine Frage wiederholen.»

6

Vittoria war ihres Stiefsohnes nicht mehr ansichtig geworden; vom Großtyrannen zurückgekehrt, hatte er sich, unfähig, seiner Erschöpfung länger Widerstand zu tun, entkleidet und zu einem Schlafe niedergeworfen, der ihn umschlossen hielt wie ein Sarg.

Unterdessen hatte der Rettichkopf sich auf den Weg begeben.

«Geh zwei Schritte hinter mir», befahl er dem Trabanten. Er watschelte gebläht, er schaute sich flinkäugig um, ob auch jeder Begegner sähe, daß er einen Pikenträger von der Trabantenwache zu seiner Verfügung hatte.

«Warte hier vor dem Portal», sagte er zu seinem Begleiter und stieg die Stufen hinan.

«Monna Vittoria, ich küsse die Hände!» rief er fröhlich, als er vorgelassen war.

«Ich habe diesen Besuch nicht erwartet», sagte Vittoria. «Sein Anlaß?»

Der Rettichkopf rieb sich die Hände. «Wenn es gefällig ist, wollen wir uns setzen.» Er kicherte und gluckerte.

«Bitte», sagte Vittoria, und er hüpfte auf die Polsterbank. Vittoria blieb stehen.

«Ich komme nicht aus eigenem Antrieb, denn wie dürfte ich dazu den Mut finden?» begann der Rettichkopf. «Ich bin hier, darf ich sagen, in amtlicher Verrichtung, in einer Verrichtung von hohem Ernst, einer Verrichtung von außerordentlicher Spaßhaftigkeit. Der gottgeliebte Beherrscher dieser Stadt ehrte mein Dach mit geneigtem Besuch! Er sendet mich her, da bin ich! Er gibt mir eine Ehrenwache mit, da steht sie!»

Hierbei sprang er von seinem Platz, lief ans Fenster, schlug mit der Linken den Vorhang zurück und deutete mit der Rechten großbogig hinaus wie ein Schausteller.

Vittoria trat zögernd zum Fenster und gewahrte den Trabanten.

«Nun?»

Der Rettichkopf kehrte auf die Polsterbank zurück, lehnte sich an und schlug die Beine übereinander.

«Ich habe den Auftrag, mich in das Haus des seligen Messer Confini zu begeben und mir hier — falls nötig, unter Beiziehung jenes Trabanten — Schriftstücke zu beschaffen, welche unanzweifelbar von der Hand des geehrten Seligen herrühren. Diese habe ich zu vergleichen mit einem sicheren Zettel, welchen die Herrlichkeit mir anvertraute, und danach zu befinden, ob dieser Zettel echt ist oder etwa gefälscht. Eine wohlgefällige Aufgabe, eine preiswürdige Aufgabe! So viel ehrendes Vertrauen also setzt die Herrlichkeit in meine Sachkenntnis und in mich.»

Vittoria schwieg eine Weile hinter ihrem Schleier. Dann fragte sie rauh:

«Ist dieser Auftrag dahin zu verstehen, es seien Zweifel an der Echtheit jener Handschrift erschienen?»

«Zweifel? Sagte ich ja, so hätte ich zu viel gesagt. Nein, Zweifel wohl nicht. Allein selbst wenn das geschehen sein sollte: die Entscheidung darüber, ob diese Zweifel verbannt werden oder ob ein Wert auf sie gesetzt wird, diese Entscheidung liegt bei mir. Bei niemandem als bei mir!»

«Es ist gut», sagte Vittoria. «Ich will annehmen, dein Auftrag sei vollzogen. Du magst hier noch eine Weile sitzen bleiben, damit es den rechten Anschein habe. Ich werde dir Wein schicken. Trinke den in Ruhe aus, und dann entferne dich. Meiner Gegenwart wirst du nicht bedürfen.»

Sie wandte sich ab und ging auf die Tür zu.

«Aber Monna Vittoria!» rief der Rettichkopf vorwürfig. «Und die Papiere? Ihr werdet sie mir bringen? Oder werde ich selber den Schreibtisch des hochzuverehrenden Seligen durchsuchen?» Er war aufgesprungen und lief ihr nach wie ein Hündchen.

«Was soll das?» fragte Vittoria über die rechte Schulter hinweg. «Was für Ungereimtheiten redest du?»

«Aber allergnädigste Frau!» winselte er. «Die Papiere! Ich brauche doch die Papiere! Die Papiere zum Vergleich!»

«Es ist niemand in der Nähe», sagte Vittoria unwillig, aber schon mit einem eigentümlichen Befremden. «Keiner hört zu, es bedarf deines Spieles nicht, wir können offen sprechen und ohne Scheu.»

«Aber spreche ich denn nicht offen? Offen und ohne Scheu?» fragte der Rettichkopf verwundert. «Ich bedarf der Papiere, der Papiere!»

Das rief er fast weinerlich.

Vittorias Gesicht zuckte vor Ungeduld. «Ich habe dir gesagt», erklärte sie mit Schärfe, «es sei kein Lauscher zu fürchten. Willst du dir herausnehmen, mich zum besten zu haben? Ich verstehe dich nicht. Was soll das bedeuten? Und selbst wenn dir solche Schriftstücke nötig sein sollten — vielleicht damit du dem Großtyrannen erweislich machen kannst, daß du den Auftrag ausführtest — habe ich dir nicht Handschriften genug gegeben? Handschriften zu Vorlage und Vergleich?»

«Mir? Handschriften?» rief der Rettichkopf voll Erstaunen. «Monna Vittoria! Welch seltsamer Irrtum des Gedächtnisses! Ich erinnere mich an nichts.»

Vittoria durchfuhr es, als müsse sie ihn ins Gesicht schlagen. Sie bezwang sich und sagte: «Gut. Du willst die Schriftstücke um des Auftragerteilers willen ein zweites Mal in der Hand haben. Ich hole sie dir. Nur darum bitte ich in Dringlichkeit, höre auf, hier ein äffisches Spiel zu treiben.»

Zorn und Strenge hatten Monna Vittorias Stimme derart gefärbt, daß der Rettichkopf mit einem Grinsen voll Wehmut, Spott und Neugier den Kopf schüttelte und sagte: «Allergnädigste Frau, ich gehorche. Lassen wir also die Papiere. Aber da habe ich nun diesen Auftrag von der Herrlichkeit erhalten. Darüber wird wohl noch ein Wörtchen zu reden sein.»

»Was ist darüber zu reden? Was willst du? Mich dünkt,

du kannst jetzt gehen und deinem Auftraggeber erklären, der Zettel habe seine Richtigkeit.»

«Ihr meint also, ich soll sagen, der Zettel sei echt?» fragte er in recht nachdenklichem Ton. «Euch ist daran gelegen, ja? Habt Ihr bedacht, was Ihr Euch das kosten lassen wollt?»

«Nichts, du Lump», erwiderte Vittoria.

«Nichts? Lump? Aber was denn, was denn? Ihr habt mich belohnt, es wäre unbillig, das leugnen zu wollen. Allein damit bin ich doch nicht bis an meinen Tod bezahlt. Neuer Dienst, neue Rechnung.»

«Mein Lieber», sagte Vittoria fest, «du wirst von mir nicht ein Kupferstück mehr erhalten. Und jetzt wirst du dich packen, wenn du nicht wünschest, daß ich läute und dich aus dem Hause peitschen lasse.»

Der Rettichkopf lächelte mit der Milde eines Gönners. «Holdseligste Frau», sagte er, «wie mögt Ihr so hart sein? Ihr wollt mich also ohne Lohn lassen dafür, daß ich mein Gutachten so abstatte, wie es Euch gefällig ist?»

«Du hast keine Wahl», antwortete Vittoria. «Du weißt, was dir geschieht, wenn der Zettel für unecht erfunden wird.»

«Schönste Frau!» schrie der Rettichkopf mit einem scheppernden Gelächter. «Gerade dann wäre ich ja am sichersten! Vorausgesetzt nämlich, daß ich selber es bin, der den Zettel für untergeschoben erklärt. Eben deswegen wird doch ein jeder überzeugt sein, daß ich die Unterschiebung unmöglich begangen haben kann. Behaupte ich aber, der Zettel sei wirklich von der Hand des geehrten Seligen, so könnte ein Übelwollender am Ende meinen, ich sagte dies, um zu meinem Nutzen den Fälschungsverdacht aus der Welt zu bringen. So ist es: ich brächte ein Opfer, ein gefährliches Opfer, wollte ich die Echtheit des Schriftstückes erhärten. Und so werde ich also, was ja immer geraten scheint, der Wahrheit — aber was ist Wahrheit? Sankt Paulus, bitte für uns! — die Ehre erweisen und werde sagen: dies, Herrlichkeit, ist eine

Fälschung, obzwar eine lobenswürdig, ja, eine ruhmeswert vollzogene.»

«Nein!» rief Vittoria.

«Nein?» fragte er. «Nein? Nun, ich bin kein Hartherziger.» Und hiernach setzte er sich behaglich auf die Polsterbank.

«Ich werde also ohne Entgelt Euch zu Gefallen sein und den Zettel für gültig erklären. Und nun, andächtige Gemeinde, laßt uns miteinander betrachten, was sich in diesem Falle weiterhin ereignen wird. Ich rühme mich nicht unbillig, wenn ich sage, daß ich auch ein wenig ein Rechtskundiger bin; dazu hatte die Herrlichkeit den gnädigen Einfall, mir einige Andeutungen zu gewähren. Die Herrlichkeit ist entschlossen, der Sache nachzugehen und dem geehrten Herrn Seligen ein Urteil zu sprechen.»

«Er ist an einem Ort, da ihn weder Urteil noch Nachrede mehr anrührt», gab Vittoria zur Antwort.

«Aber Euch, schöne Frau!» krähte der Rettichkopf. «Euch, Euch, Euch, Euch! Euch und den jungen Herrn Diomede!»

«Keiner von uns beiden hat dich zu seinem Sachwalter bestellt», sagte Vittoria mit deutlichem Abweis und dennoch neuerlich von einer sonderbaren Beschattung erfaßt.

«Hier würde auch kein Sachwalter mehr helfen. Und kurz gesprochen: das Schuldbekenntnis ist echt, der Selige ein Mörder, es geschehen allerlei Unannehmlichkeiten mit seinem noch unbestatteten Körper. Außer diesem aber —» und hier machte der Rettichkopf eine Pause, kreuzte die Arme über der Brust und zwinkerte vergnügt —, «außer diesem aber wird seine gesamte Habe, bewegliche und unbewegliche, zugunsten der Herrlichkeit eingezogen.»

Vittoria ging langsam auf einen Stuhl zu und setzte sich. Dann sagte sie sehr bestimmt: «Das ist nicht möglich.»

«Für die Möglichkeit oder Unmöglichkeit eines Dinges gibt es mit Eurer gnädigen Erlaubnis nur eine einzige

Probe: nämlich ob dies Ding sich ereignet oder sich nicht ereignet. Den Gebrauch des Wortes unmöglich solltet Ihr daher noch hinausschieben. Das Ereignis freilich würde mir im Herzen leid tun.»

Und nun begann er von allerlei Urteilen zu berichten, in welchen auf Vermögensbeschlagnahme erkannt worden war ohne Rücksicht auf die Hinterbliebenen; auch führte er Stellen an aus Gesetzesbüchern und aus den Schriften berühmter Rechtslehrer.

Vittoria widersprach heftig und mit Empörung. Ihre Einwände waren nicht nur die eines bedrohten Weibes, welche ja gemeinhin in dem immer wiederholten Worte: «Das kann doch gar nicht sein!» zu gipfeln pflegen, sondern auch die eines männlich geschulten Verstandes, der am Für und Wider eine denkerische Arbeit zu tun vermag. Allein gerade darum konnte sie gegenüber den wohlgestellten Beweisgründen, den geschliffenen Rechtserläuterungen des Rettichkopfes auf die Länge nicht verschlossen bleiben. Sie trocknete sich die Stirn. Sie hörte seine Worte nicht mehr. Sie widersprach ihm nicht. All das wirre und verruchte Treiben dieser Tage drang mit erneuter Gewalt auf sie ein.

Daß sie sich aus dem höllischen Dickicht zu Massimo hätte flüchten können! Ein Wort nur von ihm, ein Händedruck, ein Blick wäre genugsam. Es kam nichts, er ließ sie allein. Wie leicht wäre es ihm gewesen, ihr Haus zu betreten, um selber die Verbringung des Sarges ins Kloster anzuordnen! Er verschmähte die Gelegenheit.

Erst hatte sie gemeint, seit jenem Gewitterabend in einem solcher Grade des Einverständnisses mit ihm zu sein, daß es keiner Verabredungen bedürfe. Sie hatte gemeint, indem sie für ihn, ob auch ohne ihn handelte, müsse eine gänzliche Einswerdung geschehen, Einswerdung von unausmalbarem Glanze. Nun hatte sie gewahren müssen, daß sie sich eben dadurch von ihm geschieden hatte. Sie war völlig allein; verlassener als in der Nacht vor Pandolfos Tod.

Der Rettichkopf schloß: «Gott will lieber erhalten als umreißen und eine Stadt langsamer verderben, als er die ganze Welt erbaut hat, darum hat es nur sechs Tage zur Erschaffung der Welt gebraucht, aber sieben zur Eroberung Jerichos. Ich halte mich an das göttliche Vorbild, indem auch ich lieber meine Hand biete zu einem Bewahren als zu einem Zerstören. Was also wollt Ihr mir zuwenden, wenn ich Euch und Euren Stiefsohn vor dem Bettelsack schütze, indem ich erkläre, die Handschrift des Seligen sei nachgeahmt?»

Er erhielt keine Antwort. Vittoria saß gerade und ohne eine Regung. Der Rettichkopf glitt von der Bank und wandte sich eitel wie ein Pfau. Dann ging er auf den Zehenspitzen mit einem lächerlichen Heben der Beine und der Schultern auf Vittoria zu.

«Ihr erlaubt, schöne Frau.» Dreist und behutsam zugleich, erinnernd an die Gebärde, mit welcher er vorhin den Fenstervorhang zur Seite gezogen hatte, lüpfte er den Schleier und starrte in ihr Gesicht.

Vittoria hatte nicht die Kraft, ihn zurechtzuweisen.

Vielleicht stimmte ihre Miene ihn zu einem Mitleid, denn er sagte: «Wir werden helfen, wir werden helfen. Wir werden verneinen, und Monna Vittoria wird gerettet sein.»

Auch dies mochte auf ein erwachtes Mitgefühl deuten, daß er darauf verzichtete, sie ausdrücklich um ihr Einverständnis zu befragen und damit zu einem Bekennen ihres Jammers zu nötigen. Allein gleich darauf gewann er es doch nicht über sich, einen kleinen Ausfall zu unterdrücken, indem er fortfuhr: «So also ist es: da werden Leidenschäftchen gezüchtet, da werden Anschläge geflochten; dann aber soll es übers Geld gehen, flugs ist alles zerblasen. Ich darf doch wohl annehmen, daß Ihr, hochzuverehrende Dame, eine bestimmte Absicht verfolgtet damit, daß Ihr mir den Auftrag zur Anfertigung jenes Schreibens erteiltet. Dieser Absicht, so möchte ich folgern, kann nur dann gedient werden, wenn das Schreiben auch wirklich für ein Schreiben des seligen Herrn Confini geachtet wird. Demnach, so folgere ich weiter, müßtet Ihr, wenn Ihr die Einziehung des Besitzes vermeiden wollt, auf die Durchführung dieser bestimmten Absicht Verzicht leisten. Das, so vermute ich, würde Euch leid tun, und darum stehe ich nicht an, zu sagen, daß es mir ebenfalls leid tun würde. — Was also bekomme ich», schrie er plötzlich, «wenn ich mein Gutachten bejahend, nein, wenn ich es verneinend halte?»

«Bejahend? Verneinend?» fragte Vittoria matt. Sie faßte den Sinn der Worte nicht mehr. Sie verstand nur, daß sie in der Gewalt dieses Menschen war. «Fordere», setzte sie hinzu.

Der Rettichkopf senkte den Schädel. Er preßte die gekreuzten Hände für einen Augenblick gegen die Brust und breitete sie dann mit einer großen Bewegung der Unterarme, seitlich geöffnet, aus.

«O nein!» rief er, wie in einer Verzückung. «Ich fordere nicht! Wollte ich jetzt eine tatsächliche Forderung aussprechen, so beraubte ich mich ja der Vielzahl der möglichen Forderungen! Es kann doch keine gedacht werden, die Ihr mir nicht bewilligen würdet, wenn ich nur recht herzlich bitte. Denn da ich ja Euch und den hübschen kleinen Diomede vor dem Verlust der sämtlichen Habe retten soll, so wäre es nicht zu viel, wenn ich mir dafür das halbe Confinische Vermögen erbäte. Was sage ich da? Das halbe? Ich Verblendeter, der zu seinem Schaden allzusehr auf andere bedacht ist! **Das halbe?** Zwei Drittel! Drei Viertel! Vier Fünftel!»

Und nun begann er, von kleinen Gelächterstößen unterbrochen, sprudelhaft weiterzuzählen in Heiterkeit und Hast, welche beide unheimlich wuchsen, bis er, bei siebenundzwanzig Achtundzwanzigsteln angelangt, des Spieles überdrüssig wurde und Vittoria mit offenem, triefendem Munde blinzelnd anstarrte.

«Nein, nein, ich muß es noch bedenken», fuhr er raunend fort. «Vielleicht Geld, vielleicht Landbesitz, vielleicht noch anderes... dieses und jenes..»

Er verstummte überwältigt. Es war ihm ein großer Gedanke aufgestiegen, nämlich dieser: «Es liegt alles in meiner Hand, eines Jungfernkindes, dem die Leute von Cassano ihren Spott und ihre Mißachtung zeigen. Nicht nur diese Frau, die in meinen Willen gegeben ist, nein, alles, alles! Ob ich so oder so verfahre, diese Entschließung fasse oder jene, das bestimmt den Schicksalsverlauf so und so vieler Menschen, welche zu den Vornehmsten der Stadt gehören und auch noch ihrer Nachkommen! Ja, vielleicht eines ganzen Gemeinwesens. Oder gar, wenn ich mir nur die Kette weit genug gespannt denke, über Jahrhunderte hinweg: der ganzen Erde! Der Welt! Denn es hängt ja ein jedes Ding vom andern ab.»

Und hier kam eine Berauschung über ihn, daß er nicht mehr an sich zu halten vermochte. Er huschte wie eine tolle Ratte im Zimmer umher, seine Augen hatten einen irren Glanz; er vergaß Vittorias Gegenwart, seine Hände vollführten krallenhaft greifende Bewegungen in der leeren Luft. Es sah aus, als müßte er schreien, und doch kam nichts von seinen Lippen als ein pfeifendes Auslassen gestauten Atems. Sein Herz pochte rasend; es dunkelte ihm vor dem Blick, er glitt auf die Polsterbank.

Plötzlich lachte er laut auf. «Ach, und ich soll in der Tat zugeben, es sei eine Schriftenunterschiebung geschehen?» rief er kläglich. «Ich will es nicht tun, mein Herz sträubt sich dagegen. Aus Mitleid mit Euch sträubt es sich. Denn was wäre die Folge? Man wird fragen: von wem kann eine Fälschung ausgehen, die sich im Hause Confini ereignet hat? Wer konnte Siegel und Papier beschaffen? Wer endlich den Zettel in das Bettzeug des Verewigten bringen? Es wird ein Verdacht auf Euch fallen, schönste Frau, ein häßlicher Verdacht. Und ist es kein Verdacht, so ist es doch der Schatten eines Verdachtes, und dieser Schatten schon müßte eine beträchtliche Verfinsterung bewirken. Und wer weiß, vielleicht wird es dahin getrieben, daß zwar nicht des lieben Seligen Hinterlassenschaft beschlagnahmt wird, wohl aber das auf Euch entfallende Teil, oder daß Ihr in eine Lage versetzt werdet, in der Ihr Eurer Habe nur noch insofern froh werden könnt, als sie zur Lesung von Seelenmessen für Euch verwandt wird.»

«Aber der Fälscher bist ja du selbst!» sagte Vittoria matt.

«Bin ich es? Wer sollte es mir nachweisen? Vielleicht Ihr? Welche Beweismittel denn habt Ihr in Händen? Mich sollte man für den Fälscher halten, wenn ich selber die Fälschung aufdeckte? Ach nein, ich rate Euch in aller Wohlmeinenheit: macht mir Anerbietungen oder erwartet meine Forderungen für den Fall, daß ich den Zettel zu Recht bestehen lasse. Freilich, Ihr werdet arm, aber was ist irdisches Gut? Und wird es nicht dem ehrenwerten Herrn Nespoli eine Lust sein, sorgend für Euch einzutreten?»

Diese Erwähnung riß Vittoria aus ihrem stummen Elend. Sie hatte dem Rettichkopf den Grund ihrer Fälschung nicht mitgeteilt, doch war es ihm leicht gewesen, ihn zu erraten, da er ja von Nespolis Bedrohung Kenntnis hatte, gleich wie jeder Einwohner von Cassano.

«Rede nicht von ihm!» rief Vittoria leidenschaftlich. «Ich habe dir nie seinen Namen genannt!»

«*Ich* nenne ihn, schönste Frau, *ich* nenne ihn! Denn es ist doch kein Lauscher in der Nähe, und wir können offen sprechen, offen und ohne Scheu. Wer weiß, wenn das Trauerjahr abgelaufen ist... Ein schönes Paar, ein stattliches Paar! Und wer erbarmt sich des armen Rettichkopfes, der so viel Glück stiftete? Freilich würde das voraussetzen, daß Ihr nicht Grund fändet, auch noch Messer Nespolis wegen ein Trauerjährchen zu halten. O Gott, wie reich ist die Welt an Vorfällen, wie reich an Möglichkeiten!» Er stöhnte ergriffen.

Vittorias Oberkörper fiel kraftlos nach vorne, auf die Knie zu. Ihr Leib bebte vor Schluchzen.

«Nein, nein», sagte der Rettichkopf mitleidig, «das alles wollen wir nicht tun. Ich werde sagen: Herrlichkeit, die Handschrift ist nachgeahmt, man muß fragen, wem diese Untat zugute kommt, und man muß antworten: dem Herrn Nespoli. Also wird der Herr Nespoli seinen anschlägigen Kopf verlieren — was tut es, zu retten ist dieser Kopf ohnehin nicht mehr —, Ihr aber werdet unangefochten im Besitz Eurer Habe bleiben, eine wohlbegüterte Witwe, eine stattliche Witwe, es finden sich Freier, und vielleicht, vielleicht... ich bin zwar nicht schön, aber ich bin unterhaltsam, das ist gewiß! Ihr werdet über Langeweile nicht zu klagen haben. Kurz, wir sind einig, ich nehme Abschied, ich küsse Eure Hände, vom Lohn wird ein anderes Mal geredet!» Er wollte sich erheben, um zur Tür zu gehen, allein er konnte sich die Lust eines Abschiedsscherzes nicht versagen. Er blieb sitzen und flüsterte: «Noch eins. Ihr dürft auf mich rechnen. Sollten da Gerüchte aufkommen, boshafte kleine Gerüchte etwa über das Ableben des Seligen — ich werde ihnen entgegentreten, ich werde zur Herrlichkeit sagen —»

«Du Bestie!» schrie Vittoria auffahrend und lief auf ihn zu.

Sie war nur der einen Vorstellung noch fähig, nämlich diesen faltigen Hals über dem unsauberen Kragen mit ihren Händen zu umschließen und so lang zu pressen, bis die äffische Teufelsgestalt als ein leerer Schlauch zu Boden glitte.

Der Rettichkopf sprang mit einem Satz von der Bank und ihr aus dem Wege. «Aber meine Schöne, meine Schöne!» rief er hinter dem schützenden Tisch hervor. «Ereifere dich nicht! Liebes Kind, ich tu dir jeden Willen. Ich bin ja bereit, mein eigenes Werk zu verleugnen. Kann ein Liebhaber Höheres über sich gewinnen? Der andere Liebhaber freilich wird gut tun, sich auf sein Ende zu bereiten.»

Sie stand ihm gegenüber, vorgebeugt und auf die Tischkante gestützt. Sie spürte selbst, daß ihre Kraft zu nichts anderem mehr reichte als dazu, sich durch solches Stützen vor dem Umsinken zu bewahren.

Der Rettichkopf erkannte ihren Zustand und stolzierte hinter dem Tische hervor.

Er riß den Zettel aus seiner Brusttasche, entfaltete ihn und schlug mit der Rechten gegen das von der Linken gehaltene Blatt.

«Und bitte, das soll nicht echt sein?» rief er. »Betrachte doch, schöne Frau! Hier das große C mit der Schleife! Nein, nein, ich müßte ja gewissenlos sein, wollte ich diese unnachahmbare Handschrift für untergeschoben erklären. Das kann nicht von mir verlangt werden.» Lachend ging er hinaus. Allein dann steckte er den Kopf noch einmal durch den Türspalt. «Ich werde, da doch vor Irrtum niemand geschützt ist, den Zettel noch einmal in Ruhe prüfen. Vielleicht, daß doch ... Freilich, sollte dieses C gefälscht sein, so wäre es eine Meisterleistung. Küssenswürdig wäre es, küssenswürdig!»

8

Es verdient Betonung, daß von vielen Leuten in Cassano an die Schuld des Herrn Confini nicht recht geglaubt wurde. Andere freilich nahmen sie voller Gier auf als einen Erweis dafür, daß den Vornehmen eine jede Schlechtigkeit zugetraut werden müsse. Alle Parteien aber, die Gläubigen, die Zweiflerischen und die Ungläubigen verleugneten keinen Augenblick ihre leidenschaftliche Anteilnahme. So wurde es auch viel beachtet, daß Monna Vittoria sich am frühen Nachmittage ins Kastell begab.

Zu diesem Gange hatte sie ihre letztverbliebenen Kräfte aufgerufen. Sie vermochte nicht abzuwarten, was dem Halbtollen, in dessen Hände sie gefallen war, mit ihr als mit seinem Spielwerk zu tun belieben werde. Vielleicht, so glaubte sie, könne ihr aus einem Gespräch mit dem Großtyrannen ein wenig von jener Klarheit zukommen, die sie in sich selber nicht mehr zu finden wußte. Zum mindesten werde sie erfahren, ob die Schrecknisse, die der Rettichkopf ihr hingezeichnet hatte, zur Wirklichkeit werden konnten.

Der Großtyrann empfing sie mit Achtung und geleitete sie zu einem Sessel, indem er ihr für ihr Kommen dankte; dieses habe ihn der Notwendigkeit überhoben, sie zu sich zu bitten.

«Ich ersehe daraus», sagte Vittoria, «daß die Herrlichkeit Auskünfte von mir wünscht, wie sie in solchen Vorfällen gebräuchlich sein mögen. Ich werde jede Antwort geben, wie ich es vor dem Gesetz schuldig bin. Ich kam aber nicht vornehmlich in dieser Absicht, sondern weil ich in Beunruhigung versetzt worden bin durch Andeutungen, welche von der Herrlichkeit ausgegangen sein sollen. Nämlich es heißt, das zwiefache Unglück, das über mich verhängt worden ist, scheine noch nicht zu genügen; es bestehe die Absicht, mir noch Habe und Lebensunterhalt zu nehmen.»

«Hier sorgt Ihr Euch vorzeitig», erwiderte der Großtyrann. «Wir haben für jetzt keine andere Bestimmung als die, das Geschehene nach seiner Wahrheit zu erforschen. Bei aller Ehrfurcht vor Eurem Schmerze will ich Euch bitten, mir in dieser Erforschung zur Seite zu stehen, soweit Ihr es über Euch gewinnen könnt; denn über das Maß des Möglichen hinaus kann kein Zwang geübt werden.»

«Ich erwarte die Fragen der Herrlichkeit.»

Die Fragen, welche der Großtyrann stellte, bezogen sich zunächst auf die Abwesenheit Pandolfo Confinis in jener Nacht, danach auf seine Krankheit, seine letzte Stunde und das Geständnis.

«Ich habe gemeint, mein Mann wolle etwa einen Testamentszusatz machen, vielleicht für Don Luca und die Armen seiner Pfarrei. Er verlangte allein zu sein. Als ich wiederkehrte, war er verschieden.»

Aber wie könne denn, fragte der Großtyrann, einem Sterbenden die Kraft zugetraut werden, ohne Beistand zu siegeln, — was doch im Bett, in nur halb aufgerichteter

Lage, selbst für einen Gesunden sein Beschwerliches habe, — wenn er nicht einmal kräftig genug mehr gewesen sei, seine Niederschrift zu vollenden?

Vittoria erklärte, ihr Mann habe in seinem Schreibkästchen stets eine Anzahl unbeschriebener, auf Vorrat gesiegelter Blätter gehabt; nach seinem Tode hätte sich deren eine ganze Reihe gefunden.

«So könnte die Möglichkeit gedacht werden, daß sich ein Unberechtigter in den Besitz eines solchen Blattes gebracht hätte?»

Vittoria zögerte mit der Antwort. «Ich brauche nur ja zu sagen, deutlich und ohne Einschränkung, und mit allen meinen Kräften bei diesem Ja auszuharren, so ist es gleich, ob der Rettichkopf die Schrift für gültig oder ungültig erklärt. Selbst seine Gültigkeitserklärung brauchte noch nichts zu beweisen als die Vortrefflichkeit der Fälschung. Ich brauche nur darzutun, daß ein Blatt entwendet sein kann, und es bleibt der Ausweg, der wirkliche Mörder habe es beschreiben lassen; so kann Pandolfo nicht verurteilt und ich nicht zur einer Bettlerin gemacht werden», dachte sie.

Und Massimo? Abermals war sie vor die furchtbare Frage gestellt, die sie unter den Reden des Rettichkopfes gefoltert hatte: wollte sie all ihren Besitz einbüßen, ja, die ganze Gestalt des Lebens, in welcher sie zu Hause war, oder wollte sie Nespoli preisgeben und verderben lassen? Allein war denn Nespolis Rettung noch möglich? Hatte ihr nicht der Rettichkopf die Versperrtheit jedes Weges erwiesen? Und hatte sie Nespoli und ihre Liebe nicht schon verraten mit jenen Augenblicken, da sie des Rettichkopfes teuflischen Possen ihr Gehör gab? Verraten, wie Nespoli sie selber verraten hatte?

Sie fand nicht die Stärke, sich zu entscheiden. So sagte sie endlich: «Ich erblicke diese Möglichkeit zwar nicht. Allein dies berechtigt mich nicht, sie auszuschließen.»

«Auch ich schließe sie keineswegs aus», antwortete der Großtyrann. «Und ich habe auch das Gewimmel im Auge, das, wie ich höre, in Eurem Hause stattfand, zum ersten während Pandolfos Krankheit durch allerlei Heilkundige und Anteilnehmende, zum zweiten nach seinem Tode durch die vielen Trauerbesuche. Die Schrift wird geprüft. Und sollte in der Tat — was anzunehmen ich einstweilen noch keinen Grund sehe — die Handschrift gefälscht sein, so würde dem freilich eine große Bedeutung zukommen, denn alsdann müßte sich uns doch über den Fälscher der Weg zum Mörder eröffnen oder zu jemand anderem, dem mit diesem Zettel gedient sein könnte.»

Vittoria schauderte es, obwohl der Großtyrann diese letzten Worte weder durch einen besonderen Ton ausgezeichnet noch etwa durch einen Blick in ihr Gesicht begleitet hatte. Vielmehr ruhten seine Augen auf der Seitenlehne des Armstuhls, auf die er seine lange und schmalgliedrige Hand gelegt hatte. Ruhig fuhr er fort:

«Allein angenommen, es habe mit dem Schriftstück seine Richtigkeit —, welch einen Grund denn könnte Pandolfo gehabt haben, dem Fra Agostino etwas Übles zu wünschen, geschweige denn zu tun?»

Vittoria gewann es nicht über sich, ihren Verrat an Nespoli so weit zu treiben, daß sie etwa gesagt hätte, es sei Tollheit, an Pandolfos Schuld zu glauben. Sie schilderte die Fremdheit, in welcher Pandolfo und sie nebeneinander lebten, so daß sie wenig Kenntnis voneinander gehabt hätten. Sie erinnerte sich wohl, sich einmal beklagt zu haben, daß Fra Agostino sie auf der Straße und in der Kirche dreist anstarrte. Von hier aus könne Pandolfo eine Abneigung gegen den Mönch erfaßt haben. Vielleicht habe das bereits in ihm steckende Fieber ihm seine Abneigung gegen Fra Agostino verzerrt und vergrößert und ihn endlich, bei beeinträchtigter Freiheit des Urteils und der Willensentschließung, zur Gewalttat gedrängt.

Die Erklärung, die sie hier gab, hatte Vittoria sich vor längerem zurechtgelegt. Nun aber riß es sie fort, diese Dinge zu größerer Glaubwürdigkeit auszuspinnen, indem ihr plötzlich vorgegaukelt wurde, sie könne auf solche

Weise doch noch etwas für Nespoli ausrichten und ihren Verrat ungeschehen machen.

Fra Agostino habe einige Male das Confinische Haus umschlichen. Ja, er habe sich unterwunden, sie anzureden; sie erinnere sich der Entrüstung, mit welcher ihre Beschwerde von Pandolfo angehört worden sei.

«Pandolfo war eifersüchtig?» fragte der Großtyrann, und es wollte Victoria scheinen, als sei für die Zeit eines Atemzuges etwas wie der Anflug eines Lächelns über sein Gesicht gegangen. «Und gar eifersüchtig in so hohem Grade, daß er sich zu einer solchen Tat hinreißen ließ? Nun, das erscheint seltsam. Ich meine, er ist wohl nicht immer gleichmäßig zur Eifersucht angeregt gewesen. Da müßte denn freilich sein Fieber zur Erklärung herhalten. Ich habe ihn gekannt als einen ruhigen und wohlbedächtigen Mann. Wer sollte bei ihm so heftige Leidenschaften vermutet haben? Indessen gelten ja Gewässer mit stiller Oberfläche für tief und strudelreich.»

«Mein Mann war ein Sonderling, und dazu ein verschlossener», sagte Vittoria. «Es ist selbst für mich nicht leicht, mir die Beweggründe seiner Handlungen oder Unterlassungen zu deuten.»

Wie zu sich selber sprechend, fuhr der Großtyrann fort, ein Wesensbild des Toten von großer Schärfe und Klarheit zu entwerfen; hiermit bekundete er, der mit Confini doch wenig zu schaffen gehabt hatte, die Untrüglichkeit seiner Menschenbeobachtung und zugleich die Lust, die er an dieser Beobachtung hatte. Er sprach von Pandolfo Confinis Sinn für das Schickliche und Hergebrachte, er zeichnete ihn als einen trockenen, unmitteilsamen Mann ohne starke Leidenschaften, es seien denn die des Erwerbens und Erhaltens, einen Mann, wie sie in allen Ständen zu Hunderten gefunden werden: klug im engen Rahmen dessen, was ihm durch Erfahrung zugänglich war; das nicht unmittelbar Nützliche nur so weit zulassend, als es von einem Herkommen beglaubigt wurde.

Der Großtyrann endete in einem unverhohlenen Zweifel, ob denn einem solchen Manne ernsthaft eine Tat wie die vorgefallene zugetraut werden dürfe.

Vittoria war nicht fähig, dieser Rede mit Aufmerksamkeit zu folgen. Ihr geängsteter Geist klammerte sich wiederum an Erinnerungen aus der abendlichen Aussprache im Schwanenzimmer. Hatte nicht Nespoli auf die Möglichkeit hingewiesen, Pandolfo könne den Mord in der Tat begangen haben? Und vielleicht hatte sie selber mit ihrer Fälschung nichts unternommen als einen verzeihlichen Kunstgriff, eine kleine Täuschung, um der Wahrheit an den Tag zu helfen? Dieser Gedanke hatte etwas Bestürzendes; allein da sie seiner bedurfte, so schien er ihr gleich danach richtig, ja, unwiderlegbar. Welche Gründe Pandolfo gehabt haben sollte? Was wußte sie von seinen Gründen?

«Ich habe ja niemanden als Massimo, wie kann ich ihn im Stich lassen? Aber läßt denn nicht er mich im Stich? Nun, so will ich von uns zweien die Großherzigere sein. Nein, ich kann nicht leben als eine Bettelfrau. Pandolfo ist unschuldig. Soll ich Mafaldas Gnadenbrot nehmen? Er darf unsere Habe nicht antasten! Hierzu muß ich ihn bestimmen. Das andere nehme seinen Lauf.»

Dies war ein Versuch, sich den äußersten Entscheid zu ersparen, dessen sie in ihrer Zerrüttung nicht fähig war. «Er muß mir versprechen, jede Absicht einer Beschlagnahme fallen zu lassen. Erreiche ich das, soll Pandolfo als Mörder gelten und Massimo frei ausgehen. Erreiche ich es nicht... nein, an diesen Fall darf ich nicht denken, und ich darf auch nicht daran denken, daß ich ja in der Hand dieses verfluchten Schriftkünstlers bin!»

«Und was haltet Ihr von der Möglichkeit, Messer Confini habe jenen Zettel in einer Verwirrung des Geistes geschrieben?» fragte der Großtyrann.

»Ich habe hierin kein Urteil», versetzte Vittoria müde und halbherzig. Aber fast noch im gleichen Atemzug fuhr sie mit einer plötzlich erwachten zähen Entschlußkraft fort: «Die Herrlichkeit ist bekannt als ein Liebhaber der

Gerechtigkeit. Sie wird es nicht zulassen, daß eine ihres natürlichen Schutzes beraubte Witwe um ihres Gatten willen schuldlos an ihrem Lebensgehalt gestraft werde. Das kann auch nicht Recht und Gesetz sein, weder vor Gott noch vor Menschen! Und selbst, wenn mein Mann, was ja erst des Beweises bedarf, eine Meucheltat verübt hätte!»

Der Großtyrann sah sie überrascht an, da sie jählings wieder zum ersten Gegenstand der Unterredung zurückkehrte, ohne, sei es in Zustimmung oder in Ablehnung, seine Worte über Pandolfo Confini aufzugreifen.

«Ich weiß», sagte er halblaut wie in einem Selbstgespräch, «daß es leichter ist, alles andere zu opfern und sogar das Leben selber als diejenige Form des Lebens, in welcher man daheim ist. Mancher wird eher bereit sein, seine Brust einem tödlichen Stoß preiszugeben als sein herrenhaftes Dasein gegen ein solches der Bettelknechtschaft hinzutauschen.»

Diese Worte hätten Vittoria vielleicht befremden müssen, denn sie hatten innerhalb des Gespräches keine eigentliche Folgerechtheit. Doch war sie von ihrem Eifer so hingenommen, daß sie hierfür keine Aufmerksamkeit haben konnte.

«Mein Gatte ist tot», fuhr sie fort. «So hat er kein Vermögen mehr, welches beschlagnahmt werden könnte. Vielmehr ist seine Habe zur Zeit der Urteilsfällung bereits seines Sohnes und seiner Witwe unanfechtbarer Besitz.»

Nachdenklich entgegnete der Großtyrann: «Dessen bin ich nicht gewiß. Ich möchte erwidern, daß Herr Confini unanzweifelbarer Besitzer seines Vermögens war, als er — ich setze den Fall — die Tat beging, mit welcher er seine Habe verwirkte. Und der Zeitpunkt der Tat dünkt mich entscheidend, nicht derjenige der Urteilsfällung. Mit dem Augenblick des Mordes nämlich ging seine Habe dem Gesetze nach bereits auf den Landesherrn als den Vertreter der beleidigten Gerechtigkeit über. Dies kann sich nicht ändern durch den Zufall, daß Aufdeckung und Urteilsfindung bis nach des Täters Ableben sich verzögern.»

«Aber mein Stiefsohn und ich haben geerbt von Rechts wegen», antwortete Vittoria beharrlich.

«So mag es scheinen. Allein mit gleicher Sicherheit könnte man sagen, Ihr habet ein Vermögen geerbt, das dem Erblasser nicht mehr gehörte. So wäret Ihr denn etwas gewesen wie gutgläubige Hehler.»

Vittoria geriet in eine leidenschaftliche Hitze des Widerspruchs.

Zuletzt sagte der Großtyrann: «Ist es nicht sonderbar, daß wir beide miteinander streiten, da wir doch zum ersten keine Rechtsgelehrten sind und da zum zweiten die Voraussetzung einer möglichen Beschlagnahme, nämlich die Schuld des Toten, noch nicht von einem richterlichen Erkenntnis bestätigt wurde? Seine Schuld oder Unschuld wird durch richterliche Untersuchung an den Tag zu bringen sein. Die andere Frage indessen, die nach der Zulässigkeit eines Vermögenseinzuges, denke ich zu klären, indem ich eine rechtsgelehrte Fakultät um ihr Gutachten angehe. Da aber schon der einzelne Mensch irren kann, geschweige denn eine Gesellschaft von Menschen, so behalte ich mir vor, wie weit ich den Spruch der Fakultät zur Richtschnur meiner Entscheidung nehme.»

9

Diomede hatte eine Reihe von Stunden geschlafen. Sein Erwachen war dumpf und heiß, und dennoch genoß er gleich jedem anderen Erwachten ohne Bedenken das Glück, seinen Körper kräftig und durchaus vorhanden zu fühlen. Indessen währte dies nur Augenblicke; danach kehrte alles in sein Bewußtsein zurück: der Tod seines Vaters, die Schande, welche über dem Geschlechte hing, die drohende Armut —, ein Gewirr unerlebbarer, kaum vorzustellender Schrecknisse. Siedeglut in den Adern sprang er auf, ohne doch seinem Zorne ein eindeutiges Ziel zu wissen. Denn obwohl der Großtyrann mit einem

Worte dem Unheil hätte ein Ende setzen können, so empfand Diomede doch eine sonderbare Behinderung, in ihm den Urheber alles Übels zu erblicken.

Er tauchte den Kopf in Wasser, er gelangte über den gewohnten Verrichtungen des Ankleidens in den Wiederbesitz seiner kämpferischen Entschlußkraft und jener Klarheit des Denkens, welche ihn zu seinen Studien getrieben hatte und durch eben diese Studien geschärft worden war. Immer wieder zwar wollte eine wilde Aufbegehrlichkeit des Gemüts ihn in einen Zustand treiben, der sich nur in Geschrei oder Gewalttat hätte entladen können, immer wieder aber fand er sich in die Stärke, sie so weit niederzuhalten, daß sein Urteilsvermögen ihm ungeschmälert zu Gebote blieb und an die Aufgabe dieses Tages und der ihm folgenden Tage gesetzt werden konnte.

Diomede bedachte während des Ankleidens sein Verhalten im Arbeitszimmer des Großtyrannen, und es wollte ihn verletzen, daß er sich dem Gewaltherrscher gegenüber hatte gehen, vielmehr hinreißen lassen. Er hielt sich vor, er habe den Großtyrannen verstimmt in einer Zeit, da ihm doch alles an seiner Geneigtheit liegen mußte; zugleich aber schmeichelte seinem jugendlichen und wirbelsinnigen Stolz das Bewußtsein, daß er ohne Furcht, ja, mit Tollkühnheit dem Mächtigen seine Gesinnung offenbart hatte.

Er verließ den Raum, bestellte sich eine Mahlzeit und aß heißhungrig. Er hörte aus dem Schwanenzimmer die Stimme seiner Stiefmutter und seiner Vatersschwester. Mafalda sprudelte und tobte; Vittoria sprach wenig und ohne Klang, ihre Worte konnte Diomede nicht verstehen.

Er beendete ohne Eile seine Mahlzeit und ging zu ihnen. Mafalda preßte ihn gegen ihr Fett, strich ihm über die Haare und sagte schluchzend: «Armer Kleiner, armer Kleiner. Ich habe vieles an dir auszustellen gehabt, davon soll nicht mehr geredet sein. Dein Vater ist tot, armer Kleiner, von jetzt an werde ich dir zur Seite stehen. Beim bösen Christus, das will ich!»

Es schauderte ihn, als das Barthorn stachlig über seine

Wange hinfuhr. Er erinnerte sich, wie sehr er sich als Kind vor diesem Auswuchs gefürchtet hatte.

Endlich ließ sie von ihm ab und begann umständlich und geräuschvoll von Pandolfos Krankheit und Tod zu berichten. Vittoria saß zurückgelehnt, ihr Gesicht war bleich, und es dünkte Diomede in seinen Linien noch schärfer gezeichnet als in der Frühe. Sie ließ der Schwägerin gänzlich das Wort.

«Er hätte gerettet werden können, er hätte gerettet werden können», wiederholte Mafalda. «Warum hast du nicht rechtzeitig nach mir geschickt, Vittoria? Du mußt wissen, Diomede, es wurde deinem Vater stets leichter, wenn ich kam.»

Diomede erwartete, daß der in Jahren gesparte Zorn seiner Stiefmutter jetzt einen Ausweg finden werde; indessen geschah nichts von dieser Art. Vittoria sagte ruhig: «Lasse dich bitten, Mafalda, wir wollen jetzt keinen Streit miteinander haben. Pandolfo ist noch nicht unter der Erde. Und wir wissen nicht, ob er auf eine christliche und ziemliche Weise unter die Erde gelangen wird.»

Diomede hatte bisher mit einer kühlen und verschlossenen Miene zugehört, vorgeneigt in seinem Sessel, die Hände über dem Knie verschränkt. Welche Heilversuche unternommen, welche Arzneien gereicht worden waren, das alles schien ihm gleichgültig; ihm war, als seien Jahre seit seiner Ankunft in Cassano verstrichen, Jahre voll von Gespenstern und abgelebten Dingen. Er stand auf, wechselte, die Hände auf dem Rücken, zwischen Stehen und Schrittemachen und richtete seine Fragen, die nicht mehr dem Vater, sondern der erhobenen Anschuldigung galten, an Vittoria.

Vittoria antwortete, als habe sie sich die Worte mühsam abzuringen, denn der Kräfteaufwand des Ganges ins Kastell hatte sie gänzlich entblößt zurückgelassen. Sie berichtete von ihrem Gespräch mit dem Großtyrannen. Vom Besuch des Rettichkopfes schwieg sie und begnügte sich, zu erwähnen, der Großtyrann habe eine Prüfung der

Handschrift angeordnet, auch sei um Papiere von Pandolfos Hand geschickt worden. Darauf sank sie wieder in ihre Abgestorbenheit zurück.

Diomede beschwichtigte mit höflicher Geringschätzung Mafaldas wortselige Ausbrüche. Endlich redete er kurz von seinem Gespräch mit dem Großtyrannen.

Mafalda lachte höhnisch, als er den drohenden Einzug des Familienvermögens erwähnte. Vittoria blieb stumm.

«Ich kenne mich aus!» erklärte Mafalda. «Mein Mann ist nicht umsonst Stadtrichter gewesen, der Storch kannte alle Gesetze. So etwas ist nicht möglich! Ich habe es Vittoria vorhin bewiesen, ehe du dazukamst.»

«Es ist möglich», antwortete Diomede.

«Wie? Alles wegnehmen? Alles?» schrie Mafalda. Ihre Kinne flogen.

«Alles», sagte Diomede. Er hörte ihr nicht zu, er ging eine Weile schweigend auf und ab. Er blieb stehen und erklärte:

«Ich weiß nicht, wie all dieses hat zustande kommen können, und es ist mir, als sollte ich meinen Verstand einbüßen vor all dieser gespensterhaften Verwirrsamkeit. Ich kann mich nur festhalten an dem einen: daß mein Vater unschuldig ist, wie auch immer das übrige zusammenhängen mag. Und so werde ich diesen Kampf aufnehmen, wie ich es jenem Manne im Kastell angekündigt habe. Welches auch das Ergebnis der Handschriftenuntersuchung sein mag, ich werde es nicht abwarten, sondern unverzüglich beginnen, das meine zu tun. Und selbst wenn die Schrift für echt erfunden wird, werde ich, da es ja hierin keine Unfehlbarkeit gibt, fortfahren, ihre Echtheit zu bestreiten oder doch im ärgsten Fall die Beweiskraft dieses Zettels, denn es ist ja auch denkbar, der Vater könnte in den letzten Augenblicken von seiner klaren Einsicht verlassen worden sein.»

«Du willst den Mörder ausfindig machen?» rief Mafalda. «Recht so, mein Kleiner, recht so.»

«Nein», antwortete Diomede. «Ich darf nicht hoffen, es

werde mir gelingen, was allen bisherigen Nachforschungen verwehrt geblieben ist. Ich will des Vaters Schuldlosigkeit an den Tag bringen, nicht die Schuld irgendeines anderen Menschen.»

Er wurde durch Agatas Eintritt unterbrochen. Sie hielt einen Brief in der Hand. «Das hat einer von den Schreibern aus dem Kastell gebracht», sagte sie und bedachte sich eine kleine Weile, ob sie den Brief der Frau oder dem jungen Herrn abzugeben habe. Endlich legte sie ihn auf den Tisch und ging.

Vittoria rührte sich nicht. Mafalda reckte sich vor. Diomede löste das Siegel und las laut, einmal durch einen Ausruf sich selber unterbrechend. Das Schreiben enthielt ein Verbot, durch Ausleihung, Schenkung, Verpfändung oder Verkauf irgend etwas am Besitzstande des Hauses Confini zu ändern, bevor in Sachen des Mordes ein Urteil gesprochen sei. Diomede erkannte, daß es dem Großtyrannen völliger Ernst war. Jetzt erst merkte er, daß er selber bis zu diesem Augenblick nicht durchaus daran hatte glauben können.

Mafalda schrie auf. Beide Frauen sahen ihn an. Er sagte mit einer großen Festigkeit. «Ich werde unseren Besitz ungeschmälert erhalten, und ich werde die geschädigte Ehre meines Vaters herstellen.»

Recht, recht!» rief Mafalda. «Beim bösen Christus, ich helfe dir!»

«Was willst du tun?» fragte Vittoria.

Diomede sprach mit einer kalten Ruhe, als ginge es um den Rechtsfall eines Fremden.

«Der Vater hat in der Jagdhütte genächtigt. Dies ist uns gewiß, allein ich fürchte, es wird nicht zu beweisen sein.»

«Nicht zu beweisen?» rief Mafalda. «Und seine Krankheit? Woher soll er sie geholt haben, wenn nicht aus dem Sumpflande?»

«Man würde uns einwenden, daß ein jeder an jedem Orte von Krankheiten aller Art befallen werden kann», antwortete Diomede und hatte nun für die nächsten Minuten seine Mühe, der störrischen Alten begreiflich zu machen, daß ja nicht er es war, der Pandolfo Confinis nächtlichen Aufenthalt in der Jagdhütte heimtückisch anzweifelte.

«Niemand hat den Vater gesehen», fuhr er endlich fort, «sei es in der Jagdhütte oder in ihrer Nähe. Dies hat er selber, wenn ich eure Erzählungen recht verstanden habe, zu Nespoli gesagt, und ich habe keine Neigung, seine Worte in Zweifel zu ziehen; allenfalls könnte er in der Nähe der Jagdhütte von irgend jemandem bemerkt worden sein, ohne das selber wahrgenommen zu haben; doch würde dieser Zeuge, selbst wenn es uns gelänge, seiner habhaft zu werden, zunächst beweisen müssen, daß er selber an der in Rede stehenden Örtlichkeit gewesen ist. Da wir also einen Beweis für des Vaters Aufenthalt in der Jagdhütte schwerlich zu führen vermögen, so werden wir vielleicht trachten müssen, einen Beweis dafür zu erbringen, daß er sich in dieser Nacht an irgendeinem anderen Orte aufgehalten hat, von dem aus er unter keinen Umständen zur Zeit des Mordes in den Kastellgarten und an den Fra Agostino gelangen konnte.»

«Aber er *war* doch in der Jagdhütte!» schrie die Alte erbost.

«Hast du ihn dort gesehen? Versteht mich recht, ich bestreite doch nicht, daß der Vater in der Jagdhütte war. Aber ich rede jetzt nicht vom Wirklichen, sondern vom Erweislichen. Und in diesem Betracht ist es ebenso möglich, daß der Vater jene Nacht nicht in der Jagdhütte verbracht hat, sondern an irgendeinem anderen Orte. Auf diesen Umstand gründet sich die gegen ihn entstandene Anklage, auf diesen Umstand wird sich vielleicht auch ihre Widerlegung zu gründen haben. Es dünkt mich nicht geraten, in jedem Falle bei der Behauptung zu verharren, der Vater habe in der Jagdhütte geschlafen, denn diese Behauptung, sie mag richtig sein oder nicht, ist unbeweisbar. Sondern ich werde den Ort ausfindig machen, von welchem durch Bekundungen von Zeugen festgestellt werden kann, daß der Vater sich an ihm aufgehalten hat. Und dieser Ort wird nicht der Kastellgarten sein.»

Diomede ließ sich von Monna Vittoria wiederholen, was der Großtyrann über das Gutachten geäußert hatte. «Hiermit», so meinte er dann, «ist ein Aufschub gegeben. Aber ein Aufschub nur für die etwaige Fortnahme unserer Habe, nicht ein Aufschub für das Urteil gegen den Vater. Die Zeit wartet nicht, wir werden nicht lange wählen dürfen; was sich bietet, wird aufgegriffen werden müssen. Jetzt will ich gehen und meine Arbeit beginnen. Ich werde mich umhören, ob es nicht doch einen Menschen gibt, der bezeugen und beschwören kann, den Vater in jener Nacht gesehen zu haben, wenn nicht bei der Jagdhütte, so anderwärts. Ich werde jemanden auftreiben — und wenn ich ihn aus der Erde scharren sollte!»

Vittoria hob langsam den Kopf aus ihrer Erstarrung, als sie diese Worte hörte «— und wenn ich ihn aus der Erde scharren sollte!» Sie erinnerte sich, daß Nespoli sich der gleichen Redewendung bedient hatte, als er im Schwanenzimmer von der Notwendigkeit sprach, dem Großtyrannen den Täter zu überliefern; und für einen winzigen Augenblick entsetzte sie sich vor der sündhaften Verstrickung alles menschlichen Wesens. Gleich darauf aber kehrte sie zurück in ihre Unbeweglichkeit.

«Wir werden diesen Kampf nicht führen können, wenn ein jeder nach seinem Kopfe handelt. Darum bitte ich euch beide, mir zur Seite zu stehen und euch den Schritten anzubequemen, die ich tun werde.»

Sie versprachen es, Vittoria mit einem Nicken, Mafalda mit vielen Ausrufungen.

Diomede schloß: «Ich hoffe euch in kurzem zu sagen, was zu geschehen hat.» Hiermit verabschiedete er sich und ging aus dem Hause.

10

Diomede fand die Stadt voller Unruhe und Gerücht. Die Schatten fielen bereits lang, allein das Näherrücken des Abends brachte keine Frischung. In heißen Schwaden stockte die Luft zwischen den Häusern. Die einfallenden Windstöße schoben diese Schwaden hin und her, ohne sie aufzulösen.

Müßige Leute standen in Gruppen auf den Straßen, trockneten sich die Stirnen und redeten überlaut. In manchen dieser Ansammlungen wurde gestritten. Diomede zog viele Blicke auf sich. Man grüßte ihn beflissen, mit Neugier oder mit Teilnahme. Das Blut strömte ihm in den Kopf, sobald er in den Gesprächen den Namen seines Geschlechts hörte.

«Weint, Kinder, weint!» klagte schrill die Stimme der Kuchenhändlerin.

Diomede ging zum Kloster der Minderbrüder und verlangte, an den Sarg geführt zu werden. Der Mönch, welcher ihn durch den Kreuzgang geleitete, wollte den Prior benachrichtigen; denn es war herkömmlich, daß die Glieder der Familie Confini als Beschenker und Begünstiger des Klosters mit besonderer Achtung empfangen wurden. Diomede verbat es sich.

Der Bruder führte ihn an einen engen, kapellenartigen Raum, welcher aus der ersten Bauzeit des Klosters stammte und nicht benutzt wurde. Diomede schauderte es in seiner Kühle und Dunkelheit; es war ihm, als sei er in ein Grab geraten. Der Mönch ließ ihn allein und wartete vor dem Eingang.

Allmählich unterschied Diomede den mächtigen und prunkvollen Sarg. Er legte seine Hände auf die kühle Platte und trachtete vergebens zu glauben, daß dieses Gehäuse seinen Vater umschlösse. Er betete lange, doch ohne Aufmerksamkeit.

Es hatten zwischen Diomede und seinem Vater keine innigen oder auch nur warmen Gesinnungen bestanden, zu welchen ja auch Pandolfo Confini nicht geschaffen war. Überdies hatte Diomede von je dem Vater seine Heirat mit Vittoria nachgetragen und gleichermaßen den für ihn als einen jungen Menschen unbegreiflichen Mangel an Widerständigkeit, mit welchem Pandolfo seiner Schwester Mafalda begegnete. Auch befand er sich in jenem Lebensalter, in welchem jeder von uns einen auflehnischen Widerwillen gegen seine Sippe hat, wie sie sich ihm in dem älteren Geschlecht darstellt. Ist er aber höher geartet, so empfindet er, abseits von solchem Widerwillen und mit all der ahnenden Ehrfurcht, deren diese Jahre fähig sind, die geheime Würde der Geschlechterfolge. Er haßt Belehrungen und Geschwätz älterer Verwandter, verlacht sie unbarmherzig und geht ihnen aus dem Wege; sind diese Verwandten aber tot, so trägt er ihre Namen achtungsvoll in Geschlechtsregister ein. Auf diese Weise hatte auch Diomede nie aufgehört, selbst der ihm unleidlichen Monna Mafalda in seinem Inneren eine, wiewohl begrenzte, Stätte der Ehrerbietung aufzubehalten. Vollends im Vater sah er das Haupt eines ihm ehrwürdigen Geschlechts. Als er die Nachricht von seiner Krankheit erhalten hatte und mit seinem Ableben rechnen mußte, da war er nicht nur entschlossen, ihn auf eine wohlanständige Art zu betrauern, sondern auch geneigt, sich selber mit Bitternis Vorwürfe zu machen wegen der fremdtuenden Höflichkeit, in welcher Vater und Sohn miteinander umgegangen waren. Jetzt war ihm der trockene und strenge Mann, der ihm nie ein wärmeres Gefühl zu erkennen gegeben hatte, in die Verklärung eines Vorfahren getreten. Aus solchen Gesinnungen war er entschlossen, den Kampf aufzunehmen, nicht anders, als wäre er durch eine leidenschaftliche Zuneigung mit seinem Vater verbunden gewesen. Er beugte sich über die Platte und küßte sie.

Diomede kehrte in die heiße Helligkeit des Kreuzganges zurück. Der Mönch wollte ihm etwas Anteilnehmendes sagen, Diomede winkte ab und schenkte ihm ein Geldstück. Er verließ das Kloster, und damit begann für ihn eine taumelhafte Zeitspanne voll düsterer Geschäftigkeit.

Zuerst ging er zu Nespoli, in der Meinung, von dem Manne, welcher die Fahndungen des Anfangs geführt hatte, vielleicht etwas Dienliches erfahren zu können. Der

Schieler öffnete ihm. Messer Nespoli sei nicht zu Hause und die Stunde seiner Heimkehr ungewiß.

Diomede reihte Besuch an Besuch. Er ging zu vielen Männern seiner Bekanntschaft und seines Standes. Es schien ihm wichtig, jenen Einblick in alle Bewandtnisse des cassanesischen Lebens, den er über seiner langen Abwesenheit eingebüßt hatte, wiederzugewinnen. Irgendwo, so dünkte es ihn, in irgendeinem Gespräch, irgendeiner Beobachtung müsse ihm plötzlich ein Fingerzeig entgegenblitzen. Er erneuerte Bekanntschaften, er sprach mit Leuten aus dem niederen Volk. Was den Mörder anging, so neigte er bald zu der Meinung, die er bei manchen seiner Bekannten gefunden hatte: nämlich die Tötung des Fra Agostino möchte mit dessen unterhändlerischer Tätigkeit zusammenhängen und vielleicht von einem Orte außerhalb Cassanos bewirkt worden sein.

Abgehetzt und müde kehrte Diomede lange nach Dunkelwerden ins väterliche Haus zurück. Er befahl ein Pferd, ließ sich den Schlüssel des Mauerpförtchens geben und ritt den Weg seines Vaters. Er galoppierte durch die einsame, schwarze und ungnädige Nacht. Mit einer Blendlaterne durchleuchtete er die Jagdhütte, ob er etwas fände, das Zeugnis ablegte von seinem Vater, vielleicht einen Abfall seines Nachtmahls, ein paar Körner des Hafers, den er seinem Pferd geschüttet haben mochte. Er entdeckte nichts. In der Morgenfrühe forschte er in den Gehöften. Er fand niemanden, der von einer Begegnung mit dem Herrn Confini hätte berichten können. Dies enttäuschte ihn wenig; denn so hatte er es erwartet.

Auf einem Bauernhof ließ er sein erschöpftes Pferd stehen und lieh sich ein frisches aus. Durch den trüben Dunst des gewachsenen Tages jagte er nach Cassano zurück. Seine Haare klebten an den Schläfen. Und nun nahm er abermals seine Gänge und Besuche auf. Er fand Höflichkeit, er fand Freundschaft; daß er weder Rat noch Rückhalt zu erwarten hatte, gewahrte er bald.

Wieder fragte er nach Nespoli und erhielt vom Schieler

die gleiche Auskunft wie am Vortage. Nun verstand er, daß Nespoli nicht gewillt war, sich von ihm sprechen zu lassen.

11

Unter den Gängen, die Diomede unternahm, waren auch solche in Vorstadtgassen, zu allerlei zweideutigem Volk, zu Geldverleihern und Geschäftemachern. Mitunter wollte ein Ekel über ihn mächtig werden. Dann erwog er wohl, ob der Zwang, sich erniedrigender Mittel bedienen zu müssen, nicht ärger war als der Verlust all der Güter, um deren Erhaltung er kämpfte. Dieser junge Mensch, welcher erfüllt war von dem Gedanken der Würde aller rechtlichen und staatlichen Dinge, von der Würde der Geschlechterfolge, des Erbes und unbefleckten Namens, eben dieser Mensch hatte um eben dieser Dinge willen eben diese Würde in seinen Handlungen zu verleugnen. Es verging keine Stunde, da dieser Widerstreit nicht von neuem anhub und von neuem zu beschwichtigen war. Er konnte nicht beschwichtigt und es konnte der Ekel nicht überwunden werden.

Der schwüle morgenländische Wind, Beförderer alles Bösen, strich um Diomede her. Drei Male noch kehrte er voller Zweifel an den Sarg im Kloster der Minderbrüder zurück, als könnte er von diesem Ort eine Klarheit erwarten. Er legte sich die Frage vor, wie wohl sein Vater in einem solchen Falle gehandelt haben würde. Aber er mußte sich eingestehen, daß er, wollte er ehrlich bleiben, keine Antwort auf diese Frage finden konnte. Er hielt sich die Ungeheuerlichkeit der empfangenen, der angedrohten Beschimpfung vor Augen, um das Geplante, das schon Eingeleitete vor sich selber zu rechtfertigen. «Der Kampf ist mir aufgezwungen —, wie kann ich ihn durchzufechten hoffen, wenn ich nicht mit den gleichen Waffen zurückschlage?» Endlich überwand er sich zu der Entschlossenheit, sich Gewalt anzutun und so zu handeln, als gäbe es weder jenen Widerstreit noch jenen Ekel noch irgendeine andere Lähmung.

Diomede schloß Scheingeschäfte mit Wucherern in schmutzigen und übelriechenden Hinterzimmern. Er nahm Geld auf und legte.es an. Er verpfändete, verkaufte, überschrieb Äcker, Nutzungsrechte und Weinberge. Er entzog Eigentumswerte dem drohenden Zugriff durch verzwickte undurchschaubare Übereinkünfte, indem Schuldverschreibungen und Dokumente zurückdatiert wurden, als seien sie vor dem Erlaß jenes Verbotes ausgefertigt worden. Diese Geschäfte waren gewagt und kamen unter wucherischen Bedingungen zustande. Immerhin gelang es Diomede, einen Teil seines Erbgutes zu sichern. Und über solchen Verrichtungen, über behutsamen, lauerhaften und verführerischen Gesprächen, die er hier und dort in Heimlichkeit hatte, lernte er, seines Ekels ungeachtet, eine ingrimmige Freude kennen an der Scharfsicht und List, zu denen er sein überreiztes Hirn zu nötigen hatte und zu nötigen vermochte.

Im Schwall dieser Geschäftigkeit spürte Diomede immer erneut die Kraft jener Anziehung, welche der Großtyrann auf ihn übte. Es war ihm nicht möglich, ihn so zu hassen, wie er es wünschte. Ja, er betraf sich manchmal auf Gedanken, die von einer bewundernden Zuneigung gezeichnet waren. Er gewahrte, daß er schon Umschau hielt, ob er nicht Anlaß oder Vorwand habe, ihn aufzusuchen. Doch leistete er diesem Verlangen Widerstand, bis seine Zubereitungen und Pläne jenen Grad der Reife erlangt hatten, welchen der Gang ins Kastell voraussetzte.

Dies war am folgenden Vormittag der Fall. Nach all der glühenden Hast seiner Verrichtungen hatte Diomede einige Stunden geschlafen und fühlte nun in sich eine überwache Leichtigkeit, fast eine Hellsicht des Denkens, wie sie manchen fieberischen Zuständen eigentümlich ist. Es war ihm, als habe alles eine neue Schärfe der Umrisse gewonnen; sein Gewicht dünkte ihn verringert, sein Schritt federte wie der eines Schwerttänzers, und er spürte eine große Macht. Er rückte Menschen hin und her gleich Brettfiguren, nach seinem Gefallen und nach seiner Einsicht.

12

Der Großtyrann empfing ihn abermals am Schreibtisch seines Kabinetts. Er wies ihm einen Sessel an und eröffnete das Gespräch: «Ich denke, du bist gekommen, um mir etwas in der Angelegenheit deines Vaters zu sagen oder um in dieser Angelegenheit etwas von mir zu hören. Es tut mir leid, daß ich in Sachen der Handschrift nichts Gewisses äußern kann. Allein die Untersuchung ist noch nicht beendet, und mein Untersucher hat mich um Geduld gebeten, weil ja eine solche Prüfung einer großen Sorgfältigkeit bedarf und weil er außer den Schriftzügen auch noch die Beschaffenheit der Tinte erforschen und sie mit der Tinte in deines Vaters Schreibzeug vergleichen will. So muß ich denn auch dich noch um Geduld bitten.»

«Ich habe hierin keine Eile, Herrlichkeit», antwortete Diomede. «Denn für mich kann das Ergebnis dieser Untersuchung nur noch auf einem Umwege seine Bedeutung haben: indem es nämlich, wie ich hoffe, den Beamten der Herrlichkeit die Auffindung des Mörders erleichtern wird. Auf meinen Vater aber wird es keine Bezüglichkeit mehr haben. Denn was auch die Schriftkundigen von diesem Zettel sagen mögen — von jetzt an wird es nicht mehr angängig sein, an der Unschuld meines Vaters zu zweifeln, da ich für die Stunde des Mordes seinen Aufenthalt nachzuweisen vermag.»

Der Großtyrann zog mit Lässigkeit seine Augenbrauen in die Höhe.

«In der Tat?» sagte er. «Das ist mir angenehm zu hören. Du denkst an jene Jagdhütte, von welcher die Rede gewesen ist?»

«Nein, Herrlichkeit», antwortete Diomede. «Mein Vater hat sich nicht in der Jagdhütte aufgehalten. Mein Vater...»

Er verstummte. Der Großtyrann blickte ihn fragend an, indem er den Kopf ein wenig zur Schulter neigte.

Diomede hatte eine Scheu, den Satz auszusprechen, welchen er doch in Gedanken so häufig gebildet und für diesen oft ausgemalten Augenblick vorbereitet hatte. Er zögerte, obwohl ja in Cassano niemand in solchen Dingen ein strenges Urteil hatte.

Endlich sagte er mit einem raschen Anheben des Kinnes: «Mein Vater ist bei einer Frau gewesen. — Wenn er von der Jagdhütte gesprochen hat», setzte er hinzu, «so geschah es aus Rücksicht auf Monna Vittoria. Denn mein Vater hatte genug Ritterlichkeit, um sie nicht kränken zu wollen.»

«Bei einer Frau?» wiederholte der Großtyrann langsam. «Das muß ich bedauern um Monna Vittorias willen.»

Hier kostete Diomede für die Dauer von Sekunden ein kleines Gefühl der Genugtuung, welches aus seiner Abneigung gegen die Stiefmutter herrührte.

«Oder vielmehr», sprach der Großtyrann weiter, «um Monna Vittorias willen kann ich das nicht mit jener gänzlichen Freude hören, die ich sonst wohl empfunden hätte. — Wiewohl», fügte er nach einer kurzen Weile hinzu, «es mir von Herzen lieb und willkommen ist, daß ich mir nun Hoffnung machen darf, deinen Vater gerechtfertigt zu sehen. Und diese Frau ist bereit, ihr Zeugnis abzulegen? Ich verspreche dir, Diomede, es mit Schonung und Behutsamkeit von ihr entgegenzunehmen.»

«Es ist keine Frau von Ehre», sagte Diomede leise und nannte darauf den Namen eines schlechtberufenen Mädchens.

«Nun, das macht es mir leichter», sagte der Großtyrann. «Freilich hätte das Zeugnis einer Frau von Ehre ein größeres Gewicht gehabt. Ein Mädchen dieser Art kann ich nicht vereidigen.»

«Es ist mir wohl bekannt, Herrlichkeit, daß sie zu jenen Personen gehört, deren Zeugnis hinter dem Unbescholtener zurücksteht. Doch vertreten die Rechtslehrer den Satz, daß es dem Richter seine Einsicht gestatte, aus der bedingten Glaubwürdigkeit solcher Zeugen eine uneingeschränkte zu machen, wenn die Bewandtnisse des Falles danach angetan sind.»

Und nun nannte er, der ja auf diesen Einwand des Großtyrannen vorbereitet war, eine Reihe angesehener Gelehrter aus der alten und neueren Zeit, führte Aussprüche und Beispiele an und erhöhte auf eine kluge und klare Weise den Wert solcher Zeugenschaft.

Der Großtyrann, welcher eine Vorliebe für scharfsinnige Überlegungsreihen aus der Rechtskunde hatte, hörte ihn mit großer Aufmerksamkeit an, ja, mit großer Geduld, denn Diomede sprach etwas zu lange, wie es jungen Menschen begegnet, wenn sie im Eifer sind. Nun aber schien er es für gut zu halten, Diomedes Eifer und Zuversicht ein wenig zu dämpfen, und so sagte er:

«Du verstehst vom Rechtswesen sicherlich mehr als ich, denn ich bin ja einer von denen, welche Gesetze schaffen, nicht von denen, welche sie erklären, ausnutzen, hin und her wenden und nachträglich begründen, indem sie schöne und gelehrte Worte darüber machen. Immerhin bist auch du noch kein fertiger Rechtsgelehrter, sondern schickst dich erst an, einer zu werden. Und so mußt du es mir überlassen, wieweit ich dem Zeugnis des Mädchens Raum gebe. Denn ich bin ja nun — soweit das Recht außer seiner göttlichen noch eine irdische Quelle hat — die Quelle des Rechtes in dieser Stadt und ihrem Umkreise und damit auch der Herr über seine Auslegung.»

«Ich weiß es, Herrlichkeit», antwortete Diomede mit einem Neigen des Oberkörpers, welches Zustimmung anzeigte, ohne knechtlich zu erscheinen. «Und jetzt bleibt mir noch eine Frage. Befiehlt die Herrlichkeit, daß ich jenes Mädchen dem Stadtgericht nenne, damit es dort zur Aussage vorgeladen werden kann? Oder wem sonst beliebt die Herrlichkeit die richterliche Untersuchung zu übertragen?»

«Niemandem, mein Lieber», erwiderte der Großtyrann. «Vielmehr habe ich vor, nicht nur die Untersuchung, sondern auch die Rechtsfindung mir, und zwar mir allein vorzubehalten. Du wirst zugeben, daß die in meinem Garten und nur wenige Schritte von meiner Person geschehene Tat mich sehr nahe betrifft. Und da weiß ich nicht, ob die städtische oder irgendeine andere Rechtsbehörde auch vorwurfsfrei arbeiten würde. Vielleicht nämlich würde sie, um mir zu gefallen, schärfer und voreingenommener zu Werke gehen, als es der Gerechtigkeit angemessen wäre. Und doch wiederum dürfte ich ein solches Bestreben der Richter nicht tadeln, soweit es nämlich nicht darauf abzielte, niedrigerweise meine Gunst zu erwerben, sondern die Grundsätze zu stützen, denen als Notwendigkeiten des Staates meine Herrschaft folgt. Ich habe mir oft Gedanken über diese Dinge gemacht; aber du weißt ja, daß ich ein Ungelehrter bin. Darum wäre es mir lieb, auch deine Gedanken zu erfahren, nicht so sehr über den Fall, der uns beide nahe angeht, sondern über die Grundlage der Rechtsprechung überhaupt. Sage mir, Diomede, bist du der Meinung, es sollen Urteile gefällt werden im Namen und nach dem Bilde einer irgendwo über den Wolken schwebenden Gerechtigkeit? Und ohne einen Bezug auf die Besonderheiten, die Bedürfnisse und Bedingnisse des Gemeinwesens, in welchem die zu Urteil stehende Übertretung geschehen ist und das Recht gesprochen werden soll?»

Diomede glaubte in der Frage des Großtyrannen irgendeine Fußangel zu spüren, obwohl sie ihm nicht deutlich werden wollte. Dennoch war er außerstande, seine Antwort einer Erwägung der Zweckmäßigkeit unterzuordnen. Sondern er fühlte sich angerufen im Kreise jener Gedanken, um welche es ihm sehr ernst war. Denn Diomede war jung und ein Trachter nach dem Unbedingten, und er hatte noch nicht die Erfahrung machen können, daß alles menschliche Rechts- und Staatswesen es mit dem Bedingten zu tun hat, während dem Unbedingten ein Raum einzig in der Frömmigkeit zugewiesen worden ist.

Er sagte mit Leidenschaft und völlig vergessend, aus welchem Anlaß er sich in diesem Zimmer befand und zu welchen Dingen der ihm so vertraulich gegenübersitzende Mann ihn gezwungen hatte:

«Ich kann nicht anders glauben, als daß jede Justiz sich zur Dienerin von Zufälligkeiten und Niedrigkeiten machen, ja, sich selber aufheben müßte, wenn sie ablassen wollte, sich allein an jenes Inbild zu halten, von welchem die Herrlichkeit mit einem leichten Spott oder mit einem leichten Tadel meint, es schwebe irgendwo über den Wolken. Wenn sie nämlich beginnen wollte, sich nach Erwägungen zu richten, die nicht jenes himmlische Inbild meinen, sondern das, was einem menschlichen Gemeinwesen oder einer Staatsform für einige Augenblicke zuträglich erscheint, so könnte sie in den Fall kommen, wissentlich Unrecht zu sprechen statt Recht; denn es kann unter Umständen mit einem ungerechten Spruch einem Staatswesen mehr gedient sein als mit einem gerechten, wie ja auch, etwa in einem Besitzstreit, einer der beiden Parteien mit einem ungerechten Urteil besser gedient sein muß als mit einem gerechten.»

«So bist du nicht der Meinung, der gesicherte Bestand eines Gemeinwesens sei schon in sich selbst jenem Inbilde der Gerechtigkeit verwandt, und indem ein Urteil ergehe zu seinem Nutzen, so ergehe es auch zum Nutzen jener himmlischen Gerechtigkeit?» fragte der Großtyrann. «Anders gesprochen: willst du mir nicht die Erlaubnis zugestehen, meine Gerechtigkeitspflege so zu handhaben, daß sie dem Fortbestand des mächtigen und blühenden Gemeinwesens von Cassano dient als ihrem obersten Ziel, mag darüber vielleicht auch einmal der kleine Gerechtigkeitsanspruch einer Markthökerin zu Schaden kommen?»

«Vergib, Herrlichkeit!» rief Diomede, «aber ich habe gelernt und geglaubt, daß jene Herrschaft am sichersten steht, welche keinem einzigen Hökerweibe sein Recht vorenthält. Und dieser Meinung bist ja auch du, Herrlichkeit, denn eben darum hast du den Fall des Fra Agostino der Rechtsprechung des Stadtgerichts entzogen. Und so bleibt wohl das Wort in Gültigkeit: fiat justitia, pereat mundus

— die Welt gehe unter, die Gerechtigkeit nehme ihren Lauf!»

«Ich weiß wohl», sagte der Großtyrann, «daß man diesen Ausspruch, der manchem großen Monarchen der alten Zeit in den Mund gelegt wird, mitunter in einer mißbräuchlichen Weise anwendet; so zwar, als habe der Buchstabe des Gesetzes erfüllt zu werden, und sollte darüber auch das Lebendige selbst, zu dessen Diensten doch das Gesetz berufen und geschaffen ist — und zu diesem Lebendigen zähle ich auch das Staatswesen —, ja, sollte darüber die ganze Welt zu Stücken brechen. Ich weiß auch, daß dies eine von den gewöhnlichen Auffassungen der Jugend ist, welche ja das Unbedingte liebt. Aber ich habe mir sagen lassen, die Meinung dieses Wortes sei eine andere. Nämlich wie die ewige Gerechtigkeit Gottes unwandelbar geschieht und sich auch offenbaren würde inmitten eines Zerfallens der ganzen Welt, so hätte auch der Richter, der mit einem Rechtsstreit beschäftigt ist, diesen fortzuführen und nach seinem Gewissen und seiner Kenntnis zu entscheiden, selbst wenn derweilen der Untergang der Welt mit allen vorverkündeten Schrecknissen seinen Anfang nähme. Aus dieser Meinung gewinnt die Justiz ihren Adel, und auf ihr baut alle Arbeit der Gerechtigkeitsbehörden sich auf. Davon aber, daß das Gewissen des Richters nicht auch gebunden sein dürfte an die Wohlfahrt des Staatswesens, davon finde ich in diesem Ausspruch nichts gesagt.»

«Welcher Mensch», rief Diomede, «dürfte den Mut haben, ein Urteil zu fällen oder auch nur ein Gericht anzurufen, wenn wir nicht des Glaubens sein könnten, es gäbe einen ewigen und unverrückbaren Maßstab des Rechts? Einen Maßstab, der unabhängig ist von allen äußeren Umständen einer Tat, unabhängig von allen Bedürfnissen eines Gemeinwesens, eines Geschlechts oder eines einzelnen? So allein sind alle Dinge des Rechts zu handhaben. Und wo ein Rechtsprechender oder ein Rechtbegehrender in einem anderen Sinne handelt — und vielleicht zu handeln gezwungen ist —, da wird er die Qualen eines mit sich selber uneins gewordenen Gewissens zu erdulden, ja, sie als eine verdiente Buße auf sich zu nehmen haben.»

Bei diesen letzten Worten war eine Röte in Diomedes Gesicht gestiegen; auch hatte seine Stimme sich gesenkt, ohne daß er beides gewahr geworden wäre. Denn die Kraft der Verstellung war noch nicht in sein Inneres gedrungen, wenn er sie auch von außen her mit Geschick zu üben wußte.

Der Großtyrann sah ihn mit einem Lächeln an, in welchem sich Zuneigung und auch ein wenig Mitleid ausdrückten.

«Ach, Diomede», sagte er, «auch du wirst noch jene Erfahrung machen — und vielleicht hast du sie an deinem eigenen Teile schon gemacht und dich nur gescheut, klare Folgerungen aus ihr zu ziehen —, jene Erfahrung, daß nichts Oberes in unserer unteren Welt sich rein darzustellen vermag und daß wir zufrieden sein müssen, wenn es noch einen schwachen Schein in sich hat, welcher den Ursprung ahnen läßt. Aber ich will dich noch etwas anderes fragen. Du sprichst mit viel Eifer von der Gerechtigkeit, und du stehst zugleich in einem hitzigen Kampfe, um deinem toten Vater sein Recht zu verschaffen; ich denke, du wirst einer ungemeinen Anspannung aller Spürkräfte bedurft haben, um diesen Besuch deines Vaters bei dem Mädchen in Erfahrung zu bringen. Sage mir doch: ist es nur die Gerechtigkeit, in deren Namen du handelst? Mir scheint vielmehr, hier geht es dir um das Erbvermögen des Hauses Confini?»

«Ich leugne nicht», antwortete Diomede freimütig, «daß mir an meinem Erbe gelegen ist. Denn es ist der Besitz eine jener Säulen, deren kein Geschlecht lange entraten kann, wenn es nicht in Unehre absinken will. Aber es ist das nicht allein, sondern ich will mein Erbe als ein unbeflecktes haben, und ich weiß ja, daß es nicht befleckt worden ist, da mein Vater so etwas nicht hat tun können und nicht getan hat. Diese Unbeflecktheit begehre ich anerkannt vor aller Welt. Und ein Erbe besteht ja nicht nur aus solchen Dingen, die ihren Preis in Geld haben, sondern in der Verpflichtung eines unbefleckten und ehrfürchtigen Fortsetzens. So kämpfe ich nicht nur um meine Habe, sondern auch um meine Verpflichtung.»

«Ich kann diese Meinung nur loben», sagte der Großtyrann. «Aber nun beantworte mir noch dies: würdest du nicht genau ebenso handeln und kämpfen, nämlich um eines solchen Erbes willen, wenn du von der Unschuld deines Vaters nicht so gänzlich überzeugt wärest, wie du es zu sein scheinst?»

Diomede antwortete erst nach einigem Zögern: «Ich hätte es leicht, diese Frage der Herrlichkeit zu verneinen. Allein ich will redlicher sein und will dich bitten, Herrlichkeit, eine solche Frage nicht an mich zu richten. Und was könntest du auch mit ihrer Beantwortung gewinnen?»

«Es ist gut, Diomede», sagte der Großtyrann freundlich. «Ich habe also die Frage nicht gestellt. Ich danke dir für alles, was du mir gesagt hast. So will ich denn hören, was jenes Mädchen zu bekunden hat. Und was dich angeht: so oft du mich in dieser oder sonst einer Sache sprechen willst, sollst du mir zu jeder Zeit willkommen sein.»

13

Jenes Mädchen, das die Cassanesen «Perlhühnchen» nannten, war wie viele ihres Gewerbes von einer schläfrigen Gutmütigkeit. Ihre Gebärden waren flink, ihre Gedanken langsam. Diomede hatte die Meinung gewonnen, daß sie sich besser als andere zu seinem Vorhaben schicken möchte. Ein lebhafter und gescheiter Mensch läßt sich verwirren; ein stumpfes Geschöpf wie das Perlhühnchen, so dachte Diomede, kennt gleich der Trommel bloß einen einzigen Ton. Prägt man ihm diesen nur fest genug ein, so wird es bei ihm verharren, und kein Kreuz- und Querfragen wird es aus der Ordnung bringen können. Diomede ging freundlich und freigebig mit dem Mädchen um, und er schmeichelte ihr dadurch, daß er sie fühlen ließ, welche Wichtigkeit plötzlich ihrer Person zukam. Hier also besorgte er nichts, alles war eingeübt, alles war vorbedacht, jedem möglichen Einwande zum voraus seine Widerlegung bereitgestellt. Allein es erwuchsen dem Diomede Erschwerungen von einer Seite, von welcher er sich ihrer nicht versehen hatte. Denn während Vittoria seine Mitteilung in Unbeweglichkeit entgegengenommen hatte, schrie Mafalda: «Das ist nicht wahr! Der Kleine hat so etwas nicht getan. Du mußt dich schämen, Diomede!»

Die Schwierigkeit hatte damit begonnen, daß Monna Mafalda, als Diomede mit dieser Eröffnung in ihrem Hause erschienen war, sein Kommen für den pflichtschuldigen Höflichkeitsbesuch genommen hatte und es nicht verstehen wollte, daß er den Tribut dieses Besuches nicht schon tags zuvor oder schon vor zwei Tagen entrichtet hatte. Diomede entschuldigte sich mit allem, was er in Sachen des Mordverdachtes zu besorgen gehabt habe. Monna Mafalda hatte jedoch immer wieder die eine Entgegnung: «Aber so viel Zeit hättest du dir nehmen müssen, um deine nächste leibliche Verwandte aufzusuchen. Wen hast du denn noch außer mir? Und wen habe ich noch, nachdem mein armer Bruder hat sterben müssen? Und da läufst du jetzt her und willst mir solche Ungeheuerlichkeiten sagen!»

«Ich tue es ja nicht leichten Herzens!» rief Diomede heftig. «Zeige mir einen anderen Ausweg, ich will jeden gehen! Aber da ist keiner! Wollen wir nicht zugeben, daß der Vater bei dem Mädchen war, so ist ja zuzugeben, daß er im Kastellgarten gewesen sein und den Mönch getötet haben kann. Und bequemte sich Vittoria als die Gattin zu dieser Darstellung, um wieviel leichter kannst du als die Schwester es tun.» Und er erinnerte sie an ihr Versprechen, alle die Maßnahmen, die er für notwendig befinden werde, zu unterstützen.

Diomedes Gründe verfingen nicht. Monna Mafalda begann weinerlich davon zu sprechen, wie sie in der Pflege Pandolfos, in Heranziehung und Befragung der Heilkundigen mehr als das Menschenmögliche getan habe. «An mir lag es nicht, Diomede, an mir gewiß nicht!» Darauf ließ sie plötzlich diesen Gegenstand fallen und erkundigte sich nach Diomedes Ergehen, nach seinen Studien sowie nach der Gesundheit einiger längst verstorbener Personen in Bologna. Und so völlig war sie binnen kurzem mit diesen Fragen eingekehrt in den herkömmlichen Gesprächsablauf eines Höflichkeitsbesuches, daß sie alle Wirklichkeit der letzten Tage vergessen zu haben schien.

«Und Monna Elena, die Witwe meines lieben Bernabô Pizzardella, ist sie noch immer bei Laune? Ja, die Bologneser Luft ist gesund. Und hat sie noch ihre sieben schneeweißen Pudelhündchen?»

Diomede hatte anfangs getrachtet, die Alte behutsam von diesen Gegenständen wieder auf das Wirkliche, das Drängende und Furchtbare hinzulenken. Allein er gab das zuletzt auf und hoffte, auch sie werde nicht mehr darauf zurückkommen. Jetzt verwünschte er es, daß er ihr überhaupt von jenem Mädchen und ihrer Zeugenaussage Mitteilung gemacht hatte; und er entschuldigte sich vor sich selber, indem er sagte: Wie konnte ich wissen, daß sie so kindisch geworden ist? So arg hatte ich es nicht im Gedächtnis.

Es war ihm lästig, daß er mit den beiden Frauen überhaupt zu schaffen hatte. Was zu tun war, das hatte er allein tun wollen, gleich als gehe es nur um seinen Vater, nicht auch gleichzeitig um Vittorias Mann oder gar Mafaldas Bruder. Dennoch war es notwendig, sie von seinen Entschlüssen zu unterrichten, damit sie nicht etwa in einer Befragung etwas ihm Hinderliches aussagten.

Mafalda redete noch eine Weile auf die vorherige Art weiter. Dann plötzlich gab sie dem Neffen mit einer Abschiedsumarmung zu erkennen, daß seine Besuchszeit abgelaufen war. Sie schlug ihn schallend auf die Schulter und sagte: «Und diese Geschichte mit dem schlechten Mädchen, das jage dir nur aus dem Kopf, mein Kleiner, man muß seinen Vater in Ehren halten. Vielleicht wirst du auch noch einmal Söhne haben. Es würde dir nicht gefallen, wenn sie solche Dinge von dir verbreiteten. Und nun gehe und sieh zu, daß die ärgerliche Sache mit diesem Zettel bald aus der Welt geschafft wird, damit wir den Kleinen unter allen Feierlichkeiten und Ehren bestatten können. Er war ein guter Bursche, der Kleine. Er verdient keine üble Nachrede.»

14

Nachdem Diomede gegangen war, ließ Monna Mafalda sich eine gekühlte Mischung von Limonensaft und Ziegenmilch bringen, der sie nach dem Vorgang eines ihrer Kräuterweiber allheilende Kräfte zuschrieb. Sie hatte die Vorstellung, besonderer Annehmlichkeiten würdig und bedürftig zu sein, nachdem ihr Diomedes Besuch ein Nachgefühl von Unbehagen hinterlassen hatte. Darum streckte sie sich ächzend auf ihr Ruhebett, ließ das Zimmer verdunkeln und sich von einer Magd zur Kühlung essiggetränkte Tücher, welche häufig gewechselt wurden, auf die Stirn legen. Sie geriet in ein behagliches Träumen, indem sie sich ihre Bologneser Bekannten vorzustellen trachtete und namentlich bei dem Gedanken verweilte, daß Diomede zwei von ihnen als verstorben genannt hatte. Sie aber, Mafalda, sie war gesund wie je, trank Ziegenmilch und Limonensaft, kein Tod konnte ihr etwas anhaben! Unter solchen Befriedigungen schlummerte sie ein.

Später machte sie einen Rundgang durch ihren Garten, bei welchem ihr Gärtner sie begleiten mußte, um abwechselnd Lob- und Scheltworte zu hören. Plötzlich unterbrach sie ihn mitten in einer längeren Erörterung über vorzunehmende Bodenverbesserungen mit der Frage: «Kennst du ein Frauenzimmer mit dem Namen Perlhühnchen?»

Der Mann verneinte mit einem kleinen verwunderten Lächeln.

Monna Mafalda sagte: «Dann schicke sofort deinen Sohn aus, der wird sie kennen. Er soll sie zu mir bringen.»

Das Perlhühnchen war eine Stunde danach zur Stelle. Monna Mafalda lag gemächlich zurückgelehnt in einem Sessel, hielt die Hände über dem Bauch gefaltet und betrachtete das Mädchen mit Neugier, wobei ihre Miene zwischen Mißbilligung und Wohlwollen hin und her wechselte. Sie hatte sich das Perlhühnchen verworfen und lüstern gedacht und fand nun ein noch kindlich aussehendes Geschöpf, das in einer nicht anmutlosen Verlegenheit mit der Zungenspitze über die feuchtglänzenden roten Lippen hintänzelte.

Monna Mafalda musterte ihren Kopfputz, ihr Schuhwerk, ihren Gürtel und ihr Kleid, in dessen linken Ärmel das Abzeichen ihres Gewerbes gestickt war. «Du verstehst es, dich anzuziehen», sagte sie.

Das Perlhühnchen lächelte gewohnheitlich, sah einen Augenblick zu Boden und starrte dann, neugierig und befangen zugleich, auf den schön gearbeiteten Marmorkamin, die goldverbrämten Samtvorhänge und die eingelegten Verzierungen der Tischplatte.

«Nun sage mir einmal, mein Kind, was hast du dir denn da einfallen lassen? Daß du dir ein schlechtes Gewerbe ausgesucht hast, darüber rechte ich nicht mir dir, jeder muß wissen, was er tut. Aber was sind denn das für Geschichten, die du vom seligen Messer Confini verbreitest?»

Das Perlhühnchen hob betreten die gutmütigen und gedankenlosen Augen zu der alten Frau.

«Also darum bin ich zu Euch geholt worden, Madonna», sagte sie halblaut.

«Nun, du brauchst nicht so ängstlich zu werden», erklärte Monna Mafalda und lachte. «Da, ich will dir etwas zur Aufmunterung geben.» Sie fischte aus ihrem Gürteltäschchen ein Goldstück und hielt es dem Perlhühnchen hin.

Das Perlhühnchen wollte zugreifen, aber Mafalda zog ihre Hand wieder zurück. «Du kannst übrigens auch etwas anderes zur Aufmunterung bekommen», sagte sie. «Nämlich mein Pferdepfleger wird dich in den Stall führen und dir fünfzig Peitschenhiebe geben. Da magst du dich also nach deinem Gefallen entscheiden.» Sie legte das Goldstück neben sich auf den Tisch.

«Nun lasse uns erst einmal vernünftig miteinander reden. Wie bist du dazu gekommen, solche abscheulichen Dinge zu erzählen?»

«Man hat mich gefragt. Da habe ich geantwortet», sagte das Perlhühnchen.

«Was geantwortet?»

«Nun, daß der gnädige Herr Confini so gut gewesen ist, mich zu besuchen.»

«Aber das ist doch eine Lüge!» schrie Monna Mafalda.

«Nein, das ist keine Lüge. Warum sollte er nicht zu mir gekommen sein?» erwiderte das Mädchen in seiner gedehnten und trägen Sprechweise.

«Ob es nun eine Lüge ist oder nicht — du mußt doch begreifen, daß es nicht zu seiner Ehre ist, wenn so etwas geredet wird.»

«Aber ich bitte, Madonna, ich habe ja nicht davon reden wollen. Ich bin verschwiegen, da hat sich noch keiner zu beklagen gehabt. Und ich weiß auch nicht, wie das gekommen ist. Vielleicht hat jemand den Herrn Confini zu mir ins Haus gehen sehen. Und da bin ich ins Kastell geholt worden, und der Allergnädigste hat mich selber befragt. Da durfte ich es doch nicht ableugnen, er hätte mir ja den Kopf abschlagen lassen!»

«Ist der junge Herr Confini bei dir gewesen, mein Neffe? Ich meine, hat er mit dir über diese Angelegenheit gesprochen?»

«Ja, Madonna, er ist gekommen und hat mich gefragt, ob es wahr ist, was er gehört hat, nämlich, daß sein Vater bei mir gewesen ist in der Nacht. Und warum hätte ich da nein sagen sollen, wo es doch die Wahrheit ist? Und es ist für mich ja auch keine Schande, wenn ein vornehmer Herr einmal zu mir kommt, und noch dazu einer von älteren Jahren. Das ehrt einen doch.»

«Du kannst erzählen, was du willst! Beim bösen Christus, ich glaube dir kein Wort! Und im Kastell hat man dir geglaubt?»

«Ja, Madonna. Und wie ich das gesagt habe, da ist dann noch mehr gefragt worden, wann der selige Herr Confini gekommen und wann er wieder gegangen ist, und ein Schreiber hat alles aufgeschrieben, und zuletzt haben sie mir eine Feder gegeben, und ich habe drei Kreuze darunter machen müssen.»

«Mein liebes Kind, passe einmal auf, was ich dir jetzt auseinandersetze. Ich habe dir vorhin etwas von einer Aufmunterung gesagt. Aber diese Aufmunterung wäre nur ein Anfang, und das Richtige wird noch kommen. Also du wirst diese dumme Geschichte in Ordnung bringen und wirst deine Aussage widerrufen. Ich verlange nichts Unbilliges von dir; du sollst nicht hingehen und sagen, du hättest gelogen. Sondern wie du das nun ankehren willst, das ist deine Sache. Meinetwegen sage, du hättest jemand anderen für den seligen Confini genommen oder ein Betrunkener hätte sich den Spaß gemacht, sich schamloserweise einen so geachteten Namen zuzulegen, oder es sei einer von jenen anderen Confini gewesen, denen mit den Schindeln im Wappen, die fälschlicherweise behaupten, mit uns verwandt zu sein. Das ist mir einerlei. Aber du wirst hingehen und die Sache im Kastell widerrufen. Und wenn du das in Ordnung gebracht hast, dann bekommst du von mir — nun, was soll es sein? Ich bin nicht geizig, da kannst du fragen, wen du magst, ich bin bekannt dafür, daß ich mich gern übervorteilen lasse. Wenn du willst, verheirate ich dich an einen meiner Bauern, einen ordentlichen Mann, und gebe dir eine Aussteuer. Da hast du ein sicheres Leben, bist ehrlich gemacht und brauchst dir von niemandem etwas nachrufen zu lassen. Aber das ist mir schon einerlei; wenn du es lieber magst, kannst du statt dessen auch bares Geld haben. Überlege es dir gut. Bleibst du aber eigensinnig, dann ist es mit der Aufmunterung im Stall nicht abgetan. Denke nicht, daß der junge Herr Confini dich beschützen könnte. Der kehrt nach Bologna zurück, aber ich bleibe hier. Ich habe Geld, und jeder hört auf mich. Ich werde dir ein Leben machen, an dem du kein Gefallen haben wirst. Beim bösen Christus, das werde ich! Dort in der Ecke steht ein Stuhl. Da setzest du dich hin und überlegst dir, was ich gesagt habe.»

Das Perlhühnchen wollte den Mund öffnen, die Alte rief: «Still! Geh in die Ecke!» Und das Perlhühnchen gehorchte.

Monna Mafalda schloß die Augen. Sie hatte sich vorgenommen, bis tausend zu zählen. Als sie bei dreihundertfünfzig angelangt war, ertrug sie es nicht länger. Sie sah sich nach dem Mädchen um, das regungslos in der Ecke saß und seine Schuhspitzen betrachtete.

«Steh auf!» befahl Monna Mafalda. «Komm her.»

Das Perlhühnchen kam, stellte sich vor Monna Mafalda hin und sah sie fragend an.

Monna Mafalda schob ihr das Goldstück über die Tischplatte zu. «Nun? Welche Aufmunterung willst du haben?»

«Das Goldstück», antwortete das Perlhühnchen.

«Das ist gescheit. Nimm es dir.» Und sie schob ihr die Münze vollends hin.

Das Perlhühnchen nahm sie, bespuckte sie wohlanständig hinter der vorgehaltenen Hand und steckte sie dann sehr geschwind in ihre Gürteltasche.

«Du willst also widerrufen?»

«Warum soll ich nicht widerrufen, wenn es so ist?» gab das Perlhühnchen zur Antwort.

«Du bist brav und vernünftig», lobte Monna Mafalda. «Und was willst du: Geld oder einen Mann?»

«Wenn der Mann danach ist, warum sollte ich nicht den Mann nehmen? Und wieviel Tagwerk Acker werden denn dabei sein?»

Einige Minuten redeten sie noch miteinander, dann küßte sie Monna Mafalda den Ärmel und ging.

Der Beachtung nicht unwert ist der Umstand, daß die Einwohner von Cassano in späterer Zeit jedesmal Hemmnissen begegneten, so oft sie den Versuch unternahmen, in ihren Hirnen die Vorgänge jener Tage in ihrer zeitlichen Nacheinanderfolge wieder aufzurichten. Sie mochten es anfassen, wie sie wollten, es blieb ein verworrener Wirbel; und was späterhin in der Erinnerung haftete, das war nicht die Kenntnis einer Kette von Begebenheiten, deren eine immer aus der anderen sich herschrieb, sondern ein verstörliches Gefühl der Beschämung, wie es manchmal ein Trunkengewesener nach seinem Erwachen empfindet.

Wie in allen Gemeinwesen, in welchen keine vollkommene Freiheit öffentlichen Meinungsaustausches gewährt wird, gab es in Cassano eine rasch, ja, eine unbegreiflich rasch wirkende Art gerüchtweiser Verständigung; und diese betraf nicht zum wenigsten diejenigen Angelegenheiten, welche ehedem in Öffentlichkeit von den städtischen Behörden verwaltet worden waren, nunmehr aber vom Kastell aus ihre Besorgung fanden. Die Nachricht, der verstorbene Confini sei um die Stunde des Mordes beim Perlhühnchen gewesen, lief sehr schnell durch die Stadt. Es hatte aber die Erregung der Leute bereits einen sehr hohen Grad erreicht; dennoch war ihr ein weiteres Ansteigen verhängt. Das giftige, düstere und lockende Rätsel des Mordes war durch jene schriftliche Einbekennung des Herrn Confini nicht behoben, sondern nur in neue Geheimnisse hinübergeflochten worden; immerhin hatte es Leute gegeben, denen sie als Erklärung des Vorgefallenen zu genügen schien. Nun aber rückte das Gerücht von seinem Besuch beim Perlhühnchen alles aufs neue in eine Ungewißheit. Die Frage nach dem Täter war abermals gestellt. In Schankwirtschaften und Barbierstuben, in Kaufgewölben, Apotheken und Wohnzimmern ging das Raunen und Tuscheln weiter; Vermutungen und

Verdächtigungen flatterten auf, nisteten sich ein und breiteten sich aus.

Zu all diesem trug auch Monna Mafaldas Verhalten bei. Denn sie ging nun in der Stadt umher, von einer Bekanntschaft zur andern, und gab allerlei Meinungen aus. Wie zuvor mit den Ärzten, so hatte sie es jetzt mit den Rechtsgelehrten. Sie berief sich häufig auf ihren verstorbenen Mann, den Stadtrichter, und liebte es, allerlei Ausdrücke und Wendungen, wie sie in der Rechtspflege gebräuchlich sind, in ihre Reden zu flechten.

«Was sagt ihr nur zu meinem Neffen, zu Diomede?» rief sie zwei begegnenden Frauen zu, über die ganze Breite der Straße hinweg. «Der junge Mensch läuft umher und gibt sich alle Mühe, seinen toten Vater in Unehre zu bringen — als ob mein Bruder ein Hurenjäger gewesen wäre!» Und sie gewöhnte sich neuerlich, in Diomede einen mißratenen Sohn zu erblicken, gegen den sie die öffentliche Stimme von Cassano anzurufen habe.

Es war nämlich in ihrem willkürlichen und ungeordneten Geist eine dergestaltige Verschiebung vorgefallen, daß ihr Blick durchaus abgeschweift war vom Ursprung der Handlungen Diomedes; vielmehr wollte es sich ihr darstellen, als häufe er nicht nur unehrerbietiger-, sondern auch böswilligerweise allerlei Befleckungen auf das Andenken seines Vaters. Und diese Böswilligkeit wurde ihr nur verständlich, indem sie ihre alte Abneigung gegen den Neffen betrachtete und sich in dieser auf eine erhebende Art bestätigt fand. So war es denn ihre Aufgabe, solcher Befleckung entgegenzuwirken; dies um so mehr, als Vittoria in einer für Monna Mafalda unbegreiflichen und rügenswerten Art jeder handelnden Anteilnahme entsagt zu haben schien. Tadelte Monna Mafalda das in Gesprächen mit Bekannten und antworteten ihr diese mit Hinweisen auf einen Seelenschmerz, der wohl Verstörung und Versteinerung bewirken könne, so entgegnete sie: «Seelenschmerz? Ich habe auch Seelenschmerz. Aber überdies habe ich Seelenkraft!»

Auch in ihren Tadelreden über Diomede begegnete sie häufig einem Widerstande. Messer Sellacagna, einer der wenigen Männer aus den alten Geschlechtern, die sich unter die Hofleute des Großtyrannen begeben hatten, erwiderte ihr: «Aber der junge Confini ist ja doch offensichtlich bestrebt, seinen Vater vom Verdachte des Meuchelmordes zu entblößen und seinem Leichnam ein Eingraben auf dem Schindanger zu ersparen! Und versteht Ihr denn nicht, daß Ihr selber auf die Festigung dieses Mordverdachtes hinzuwirken scheint?»

Monna Mafalda schnob durch die Nase und schüttelte so kräftig den Kopf, daß die weißen Haarzotteln gleichwie die Kinne in eine schlenkernde Bewegung fielen. «Aber wer redet denn davon, Messer Sellacagna? Und was haben diese Dinge miteinander zu schaffen? Ich will dartun, daß mein kleiner Bruder seine Nächte nicht mit schlechten Mädchen hinbrachte! Ich bin seine Schwester, ich lasse nichts Arges auf ihm sitzen.»

Wenige Augenblicke danach aber erklärte sie: «Um die Wahrheit geht es mir! Beim bösen Christus, ich bin keine alte Jungfer, die in Ohnmacht fällt, wenn von solchen Dingen die Rede ist. Ich habe hierin ein weites Herz; ich weiß, daß auch Ehemänner keine Heiligen sind. Nur mein Storch war anders — ich hätte es ihm auch nicht anraten mögen! Aber der Kleine ist nun einmal nicht bei diesem Perlhühnchen gewesen. Das ist die Wahrheit, und Wahrheit muß Wahrheit, Recht muß Recht bleiben!»

Und eine ähnliche Empörung stieg jählings in Monna Mafalda auf, als sie sich zufällig erinnerte, daß sowohl Diomede als auch Vittoria davon gesprochen hatten, Pandolfo Confini könne vielleicht jenen Zettel, seine noch unerwiesene Echtheit vorausgesetzt, in einer Geistesverwirrung geschrieben haben. Es war ihr, als sei das eine Schande, nicht nur für ihn selber, sondern auch für sie, die sie seine Schwester war und ihn erzogen hatte. Augenblicks eilte sie zu Monna Vittoria und schalt: «Wie, du willst behaupten, mein Bruder sei sinnesschwach gewesen? Bist du denn so unerfahren geblieben, daß du nicht weißt, wie du ihn damit herabsetzest? Er war klar und kräftig! Klar und kräftig bis an seinen letzten Augenblick! Und wäre ich rechtzeitig geholt worden...»

Monna Mafalda hatte binnen kurzem den Überblick über das Begonnene verloren; zugleich aber hatte sie Wichtigkeit und Gefallen an all diesem Wesen gefunden. Und so brachte sie sich leicht zu der Meinung, sie habe, indem sie mit dem Perlhühnchen jene Vereinbarung traf, noch nicht genug getan und es müsse in der Angelegenheit noch etwas Weiteres geschehen. «Wer bürgt mir denn», fragte sie sich, erschrocken und zugleich befriedigt, «daß das Perlhühnchen auch wirklich verabredetermaßen ihre neue Aussage machen wird? Verlasse sich einer auf solche Mädchen!»

Und schon erkannte sie die Notwendigkeit, mit Rücksicht auf Pandolfos ungeschändetes Andenken die Glaubwürdigkeit des Perlhühnchens zu erschüttern und damit ihren Widerruf in seiner Wirkung zu kräftigen und sicherer zu machen.

Glühend vor Eifer, wie ein Kind, das in einem neu erdachten Spiel alle Seligkeit beschlossen findet, machte sie Pläne um Pläne. Endlich entschied sie sich für einen jungen Nichtstuer, einen gewissen Nardo, welcher ein Vetter ihres Gärtners war und mit Geldbelohnungen zu allen Dingen gebracht werden konnte. Dieser hatte hinzugehen und anzugeben, er habe mit dem Perlhühnchen die fragliche Nacht zugebracht, vom Abend bis an den Morgen. Hiermit mußte Pandolfo endgültig von dem Verdacht unordentlicher Neigungen gereinigt sein.

16

Das Perlhühnchen hatte eine Kammer zur Miete bei ihrer älteren Schwester Teresa, welche mit dem Sattler Ombrapalla verheiratet war. Diese Teresa war eine sparsame und entschlossene Frau, die keinen Vorteil ausließ. Als das Perlhühnchen zu Monna Mafalda geholt wurde, fühlte Teresa sich von einer witternden Neugier gepackt; als sie wiederkehrte, lag Teresa bereits auf der Lauer. Es währte nicht lange, da hatte sie der Schwester alles entlockt und sie auch veranlaßt, das Goldstück in ihre, Teresas, Verwahrung zu geben.

Teresa wog nüchtern die Aussichten ab oder meinte doch, sie nüchtern abzuwägen. In der Tat war sie einer solchen Abwägung nicht mehr fähig. Wie man wohl von einem Menschen, welcher in eine Raserei des Zornes geraten ist, zu sagen pflegt, er sehe rot, so sah sie gold. Es flimmerte, es gleißte ihr vor den Augen.

Das Perlhühnchen war in die Wahl gestellt worden zwischen zwei Angeboten und hatte sich redlich für das der Monna Mafalda entschieden. Mit funkelnden Blicken, mit krallenartigen Spreiz- und Zuschnappbewegungen der Hände, mit Zischen und Flüstern und Schreien setzte Teresa der Schwester zu.

«Heilige Madonna! Siehst du denn nicht, daß an beiden Seiten verdient werden kann? Hier muß auf allen zwei Achseln Wasser getragen werden! Ich helfe dir, ich helfe dir, höre nur auf mich, laß mich nur machen!»

Am Abend wurde Diomede durch Matteo gemeldet. der Sattler Ombrapalla habe eine Nachricht geschickt, es sei wegen des bestellten Zaumzeuges: ob der Herr nicht die Gnade haben wolle, die Werkstatt mit seinem Besuche zu beehren, es gebe da noch etwas zu besprechen.

Diomede verstand die Botschaft und begab sich sofort auf den Weg.

Es war nach Feierabend, und der Sattler saß mit seinesgleichen im Zunfthause beim Wein; sie stritten sich lärmreich und überhitzt um den Mord an Fra Agostino, gingen aber bald dazu über, auflüpfische Reden zu führen von alten kaiserlichen Freibriefen und Privilegien, welche der Herrenstand unterschlagen habe, der Großtyrann aber herzustellen gesonnen sei, wenn man es ihm nur auf die geeignete Weise nahe brächte.

Seine Leute wußten, daß der Sattler von solchen Anlässen erst spät heimzukehren pflegte. Das Perlhühnchen erwartete Diomede vor der Werkstatt und führte ihn hinauf in ihre Kammer. Teresa schlich nach und horchte, zitternd vor Gier.

Das Perlhühnchen hielt sich genau an Teresas Anweisungen. Zuerst erzählte sie von ihrem Gang ins Kastell und ihrer Einvernahme. Diomede lobte ihr Geschick und machte ihr auf der Stelle ein Geldgeschenk.

Danach berichtete sie, wie sie zu Monna Mafalda befohlen und dort hart bedroht worden war. Die atemlos horchende Teresa fand, ihre Schwester erzähle das nicht eindringlich genug; sie hätte schildern sollen, wie der Pferdepfleger fünf Stachelpeitschen zur Auswahl habe bringen müssen und wie ihr Leben in Gefahr gewesen sei. Des öfteren hatte Teresa Mühe, sich von antreibenden Zurufen an die Schwester zurückzuhalten.

Diomede hörte finster zu. Er tat einige Ausrufe des Zornes. Dann hielt das Perlhühnchen jedesmal inne und sah ihn ängstlich an. Er mußte sie mehrfach zum Fortfahren ermuntern. Ihre Darstellung war so, als habe sie der Monna Mafalda ein paar unverpflichtende Zureden gegeben, um nur heil aus ihrem Hause zu entkommen. Sehr ausführlich dagegen verweilte sie bei den ihr gemachten Verheißungen. Die Summen vervie fachten sich, die Aussteuer wuchs; der vorgeschlagene Mann war kein erbuntertäniger Bauer, sondern ein freier Pächter, Herr über stattliche Ackergründe, Herden und Weinberge.

«Du brauchst keine Furcht zu haben», sagte Diomede. «Es wird dir nichts entgehen; ich werde für deine Schadloshaltung Sorge tragen. Bleibe genau bei allem, was ich mit dir vereinbart habe. Monna Mafalda kann dir nichts anhaben, ich werde dich beschützen und nicht leiden, daß eins von deinen Haaren gekrümmt wird.»

«Aber Ihr werdet nach Bologna zurückkehren, und Monna Mafalda bleibt hier.»

«Du kannst dich auf mich verlassen. Ich werde hierbleiben, bis alle diese gerichtlichen Dinge ihr Ende gefunden haben. Oder nein: bis ich dich unter die Obhut eines tüchtigen Mannes gegeben habe. Lasse Monna Mafalda wissen, daß du mit ihr nichts zu schaffen haben willst, und gib ihr das Goldstück zurück, so bist du ihr nichts schuldig.»

Teresa war nahe daran, aufzuschreien.

«Hier hast du ein neues.»

Das Perlhühnchen bedankte sich und steckte das Goldstück ein. Teresa wurde es ein wenig leichter.

«Oder nein. Sage Mafalda nichts, du würdest sie nur aufmerksam machen. Auch das Goldstück behalte.»

Teresa hätte hineinstürzen und dem jungen Herrn Confini die Hände küssen mögen. Gleich danach erhob er sich. Teresa floh, um von dem Aufbrechenden nicht betroffen zu werden.

17

Die richterliche Untersuchung machte eine große Anzahl von Verhören notwendig. Einige von diesen nahm der Großtyrann selbst vor. Außerdem aber hatte er einen seiner Hofbeamten mit der Befragung und mit der Entgegennahme der Aussagen betraut. Dieser also, ein besonnener, gewandter, aber ehrgeizloser Mensch, saß in einer Kanzleistube des Kastells und hörte geduldig alle die kargen oder weitgeschweiften, die erregten und empörten, die trockenen oder gespreizten Bekundungen an, die von allerlei Leuten aus der Stadt getan wurden. Und er brachte unter der Beihilfe eines Schreibers alles aufs Papier und legte es dann dem Großtyrannen vor, wobei er sich eigenen Urteilens nach seiner Gewohnheit enthielt. Seine Arbeit war aber eine sehr umfangreiche, denn außer den Leuten, welche aufs Kastell bestellt worden waren, drängten sich viele von selber hinzu und sprachen mit einer Freude an der lebhaften Schilderung und am schönen, blinkenden Wort. Es ist sonst wohl hergebracht, daß der gemeine Mann allenthalben das Bestreben hat, sich der Pflicht der Zeugnisabgabe zu entziehen, wie ihm ja überhaupt unlieb ist, mit Amtspersonen zu schaffen zu haben, von denen er sich freilich auch nichts Gutes erwarten kann. Hier aber geschah das Gegenteilige, so groß waren in der Stadt die Erregung und die Verwirrung, so groß die Gier nach dem Beteiligtsein. Und von dem Augenblick an, da die Nachricht von Pandolfo Confinis Besuch beim Perlhühnchen und damit von seiner Schuldlosigkeit sich in Cassano verbreitet hatte, stand ja auch wieder die ausgesetzte hohe Belohnung als eine herrische Lockung vor den Menschen.

Monna Mafalda gehörte nicht zu jenen, die vom Großtyrannen selber vernommen wurden. Dies kränkte sie ein wenig, so als werde ihren Äußerungen eine geringere Bedeutsamkeit beigemessen als etwa denen ihrer Schwägerin, welche in diesen Tagen noch zweimal ins Kastell beschieden wurde. Monna Mafalda freilich brauchte auch den Weg nicht zu machen, denn es wurde ein Schreiber zu ihr geschickt, der sie höflich über ihres Bruders Erkrankung und Tod samt allerlei ihr unwichtig scheinenden Seitenumständen ausforschte. Sie gab umschweifige und verworrene Dinge zu Papier. Sehr bald suchte sie die Rede auf das Perlhühnchen und auf jene Nacht zu bringen; allein der Schreiber erklärte, dies liege jenseits seiner Aufgabe.

Was nun Vittoria anbelangt, so hatte es den Anschein, als könne weder der Großtyrann selbst noch der untersuchende Beamte aus ihrer Befragung sehr viel gewinnen.

«Ich vermag keine Meinung zu haben», sagte sie. «Ich als seine Frau möchte es nicht für möglich halten, daß mein Mann diesen Mord sollte begangen haben. Aufs andere freilich denke ich, er hätte sich durch Begehung einer solchen Tat, wenn er sie nämlich begangen hätte, derart von mir geschieden, daß ich in diesem Falle mich nicht an seiner Verteidigung beteiligen könnte. Man wird nicht von mir erwarten, daß ich Dinge ausspreche, die imstande wären, zu seiner Belastung zu dienen, und dies um so weniger, als mir ja für den Fall seiner Verurteilung der Einzug meiner Habe angedroht wird. Wiederum bin ich um der Wahrheit willen nicht imstande, Dinge zur Entkräftung seiner Selbstanklage beizubringen. Vielmehr muß ich dies alles in Ehrerbietung der Herrlichkeit überlassen, die ja als Freund und Finder gerechter Urteile bekannt ist. Aber eben als Freund und Finder gerechter Urteile wird sie, so vertraue ich, das zum Himmel schreiende Unrecht gegen meinen Stiefsohn und mich nicht geschehen lassen.»

Der Großtyrann antwortete mit einem Hinweis auf das noch ausstehende Gutachten. Hernach aber, als sie allein waren, wandte er sich an den Beamten mit der Frage, was er wohl von Monna Vittoria halte. Der Beamte erwiderte erst nach einigem Zaudern.

«Diese Frau, die ich als einen warm atmenden Menschen gekannt habe, hat die Weise eines hölzernen Schnitzbildes angenommen. Ich weiß nicht, Herrlichkeit, ob ich ihre Selbstbeherrschung zu bewundern oder ob ich mich vor ihrer Gleichgültigkeit zu erschrecken habe; und vielleicht liegt dahinter eine große Verzweiflung. Ich möchte fast glauben, daß Monna Vittoria allerhand Angaben in die Schuldwaage ihres Mannes zu legen hätte, sobald sie wüßte, daß sie keinen Verlust ihres Eigentums fürchten müßte.»

«Dies könnte sein», versetzte der Großtyrann mit einem mehrdeutigen Lächeln.

«Und wenn die Herrlichkeit ihr verspräche, von jeder Eigentumsfortnahme abzusehen?»

«Ich binde mich nicht», antwortete der Großtyrann.

Vernommen wurde Agata samt der übrigen Dienerschaft des Confinischen Hauses; hier ging es vornehmlich um die Auffindung des Zettels. Vernommen wurden auch die Ärzte; sie sollten aussagen über den Geisteszustand des Herrn Confini sowie darüber, ob er wohl noch imstande gewesen sei, zu schreiben. Aber da keiner von ihnen die alleinige Obsorge für den Kranken gehabt hatte, so ergaben ihre Worte eine solche Fülle von Unübereinstimmungen, daß sich ihnen nichts abgewinnen ließ. Es war, als sei ein jeder nur von der Neigung geleitet, eine andere Ansicht zu haben als seine Genossen; die Verantwortung für Pandolfo Confini wies jeder weit von sich.

Endlich wurden vernommen alle diejenigen, welche unaufgefordert erschienen. Unter diesen war das Perlhühnchen. Monna Mafalda hatte nämlich den Sohn ihres Gärtners zu dem Mädchen geschickt und fragen lassen, ob es im Kastell gewesen sei und seine erste Aussage zurechtgerückt habe. Das Perlhühnchen verneinte, der Bursche mahnte und drohte, wie es Monna Mafalda ihm eingeschärft hatte. Teresa war nicht daheim, das Perlhühnchen wußte sich keinen Rat.

«Mache dich sofort auf den Weg», befahl der junge Mann. «Ich werde hinter dir hergehen, um gewiß zu sein, daß du nicht vor dem Kastelltore umkehrst.»

Das Perlhühnchen machte Einwendungen und sogar Verheißungen, doch erreichte es bei dem Burschen nichts. Sie brachen auf.

Unterwegs plagte das Perlhühnchen sein winziges Gehirn um einen Ausweg; endlich meinte es einen gefunden zu haben, der es beiden Auftragerteilern recht machen mußte. Sie beschloß also, Monna Mafalda mit etwas Widerrufartigem zu dienen und zugleich dem jungen Herrn Confini zuliebe darauf zu beharren, daß sein Vater bei ihr gewesen sei. Und so sagte sie denn, als sie in der Kanzlei vor dem Hofbeamten und seinem Schreiber stand, es wären ihr nachträglich Zweifel gekommen, ob sie sich neulich bei ihrer Aussage nicht in der Zeitangabe geirrt habe. Sie habe noch einmal nachgerechnet und da sei es ihr zur Gewißheit geworden, daß der Besuch des Messer Confini sich nicht in jener, sondern in der folgenden Nacht ereignet habe.

Der Hofbeamte hörte sie sehr ruhig an. Als sie fertig

war, sagte er: «Ich fürchte, mein Kind, in dieser Rechnung ist dir ein Fehler unterlaufen. Denn am folgenden Tage ist ja der Herr Confini bereits krank gewesen und hat in seinem Hause zu Bett gelegen, unter der Pflege seiner Frau und seiner Schwester. Hierüber haben wir die sichersten Zeugnisse, auch von Ärzten und Dienstboten, und ferner hat Messer Nespoli an seinem Krankenlager gesessen. Ich möchte also glauben, du seiest in einem Irrtum, und da ist es vielleicht besser, wenn ich es gar nicht erst niederschreiben lasse.»

Hierauf wußte das Perlhühnchen nichts zu erwidern. Weil aber der Hofbeamte ohne alle Drohung, ja, freundlich mit ihr gesprochen hatte, legte sich auch ihre Verwirrung wieder, und nach einer Weile schlug sie sich mit der flachen Hand gegen die Stirn, wie eine ungeschickte Schauspielerin, von der ihre Rolle verlangt, sie solle sich plötzlich an etwas Vergessenes erinnern und zugleich über ihre Vergeßlichkeit erschrecken. Nun, so erklärte sie, sei es ihr ganz deutlich und an eine Verwechslung oder einen Irrtum nicht mehr zu denken: der selige Herr Confini sei zwar in der bewußten Nacht bei ihr gewesen, aber nicht zu jener Stunde, welche sie bei ihrer ersten Einvernahme angegeben hatte, sondern er sei des Abends gekommen und noch vor Mitternacht wieder gegangen. Dies ließ der Hofbeamte aufschreiben, und das Perlhühnchen mußte an Namensstelle drei Kreuzchen daruntersetzen. Sie tat es in einer plötzlichen Beunruhigung; denn es kam ihr ins Bewußtsein, daß die Dinge, in welche sie sich eingelassen hatte, ja, in welche sie verstrickt und verschlungen war, eine gänzliche Unüberschaubarkeit angenommen hatten. Der Hofbeamte entließ sie, und sie ging. Aber während ihrer ersten Schritte spürte sie schon den Drang, umzukehren und um Ungültigmachung des Niedergeschriebenen zu bitten. Sie empfand deutlich, daß sie etwas Verkehrtes begangen hatte, allein sie vermochte nicht mehr zu erkennen, worin es bestehen könnte. Wenn sie diesem Drang nicht zu Willen war, so nur deshalb, weil der kindische Drang, aus der Kanzlei zu entrinnen und mit allem nichts mehr zu schaffen zu haben, noch heftiger auf sie einwirkte.

18

In diesen Tagen wurde Monna Vittoria der Besuch des Rettichkopfes gemeldet. Sie lehnte es ab, ihn zu empfangen, und ließ ihm sagen, er werde auch bei einem etwaigen Wiederkommen die Tür verschlossen finden. Der Rettichkopf begann auf Matteo, welcher ihm diesen Bescheid überbracht hatte, mit großer Heftigkeit und zugleich vertraulich einzureden. Er erreichte damit nichts. Matteo lachte und hielt ihm die Tür geöffnet. Nun pfiff er und grinste und entfernte sich.

Als er heimkam, fand er jenen Trabanten, der ihn damals zu Monna Vittoria begleitet hatte, im Stiegenhaus auf den unteren Stufen sitzend. Der Mann nickte ihm lässig zu, ohne die Hände aus den Rocktaschen zu nehmen.

«Ich habe hier auf dich gewartet», sagte er. «Die Herrlichkeit lässt fragen, ob du mit jener Untersuchung fertig bist, welche dir aufgetragen wurde.»

«Ich bin fertig», antwortete der Rettichkopf. «Ich stehe jederzeit zu Diensten; die Herrlichkeit wird übermäßig zufrieden sein. Wann befiehlt die Herrlichkeit, daß ich komme und ihr meine Mitteilung mache? Morgen? Heute? Sofort?»

«Die Herrlichkeit läßt dir sagen», erklärte der Trabant, «sie bedürfe im Augenblick deines Berichtes noch nicht; du mögest also deine Ergebnisse noch bei dir behalten. Die Herrlichkeit wird es dich wissen lassen, wann es ihr gefällig sein wird, deine Meinungsäußerungen entgegenzunehmen. Dies habe ich auszurichten. Und nun gib mir ein Trinkgeld, weil ich so lange auf dich habe warten müssen. Auch bist du mir noch eins schuldig von neulich her, für meine Begleitung.»

Der Rettichkopf lachte höhnisch auf und rannte, an dem

immer noch sitzenden Trabanten vorbei, die Treppe hinauf, seiner Kammer zu.

Nespoli verharrte indessen weiter in seiner Zurückhaltung. Wie von manchen Tieren berichtet wird, daß sie sich in gefährlichen Augenblicken steif und tot stellen, so hatte er zu seinem Schutze eine Leblosigkeit in sich erzeugt. Er hatte sich verkrochen und versperrt in sich selber; denn hier meinte er sich einen kalten und unzugänglichen Schlupfwinkel geschaffen zu haben, und er strebte, alle Gedanken abzuweisen, die eine Neigung bekundeten, ihm bis hierher zu folgen. Und doch gab es Augenblicke, da er sich in Gefahr sah, aufzuspringen und ins Confinische Haus zu stürzen. Solchen Lockungen wußte er nicht anders zu begegnen als mit Gehässigkeit: «Vittoria hat in Absichten gehandelt. Was erwartet sie von mir? Wie hat sie nur glauben können, sich meine Liebe dadurch zu sichern, daß sie mir Fesseln einer Verbindlichkeit auferlegte?»

Es waren ihm die sonderbarsten Einfälle gekommen: Welche Torheit ist das alles gewesen! Hätte Pandolfo Confini alles gewußt, vielleicht hätte dieser undurchdringliche Mensch freien Willens einen solchen Zettel unterschrieben und dabei gedacht: was kümmert es mich! Wo ich hingehe, da reicht kein Nachruhm hin und kein Nachschimpf. Ja, und konnte nicht Confini wirklich den Zettel geschrieben, vielleicht gar wirklich den Dolch geführt haben? Hiermit verfiel Nespoli, wiewohl nur auf sehr kurze Zeiten, in ähnliche Trügnisse wie damals im Gäßchen der Wäscherinnen, wo er ja zum erstenmal der eigenen Urteilskraft Gewalt angetan und jene argen Winkelwege betreten hatte.

Wie schwer, dies erfuhr Nespoli, ist es, jemandem etwas zu verdanken, und welche Probe der Liebe, dem geliebten Menschen alles verdanken zu müssen! Er spielte mit einer furchtbaren und lockenden Vorstellung. In jenem Gespräch am Brunnen hatte er die äußerste Höhe der menschlichen Freiheit erstiegen; er hatte sie nicht zu behaupten vermocht. Allein nun glaubte er einen Weg zu ihrem Wiedergewinn zu sehen. «Wenn ich vor ihn hintrete und alles offenbare? Wenn ich ihm sage: der Mörder ist nicht gefunden, hier ist die Frau, ich habe sie als des Gattenmordes und der Fälschung verdächtig in Haft genommen. Tue die Herrlichkeit mit ihr und mit mir nach ihrem Gefallen!» Und während er geschlossenen Auges in seinem Kanzleistuhl hockte, konnte er sich nicht genug tun an einem gierigen und zugleich sorgsamen Ausmalen der Unterredung, die er in dieser Sache mit dem Großtyrannen würde haben können.

Nespoli unternahm nichts von dieser Art. Er übte nun wieder sein Amt wie ehedem, und er tat sich eine große Gewalt an, so zu handeln und, wo es anging, auch so zu denken, als wäre dieses alles nicht gewesen. Allein das war nicht leicht; denn es war nach des Großtyrannen Willen ja alles das seiner Amtstätigkeit entzogen, das zu der Tötung des Fra Agostino in irgendeinem Bezuge stand. Und da die Gedanken und Handlungen der Leute in Cassano in dieser Tötung immer noch ihren Mittelpunkt hatten, so stieß er allenthalben gegen diese Gesetze wie gegen einen ausgespannten Seidenfaden, welcher leicht durchrissen werden kann und dennoch durch eine strenge Fügung zu etwas Unverletzbarem bestimmt ist; der sich dem Auge verbirgt und erst offenkundig wird, wenn die Glieder des unsicher Schreitenden ihn fast schon berührten.

Es kamen auch viele Leute zu Nespoli, die Aussagen machen wollten. Diese ließ er durch den Schieler abweisen und ihnen die Richtung aufs Kastell geben. Am härtesten fiel es ihm, daß er selber wiederum täglich jene Richtung zu nehmen hatte. Doch der Großtyrann verlangte ja von ihm die Weitererfüllung seiner Obliegenheiten und somit auch die tägliche Berichterstattung; indessen erleichterte er ihm diese dadurch, daß er, wenn er sich überhaupt sprechen ließ, nur sehr kurze Fragen stellte und mit keinem Worte an die bisherigen Vorfälle streifte. Und doch war es für Nespoli jedesmal eine Überwindung und eine Beschämung, vor ihn hintreten zu müssen. Einmal hatte er ihm nachzureiten. Hierbei gewahrte er, daß die ihm angekündigten Begleitreiter nicht mehr am Stadttor hielten.

Es war niemand, den nicht die brodelnde Fieberunruhe ergriffen hätte, und nur der Schieler ging unangefochten und unbekümmert durch alle die verstörerische Wirrung dieser Zeit. Er tat seine Verrichtungen um den Herrn, rasierte und bediente ihn wie je, nur daß er nicht mehr viel redete, außer wenn Nespoli ihn dazu aufforderte. Und wenn er Neuigkeiten aus der Stadt berichtete, so waren es vorzugsweise solche, von denen für Nespolis Gedanken kein Hinüberschweifen zu Fra Agostinos Tötung und all ihren Weiterfolgen sich voraussehen ließ. Auch als er aufs Kastell beschieden und über die Auffindung des Zettels vernommen worden war, tat er dessen zu Nespoli mit keinem Worte Erwähnung.

Nespoli erkannte mit einer widerwilligen Verwunderung in des Schielers Verhalten eine heimliche Zartheit, deren er sich nicht versehen hatte. Sie peinigte ihn im Anfange als der Ausfluß jenes Wissens und Durchschauens, das ihm nach dem Besuch im Gäßchen der Wäscherinnen des Schielers Anblick so schwer erträglich gemacht hatte. Dann aber gewöhnte er sich an des Schielers neue Art, welche ja unaufdringlich war, und überließ sich ihr.

Der Schieler ging, seiner Gewohnheit nach, wohl noch hin und wieder in das Confinische Haus, plauderte mit Agata, ließ sich Wäsche flicken, reinigte Schuhwerk oder rechnete; doch sprach er davon nicht zu Nespoli, und er hatte ja auch keine Botschaften mehr hin und wider zu tragen.

19

Es ist erwähnt worden, daß es den Deomede zum Großtyrannen zog. Hierbei aber ging es ihm ähnlich wie einem Nachtschmetterling, der von einer Leuchte angelockt wird und, im Begriffe, sich ihr zu nähern, gegen das durchsichtige Hemmnis einer gläsernen Scheibe prallt. Das Kerbtier freilich sieht sich auf eine ihm rätselhafte Art vom Ziele seiner Sehnsucht zurückgehalten (und es kann nicht wissen, daß dies Hemmnis seinem Heile dient). Diomede war der Meinung, die Hemmnisse, die sich seinem häufigen Kommen, ja, seiner gänzlichen Hinwendung zum Großtyrannen entgegensetzten, in Erwägungen der Schicklichkeit suchen zu sollen, indem er fürchtete, aufdringlich zu erscheinen oder sich in den Verdacht der Gunstumwerbung zu begeben. Auch hatte er sich dem Zwang unterworfen gefühlt, dem Großtyrannen zürnen zu sollen.

Seit er sein Spiel mit des Perlhühnchens Hilfe gewonnen meinte, sah er die Zeit seiner Freiheit kommen; denn nun mußte doch bald alles schmähliche und befleckende Wesen sein Ende nehmen. Des Großtyrannen Gerichtsurteil mußte den Vater reinsprechen, mußte den Vollbesitz des Erbes Diomede und seiner Stiefmutter freigeben. Diomede war sich dessen gewiß, daß er nicht von heute auf morgen das Nachgefühl all der Erniedrigungen überwinden werde, zu denen ihn die Verdächtigung seines Vaters gezwungen hatte. Allein er war jetzt doch in der Hoffnung, zurückzugelangen in sein Leben, das auf der Einheit seiner Gesinnungen und seiner Handlungen beruht hatte.

In einer solchen Meinung des Gemüts durfte er der Bewunderung, zu welcher des Großtyrannen schöne und geisterleuchtete Männlichkeit ihn stimmte, wieder mehr ihren freien Lauf gewähren, obwohl er immer noch eingedenk zu sein hatte, daß er zum Herrn von Cassano in Feindschaft stand. Es drängte ihn nun, diese Zeit abzukürzen und vom Großtyrannen zu erreichen, daß die gegen den Vater anbefohlene Untersuchung niedergeschlagen werde. Dies meinte er, gestützt auf die Bekundungen des Mädchens, erlangen zu können. Denn von des Perlhühnchens soeben geschehener neuer Aussage hatte er noch keine Kenntnis.

Am frühen Nachmittag ging er ins Kastell. Schon auf dem Hofe kam ihm ein Diener entgegen und meldete, der Großtyrann sei auf eine seiner Besitzungen geritten.

Diomede wollte umkehren. Der Diener sagte: «Es steht ein Pferd bereit, Herr, für den Fall, daß Ihr nachreiten mögt.»

«Aber bin ich denn erwartet worden?» fragte Diomede verwundert.

«Das Pferd pflegt für Messer Nespoli in Bereitschaft gehalten zu werden. Aber die Herrlichkeit hat ausdrücklich befohlen, es schon eher zu satteln — denn Messer Nespolis gewöhnliche Stunde ist es noch nicht —, und wenn Messer Confini käme, dann möge er den Vorrang haben.»

«Es ist gut», sagte Diomede. «Ich werde reiten.»

«Befehlt Ihr eine Begleitung?» fragte der Diener.

Diomede schüttelte den Kopf. Das Pferd wurde vorgeführt. Diomede saß auf und ritt.

In der Stadt, in welcher die Tiere aus den Stallungen des Kastells bekannt waren, sahen die Leute auf und redeten, wie ja in diesen Tagen nicht das geringste vorfallen durfte, ohne daß sie ihre Vermutungen daran hängten.

«Seht doch», sagte einer, «da reitet er hin zum Gewaltherrn; er will ihn beschwatzen und sich gutes Wetter erbitten, damit er im Wohlstand seines Vaters, des Mörders, verbleiben kann.»

«Und er hat es schon so weit gebracht, daß der Herr ihm seine Pferde zur Verfügung hält.»

Ein dritter aber flüsterte: «Weißt du es denn noch nicht? Der Allergnädigste will ihm doch jenes Amt übertragen, das bisher der Herr Nespoli innegehabt hat.»

Die Straße, die Diomede einzuschlagen hatte, führte durch das Tor der Barmherzigkeit aus der Stadt und stieg, nachdem das Vorstadtgelände überwunden war, zu bewaldeter Höhengegend empor, so daß sie dieses Waldgebiet in seiner Querausdehnung durchschnitt, welche viel geringer war als die Längserstreckung. Diomede war es lieb, daß die dunstige Stadt hinter ihm blieb. Dennoch gaben auch die Felsenwände keine Kühlung, selbst wo sie im

Schatten lagen; vielmehr hatten sie wie Kaminkacheln die Hitze festgehalten.

Von diesem Waldgebiet wurde gesagt, es sei in der heidnischen Zeit ein bestelltes Land gewesen, und vorzüglich sollten sich hier ausgedehnte Ölgärten befunden haben, von denen es noch immer der Ölgarten genannt wurde. In der Tat waren verwilderte Ölbäume noch hier und da als Grundbestand des Waldes zu erkennen; doch hatten sie sich zu Gesträuchen umgebildet, die sich stachelzweigig zu Dickichten und Hecken ineinanderdrängten. Außer ihnen aber war da ein Gewirr von Eschen, niedrigen Eichen, Haselsträuchern, Kastanien und allerlei anderem Wachstum, das über den Felsen sich beiderseits der Straße in die Höhe zog und nur an wenigen Stellen schmale, aufwärtsführende Pfade freigab. Von dort oben her kam ein kräftiger Pflanzengeruch auf die Straße.

Wo der Wald sich wieder öffnete, lag auf einer Hochfläche ein einsamer Meierhof, umstanden von dunklen, fast schwarzen Steineichen, auf deren Blättern sich ein weißer Kalksteinstaub niedergelassen hatte. Der Hof bezeichnete den Anfang jener Besitzung, die der Diener im Kastell als Ziel des Rittes angegeben hatte. Hier fragte Diomede nach dem Gewalthaber; doch wurde ihm geantwortet, man sei seiner nicht ansichtig geworden, obwohl die Straße die ganze Zeit über im Blickfeld gelegen sei. So schien es, als habe der Großtyrann mit einer seiner plötzlichen Absichtsänderungen unvermutet einen anderen Weg genommen. Diomede erquickte sich mit einem Becher Brunnenwasser und kehrte unschlüssig um. Er trachtete vergebens, den Ort zu erkennen, an welchem der Großtyrann die Straße verlassen haben und auf einen der wenigen Seitenpfade abgebogen sein möchte. Doch war die Straße so steinig, daß sie keine Hufspuren aufzunehmen vermochte.

Eine Weile war Diomede geritten, als er in einiger Entfernung einen Mann rechter Hand von den Bergen steigen und die Straße erreichen sah. Nun ging er vor ihm her, und der gefüllte Sack, welchen er auf dem Rücken trug, war dem Diomede zugekehrt.

In der Meinung, vielleicht von diesem Manne etwas über des Großtyrannen Ritt erfragen zu können, galoppierte Diomede auf ihn zu und hatte ihn in wenigen Augenblicken eingeholt. Es fiel ihm auf, daß der Mann sich nicht umdrehte, wie man es wohl tut, wenn man plötzlich in der Stille einer Waldstraße Hufschläge hinter sich hört. Erst jetzt, da Diomede neben ihm sein Pferd verhielt, wandte der Mann ihm ohne Eile den Kopf zu und sagte: «Gelobt sei Jesus Christus!»

«In Ewigkeit, Amen!» antwortete Diomede und fragte ihn, ob er abseits der Straße im Walde den Großtyrannen zu Gesicht bekommen habe. Aber ehe er eine Antwort erhalten konnte, setzte er hinzu: «Bist du nicht Sperone, der Färber?» Denn so wollte ihm der seit langem nicht gesehene Mann erscheinen; doch war er der Sache nicht ganz sicher.

«Ja», antwortete der Mann und fügte lächelnd hinzu: «Daß ich ein Färber bin, das möchten schon meine Arme verraten, selbst wenn mein Mund es leugnen wollte.» Dabei reckte er ein wenig den mageren rechten Arm aus dem leinenen Rockärmel, während der linke unterhalb des Schlüsselbeines den Sackzipfel festhielt. Der Arm war von den Fingerspitzen bis unweit des Ellbogens bläulich vom Saft der Waidpflanze, wie es die Arme von Färbern sind, welche die mühselige und sehr viel Zeit raubende gänzliche Säuberung nur zu den Feiertagen vorzunehmen vermögen.

«Ja, ich habe den Herrn wohl gesehen, Messer Confini», fuhr Sperone fort, «und ich freue mich darüber, daß du mich nach ihm fragst und ich dir Bescheid geben kann. Ich bin nämlich der Meinung, es sei wichtig, daß ihr beide zusammenkommt, der Gewaltherr und du, und ich wollte, ihr würdet bald einig. Denn damit könnte alles um ein Stück weitergebracht werden, und es ist ja schon genug entstanden aus dieser einen Tötung, und es ist Zeit, daß alles Unwesen in Cassano sein Ende nehme.»

Diomede sah ihm überrascht ins Gesicht. Dies Gesicht war hager und knochig und drückte zu gleichen Teilen einen vielleicht schwermütigen Hang zur Grübelei aus und eine fröhliche, auch wohl schalkhafte Zuversichtlichkeit. Die Augen waren groß und, wie es schien, von der Fähigkeit eines schnellen Farbenwechsels. Beide Lippen waren sehr schmal, als preßten sie sich häufig aufeinander. Dabei aber konnten sie ein kindliches Lächeln zeigen, das sich an den Mundwinkeln hinabzog und in dem dünnen, nicht recht männlichen Gestrüpp des Kinnbartes sich verlor. Der Färber mochte im Anfang der dreißiger Jahre stehen. Diomede erinnerte sich jetzt, mancherlei Merkwürdiges über ihn gehört zu haben.

Er wollte ihn nach der Meinung seiner Worte fragen; aber Sperone hatte schon begonnen, seine Wegebeschreibung zu geben. Er hatte den Gewalthaber weiter oberhalb getroffen, auf einem Pfade, der in die Nähe der großen Nordoststrasse führte. Daraus zog er den Schluß, er möchte zu seinem Brückenbau geritten sein. Und hieran knüpfte er Mitteilungen über den Weg, den Diomede am vorteilhaftesten nehmen würde.

20

Diomede dankte ihm für seine Auskünfte und hätte nun weiterreiten können. Allein betroffen von den Äußerungen und dem Wesen des Färbers, mochte er sich noch nicht von ihm trennen und ritt im Schritt neben ihm her. Um das Gespräch weiterzuspinnen, knüpfte er an seinen Dank einige Worte der Verwunderung darüber, daß sich Sperone als ein Städter so sehr genau in allen Waldpfaden auskenne. Denn das war nicht die Gewohnheit der cassanesischen Handwerker.

Sperone sagte: «Mein Handwerk ist von einer solchen Beschaffenheit, daß ich nicht dies Handwerk allein zu betreiben, sondern auch dasjenige zu besorgen habe, dessen ich zu seiner Ausübung bedarf. Da gleiche ich wohl einem

Bäcker, der zugleich ein Ofensetzer, oder einem Henker, der zugleich ein Seiler oder Schwertfeger wäre. Zwar solche Dinge wie Waid und Krapp, Safran und Granatapfelblüten muß ich mir kaufen; aber es sind sehr viele Farbstoffe, die ich wohlfeiler und gegen eine geringe Abgabe an die Obrigkeit aus den Wäldern gewinne, als: Galläpfel, Eichenrinde, Ginster, Wegedorn, frische Nußschalen, Heidelbeeren, das Holz und die Rinde des Sumach. So kenne ich das Gelände gut, weil ich hier je nach der Jahreszeit sammelnd umherstreife, teils den Bedürfnissen meines Handwerks zufolge, teils auch weil ich gern ohne menschliche Störung meinen Gedanken nachgehe. Darüber bin ich jetzt froh. Denn nun habe ich in den Notwendigkeiten meiner Hantierung einen Zwang und eine Feiheit, diese toll und arg gewordene Stadt hinter mir zu lassen und mir zu schaffen zu machen in den Wäldern und in den Bergen, welche ja von keiner Schuld wissen. Ihre Schuld freilich haben auch sie, denn sie müssen ja teilnehmen an der Schuld alles Erschaffenen, aber sie wissen es nicht, und so wird es ihnen nicht zugerechnet.»

Die freimütige Art, in welcher Sperone redete, mußte den jungen Confini um so inniger anrühren, als er ja einen Ekel hatte an jener winkelzügigen Welt des Unfreimütigen und Vorbedachten, in die er sich hatte begeben müssen und der wieder zu entkommen es ihn so heftig verlangte. Und zugleich empfand er mit einer besonderen Schmerzlichkeit die Verzwiespältigung und Verunreinigung seines Gewissens vor den Worten, aber auch schon vor der bloßen Stimme dieses Mannes.

«Ich möchte dich wohl beneiden um deine häufige Abkehr von allen Gesprächen und Gerüchten der Stadt», sagte er endlich. «Aber nun ist es einmal so, daß ich in dieser Stadt und all ihrer Verwirrung festgehalten werde durch Notwendigkeiten, über welche ich nicht Herr bin. Und ich muß in ihnen ausdauern, bis ich das gerechte Ziel meines Kampfes erreicht habe. Ich glaube auch hoffen zu dürfen, daß damit der Zeitpunkt nicht mehr fern ist, da in der ganzen Stadt ein anderer Gemütszustand zurückkehrt.»

Hier hob Sperone, dessen Blick auf der Straße vor seinen Füßen gelegen hatte, plötzlich das Gesicht zu Diomede und sagte: «Meint Ihr?» Und dies fragte er mit einer großen Dringlichkeit. Danach senkte er den Kopf wieder, schwieg eine kleine Weile und stieß dann die Worte aus: «Ich hoffe, es wird die Kraft dazu da sein.»

«Welche Kraft?» fragte Diomede.

Hierauf antwortete der Färber nicht. Seine Schultern zuckten, und er schien sehr erregt. Diomede betrachtete ihn mit Verwunderung und voll einer ihm selbst nicht recht deutlichen Betroffenheit.

Endlich nahm der Färber wieder das Wort: «Ich lebe ja abseits von dem, was die Leute in der Stadt reden. Dringen solche Dinge bis zu mir, so ist es ein Anzeichen, daß sie sehr allgemein geworden sind und eine Herrschaft üben. Es ist das Geringste, daß die Unordnung von allem Handel und Handwerk Besitz genommen hat und daß niemand Liefer- und Zahlungsfristen innehält. Aber es geschieht anderes. Der Bruder umspäht den Bruder und ist bereit, ihn zu verkaufen. In der Vorstadt haben sich gestern zwei Leute um eine Kleinigkeit gestritten. Endlich hat der eine in seinem Zorn jene Frage getan, die man jetzt so häufig vernimmt, nämlich: Wo warst du denn überhaupt in Fra Agostinos Sterbenacht? Daraus ist eine Schlägerei entstanden, bei welcher ein Mensch getötet wurde und ein zweiter das Licht der Augen verlor. Und in meiner Nachbarschaft ist heute früh eine Frau auf die Gasse gerannt, besessen von der Sucht, üble und aufregende Neuigkeiten zu erfahren; so geschwind überkam es sie, weil sie draußen Leute stehen und tuscheln sah, daß sie ihr Kind ohne Aufsicht am Fenster ließ. Es ist auf die Straße gefallen und hat sich zu Tode geschlagen. Solcher Vorkommnisse hat sich eine Reihe ereignet und ereignet sich weiter, und vielleicht sind diese noch die geringeren und haben ihre Bedeutung nur als Anzeichen dafür, daß alles Böse, was gefesselt war, sich losgebunden hat.»

Diomede sagte ihm etwas Beschwichtigendes; die heillose Beunruhigung, die in alles Leben Eingang gefunden habe, werde mit ihrer Ursache entweichen. Dabei aber fiel ihm ein, daß ihm eine eigensüchtige Verwechslung unterlaufen war; denn wenn er jetzt beim Großtyrannen mit Hilfe des Perlhühnchens sein Ziel erreichte, so war damit doch nur von ihm und den Seinen ein Unheil abgewendet, während die schleichende Frage nach dem Mörder weiterhin umgehen und ihre vergiftenden Wirkungen werde tun müssen. Und so brach er ab, mitten in einem Satz, beschämt und erschrocken.

Sperone schien nicht hingehört zu haben. Er lud seinen Sack von der linken auf die rechte Schulter um, atmete tief und wischte sich mit der Hand den Stirnschweiß fort. Halb als spräche er zu sich selbst, raunte er mit einer sehr eindringlichen und fast beschwörerischen Stimme: «Alles käme darauf an, daß man gewisse Schriftstellen recht verstünde. Wenn uns gesagt ist, wir sollen das Böse nicht mit dem Bösen vergelten, so heißt das, hierüber kann ja kein Zweifel sein, daß wir nicht rachsüchtig auf eine Missetat mit einer Missetat antworten dürfen. Aber es ist dennoch nicht recht deutlich, was mit diesem an zweiter Stelle gebrauchten Wort vom Bösen sonst noch gemeint ist. Ist es nur dasjenige, was wirklich böse ist an sich? Oder aber heißt es, daß wir auch in einer guten Sache nicht mit einer bösen Verfahrensweise antworten sollen?»

Hiermit sprach er in seiner sehr einfachen Weise dasjenige aus, das sich vielfältiger und umwundener, ja, in manchem verhüllt durch rechts- und weisheitsgelehrte Verfeinerungen, als ein beständiger Glühherd geschärfter Stacheln in Diomedes Gemüt angesiedelt hatte.

Diomede antwortete nichts; es blieb ihm ungewiß, ob der Färber mit einer Antwort, sei es Zustimmung oder Erwiderung, überhaupt gerechnet haben mochte, denn wenige Schritte danach blieb er stehen und sagte: «Ich muß hier abbiegen. Mein Weg geht linker Hand zur Höhe. Ihr folgt noch zwei oder drei Minuten der Straße, dann schwenkt Ihr rechts ein.»

Damit kehrte er sich ab, überquerte die Straße und schickte sich an, einem wenig ausgetretenen Bergpfad zu folgen. Diomede sah ihm einige Augenblicke nach, rief ihm ein verwirrtes Dankeswort zu und ritt weiter. Er hatte nur wenige Pferdelängen zurückgelegt, als er den Färber hinter sich wie mit einer großen Kraftanstrengung rufen hörte: «Herr! Herr! Messer Confini!»

Diomede wandte sich im Sattel um und gewahrte eine maßlose Erregung in Sperones Gesicht. Seine Lippen zuckten, er öffnete den Mund und schloß ihn wieder, während er langsam und wie ein Widerstrebender von der geringen Höhe, die er bereits gewonnen hatte, auf die Straße zuschritt.

«Was gibt es?» fragte Diomede.

«Nichts... nichts...» stammelte Sperone. «Ich... Herr ... ich will dir... ich muß ... nein, nein... Ich habe dir noch etwas zu sagen.»

Diomede machte kehrt und ritt auf ihn zu. Sperone stand vorgeneigt etwa in der Höhe eines Hausgeschosses über Diomede, der nun halten blieb und ihn erwartungsvoll ansah.

«Was gibt es denn?» fragte er noch einmal.

Sperone hatte die Augen wieder sehr weit geöffnet und schluckte mehrere Male. Plötzlich lachte er wie einer, der sich zur Unbefangenheit zwingen will, und nun überkam ihn jählings eine höchst sonderbare Redseligkeit. «Also, was den Weg angeht, den Ihr reiten müßt, da ist darauf zu achten, daß Ihr hinter der zweiten Gabelung die gestürzte Eiche zur Linken laßt...»

Hastig, ja, plappernd, mit zahllosen Wiederholungen und Abschweifungen gab er noch einmal die Wegebeschreibung von vorhin. Mitten darinnen brach er ab, schüttelte den Kopf und lief hurtig, als müsse er flüchten, bergauf in den Wald.

Diomede hatte ihm bestürzt zugehört. Aber erst später, auf dem rechter Hand zur Höhe führenden Seitenpfade wurde ihm plötzlich klar, daß der Färber ihm wohl etwas ganz anderes hatte sagen wollen, dann aber durch irgendeinen Umstand seines Inneren daran gehindert worden war.

21

Das Zusammentreffen mit dem Färber hatte Diomede beunruhigt und verstört, denn es ließ ihm das Gefühl zurück, es sei da ein Geheimnis am Werke. Bis an dieses Zusammentreffen war es ihm, gemessen an den Verfinsterungen der letzten Zeit, leicht zumute gewesen, denn er hatte ja geglaubt, nun bald aller Befleckung zu entrinnen. Jetzt aber hatte die Begegnung mit dem Färber einen Schatten über sein Gemüt geworfen.

Und wie sonderbar ist es, dachte Diomede, daß der Färber sich von meinen Unterhandlungen mit dem Großtyrannen eine Besserung der in der Stadt aufgekommenen Heillosigkeit verspricht. Weiß er denn so viel von mir?

Er ritt sehr schnell, um desto bälder zum Großtyrannen zu gelangen und damit ein Ende aller Verworrenheiten herbeizuführen. Am Ort des Brückenbaues gewahrte er diesseits des Flusses zwei grasende Pferde mit gelösten Vorderzeugen. Unweit davon fand er den Reitknecht. Er überließ ihm sein Pferd und fragte nach dem Großtyrannen. Der Reitknecht wies ihn über die Notbrücke. Diomede kniete am Ufer nieder und erfrischte sein glühendes Gesicht aus den hohlen Händen. Dann ging er hinüber.

Auf halber Höhe der zum Brückenkopf ausersehenen Kuppe fand er endlich den Großtyrannen, der sich im Schatten eines blätterreichen und starkriechenden Strauches gelagert hatte und in halbaufgestützter Haltung die ausgebreiteten Zeichnungen betrachtete. Neben ihm hockte der Baumeister und deutete, eifrig sprechend, hier und da auf eine Stelle des Planes.

Bei Diomedes Kommen sah der Großtyrann auf und nickte ihm zu, lud ihn aber nicht ein, sich zu nähern, sondern fuhr in seinem Gespräch mit dem Baumeister fort. Endlich, nach Verfluß einer reichlichen Viertelstunde, entließ er diesen und winkte Diomede zu sich.

Diomede bedankte sich für die Bereitstellung des Pferdes. Der Großtyrann antwortete: «Nun, ich sagte dir doch, daß ich jederzeit für dich zu sprechen bin. Da war ich es wohl auch schuldig, die Hilfsmittel zu stellen, welche das Einlösen dieser Zusicherung möglich machen. Aber hast du dich schon ein wenig auf meinem Baugelände umgetan? Und was meinst du zu meiner Brücke und ihrer Kopfbefestigung?»

Diomede wußte, daß im Umgang mit dem Großtyrannen viele zu Schmeichlern wurden, oft wider Willen, und er hatte eine Furcht davor, ihnen beigezählt zu werden. Darum vermied er es, den Bau zu loben, und sagte: «Mir scheint, daß diese Anlage von Straße, Brücke und Befestigung einer Notwendigkeit Rechnung trägt, und diese Notwendigkeit dünkt mich so sehr am Tage zu liegen, daß es mir unbegreiflich vorkommen will, wie nicht schon vor Jahrzehnten auf eine solche Schöpfung Bedacht genommen wurde.»

«Du tust den Männern früherer Jahre unrecht, Diomede. Denn diese Notwendigkeit sahen sie wohl. Und doch konnte die Arbeit nicht zustande kommen, weil es zu viele verschiedene Meinungen gab sowohl über den Bau selbst als auch über die Art der Geldbeschaffung. Zudem ist es ein Unternehmen von sehr langer Dauer, und weil doch vormals die Herrschaftsverhältnisse unter den Parteiungen der Geschlechter und der Zünfte häufig wechselten, so traute man sich nicht recht, ein solches Werk anzugreifen. Da ich es endlich begann, habe ich es keineswegs verschmäht, den früheren Entwürfen manches Brauchbare zu entnehmen.»

Und nun begann der Großtyrann dem Diomede an Hand der Zeichnungen diese und jene Einzelheit zu erläutern. Dabei erging es Diomede, wie es ihm schon manchmal ergangen war; nämlich so, daß er in der vordringsamen Eile, mit welcher er etwas aus seiner eigenen Angelegenheit zu des Großtyrannen Ohren hatte bringen wollen, ungeduldig auf einen schicklichen Anlaß gepaßt hatte, während der Großtyrann von allgemeinen Gegenständen redete. Dann aber nahm das Gespräch des Großtyrannen ihn so sehr hin, daß er sein Anliegen auf Augenblicke fast vergessen konnte; und der Großtyrann sprach ja auch von Dingen, welche für Diomede eine Wichtigkeit hatten.

«Ich habe», erklärte der Großtyrann, nachdem eine Weile von der Brücke und den Befestigungsanlagen die Rede gewesen war, «am Bauen eine besondere Lust. Nur trachte ich diese Lust so zu lenken, daß dabei etwas entstehe, das meinem Gemeinwesen nutzbringend und angemessen ist. Aber ich möchte wohl glauben, daß mich eigentlich etwas anderes treibt als dieser Gedanke. Denn ich wünsche, daß mich auf sehr lange Zeit etwas Gewisseres überlebe, als es die Aufzeichnungen der Geschichtsschreiber und die mündlichen Erzählungen der Menschen sind; nämlich etwas, das faßbar sei auch für das Auge desjenigen, der vielleicht nie meinen Namen hören wird, und an dem Namen ist ja auch nicht viel gelegen.»

Diomede antwortete: «Die Staatswirkung der Herrlichkeit wird, so glaube ich, den Zukünftigen deutlich sein auch ohne solche Denkmale.»

«Ich weiß, Diomede, daß du so denkst und daß deine Denkart sich hierin unterscheidet von der deiner Altersgenossen aus den Stadtgeschlechtern, welche gleich ihren Vätern immer noch meinen, es könne ein anderer Zustand eintreten — womit sie, dies steht bei der Zukunft, vielleicht recht behalten werden. Nur soll niemand erwarten, ich würde es der Vorsehung erleichtern, einen solchen Wechsel herbeizuführen. Übrigens würde ich den Trieb zum Bauen vielleicht nicht so heftig empfinden, wenn ich Kinder hätte. Nun aber wird ja später die Nachkommenschaft meines Neffen in Cassano regieren. Und das ist mir lieb. Hätte ich Söhne, so hätte ich die Verantwortung für sehr viele Geschlechter zu allen meinen übrigen Verantwortungen. So aber hat diese Verantwortung mein gestorbener Bruder. Außer dieser hat er nie eine Verantwortung getragen noch zu tragen vermocht.»

Diese Worte befremdeten Diomede, denn es schien ihm natürlich, daß ein Mann den Trieb habe, sein Dasein auch leibhaft fortzusetzen, und er dachte mit Verwunderung daran, wie er sich unter lauter Leuten bewegte, die zu einem kinderlosen Sterben verurteilt waren; er aber, er wollte nicht sterben, sondern Söhne zeugen und in ihnen ewig sein, so wie er ewig sein wollte im Gedächtnis der Menschen. Doch sagte er höflich und zugleich im Glauben an das, was er sagte:

«Die Nachkommenschaft der Herrlichkeit wird aus all dem bestehen, was in späteren Zeiten irgendein Lebenszeugnis in Cassano ablegt.»

«Dies sind Dinge», sagte der Großtyrann, «über denen man bisweilen den Verstand verlieren, ja, in gänzliche Verzweiflung fallen könnte. Was tut denn ein Staatsmann? Er bemüht sich, einen kräftigen Zustand herbeizuführen. Ich setze den Fall, es gelingt ihm. Was geschieht dann? Der Zustand erreicht den Gipfel seiner Reife und Kraft und beginnt zu altern. Nun wird er sich, je nach der Stärke seines Urhebers, noch eine Weile behaupten, doch werden die Menschen inzwischen veränderte Gesinnungen bekommen haben und immer entschiedener gegen ihn ankämpfen, bis ein neuer Zustand geschaffen ist. Dieses Spiel setzt sich fort durch alle Jahrhunderte, und jeder neue Zustand wird das gerade Gegenteil des vorhergehenden sein, weil ja in der menschlichen Natur entgegengesetzte Strebungen liegen, von denen eine jede als etwas natürlich Erschaffenes ihr Recht hat und darum ihr Recht verlangt. Ich sage dir, Diomede, glücklich ist nur der, welcher nicht erkannt hat, was eigentlich das Leben ausmacht: nämlich der Umstand, daß der Trieb zur Dauer im Streite liegt mit der Erkenntnis der Vergänglichkeit. Und doch kann ich diesen Glücklichen nicht beneiden.»

22

Diomede war zu jung, als daß er diese Worte so hätte fassen können, wie sie gedacht waren. Immerhin faßte er sie mit seiner vorwegnehmenden Erkenntnis, da er sie ja mit jener Einsicht, die nur von der Erfahrung gespeist werden kann, noch nicht zu fassen vermochte. Er hätte gern etwas Tröstendes gesagt, doch fühlte er, daß dies nicht nur unschicklich gewesen wäre gegenüber dem Manne, der ihn zum Hörer solcher Gedanken gemacht hatte, sondern auch eine Lästerung Gottes und seiner Ordnung. So bemerkte er nur: «Die Worte der Herrlichkeit treffen auf alles menschliche Handeln zu, nicht nur auf jenes der Hochgestellten und mit besonderen Verantwortungen Belegten.»

«Gewiß», erwiderte der Großtyrann. «Aber für den Staatsmann als den stärkstens Handelnden haben sie wohl ihre deutlichste Gültigkeit. Du weißt noch nichts, Diomede, von den großen Zweifeln der Staatsmänner. Ein Landmann, ein Schneider, ein Arzt streben nach dem Möglichen. Sie können auch gewiß sein, daß sie den Willen Gottes und der Natur verrichten. Denn der Mensch soll ja Brot essen, sich bedecken und gesund sein. Der Staatsmann aber muß nach dem Unmöglichen streben und vielleicht sogar nach dem, das Gott nicht will. Denn will Gott wirklich jenen Zustand, bei dem der Wolf satt wird und die Schafe heil bleiben? Wollte er ihn, so hätte er uns wohl deutlichere Fingerzeige zu seiner Herbeiführung gegeben.»

Die letzten Worte hatte er leise gesprochen und ließ nun, wie er es manchmal tat, die Lider über die Augen sinken. Dies war wie das Schließen eines Vorhanges, als wollte der Großtyrann verhindern, daß jemand durch seine Augen in sein Herz blickte.

Als er wieder emporsah, gewahrte Diomede in seinen

Augen einen Glanz, der fast an Verzückung gemahnte. Er sagte mit starker Stimme: «Und doch, Diomede, gibt es nichts Herrlicheres und Manneswürdigeres auf dieser Erde als die Macht! Dazu sind wir geschaffen, nach ihr zu greifen und sie auszuüben!»

Diomede spürte sein Herz klopfen. Er hatte ein tiefes Erschrecken empfunden, da dieser verschlossene und rätselvolle Mann ihn auf eine so unbegreifliche Weise an seiner Selbstentblößung teilnehmen ließ. Diese letzten Worte des Großtyrannen jedoch hatten die Kraft eines glorienhaft aufrauschenden Triumphes, und von ihr wurde ein stolzes Anschwellen bewirkt auch in der Seele des Diomede. Ja, es schien sich eine sonderbare Gemeinsamkeit zwischen den beiden Männern hergestellt zu haben.

Allein dies hohe Gefühl hielt in Diomedes Innerem nicht stand. Denn die Richtung, welche das Gespräch genommen hatte, führte ihn zurück auf jene unlängst mit dem Großtyrannen gepflogene Unterredung, da er der irdischen Macht, von welcher der Großtyrann Zeugnis gab, das himmlische Inbild der Gerechtigkeit hatte entgegensetzen wollen. Und er fühlte, wie doch seine eigenen Verzweiflungen ihren Grund darin hatten, daß er diese Gerechtigkeit zwar noch verfechten wollte als eine himmlische Leitschnur, sie aber verlassen und verleugnet hatte in den Notwendigkeiten seines irdischen Tuns.

Der Großtyrann stand auf, und seine Bewegungen hatten eine jugendliche Schnellkraft. Diomede nahm die Pläne vom Erdboden, rollte sie zusammen und folgte. Sie stiegen zur Höhe hinan.

Diomede fühlte, daß es angemessener wäre, zu den Worten des Großtyrannen von seinen Verzweiflungen nicht zurückzukehren; denn diese Worte waren nahezu Geständnisse gewesen. Doch beschäftigten sie ihn so stark, daß er sich nicht von ihnen zu lösen vermochte. So konnte er sich nicht enthalten, nach einer Weile zu sagen: «Wir anderen erleiden unsere Verzweiflung als einzelne. Wie aber könnten solche Verzweiflungen dich hemmen? Denn du, Herrlichkeit, als der Wille des Volkes —»

«Hältst du mich dafür?» unterbrach ihn der Großtyrann mit einem Lächeln des Selbstspottes. «Nun, ich weiß, daß ich nicht der Wille des Volkes bin. Und gleichwohl magst du recht haben. Denn es hat ja alles Geschaffene und auch der Mensch außer seinem offenbaren noch einen ihm selber verborgenen Willen. Das Pferd will grasen und in Freiheit springen; dennoch will es auch in Zucht genommen und in Herrlichkeit geritten werden. Der Wein möchte wachsen, blühen, Samen ausstreuen und verwildern; und doch will er auch geschneitelt, gekalkt, gelesen und gekeltert sein; denn er will ja als Trank auf Fürstentafeln schimmern, im Kelch zur Erlösung der Welt werden, Gedanken und Gedichte erzeugen, Liebe zwischen Männern und Weibern beflügeln und alles Erschaffene beglänzen. So bin auch ich der verborgene Wille des Volkes. Denn das Volk will nicht nur tagewerken und essen, hadern und Kinder zeugen, sondern es hat auch den Willen, ein erhöhtes Bild seiner selbst zu gewinnen. Und ich glaube wohl, ich habe ihm das gegeben. Zudem habe ich ja in vielem auch seinen offenbaren Willen vollbracht, indem ich ihm Sicherheit der Märkte und Straßen gab und den Leuten ihr liebstes Recht nahm, das Recht nämlich, mit gegenseitig geübter Gewalttat sich untereinander den Ertrag aller Mühsal wieder zunichte zu machen. Auf diese Weise magst du recht haben, wenn du mich den Willen des Volkes nennst.»

«So habe ich es gemeint», sagte Diomede.

Der Großtyrann führte seine Gedanken weiter, indem er fragte: «Sage mir, Diomede, warum reißt man die Herrschaft an sich und warum herrscht man?» Während Diomede auf eine Antwort dachte, fuhr der Großtyrann fort: «Einmal weil man dazu geboren ist und kein Mensch das zu tun unterlassen kann, wozu er seiner Natur nach geschaffen wurde. Also um seiner selbst willen. Zum zweiten aber um der Beherrschten willen, indem nämlich der

Herrscher — diesen Fall setze ich — ein solcher ist, daß er den Willen der zu Beherrschenden deutlicher erkennt als diese selbst.»

«Aber läßt sich, Herrlichkeit, nicht der Fall setzen, daß er ihn vielleicht nur zu erkennen *meint?*»

«So belasse ihm seinen Irrtum. Er wird zu diesem Irrtum geboren sein, wie jeder Mensch zu dem seinigen. Dies mag Gott schlichten. Jene beiden Dinge, so meine ich, müssen zusammentreffen, um den wahrhaften Herrscher zu beglaubigen und zu rechtfertigen. Außer diesen aber ist nichts erforderlich, weder eine kaiserliche Bestallung noch eine hohe Geburt. Die kaiserliche Anerkennung wird nicht ausbleiben, wo eine wirkliche Herrschaft sich aufgerichtet hat und die hohe Geburt wird schon der erste Nachkomme dieses Herrschers aufzuweisen haben; vielleicht nicht zu seinem Vorteil, denn es ist besser, Ahnherr zu sein als Enkel.»

Diomede, welcher ja von der Kraft der Geburt und von der Bedeutsamkeit der Vorfahren eine andere Meinung hatte, hielt es für unschicklich, an diesem Orte etwas von ihr auszusprechen. Doch dünkte ihn gegen einen anderen Punkt eine Erwiderung gestattet. So sagte er: «Die Herrlichkeit erlaube mir, noch einmal zu meinem Einwande zurückzukehren und den Fall zu setzen, daß der Herrscher den Willen des Volkes nur zu erkennen meint, sich aber mit dieser Meinung in einem Irrtum befindet. Müßte, wer sich unterwinden wollte, den verborgenen und offenbaren Willen des Volkes zu sondern — da doch diese beiden so häufig miteinander im Streite liegen —, müßte der nicht ein Gott sein? Denn wer anders könnte hierzu die Fähigkeit und die Rechtfertigung haben? Und können denn irdische Hände so rein sein, daß sie sich an die Aufrichtung jenes Bildes, von dem du sprachst, wagen dürfen?»

«Nein», entgegnete der Großtyrann lebhaft. «Hierin liegt ja eine der großen Widersprüchlichkeiten und Unvollkommenheiten unserer Welt, daß reine Hände nicht stark sein, starke aber nicht rein bleiben dürfen. Dies hat

Gott der Erde verhängt. Willst du aber wirklich meinen, die Aufrichtung des Bildes habe deshalb zu unterbleiben? Und Gott scheint mir ja auch diese Aufrichtung bestimmt zu haben.»

«So wäre er im Widerspruch mit sich selbst?»

«Vielleicht müssen wir es so nennen. Es besteht ja alles Lebendige nur durch den Widerspruch in ihm selber. Und obwohl gewiß Gott an sich und in seiner Wirklichkeit gerade das ist, was keinen Widerspruch hat, sondern Spruch und Widerspruch in einem und der einzige, in dem keine Unterscheidung des offenbaren und des heimlichen Willens stattfindet, so bleibt unseren Augen doch dieses eine zu schauen verwehrt; höchstens, daß es unserem Herzen in seltenen Augenblicken zu ahnen erlaubt wird. Dies möchte ich wohl glauben, doch gestehe ich, hierin keine eigene Erfahrung zu haben. Und so müssen wir denn Gottes Widersprüchlichkeit — von der ich wohl weiß, daß sie nicht vorhanden ist! — dennoch als etwas Vorhandenes hinnehmen, denn anders können wir nicht handeln. Es geschieht ja auch, daß ein gerechter Kaiser eifrige und getreue Diener hat, deren er zur Vollstreckung seines gerechten Willens nicht entbehren kann, obwohl er weiß, daß sie seinen Willen nicht anders wirken können, als indem sie in seiner Vollbringung auch in Härten und Ungerechtigkeiten sich verstricken lassen. Das macht, der Kaiser thront in einem hohen und majestätischen Zentrum als ein Gewissen des Erdkreises; seine Diener aber müssen in sämtlichen Orten der Peripherie wirksam sein, wo sie es mit allen Unvollkommenheiten und Erniedrigungen der Erde zu schaffen haben. Und dennoch vollbringen sie seinen Willen, dem Kerne nach, und des Kaisers gerechter Wille, in welchem kein Widerspruch ist, wird geheimnisvoll in allem Geschehen zugegen sein.»

«Ich möchte, Herrlichkeit», sagte Diomede, «hier nicht die Frage aufheben nach einer möglichen Unterscheidung zwischen dem offenen und dem verborgenen Willen auch des Kaisers oder jenes Herrschers, dessen wir vergleichsweise Erwähnung taten. Vielmehr möchte ich zurückkehren dürfen zu dem, was du über den Willen des Volkes gesagt hast. Ich rede hier aber nicht als ein Sachwalter der Unzufriedenen, sondern als einer, der noch manchen Zweifel hat, weil er nichts Ungeprüftes annehmen mag, und der seine Meinungen zu klären trachtet. Und so ist mir der Gedanke gekommen, ob es nicht möglich wäre, den verborgenen und den offenbaren Willen des Volkes in einem zu erfüllen, wobei ich freilich an die Erfüllbarkeit des Willens denke, nicht etwa an die Erfüllbarkeit jedes Wunsches oder Gelüstes. Denn es scheint mir nicht notwendig, daß diese beiden, der verborgene und der offenbare Wille, einander nun immer und in allen Stücken entgegengesetzt sein müßten.»

Der Großtyrann lächelte, als habe ein Kind, dem er wohlgesinnt war, einen Einwand vorgebracht. «Mich dünkt, wir sprachen bereits darüber, da wir von den Schwierigkeiten redeten, die sich in vergangenen Zeiten dem Bau dieser Brücke entgegensetzten. Denn diese Herrschaft der Parteien, wie sie damals bestand und auch in der cassanesischen Verfassung ihren Ausdruck hatte, ist sicherlich der offenbare Wille des Volkes gewesen. Seinen verborgenen aber hätte ich nie vollstrecken können, wenn ich diese Verfassung geachtet hätte. Bequem freilich wäre es mir gewesen, wie es ja auch sehr bequem ist, so zu regieren, daß man mit den Parteien im Übereinklang bleibt, denn hierbei kann man das eigene Gewissen am unangefochtesten erhalten.»

«Aber wie kann denn einer so regieren», entgegnete Diomede, «daß er mit allen den einzelnen Parteien gleichzeitig in Übereinstimmung sich befindet, da sie ja Entgegengesetztes wollen? Er kann es doch nicht zugleich den Vornehmen, den Ackerbauern und den Gewerken recht machen, denn um nur ein Beispiel zu nennen, es ist doch so, daß die Ackerbauern die Stadterzeugnisse wohlfeil kaufen möchten; und darum wollen sie, es sollen recht viele Handwerker sein, bei welchem Zustande immer der eine die

Preise des anderen wird unterbieten müssen. Wogegen die Gewerbe wollen, es soll zum Handwerk nur zugelassen werden, wer ihnen als genehm und geeignet gilt, damit es wenige Handwerker gebe und diese untereinander ihre Preise brüderlich und nach Recht festsetzen und jeder seine auskömmliche Nahrung habe.»

«Es versteht sich von selbst», sagte der Großtyrann, «daß es nicht allen Parteien zugleich recht gemacht werden kann. Indessen verlangen sie das auch gar nicht, wie laut auch eine jede danach ruft, daß es gerade ihr recht gemacht werde. Denn es gibt nämlich etwas wie einen Gesamtgeist der Parteien, und dieser heißt die einzelne Partei sich damit begnügen, daß überhaupt nach Wünschen von Parteien regiert werde, wobei er es offen läßt, welcher Einzelpartei dies Regieren nun im Augenblick gerade zustatten kommt. Denn man weiß gut, daß im Hin- und Herwechsel der Verhältnisse auf diese Weise jeder Partei einmal der Augenblick geboten wird, da sie ihre Rechnung findet. Verzichtet aber eine Herrschaft darauf, sich überhaupt von Rücksichten auf die Parteien bestimmen zu lassen, oder tut sie gar, als gebe es deren gar nicht, so hat sie den Gesamtgeist der Parteien gegen sich, und ich verhehle mir nicht, daß ich mich in dieser Lage befinde. Denn nun weiß ja jede Partei, daß nicht nur die feindliche, sondern auch sie selbst der Aussicht beraubt ist, für eine Weile ihren Vorteil zu finden.»

«Aber müssen nicht Parteiungen sein?» fragte Diomede. «Ich habe mir sagen lassen, ein Staatswesen könne auf die Länge nur gedeihen, wenn sich in ihm zwei einander widerstreitende Strebungen die Waage halten, so nämlich, daß bald die eine, bald die andere ein Übergewicht hat und damit die zeitweilig unterlegene zu neuen Kräfteentfaltungen nötigt.»

«Dieser Satz mag wohl Gültigkeit haben», meinte der Großtyrann, «doch hat er sie nur für Gott oder für die betrachtende Nachwelt. Wollte aber der handelnde Staatsmann sich von ihm hindern lassen, auf gänzliche Überwindung des ihm Entgegenwirkenden auszugehen, so würde es freilich sehr bald nur die eine herrschende Strebung geben, doch wäre es die ihm feindliche. Dies gilt für einen jeden, sowohl für den Führer einer Partei, welche in Fehde mit einer anderen steht, als auch für denjenigen, welcher dem Gesamtgeist der Parteien den Kampf ansagte. Das Widerspiel, von dem du redest, mag notwendig sein, doch erwächst es ja aus sich selbst ohne den Willen der Wirkenden; diese vielmehr müssen und werden so handeln, als wüßten sie von diesem Satze nichts.»

«Und doch wissen sie von ihm», sagte Diomede. «Zum mindesten weiß von ihm die Herrlichkeit selber.»

«Mein Lieber», antwortete der Großtyrann, «wir haben uns neulich verstricken lassen in die sehr alte Frage vom Widerstreit zwischen den zwei möglichen Auffassungen des Rechtsprechens, das heißt also vom Widerstreit zwischen der Macht und dem Recht, wenn wir auch, erinnere ich mich zutreffend, diese beiden Worte wohl nicht ausdrücklich anwandten. Wir wollen uns heute nicht zu sehr verstricken lassen vom Gegensatz zwischen der Erkenntnis und der Fähigkeit zum Handeln, auf welchen deine letzten Worte hindeuteten. Auch der Gegensatz zwischen dem offenbaren und dem heimlichen Willen hat uns vielleicht zu sehr beschäftigt. Es ist möglich, daß alle diese Gegensätze den gleichen Urgrund haben und sich nicht anders lösen lassen als in der widersprüchlichen Unwidersprüchlichkeit Gottes.»

«Ich erbitte Vergebung», sagte Diomede mit einer gewissen Andringlichkeit, «wenn ich mich nicht so sehr in der Gewalt habe, daß ich mich von allen Gegenständen unserer Unterredung hurtig genug abzukehren vermöchte. Aber es stellt sich mir erneut die Frage, ob der Herrscher, der sich vermißt, klar den offenen vom verborgenen Willen des Volkes zu sondern und jeden auf die ihm gemäße Art zu vollstrecken, ob dieser Herrscher nicht in der Tat ein Gott sein müßte?»

«Es wird ein Stück von Gott selbst wohl in ihm sein»,

antwortete der Großtyrann leise und mit abgewa[ndtem] Gesicht.

Diomede schauderte es. Denn hier zum ersten M[ale war] es, als blicke er durch einen Mauerspalt ins Innere des Großtyrannen und gewahre, daß hinter aller zweiflerischen Klugheit dieses Mannes, von ihr umschirmt, aber von ihr nicht angefochten, ein Stück ungemessener, ja, fast wahnwitzig erscheinender Selbstüberhebung verborgen lag.

Der Großtyrann fuhr raunend fort: «Und ich will dir noch etwas sagen, das vielen ein Geheimnis ist, auch den Beherrschern mancher Städte und Länder: wie nämlich ein rechter Herrscher mitten in allen Bedingtheiten des menschlichen Zustandes dennoch ein Abbild Gottes ist, so ist er ihm auch darin ähnlich, daß er zu handeln hat einzig nach den Grundsätzen *seiner* Wesenheit, nicht aber nach Richtmaßen, die außerhalb seiner entstanden sind, sie mögen sich herschreiben, woher sie wollen.»

23

Sie hatten unter diesen Gesprächen, die manchmal durch Fragen und Weisungen des Großtyrannen an die Arbeiter und deren Aufseher unterbrochen worden waren, den Brückensteg erreicht; ja, sie waren schon mehrere Male auf ihm hin und her gegangen und standen jetzt, den Blick gegen das blank rinnende Wasser gerichtet, auf seiner Mitte.

«Wie geht es zu, Diomede, daß ich solche Gespräche mit dir führe?» fragte der Großtyrann. «Dergleichen begegnet mir sonst nicht.»

Diomede sah keinen Anlaß zu einer Antwort und schwieg.

«Ich liebe die Jugend», fuhr der Großtyrann fort. «Ich möchte mit jungen Leuten arbeiten. Es ist nicht lange her, da habe ich Ursache gehabt, dies hier am gleichen Ort einem älteren Manne zu sagen.»

Diomede erriet, daß der Großtyrann Nespoli meinte —

denn er wußte wohl, daß dieser seinem Herrn häufig auf Ritten nachzufolgen hatte —, und die plötzlich auftauchende Erinnerung an diesen Mann verwehrte es seinen Gedanken, sich verwundert oder geschmeichelt an des Großtyrannen letzte Worte zu hängen. Vielmehr riß sie ihn aus allen staatlichen Erwägungen und wollte ihm diese fast bloßstellen als müßige Ergötzungen des Geistes, über denen er Gefahr laufe, den dringlichen Kampf um seinen Vater und sich selbst zu vergessen. Und zugleich spürte er auch, wie günstig für ihn der Augenblick sein mußte, der so vertrauliche Äußerungen des Großtyrannen hatte hervorbringen können. Ohne abzuwarten, welche weitere Wendung der Großtyrann dem Gespräch zu geben wünschte, sagte er rasch: «Ich muß der Herrlichkeit noch einmal danken für den freien Zutritt, den sie mir gewährt hat. Denn er macht es mir möglich, nun, nachdem ja die geschehenen Untersuchungen und die Aussage jenes Mädchens das Bild der Wahrheit hergestellt haben, in gänzlicher Zuversicht meine Bitte vorzubringen: nämlich die Herrlichkeit wolle, soweit es meinen Vater angeht, die Sache für geendigt erklären, damit jede unverdiente Minderung seiner und meiner Ehre unterbleibe und er endlich gleich jedem Toten auf die angemessene Art zu seiner Ruhe gebracht werden kann.»

Hierauf erwiderte bedächtig der Großtyrann: «Ach, mein Lieber, wir hatten uns vorhin in schwierige Fragen der Staatslehre verwickelt und haben da allerhand Meinungen ausgewechselt.» Bei diesen Worten lächelte er, und dieses Lächeln, gleichwie auch der Ton, in welchem er sprach, schien bestimmt, der vorangegangenen Aussprache nachträglich etwas von ihrem Gewicht zu nehmen, ja, sie als eine bloße Gedanken- und Redeübung geringschätzig abzutun. «Aber nun soll uns ein gleiches», so fuhr er fort, «nicht auch noch mit den Gegenständen der Rechtslehre widerfahren, etwa indem wir uns jetzt verführen ließen, abermals die Frage der Glaubwürdigkeit unglaubwürdiger Personen zu erörtern und von dort aus, wie es uns schon einmal geschah, uns in luftige Auseinandersetzungen über den Grund aller Rechtsprechung zu verlieren.»

Mit einem deutlichen Unbehagen stand Diomede hier abermals vor des Großtyrannen eigentümlicher Art, plötzlich unanhaltbar zu werden und unversehens zu entgleiten, wie ein Fisch oder ein ölfeuchtes Gerät einer Hand entgleitet. Ja, er gewann die Meinung, der Großtyrann, welcher in allen Gesprächsablenkungen sehr gewandt war — freilich wurden ihm solche erleichtert durch den Umstand, daß er in jeder Unterredung der ranghöhere Partner war, dessen Bahnen der andere jeweils sich anzubequemen hatte —, der Großtyrann habe alles vorausgegangene Gespräch nur begonnen, weil er ihn hindern wollte, zur Sache seines Vaters zu sprechen. So wären denn diese Auseinandersetzungen, welche für Diomede einen solchen Ernst und ein solches Gewicht hatten, für den Großtyrannen nichts gewesen als Vorwände und Mittel zur Förderung eines Zweckes? Diomede fühlte, daß er mit einer solchen Meinung im Unrecht war; dies vermehrte seine Erbitterung.

Dennoch gedachte er mit einem geschwinden Zupacken den Augenblick wahrzunehmen und ihm eine Wirkung von Dauer geben zu sollen. So sagte er: «Es wäre unziemlich, Herrlichkeit, wenn ich versuchen wollte, ein Gespräch anzuspinnen, welches von dir nicht gewünscht wird. Und ich bitte dich, zu glauben, Herrlichkeit, daß ich dir nicht lästig fallen möchte mit allerlei Gedankenäußerungen; vielmehr habe ich ehrerbietig eine Bitte ausgesprochen, von der ich meine, sie sei durch die Entwicklung der Umstände gerechtfertigt, und ich wage es, sie zu wiederholen, selbst auf die Gefahr hin, daß meine Beharrlichkeit ein Mißfallen erregen könnte.»

«Was sollte mir daran mißfallen, Diomede?» fragte der Großtyrann. «Du weißt, daß ich Achtung habe vor der Heftigkeit, mit welcher du für dein Geschlecht eintrittst. Aber ich habe inzwischen erfahren, wie sehr ich im Rechte war, als ich mich gewarnt fühlte, den Aussagen dieses Mädchens — ich glaube, ihr nennt es das Perlhühnchen — allzuviel Gewicht beizumessen. Ich gebe zu, daß es eine Weile den Anschein haben konnte, als sei deines Vaters Unschuld völlig aufgehellt. Ja, ich freute mich bereits an der Aussicht, ich werde bald unaufgefordert das tun können, was du soeben von mir erbatest. Aber weißt du denn nicht, daß deine Zeugin heute vormittag zum zweitenmal im Kastell erschienen ist?»

Diomede zuckte zurück und sah den Großtyrannen aufflammend an.

«Sie hat», fuhr dieser sehr ruhig fort, «ihre Aussage zurückgenommen, genauer gesprochen: sie in einigen Punkten abgeändert; so nämlich, daß dein Vater zwar bei ihr gewesen sei, aber nicht mehr zur Stunde des Mordes. Ich sage ja nicht, daß ich an deines Vaters Schuld glaube. Aber du begreifst wohl, daß ich ihn noch nicht gänzlich aus jenem Verdachte entlassen kann. Denn es ist nun, der Zeit nach, wieder die Möglichkeit da, er könnte sich, nachdem er das Perlhühnchen verließ, in meinen Garten begeben haben.»

Diese Mitteilung traf Diomede so hart, daß er kein Wort zu seiner Verfügung fand und nur mit Mühe einen Ausruf der Empörung zu unterdrücken vermochte. Ohne das Unhöfische dieser Gebärde zu bedenken, wandte er sich ab, stützte beide Hände klammernd auf einen Stegpfosten, preßte das Kinn gegen die Brust und stöhnte. Zerrissenen Gemütes und Gewissens sah er sich jählings zurückgeworfen in all das schmutzige Getreibe, dem er entronnen zu sein hoffte.

Der Großtyrann ließ ihn eine Weile gewähren. Dann sagte er: «Du bist, und das ist mir verständlich, in diesen Augenblicken des Glaubens, dein Leben bestehe in nichts anderem als in dem Hin- und Widerfluten jenes Kampfes um deinen Vater, in welchem du eben eine Enttäuschung erfahren hast. Aber dieser Meinung solltest du nicht sein, und du weißt ja auch, daß du sie nicht für eine lange Zeit wirst behalten können. Darum erinnere dich schon jetzt, daß es alle die Dinge gibt, von denen wir vorhin sprachen, und daß sie für dich ihre Wichtigkeit haben, ja, daß sie für dein Leben wohl eine noch größere Wichtigkeit bekommen werden. Denke also über die nächsten Tage hinaus, deren Verworrenheiten doch einmal ihre Lösung finden müssen. Du wirst wieder nach Bologna zurückkehren und von neuem deinen Bemühungen um die Rechts- und Staatskunde nachgehen. Dazu will ich dir etwas sagen, was ich zuvor schon andeutete: ende deine Studien und alsdann komme zu mir. Ich werde dir Gelegenheit bieten, deine Kenntnisse und Eigenschaften auf eine große Weise anzuwenden. Was hältst du von dieser Aussicht?»

«Mir scheint es der Herrlichkeit nicht angemessen, den Sohn eines Meuchelmörders in ihre Dienste zu ziehen», erwiderte Diomede feindselig.

«Nun, hier könnte wohl Rat geschafft werden», meinte der Großtyrann. Doch als besorge er, diese Worte könnten ihn zu sehr binden, indem Diomede sie vielleicht als die Andeutung eines Versprechens in Sachen seines Vaters auffassen möchte, fügte er rasch hinzu: «Ich habe keine Vorurteile. Mir liegt an Männern, nicht an ihren Vätern.»

Auf Diomede wirkte diese Äußerung so, als sei ein Köder der Versuchung nach ihm ausgeworfen worden, wenngleich kein ganz deutlich wahrnehmbarer. Aus irgendeinem Grunde mochte es dem Großtyrannen bequem erscheinen, daß Diomede seinen Kampf aufgebe, und hierfür stellte er ihm als Preis einen Vorteil in Aussicht; vielmehr keinen bloßen Vorteil, was ja niedrig gewesen wäre, sondern er zeigte ihm die Möglichkeit, den Sinn seines Daseins zu erfüllen. Und dieser, das wußte Diomede, konnte ja in nichts anderem bestehen als darin, daß er feurig und besonnen zugleich im Großen und ins Große tätig wäre und alle seine Gedanken von Staats- und Rechtsdingen in die Erscheinung setzte.

«Beiße dich nicht fest in deinen Unmut», fuhr der Großtyrann fort. «Halte dich lieber an jene Gedankenbahnen, welche wir vorhin berührten. Der Streit um deinen Vater wird vergangen sein; aber das Leben, das vor dir steht, hat noch eine Unendlichkeit, und es liegt bei dir, daß es auch Größe habe.»

Diomede schwieg in der Verstockung eines rechtmäßigen Ingrimms.

«Wir wollen heimreiten», sagte der Großtyrann.

Da sie den Hohlweg hinter sich hatten, nahm der Großtyrann noch einmal das Wort, als habe er zu begütigen. «Nimm es dir nicht allzusehr aufs Herz, Diomede, daß du einen Mißerfolg erlitten hast; es wird sich abklären und entscheiden. Freilich fürchte ich wohl, du wirst auf ein verläßlicheres Auskunftsmittel denken müssen, als dieses Mädchen es war.»

Diomede erschrak. Denn lag nicht in diesen so ruhig gesprochenen Worten ein Hinweis, daß der Großtyrann alle Täuschung durchschaut habe?

Und als habe der Großtyrann Diomedes Erschrecken wahrgenommen und verstanden, fügte er hinzu: «Du mußt nicht meinen, Diomede, ich hätte dich in einem Verdacht. Vielmehr bin ich überzeugt, daß du des guten Glaubens warst, der Fall sei mit der ersten Aussage des Mädchens ins klare gesetzt. Freilich sollst du nicht denken, dieser gute Glaube sei eine Entschuldigung oder ein Verdienst. Denn das ist eine alte Beobachtung von mir, daß jedermann, selbst der offenbares Unrecht tut, sich im guten Glauben befindet, weil er anders nicht zu handeln vermöchte. Du hast, so will ich annehmen, sicherlich alles das, was du mir vorbrachtest, für wahr gehalten; nun aber haben die meisten Menschen ja in den Dingen des Fürwahrhaltens keinen freien Willen, sondern ihre Meinung geht nach dem, das ihnen notwendig ist, um ihre Ziele zu erreichen. Auf diese Weise siehst du, daß ich dir keinen bösen Willen unterstelle.»

Diomede sagte kein Wort mehr. Er war voller Feindschaft gegen den Großtyrannen, gegen das Perlhühnchen und gegen sich selber.

24

Es soll nicht jeder einzelne Gang des tollen Bauwerks, das in Cassano sich errichtete, betreten und nachgezeichnet werden. Die Begebnisse glichen dem kunstreichen Graben- und Stollenbau, wie er stattfindet zwischen Belagerern und Belagerten, denen beiden ein wachsamer Späherdienst jede Absicht des Gegners verrät. Auf jeden Stollen der Belagerer wird augenblicks mit dem Vortreiben eines Widerstollens aus der Festung geantwortet, und es geschieht endlich eine vollkommene Unterwühlung des geduldigen Erdbodens. Das kunstreiche Mit- und Widereinandersein zahlloser Laufgänge schafft zuletzt eine gänzliche Verwirrung. Es ist nicht mehr auszumachen, welche Partei diesen, welche Partei jenen Graben ausführte. Sie schneiden einander, sie kriechen verdeckt untereinander durch. Feinde begegnen sich unvermutet, Bestürmer sehen sich plötzlich in einen Kreis Umlagerter eingeschlossen, Verteidiger kommen inmitten von Angreifern furchtbar zu sich.

Diomede war nahe daran gewesen, von aller Verbindung mit dem Perlhühnchen abzutreten und sich zurückzuziehen auf die Behauptung, sein Vater habe den Zettel in einer Umnachtung des Geistes geschrieben. Dann aber wollte ihm das als ein allzu beschämendes Eingeständnis seines Mißerfolges erscheinen. Zugleich erfuhr er, daß Monna Mafalda sich nicht müßig verhielt und daß neue Zeugen auftreten sollten. Nun schien ein Zurückweichen ihm unmöglich, und so war er der Lähmung, die sich nach jenem Brückengespräch seiner hatte bemächtigen wollen, wieder Herr geworden; Herr geworden auf eine finstere Art. Er bestimmte sich, seinen Kampf weiterzuführen ohne Rücksicht auf alle Verstörungen, die seinem Gewissen noch auferlegt werden könnten.

Die letzte Aussage des Perlhühnchens hatte es zuwege gebracht, daß Pandolfo Confini in der Nachrede eines nächtlichen Besuches verblieb, ohne dadurch des Mordverdachtes ledig zu werden. Monna Mafalda sah alle alte und neue Abneigung gegen Diomede gerechtfertigt und erfreute sich zugleich eines Triumphes. Denn noch am selben Tage machte der von ihr gedungene Nardo, Neffe ihres Gärtners, vor dem untersuchenden Beamten die Aussage, er habe jene Nacht in ihrer Ganzheit beim Perlhühnchen verlebt. Und Mafalda unterstützte diese Behauptung durch einen ihrer Hausbettler, welcher versichern mußte, er habe den Gärtnersneffen in der Morgenfrühe aus des Sattlers Haus kommen sehen. Nun wurde das Mädchen erneut vorgeladen. Diomede sparte nicht mit Vorwürfen, Drohungen, Belohnungen und Versprechungen und brachte sie damit zu der Behauptung, sie habe dem Nardo zwar diese Nacht versprochen und er sei auch im guten Glauben, bei ihr geschlafen zu haben, in der Tat aber sei er betrunken gewesen und habe es daher nicht wahrgenommen, daß sie ihm in der Dunkelheit statt ihrer ihre Schwester Teresa untergeschoben habe. Teresa hob an zu schreien und bedrohte die Schwester mit dem Küchenmesser, da sie von dieser Behauptung erfuhr. Allein sie hatte schon an so viel Argem mit Gier teilgenommen, daß weder das Perlhühnchen noch der eilig verständigte Diomede in Teresas Entrüstung etwas anderes erblickte als einen Versuch, den Kaufpreis für ihre Bestätigung der schwesterlichen Aussage in die Höhe zu treiben. Diomede zahlte, Teresa fuhr fort zu schreien, Diomede zahlte wieder, und ihr Geschrei ging in ein mildes Klagen über. Diomede zahlte abermals, und sie verstummte. Diomede machte neue Zahlungen, und Teresa beschwor die Behauptungen des Perlhühnchens. Es kam zu den Ohren ihres Mannes, wie ja nichts verborgen bleiben konnte in diesen tollen Tagen. Obwohl der Sattler Ombrapalla, der die Schwägerin ohne Anstoß bei sich zur Miete wohnen und ihr Gewerbe treiben ließ, in solchen Dingen kein Mensch von Strenge war, geriet er in eine Raserei, und Diomede hatte viel aufzuwenden an dringlicher Zurede, an Geld und Verheißungen, um ihn zu beschwichtigen. Ja, er mußte Monna Mafaldas Versprechungen überbieten, denn sie wiederum hatte dem Sattler angelegen, seine Frau Lügen zu strafen.

Das arme Perlhühnchen befand sich in einer vollkommenen Verwirrung und doch zugleich in einem rauschartigen Hochgefühl; war sie nicht zum Mittelpunkt geworden, um den das fieberische Leben der ganzen Stadt sich bewegte? Sie stand gleichsam im Kreise eines aufreizenden Geruches. Sie wurde beneidet von allen ihres Gewerbes, denn sie hatte nun einen Zulauf wie nie zuvor, und auch von solchen, die sonst den Umgang mit ihresgleichen verschmähten. Von zwei Seiten wurde ihr zugesetzt, denn auch Monna Mafalda hatte ihre Einwirkungsversuche wieder aufgenommen. Immer noch, da doch alles Gestrüpp fast von Stunde zu Stunde unentwirrbarer wurde, suchte das Perlhühnchen es beiden recht zu machen und damit ihrer Schwester sowie ihrem eigenen Vorteil. Sie verlor jede Übersicht, sie widersprach sich; endlich erklärte sie, ebenfalls betrunken gewesen zu sein. Immerhin war mittlerweile die ganze Zeitrechnung jener Nacht abermals ins Ungewisse gerückt, und damit schien die Möglichkeit wiederhergestellt, Pandolfo Confini könne sich doch bis über die Mordstunde hinweg bei dem Perlhühnchen aufgehalten haben.

All dieser Zustand fraß sich weiter wie ein Geschwür. Als gäbe es keine Wände mehr, konnte nichts in Heimlichkeit bleiben. Auf eine scheinbar unerklärliche Art wußte ein jeder jedes vom andern, jeder Schachzug einer Partei war im Munde der öffentlichen Stimme unmittelbar, nachdem er geschah; ja, oft streckte die Gegenpartei schon vorher die Hand zum Erwiderungszuge aus. Zeugen drängten sich auf, Meineidsanerbietungen waren wohlfeil. Da erschienen Leute bei Monna Mafalda, bei Diomede oder im Kastell und trugen ihren Eid dafür an, daß sie den Herrn Confini bei der Jagdhütte gesehen hätten. Der Besitzer einer einsamen, an der Landstraße gelegenen Schmiede wollte beschwören, er habe ihm gegen Morgen das Pferd beschlagen. Dabei war diese Schmiede von Cassano so weit entfernt, daß Confini ein Flügelpferd hätte haben müssen, um von dort aus um die Mittagszeit in der Stadt anlangen zu können. Zu Pandolfo Confinis Witwe, Sohn, Schwester, aber auch zu den Sattlersleuten und selbst zu Nespoli und dem untersuchenden Beamten kamen Einfältige, welche kaum wußten, um was es sich handelte. Wurde ihnen die gänzliche Unglaubwürdigkeit ihrer Mitteilungen vorgehalten, so erklärten sie sich zu gegenteiligen Beeidigungen bereit. Einer sagte mit dummdreistem Grinsen zu Diomede: «Ja, dann müßt Ihr mir eben erklären, wie es geschehen sein soll; für meinen Eid stehe ich gut.» Männer und Weiber meldeten sich unaufgefordert bei Diomede, behaupteten verworren, zu seinen Gunsten ausgesagt zu haben, und forderten eine Vergütung.

Nichts war so toll, daß es nicht erdacht, geglaubt, weitergetragen, ja, unter Eid gestellt wurde. Eine Greisin, die nur Ungefähres gehört und dies Ungefähre in ihrem löcherigen Hirn verstümmelt hatte, bot ihr Zeugnis dafür an, daß sie dem Fra Agostino am Morgen nach jener Nacht auf der bergwärts führenden Straße begegnet sei, und meinte sich damit ein Anrecht auf die Belohnung erworben zu haben. Ein siebzigjähriger Hagestolz aus der Zunft der Wollenweber brüstete sich damit, er habe das Perlhühnchen die ganze Nacht über in seinem Hause gehabt. Alte Jungfern wollten dagegen den Herrn Confini in ihren Armen gehalten haben. Wieder andere versicherten, sie hätten die Haustür der Ombrapalla vom Abend bis zum Morgen beobachtet; nach Belieben vermaßen sie sich, in jedem gewünschten Manne unter Eid jemanden wiederzuerkennen, den sie in jener Nacht die Wohnung des Perlhühnchens hätten betreten oder verlassen sehen.

Im Schwall dieser Tage hatte Diomede noch mehrere Unterredungen mit dem Großtyrannen. Denn indem ihm zu Ohren kam, welche Widergründe gegen das von ihm Vorgebrachte jeweils geltend gemacht wurden, mußte er ja trachten, jedem neuen Vorstoß beim Großtyrannen ohne Aufenthalt zu begegnen. Doch blieben diese Unterredungen durchaus beschränkt auf die Gegenstände, die ihren Anlaß bildeten. Und mit keinem Wort rührte der Großtyrann an die Gespräche ihrer früheren Begegnungen.

Sonderbar schien sich der Kampf mitunter von seinem eigentlichen Gegenstande zu entfernen, so, als ginge es gar nicht mehr um Pandolfo Confini, sondern nur noch um die Mißhelligkeiten und Widersprüche all dieser kleinen Leute. Gleichzeitig wurden neue Bezichtigungen laut. Da war einer, der sich des öfteren abfällig über Fra Agostino geäußert hatte; ein anderer sollte in einer Schenke gesagt haben: «Dem Mönch ist recht geschehen, das war so ein Heimlicher; dem hab' ich's lange gegönnt.» Und die Kinder auf den Gassen, gleichsam flugs eingeweiht in die Verruchtheiten der Erwachsenen, nahmen an allem teil in Spielen, Liedern, Abzählversen und Zurufen.

In alles Leben hatte eine wechselweise geübte Belauerung Einlaß gefunden. Wer einen Gegner hatte, der beschuldigte ihn, er sei der Mörder oder stehe doch mit dem Morde in einer Verbundenheit; zum mindesten wisse er etwas, das mit Hilfe der Tortur von ihm erfragt werden könne. Wo es feindliche Brüder gab, zerrüttete Ehen, Erbstreitigkeiten und Rachbegierden, da trat schleicherisch die leichtwillige Verdächtigung auf, die namenlose Anzeige. Und auch Diomede sah sich gänzlich eingeschlungen in den wahnwitzigen Strudel dieses unsauberen Treibens.

25

Da nun so viele Leute sich zur Einvernahme drängten, war doch einer in Cassano, der in großer Sorge auf seine Vorladung wartete. Dies war Don Luca, der Pfarrer zu San Sepolcro.

Don Lucas Garten, von mäßiger Ausdehnung, grenzte gegen das baufällige Pfarrhaus. Don Luca hatte ihn vor Jahrzehnten von seinem Vorgänger als ein halbverwildertes Gewirr von Küchenpflanzen übernommen. Jedes Beet, jedes Schatten- und Fruchtgebüsch hatte er angelegt, und auch jetzt noch besorgte er, seines Alters ungeachtet, mit der bäuerlichen Kraft seiner Gliedmaßen alle gärtnerische Verrichtung. Ja, er trug selber das Wasser herbei; denn er hatte seine Haushälterin dazu nicht willig machen können, weil er sich weigerte, seinen Garten den Bedürfnissen der Küche anzugleichen. Er hatte auch mit den eigenen Händen die Bank gezimmert, welche im Kreise den grauweißen Stamm des Feigenbaumes umlief. Dieser Feigenbaum stand auf einer kleinen Unebenheit, und von hier aus stellte sich ein bequemer Blick zu Gebote auf eine Gruppe seltener Pflanzen von ausländischer Abstammung, Geschenke eines von Don Lucas landstreichenden Schützlingen, der sie bei Nacht einem herrschaftlichen Gewächshause entnommen und den Priester mit einem einbildungskräftigen Bericht über ihre Herkunft beschwichtigt hatte.

In den Garten nahm Don Luca seine Zuflucht auch in diesen Tagen. Und doch war der Trost des Gartens gering. Jede Staude hatte ihren Ort und brachte ihre Blüten nach der Zeit des Jahres. Die Bienen flogen aus und ein und hatten ihre Ordnung wie in den Tagen der Erzväter. Die Luft hielt ihre vertrauten Wohlgerüche, die Lazerten glitten raschelnd durch den grünen Behang der Steinmauern, und selbst der schwüle Wind, unter welchem die Menschen litten, versucht wurden und sündigten, konnte sie nicht verstören. Nichts war hier geändert. Wie hatte es denn zugehen können, daß Don Lucas Leben von Grund auf anders geworden war seit jener Unterredung in der Sakristei? Der gütige Gott der Schöpfung hatte sich verhüllt.

Die Drohung hing über jeder Stunde. In seinem Studierzimmer mußte Don Luca von jedem Türklopfen, in seinem Garten von jedem näher kommenden Schritt sich jener Botschaft versehen, die ihn ins Kastell beschied, unter die Augen des Großtyrannen oder in seine Folterkammer. Und Türklopfen wie Schritte waren häufig in diesem Hause, das so viele Hilfsbedürftige aufsuchten, ohne zu ahnen, wie sehr der Hilfreiche selber der Hilfe bedürftig war.

Dazwischen kam jene äußerste Schwäche über ihn, welche uns in Bedrängnissen wohl treiben kann, in jedem Fernstehenden und sogar in jedem zufälligen Begegner einen zu Rat und Hilfeleistung, wo nicht Gewillten, so doch Fähigen zu erblicken. Und obwohl er wußte, daß dies eine Torheit und etwas Unmögliches sein würde, konnte er sich doch schwer der Lockung erwehren, seine harte und mürrische Haushälterin oder diesen und jenen aus der großen Zahl der Bedürftigen, der Betrübten, der gewohnheitlichen kleinen Ausnutzer, die, ihm nicht unterscheidbar, in sein Haus kamen, in seinen Lehnstuhl oder auf die Bank am Feigenbaum zu nötigen und in der wahnsinnigen Hoffnung auf Rat irgendeiner Seele in irgendeiner Verhüllung seine Not bloßzulegen.

Das Ebenmaß des Daseins, in welchem Don Luca gelebt hatte, gehorsam und gläubig, und das zugleich ein freundliches Altmännerbehagen gewesen war, dies war zerrissen durch eine große und strenge Prüfung. Von einer solchen hatte Don Luca manchmal geträumt, zumal in früheren Jahren. Allein dann war es ein klarer Streit gewesen zwischen Wohlergehen und Priesterpflicht, zwischen der Gefolgschaft Gottes und dem Dienst des Widergottes, und Don Luca hatte zuversichtlich gehofft, es werde ihm die Kraft zur Entscheidung nicht fehlen. Aber gerade diese Eindeutigkeit mangelte jetzt.

Don Luca wußte nicht, ob er um Stärke oder um Erleuchtung beten sollte. Er meinte zu spüren, wie die kreatürliche Furcht seines Leibes vor der Folter sich arglistig verlarvte in Zweifel, ob er in Ansehung des Beichtsiegels nicht tatsächlich sich übertriebene, ja, sündhafte Skrupel mache. Aber war es am Ende nicht in der Tat fehlbar, nur bedacht zu sein auf die Ungefährdung des eigenen Gewissens, alle anderen Dinge jedoch ihren Lauf nehmen zu lassen? Und war, was ihm solche Gedanken erregte, wirklich nur die Furcht seines Leibes? Konnte es nicht ebensogut die Vernunft sein, welche von Gott gegeben ist?

Er erschrak bei diesen Überlegungen. Es schien ihm hier wirklich jenes zuzutreffen, davon der Großtyrann, ob auch in einer anderen Meinung, gesprochen hatte: daß nämlich der Teufel das leichteste Spiel hat, wenn er sich seine Überredungsmittel aus dem Rüsthause der Kirche entlehnt.

In einem verführerischen Zwielicht bedrängten ihn des Großtyrannen Worte, nach denen ja eine Verletzung des Beichtsiegels nicht gefordert wurde. Oder wurde sie dennoch gefordert? Don Luca hätte sterben wollen im Gehorsam gegen die Stimme Gottes; nun aber hatten die Stimmen sich verwirrt, und es war keine Unterscheidung zwischen der Stimme Gottes und der Stimme des Widersachers. Was er auch tat, was er auch unterließ, er mußte, dies fühlte er, schuldig werden, und er war es bereits.

Da ja das Leben in Gleichmütigkeit weitergeht, hatte Don Luca über all diesem seinen Obliegenheiten nachzukommen, als wäre nichts geschehen. Er hatte Sakramente zu spenden, Beichten zu hören, Verwirrte und Angefochtene zu trösten und zu beraten. Und es wandten sich an ihn auch manche, die aus Anlaß jenes Mordes und seiner Weiterungen sich in Bedrängnis befanden. Da war es sonderbar und fast eines Lächelns würdig, daß keiner von ihnen auf den Einfall kam, auch Don Luca könne in einer Bedrückung stehen.

Don Luca hatte die Gewohnheit, auch die tägliche Brevierlesung in seinem Garten zu verrichten, den kiesbestreuten Pfad zwischen den Beeten hin und her wandelnd oder unter dem Feigenbaum sitzend; und er hielt dabei das Buch mit ausgestreckten Armen von sich, denn gleich vielen alt gewordenen Augen sahen auch die seinen auf die Nähe nicht mehr recht deutlich.

In einer Morgenfrühe quälte ihn unter dem Feigenbaum sein Unvermögen, den abirrenden Sinn ernstlich auf die

Lesung zu richten. Die Raupe, deren Ausgang ihn in der Sakristei erschreckt hatte, war ihm aus dem Gedächtnis geraten. An ihrer Statt aber hatte sich ihm ein neues Sinnbild aufgerichtet.

Don Luca hegte eine besondere Zuneigung für den Feigenbaum. Ja, er war ihm eines jener vielen Zeichen, an denen er das Steigen und Sinken des Jahres zu betrachten liebte; hierbei erinnerte er sich gern der Worte, die Christus zu den Jüngern sprach: «Wenn des Feigenbaums Zweige saftig werden und die Blätter treiben, so wißt ihr, daß der Sommer nahe ist.» Und es hatte ihn gefreut, damit dem Herrn gleichsam auch auf eine natürliche Weise zu begegnen. Die fünflappigen breiten Blätter dünkten ihn Hände, die sein Garten und alle Schöpfung ihm entgegenstreckten. Das geschwinde Sprossen des Laubes im Frühling, das Reifen der Blüten, das herbstliche Kahlwerden und das winterliche Verharren einzelner unreif gebliebener Früchte an den Zweigen, das alles verfolgte er durch Jahre von einem Tag zum andern. Nun aber meinte er seinen Baum von einer Krankheit befallen, denn er hatte die Wahrnehmung gemacht, daß einzelne Blätter sich einrollten und sich mit hervortretenden gelben und rötlichen Punkten bedeckten. Und da er ja aus einem sehr langen Priesterleben an ein sinnbildliches Denken gewohnt war, so glaubte er jetzt, es sei ihm hierin seine eigene Verwerfung angekündigt, indem ihm Verfluchung und Verdorrung des Feigenbaumes beifielen, wie der Evangelist sie berichtet hat.

Er schloß sein Buch, er erhob sich und ging den Kiesweg auf und nieder, und es drängten sich ihm Tränen in die Augen. Ja, dieser Garten, dieser Feigenbaum, diese Bienen und Schmetterlinge und Lazerten, dies alles war, so klagte er sich an, sein Abfall und seine Untreue, denn hatte er nicht hieran sein Herz gewendet?

Im Augenblick der Umkehr am Ende seines Weges war es ihm, als sei plötzlich ein Schattenband über den östlich besonnten Gang gefallen. Er hob die Augen, in welchen die Tropfen sich lösten. Vor ihm stand einer der Kanzleidiener aus dem Kastell.

Der Bote verneigte sich obenhin und reichte ihm einen Zettel. Don Luca fiel es nicht leicht, die Hand zu heben, um ihn entgegenzunehmen. Er entfaltete das Schreiben und las:

«Der Mann, welcher in der Sakristei mit dir gesprochen hat, bittet dich, nicht zu vergessen, daß du in einer Bedenkfrist stehst. Es könnte sein, daß sie plözlich abgelaufen wäre. Hast du ihm nichts zu sagen?»

Don Luca antwortete, abgewandten Gesichts und mit brüchiger Stimme:

«Nein.»

VIERTES BUCH

Der Färber

1

DER Färber Sperone, von dem die Leute sagten, daß er in der Nachahmung Christi stehe, gehörte dem Dritten Orden an, welcher ja seine Angehörigen in der Welt und auch im ehelichen Stande beläßt. Doch war Sperone nicht verheiratet; alle häuslichen Verrichtungen besorgte er selbst in Gemeinschaft mit seinem einzigen Gehilfen. Dies war ein halbwüchsiger Lehrbursche, ein Elternloser von ungewisser Herkunft, der für den Färber eine sehr große Anhänglichkeit hatte. Er hieß Antonio, doch wurde er von Sperone mit dem Namen Giovanni gerufen; und die Anhänger des Färbers erblickten in dieser Namenswahl eine rührende Entsprechung auf St. Johann den Evangelisten als auf den Jünger, welchen der Herr lieb hatte. Sperones Gegner indessen nahmen hier einen Anlaß, den Färber zu tadeln, indem sie nämlich sagten, er treibe die Lästerung so weit, daß er sich Christo anzugleichen trachte. Besserwillige hätten auch wohl sagen können, es sei eine gewisse Art der Kindlichkeit, die ihn veranlasse, seine Nachahmung Christi bis auf manche äußere Umstände des Lebens zu erstrecken, in einem unschuldigen Eifer, der sich nicht genugzutun vermöge.

Im ganzen hatte Sperone nicht viele Gegner. Allenfalls wurde er als ein Närrischer belächelt. Viele aber hatten ihn gern, auch die nicht zu seinem Anhang zählten. Sie rühmten seine zutrauliche und bescheidene Art und berichteten allerlei kleine Vorkommnisse, bei denen er sich gefällig und hilfsbereit erwiesen habe; darüber könne man ihm einige Narrheit wohl nachsehen. Auch ergötzten sie sich an einer mitunter vortretenden Drolligkeit seines Wesens; mit dieser hing seine Neigung zusammen, das Feindliche, nämlich Sünde und Teufel, zu verspotten, vergleichbar jener Art der Kinder, die sich höhnische Scheltworte zurufen, bevor sie handgemein werden.

Sperone hatte als ein einfacher Schwarzfärber begonnen und seine Arbeit allmählich auf die Buntfärberei ausgedehnt. Vielleicht hätte er zu Wohlstand gelangen können; allein dann war jenes gottesfürchtige Grübelwesen über ihn gekommen, und nun hatte sein Erwerb abgenommen, fast bis zur Armut. In seiner vernachlässigten Werkstatt fanden sich des Abends oft viele Leute ein. Mit diesen erörterte er Gegenstände des Glaubens, und seine Ansprachen hatten eine große Gewalt über sie. Ja, man behauptete von ihm, in der Inbrunst seines Gebetes sei er bisweilen so hingerissen worden, daß seine Füße sich um mehrere Handbreit vom Boden gehoben hätten.

Von diesem Manne erzählte eines Morgens das Gerücht, er sei im Kastell erschienen und habe sich des Mordes an Fra Agostino schuldig bekannt.

In jener Zeit der wahnwitzigen Gerüchte erschien dieses als das wahnwitzigste. Zugleich aber war es ausgezeichnet durch eine Bestimmtheit, wie sie allen anderen aufgetauchten Nachrichten gemangelt hatte.

Vittoria erfuhr die Kunde durch die vom Markt heimkehrende Agata, und dies war seit längerem das erstemal, daß von Vittoria ein Zeichen lebendiger Leidenschaft ausging. Sie schrie auf, sie faßte Agata bei den spitzigen Schulterknochen und schüttelte sie. Agata entsetzte sich vor dieser Gebärde und dem wilden Blick ihrer Herrin. Mit blutleeren Lippen begann Vittoria ihre Fragen zu haspeln, und ihr Atem ging in sehr heftigen Stößen. Das Frauenzimmer schwieg verschüchtert für eine kurze Weile. Danach wurde sie geschwätzig, doch erwies es sich bald, daß sie kein genaueres Wissen hatte. Vittoria sandte sie zum Schieler, um ein Näheres zu erfahren; denn in ihrer verstörten Zurückgezogenheit war es ihr nicht bewußt geworden, daß Nespoli und die Seinen in Sachen des Fra Agostino ja nicht mehr die Inhaber und Verwalter jeder Kenntnis waren. Sie selber lief zu Diomede.

Sie fand ihn auf der Säulenbank des Lusthäuschens über seinem Schreibheft grübelnd; denn in dieses hatte er sich gewöhnt, die Aussagen der Zeugen, soweit sie zu seiner Kenntnis gelangten, niederzuschreiben: kein Gedächtnis war imstande, das flutende Wirrsal auf andere Weise festzuhalten und zu überblicken.

«Diomede!» schrie sie. «Diomede! Der Mörder des Mönchs hat sich freiwillig gestellt. Es ist der Färber Sperone. Diomede, mit welchen Dingen haben wir unnützerweise unsere Gewissen beladen!»

Diomede, welcher ja nichts wußte von allem Anteil, den seine Stiefmutter an den Geschehnissen hatte, konnte den eigentlichen furchtbaren Sinn dieses Ausrufes nicht fassen. So bezog er ihn auf alle Winkelwege, die von ihm und damit von der Gesamtheit des Hauses Confini in dieser Sache beschritten worden waren. Er wurde totenbleich, er griff nach Vittorias Hand, er klammerte sich an sie wie ein Abstürzender.

Und hieran bekundete sich Diomedes Art, daß er in diesen ersten Augenblicken keine Freude zu empfinden vermochte darüber, daß nun sein Vater gerechtfertigt und alles Unheil abgewendet war. Sondern ihn erschütterte ein Abscheu vor jenen Dingen, die er getan hatte gegen sein Gewissen und gegen sein Wesen; und nun war ihm bewiesen, daß er all dies Erbärmliche sinnloser, überflüssiger, ja, leichtfertiger Weise auf sich genommen hatte.

Er ließ Monna Vittorias Hand nicht los, er verbarg sein Gesicht in seinen Händen und in ihrer Hand. Und hier zum ersten Male hatte sich eine Gemeinsamkeit hergestellt zwischen diesen beiden Menschen.

Diomede erzählte seiner Stiefmutter von der Begegnung im Walde, die ihn nun erst verständlich dünkte. Besonders erinnerte er sich auch an jene Äußerung des Färbers: «Ich hoffe, es wird die Kraft dazu da sein.»

Hierin, so meinte er, habe sich Sperones Absicht kundgetan, doch habe er noch in sich selber gekämpft, um die Stärke zu einem freiwilligen Geständnis zu finden.

Agata kehrte zurück. Sie hatte den Schieler nicht angetroffen, doch waren inzwischen ergänzende Nachrichten durch die Stadt in Umlauf geraten. So konnte sie Monna Vittoria und Diomede in gewissere Kenntnis des Herganges setzen.

2

Der Färber war frühmorgens in Begleitung des Antonio oder Giovanni vor dem Kastell erschienen. Hier hatte er ihn umarmt und bekreuzt und ihm danach gesagt, er solle heimgehen. Der Bursche, so wurde erzählt, sei erschrocken gewesen über die Feierlichkeit dieses Abschiedes, für die er ja keine Erklärung hatte; doch habe er nach seiner Gewohnheit gehorcht ohne eine Widerrede oder eine Frage. Nun hatte Sperone bei der Wache nach dem Großtyrannen gefragt. Den Leuten am Tor war seine ungewöhnliche Blässe aufgefallen, doch habe er ein ruhiges Wesen gehabt, und auch die kleine Heiterkeit, die jedermann an ihm kannte, habe nicht durchaus gefehlt.

Es wurde ihm der Wahrheit gemäß eröffnet, der Großtyrann, welcher die Nacht über in seinem Gartenhause mit einigen auswärtigen Abgesandten verhandelt habe, sei schon vor einer Stunde fortgeritten, um in einem seiner entfernteren Marktflecken den Gerichtstag zu halten. Es sei möglich, daß er erst kommenden Tages heimkehren werde.

Über diese Auskunft schien der Färber enttäuscht. Er stand eine Weile stumm und überlegte. Einer der Torwächter fragte ihn lächelnd, was er denn dem Gewaltherrn so Wichtiges mitzuteilen habe. Der Färber überlegte abermals eine Weile, und es war schon, als wolle er sich zum Fortgehen anschicken. Dann aber erklärte er, sein Gewissen gebe ihm keine Ruhe mehr und würde auch einen Aufschub nicht ertragen. Er sei gekommen, ein Geständnis abzulegen. Er habe den Fra Agostino getötet.

Hierüber entstand ein großes Aufsehen. Allerlei Höflinge und Schreiber wurden geholt. Doch versicherte Sperone, seine Angaben nur dem Gewaltherrn selbst machen zu wollen. Endlich führte man ihn in eins der Kastellgefängnisse und fertigte einen Boten an den Großtyrannen ab.

Die Nachricht von Sperones Selbstanschuldigung durchlief die Stadt ebenso schnell, wie alle vorangegangenen Gerüchte und Neuigkeiten es getan hatten. Doch unterschied sie sich von diesen merkwürdig in ihrer Wirkung, indem sie nicht gleich ihnen eine verwickelte Reihe von Entschlüssen, Gegenplänen, Vorstößen und Anerbietungen zur Folge hatte. Vielmehr führte sie, was Bemühungen solcher Art angeht, einen plötzlichen Stillstand herauf. Wen wollte auch jetzt noch die Frage kümmern, ob dieser oder jener des Nachts beim Perlhühnchen gewesen war oder ob die Tinte eines Zettels mit der Tinte eines Schreibkastens die Eigenschaften teilte?

Dennoch war der Eindruck des neuen Vorkommnisses ein solcher von Gewalt, und zwar zunächst um der gänzlichen Überraschung und Bestürzung willen.

Viele meinten: «Da sieht man es! Der Heilige! Denn ein Heiliger hat er ja sein wollen, oder aufs mindeste haben seine Nachläufer die Sucht bezeigt, ihm diesen Namen beizulegen.»

Andere wiederum sprachen von der Geistesverwirrung, in welche der Färber durch sein Grübeln und seine Schwärmerei sich gebracht habe, bis sie in einer solchen Tat ihren Ausweg fand. Seine Anhänger indessen, die freilich um ihrer schwachen Zahl wie um ihrer Unscheinbarkeit willen für das städtische Leben keine sehr große Bedeutsamkeit hatten, diese geringen Leute verblieben eine Weile in einem Zustand der Betäubung. Und hernach ging ihre

Meinung dahin, durch den Arm des Färbers habe Gott selber einen entarteten Mönch, der alle priesterliche Gesinnung durch seine verschmitzte Teilnahme an den weltlichen Händeln verunehrte, richten wollen, und das solle ein Zeichen für die gesamte Kirche sein. Hiermit also übertrugen sie alle Verantwortungen in sehr vereinfachender Weise auf Gott, gaben Sperone nur die Bedeutung eines Werkzeuges und wichen allen weiteren Fragen aus dem Wege. Manche indessen wandten sich auch von dem Färber ab; vornehmlich solche, die unter den Erregungen der letzten Zeit in eine Leidenschaft des Frommseins gefallen waren und erst unlängst seinen Anhang verstärkt hatten.

Aus den Kreisen seiner Anhänger erschienen des öfteren verstörte, ja, verzweifelte Leute am Kastelltor und baten, doch zu Sperone ins Gefängnis gelassen zu werden. Sie alle wurden abgewiesen. Von ihnen gebärdete Giovanni sich am verzweifeltsten und wiederholte sein Flehen um Einlaß unter Tränen und allerlei Beteuerungen. Ja, es wurde später berichtet, er sei mehrfach in Zuckungen zu Boden gefallen.

3

Der einzige Mensch, dem es gelang, sich Zutritt zu Sperone zu verschaffen, war Monna Mafalda. Mit ihrem gewaltigen Willen, dem schwer Widerstand zu tun war, wurde sie aller Hemmnisse Meister. Vielleicht kam ihr hierbei des Großtyrannen Abwesenheit zustatten. Doch darf ebensogut angenommen werden, sie würde sich auch durch seine Gegenwart nicht haben hindern lassen. Denn der Großtyrann fürchtete sie und liebte es, sich gelegentlich mit einer lächelnden Selbstverspottung zu dieser Furcht zu bekennen. Sie mochte auch Ursache gewesen sein, daß er Monna Mafalda damals nicht zum Verhör ins Kastell geladen, sondern sie durch Entsendung eines Beauftragten in ihr Haus sich ferngehalten hatte.

Monna Mafalda zeigte sich, kaum daß die erste Kunde von Sperones Geständnis zu ihr gelangt war, von einer lauten Aufgeräumtheit erfüllt. Sie wußte nichts mehr davon, daß sie ja im Verlauf all ihrer absonderlichen Denk- und Handlungswege dahin gelangt war, die Blutschuld ihres Bruders als unwiderlegbar gelten zu lassen. Nun aber gab sie mit blitzenden Augen und sehr vernehmlicher Stimme jedem Begegner ihre Genugtuung zu erkennen. Der häßliche, der aberwitzige Verdacht, den die Kastellobrigkeit und Diomede auf den Kleinen geworfen hatten, war durch Gottes Eingreifen, das sie herbeigefleht und als selbstverständlich erwartet hatte, beseitigt. Nun brauche nur des Großtyrannen Rückkehr abgewartet zu werden, und alles komme wieder in sein Recht. Und sie entwarf bereits die Anordnung der Beisetzungsfeierlichkeiten, ja, sie sandte zu einem berühmten Musikmeister mit der Frage, an welchen Tagen dieser und der kommenden Woche er mit seinen Leuten noch unbeschäftigt sei. Hier war ein Pomp zu entfalten, dessen in Cassano nach Jahrzehnten noch gedacht werden sollte; dies war man dem guten Kleinen schuldig.

Zum ersten Male seit längerem betrat sie wieder das Haus ihres Bruders, das sie aus Abscheu vor Diomede eine Weile gemieden hatte. Sie umarmte Vittoria, klopfte ihr die Wangen und pries die rechtzeitig geschehene himmlische Hilfe. Ihre Kinne bebten, sie schnob gewaltig durch die haarbuschigen Nüstern. Sie sprach viel. Daß Vittoria schwieg, wurde sie nicht gewahr. Vom Confinischen Hause begab sie sich ins Kastell.

Die Höflinge des Großtyrannen hatten, da ja vom Herrn selber eine Verfügung noch nicht zu erlangen war, den Färber nicht in eins der finsteren unterirdischen Kerkerlöcher bringen, sondern ihm einstweilen einen zwar wohlvergitterten, aber nicht durchaus unwohnlichen Raum anweisen lassen, in welchem gelegentlich Häftlinge hohen Standes aufbewahrt worden waren. Er empfing ein wenig Licht, und er enthielt eine Lagerstatt, einen Tisch und einen Stuhl. Der Färber war ungefesselt geblieben. Auch war ihm nicht Brot und Wasser, sondern eine Mahlzeit aus der Dienerschaftsküche gebracht worden. Von dieser hatte er ein kleines Stück Lammfleisch, einen Becher Wein und ein wenig Weizenbrot zu sich genommen. Ob nun dieser oder jener vom Gesinde des Kastells sich im stillen zu Sperones Anhang hielt — genug, es wurde in der Stadt von diesem Essen gesprochen, und manche fühlten sich an Christi letzte Mahlzeit erinnert.

Monna Mafalda betrat mit ihren derben Schritten die Zelle, und ihre Gestalt schien den ganzen Raum einnehmen zu wollen. Der Schließer, der sie eingelassen hatte, verneigte sich und zog sich zurück. Der Färber, dessen Gesichtszüge Monna Mafalda noch nicht zu unterscheiden vermochte, hatte auf dem Stuhl gesessen. Jetzt stand er auf und rückte ihn schweigend der Besucherin entgegen. Monna Mafalda setzte sich spreizbeinig hin, neigte den mächtigen Oberkörper vor, stemmte die Hände bei auswärtsgewinkelten Ellenbogen auf die Oberschenkel und begann zu reden. Sie sprach mit Sperone so, wie sie gleich manchen ihres Standes meinte, daß mit einfachen Leuten geredet werden müsse, nämlich laut, derb, grob und gutmütig.

«Nun lasse dich einmal anschauen, mein Lieber. Also so siehst du aus. Kein übler Kerl, beim bösen Christus! Man sieht es dir nicht an, daß du solche Stücke zuwege bringst. Nun, das geht mich nichts an, darüber habe ich nicht zu Gericht zu sitzen, Gott sei es gedankt. Aber das ist recht von dir, daß du endlich der Wahrheit die Ehre gegeben hast. Weißt du denn auch, was du alles angerichtet hast mit deinem langen Schweigen? Da hätte ich schon Grund, dir gewaltig böse zu sein. Nun, du hast dir eben nicht so recht klar gemacht, was dabei alles herauskommen konnte, wie? Ich mache dir keinen Vorwurf, ich gebe es zu, es ist nicht leicht für deinesgleichen, sich einen rechten Überblick zu verschaffen. Und zuletzt hast du ja auch die Wahrheit bekannt. Hast am besten so getan, Bruder. Sie waren dir ohnehin auf den Hacken, längstens in drei Tagen hätten sie dich verhaftet. Mit dem Leben kommst du nicht davon, aber sie werden es milde machen und dir nicht die Todesart verschärfen. Wenn nötig, lege ich selber ein gutes Wort für dich ein, auf mich hört man in Cassano! Was macht es schon aus, Bruder, sterben müssen wir alle, ich werde auch noch einmal heranmüssen. Und so wirst du einen schönen und christlichen Tod haben, bist ja sonst, wie ich höre, ein gottesfürchtiger Mann. Und nun gib mir die Hand.»

Sie ergriff die herabhängende Rechte des stumm vor ihr Stehenden und schüttelte sie kräftig hin und her.

«Du bist ein braver Geselle», fuhr sie fort. «Du hast ein Gewissen und hast auf die Länge nicht gewollt, daß ein Unschuldiger nach seinem Tode noch an seinem ehrlichen Namen gekränkt werde. Dafür danke ich dir. Hast du Familie? Einen Bettschatz? Sage es mir nur dreist. Es ist, weil ich für die Leute sorgen will, die nach dir zurückbleiben. Beim bösen Christus, das tue ich! Ich bin nicht geizig, das wissen alle. Also, wie steht es? He?»

Der Färber gab keine Antwort.

«Nun, du bist jetzt nicht in der Laune, viel zu reden. Auch gut. Ich verstehe das. Ich komme vor dem Ende noch einmal zu dir, das verspreche ich. Bis dahin magst du dir deine Wünsche überlegen.»

Monna Mafalda klopfte ihn schallend auf die Schulter, als sie ging. Sperone lächelte verloren.

4

Der Großtyrann, welcher erst am dritten Tage heimgekehrt war, ließ sich wenige Stunden nach seiner Rückkunft Sperones Zelle aufschließen. Es war zu später Zeit, und der Diener, der ihn begleitete, setzte die florentinische Blendlampe auf den Tisch. Alsdann zog er sich zurück, und die beiden Männer waren miteinander allein in der gänzlichen Stille der Nacht. Es war kühl hinter den dicken Steinmauern, und die Witterung der unverschlossenen Welt drang nicht bis hierher.

Sperone hatte noch nicht geschlafen, sondern auf seinem Lager gesessen. Beim Kommen des Großtyrannen war er nicht gleich aufgestanden, denn die starke Blendung des Lichts hatte ihn gehindert, den Eintretenden zu erkennen. Danach hatte er sich erhoben und sich auf eine wenig geschickte Art verneigt.

Der Großtyrann winkte ihm, seinen vorigen Platz wieder einzunehmen. Er selbst setzte sich und rückte mit seinem Stuhl nahe an den Tisch heran, auf den er vorgeneigt die gekreuzten Unterarme legte.

Er betrachtete sehr aufmerksam Sperones Gesicht, welches ruhig und gesammelt erschien; denn die Anfechtungen der Kleinmütigkeit, welche er zu erleiden gehabt hatte in der langen und ihm so unvorhergesehen auferlegten Weile des Wartens, diese Anfechtungen waren von ihm gewichen.

«Ich höre, daß du ein Geständnis gemacht hast», begann der Großtyrann. «Allein, ich möchte von dieser Sache jetzt noch nicht mit dir sprechen. Was bist du für ein Mensch, Färber? Denn ich liebe es, danach als nach dem ersten zu fragen, damit die zweite Frage: was hast du getan? sich mir desto leichter und zugleich tiefer beantworten könne.»

Sperones Ausdruck bezeugte eine kleine Verwunderung, die in ein Lächeln überging, wie das eines verlegenen Kindes. Endlich sagte er: «Ich bin ein unberühmter Mensch, welcher Tuch färbt. Was soll ich dir weiter von mir sagen, Herrlichkeit?»

«Es ist da einmal eine Anzeige gegen dich bei mir eingelaufen», begann der Großtyrann wieder. «Ich mochte ihr nicht stattgeben, doch bediene ich mich gern der Gelegenheit, dich jetzt nach dieser Sache zu fragen. Es hieß nämlich, du habest zu den Leuten deines Umganges gesagt, du wolltest sie zu Herrenfischern machen... piscatores domini... und einem Wohldenkenden, nicht aber Tiefdenkenden unter meinen Dienern kam der Einfall, es möchte in dieser Ausdrucksweise eine Wendung gegen mich enthalten sein. Wie also hattest du es gemeint? Oder hast du jenen Ausspruch am Ende gar nicht getan?»

«Ich glaube wohl, ihn getan zu haben», erwiderte Sperone. «Wenn ich aber vom Herrn sprach, so habe ich gewiß nicht dich gemeint, sondern deinen und meinen Herrn. Und diesen müssen wir wohl so fangen, daß er uns gänzlich als Beute zufällt. Fangen aber sollen wir ihn als wie den mystischen Fisch, fangen im Netze unserer Liebe und Begierde. Er muß der Gefangene unserer Liebe sein, selbst unserer unvollkommenen.»

«So liebst du ihn noch nicht vollkommen?» fragte der Großtyrann.

«Liebte ich ihn vollkommen, so müßte ich ja die Macht haben, die Welt zu verwandeln; Macht, dem Monte Torvo zu befehlen: hebe dich auf und stürze dich ins Meer.»

«Dies ist, wenn ich mich der Schrift recht entsinne, nicht von der Liebe, sondern vom Glauben gesagt. Soll ich denn aber annehmen müssen, du glaubest auch unvollkommen?»

«Mein Glaube ist noch nicht senfkorngroß», sagte leise und mit abwärts gerichteten Augen der Färber.

Danach flüsterte er, als habe er des Gewaltherrn Anwesenheit vergessen, mit geschlossenen Lidern inbrünstig: «Mehre unsern Glauben. Stärke unsere Hoffnung. Entzünde unsere Liebe.»

Er bekreuzte sich. Hierbei hatten seine Bewegungen nichts Gewohnheitliches, vielmehr war jede, als geschehe sie zum ersten Male und sei gleichsam ein Nagel, mit dem er sich an das Kreuz des eigenen Knochenbaues heftete.

«Du bittest um die drei himmlischen Tugenden», sagte der Großtyrann. «Gewiß soll um diese gebeten sein. Aber mich möchte es fast preislicher bedünken, ohne Hoffnung zu glauben und zu lieben. Dies wäre, wenn er nämlich lieben könnte — denn glauben kann er, ja, er weiß! — der Zustand Luzifers. Und vielleicht ist dies auch der Zustand vieler Männer auf der Erde.»

Er hatte diese Worte mehr für sich gesprochen als zu Sperone. Nun aber wandte er sich, lebhafter werdend, wiederum dem Färber zu. «Vergissest du hierbei nicht, daß die Tugendlehre der Kirche außer jenen drei übernatürlichen noch vier natürliche Tugenden kennt? Darunter jene eine höchst wichtige Tugend: die der Mäßigung. Sie ist vielleicht nicht die Tugend, welche im Himmel am höchsten geschätzt wird, wohl aber die, welche auf Erden am notwendigsten ist. Denn sie erst führt jenen Ausgleich herauf, innerhalb dessen auch die übrigen Tugenden davor bewahrt bleiben, zu Lastern zu werden.»

«Vergib, Herrlichkeit», erwiderte Sperone. «Sicherlich bist du im Recht. Ich aber habe, wenn auch in unvollkommener Weise, vor allem nach dem Erwerb der himmlischen Tugenden getrachtet.»

«Und wie ich meinen möchte, nicht vergebens», sagte der Großtyrann. «Man erzählt von dir, du könntest allerlei Ungewöhnliches verrichten. Da ist die Rede von wunderhaften Heilungen.»

«Ich habe mich solcher Dinge nie gerühmt», antwortete Sperone. «Was aber die Leute sagen, darum muß die Herrlichkeit sie selber fragen und nicht mich.»

«Ich kann das nicht wörtlich nehmen, was du über die Geringheit deines Glaubens sagst, denn es ist mir nicht unbekannt, daß du zu jenen Frommen gehörst, die ihr Heil in der Selbstverdemütigung suchen. Darum meine ich also, es möchten dir vielleicht doch gewisse Dinge möglich sein, welche uns übrigen verwehrt sind. Ich weiß wohl, daß du ein Auserwählter Gottes bist, und du weißt es auch. Habe ich nicht recht?»

Es war nicht des Färbers Art, sich lange voraus seine Reden zu überlegen, wie er denn überhaupt kein sehr vorbedachter Mann war. Sondern er hatte einen sehr festen Glauben daran, daß ihm das rechte Wort im Augenblick des Bedürfens ins Herz gegeben werde, und das war ihm auch jedesmal gewährt worden, so oft, was mitunter geschah, jemand ihm eine schwer lösbare oder aber eine verfängliche Frage vorgelegt hatte; und er deutete sich das zu Recht oder zu Unrecht als eine göttliche Eingebung und setzte sie in Zusammenhang mit jenem Gebote Christi an seine Jünger: sie sollten sich nicht sorgen, wie sie sich verantworten wollten, wenn sie vor Gericht stünden, vielmehr werde er ihnen ihre Antworten eingeben.

Er antwortete auf des Großtyrannen furchtbare Frage ohne Besinnen: «Es ist ein jeder Mensch auserwählt zur Verherrlichung Gottes. Aber es ist nicht einerlei Art der Auserwählung, noch einerlei Art der Verherrlichung.»

«Allein, jene, die dich gut kennen, haben eine sehr genaue Vorstellung von der Art, in welcher du auserwählt und zur Verherrlichung berufen bist. Es soll, wie ich höre, ja auch davon gesprochen worden sein, daß man dir die Kraft zutraue, Tote zu erwecken. Und ich will dir gestehen, daß ich hierin nichts Ungewöhnliches fände. Denn zählst du dich nicht zu den Jüngern Christi? Und hat er den Seinen nicht geboten: heilt die Kranken, reinigt die Aussätzigen, weckt die Toten auf? Oder solltest du am Ende dergleichen für unmöglich halten im Widerspruch freilich zu den Worten des Evangeliums? Ja, wie wäre es denn, wolltest du diese verheißene Kunst jüngerlich an jenem Toten üben, aus dessen Abscheiden sich so manche Ereignisse herleiten? — Ich meine, an Fra Agostino», setzte er hinzu.

Der Großtyrann hatte diese Worte ohne eine spöttische Betonung gesprochen, eher mit einer gleichmäßigen und bereitwillig auf alle Gedanken des anderen eingehenden

Gelassenheit. Und so war auch der fragende Blick, den er auf Sperones Gesicht gerichtet hielt.

«Es wäre in der Tat vieles Schwierige behoben, mein Lieber, wenn du diesen Mann auferwecken wolltest, so wie der Herr, dem du doch nachfolgst, den Lazarus auferweckte.»

«Gewiß bin ich der Meinung», antwortete Sperone, «daß Gott als ein Allmächtiger auch die Gabe der Totenerweckung zuordnen kann, wem er will. Und sollte es ihm gefällig sein, sie mir aufzuerlegen, so würde ich nicht zögern, sie, an wem immer, dem Geheiße nach auszuüben.»

«Nun, vielleicht ist die Gabe dir verliehen wie andere Gaben auch, und damit wäre das Geheiß bereits ergangen. Und erging es nicht schon mit jenen an die Jünger gerichteten Worten Christi? Wer sagt denn, diese Worte seien nur gerichtet an die wenigen Jünger, welche der Zeit und dem Fleische nach bei jenem Geheiße zugegen waren? Ja, als er den Lazarus auferweckte, hat er das nicht getan, um erweislich zu machen, was er an anderem Orte eigens bestätigt: nämlich daß, wer ihm nachfolge, sich der gleichen Fähigkeiten zu versehen habe?»

Sperone begann zu reden, als hätten des Großtyrannen Worte nicht ihm unmittelbar gegolten, und gerade bei diesem Ausweichen meinte er von einer Eingebung seines Schutzengels geleitet zu sein. Er sagte: «Ich habe mir meine Gedanken gemacht über die Auferweckung des Lazarus, und ich habe mich gefragt, welchen Zweck sie haben sollte. Etwa den, daß Lazarus um einige Jahre oder Jahrzehnte länger lebte und seine Hantierung verrichtete? Warum hätte er diesen Vorrang haben sollen vor allen anderen Gestorbenen? Denn daß sein Leben wichtiger gewesen sei als das vieler anderer, davon ist uns nichts gesagt worden. Christus duldete ja auch den Tod seines Nährvaters Joseph und des Täufers Johannes. Um der Maria und Martha willen? Aber warum ihnen diese Bevorzugung, da doch auch andere und gleich gottesfürchtige Frauen ihre Brüder verlieren mußten? Oder damit wir hieran Christi Kraft der Totenerweckung erkennen? Aber diese erkennen wir ja bereits an der Tochter des Jairus und an dem Jüngling von Nain. Und so bin ich auf den Gedanken gekommen, es sollte uns durch diesen Vorgang etwas ganz anderes gelehrt werden, nämlich die Ungültigkeit der Zeit.» Hierbei erschien in seinen Augen ein Licht, das sich mit dem eindringlichen Raunen seiner Stimme zu einer geheimnisvollen Wirkung verband. «Die Ungültigkeit der Zeit und die vollkommene Vergebung.»

«Wie ist das gemeint?» fragte der Großtyrann.

«Du wirst dich gewiß erinnern, Herrlichkeit», erklärte Sperone eifrig, «daß Martha, des Lazarus Schwester, den eintretenden Heiland mit den Worten empfing: Wärst du hier gewesen, Herr, mein Bruder wäre nicht gestorben.»

«Ich erinnere mich», sagte der Großtyrann.

«Mit diesen Worten, so möchte ich meinen», fuhr Sperone fort, «gibt Martha zu verstehen, daß Lazarus nur deswegen hat sterben können, weil der Herr nicht zugegen war. Nun aber kommt er und hebt seinen Tod auf, welcher doch schon geschehen war. Er bewirkt, daß Lazarus nicht gestorben und daß er selber nicht abwesend war. Der Herr also hat die Macht des Widerrufs auch gegenüber jenem, das wir für unwiderruflich halten; und für unwiderruflich gilt uns das bereits Geschehene, das Vergangene. Er aber ist ein Herr auch über die Vergangenheit. Zu keinem anderen Ende ist die Auferweckung des Lazarus geschehen, als uns dies Geheimnis zu lehren. — Ja, so habe ich es mir zurechtgelegt», setzte er hinzu. Nicht nur Sperones Worte, sondern auch die Art seines Sprechens drückte hierbei ein Gemisch von Spitzfindigkeit und Verworrenheit aus, aber sowohl Spitzfindigkeit wie Verworrenheit trugen einen kindlichen Zug, dem etwas Rührendes innewohnte. Dies mochte auch der Großtyrann empfinden.

«Und von hier aus meine ich auch die Sündenvergebung zu begreifen», fuhr Sperone fort. «Denn das ist ja nicht die vollkommene Vergebung, daß angenommen wird, die geschehene Sünde solle so gelten, als sei sie nicht getan. Vielmehr ist dies die Beschaffenheit der unvollkommenen Vergebung, zu welcher wir Menschen untereinander fähig sind. Die vollkommene Vergebung aber, die nur von Gott geübt werden kann, ist eine andere, denn durch sie ist die Vergangenheit aufgehoben: die geschehene Sünde wird ungeschehen gemacht, sie ist nicht getan worden, so wie ja auch Lazarus nicht gestorben ist.»

«Es mag sich hören lassen. Aber wie kommt es, daß du dir so viele und so geartete Gedanken machst? Dergleichen ist doch nicht gewöhnlich unter Leuten deines Standes. Und hast du dir von jeher mit solchen Überlegungen zu schaffen gemacht? Oder ist es plötzlich über dich gekommen? Es soll ja Fromme geben, die sagen, es sei ihnen eine Erweckung geschehen, und die genau auf Tag und Glockenschlag anzugeben lieben, wann dies vor sich ging.»

«Ich habe eingezogen gelebt. Die Färberei, Herrlichkeit, als ein Handwerk ohne viel Geräusche, ladet zur Nachdenksamkeit ein. Und mit ihren Verwandlungsvorgängen fordert sie auch zu Vergleichen auf. Da denkt man an den beispielhaften Unterschied zwischen der göttlichen und der menschlichen Färberkunst: daß nämlich diese nur das Helle dunkel, jene aber auch das Dunkle hell zu färben vermag. Da denkt man an die geistliche Krappfarbe, welche das Blut Christi ist. Oder an das Wort des Propheten, daß selbst unsere blutrote Sünde schneeweiß werden soll, und wenn sie scharlachfarben wäre, so sollte sie doch wie Wolle werden, nämlich wie gereinigte, aber noch ungefärbte Wolle. Auch hier ist die Rede von dem Geheimnis der vollkommenen Vergebung; denn die Sünde soll ja nicht gleichsam schneeweiß werden, sondern schneeweiß. Und solcher Gedanken bieten sich einem Menschen meines Berufes wohl noch viele dar, beim Bleichen und Beizen, beim Anrichten der Farbbäder oder beim Hin- und Herziehen des Färbegutes in der Farbflotte.»

«Aber fürchtest du nicht, auf Fehlwege zu geraten?»

«Nein. Denn ich verlasse mich gänzlich auf den behütenden Engel.»

«Es mangeln dir mit Sicherheit die Weihen, wahrscheinlich aber auch die Kenntnisse, vielleicht die natürliche Urteilskraft. Wie willst du die nützlichen von den unnützlichen Gedanken scheiden?»

«Gott schickt uns die Gedanken wie alle anderen Dinge auch. So ist die Frage nach ihrem Recht oder Nichtrecht, die Frage nach ihrer Nützlichkeit oder Unnützlichkeit nicht zu erheben.»

«Es scheint mir keineswegs erwiesen», entgegnete der Großtyrann, «daß alle Gedanken von Gott geschickt werden. Vielleicht gibt es Gedanken, die er allenfalls noch gerade duldet. Und ich wüßte dir manches Beispiel von der Unnützlichkeit der Gedanken zu nennen. Mein Vater hatte einen alten Vetter, der ein einfacher Mann war — denn du weißt ja, daß ich von keinem erlauchten oder auch nur angesehenen Geschlecht stamme. Dieser alte Mann, dessen ich mich aus meiner Kindheit noch wohl erinnere, war, wie er selber es nannte, ein Gedankenfreund. Das heißt: er gab sich nichtsnutzigen Grübeleien hin, über denen er seine zeitlichen Angelegenheiten versäumte. So hat er sich viel mit der Frage zu schaffen gemacht, ob man für die Seelen des Kain und des Judas beten dürfe, ja, ob man es nicht müsse. Und von hier aus gelangte er weiter zu der Frage, wie es denn mit dem Gebet, ja, mit dem Messelesen für den Bösen selbst bestellt sein möchte. Zuletzt meinte er, dies sei eine vornehmlichere Obliegenheit als alle andern christlichen Pflichten, da doch niemand der Fürbitte in einem solchen Maße bedürftig sein könne wie eben der Satan. Er brachte es dahin, daß er, gänzlich verarmt, sein Gnadenbrot bei meinem Vater verzehrte, daß die Kinder ihm auf der Straße ‚Teufelserlöser' nachriefen und er ein Gespött und Ärgernis war. Auch ist er einem geistlichen Gerichtsverfahren nur dadurch entgangen, daß er plötzlich hinstarb — wie man mit einigem Grund annahm, nicht ohne eigenes Verschulden, vielleicht sogar mit deutlichem Willen.»

«Ich kann, Herrlichkeit, in dem Ausgang dieses Mannes keinerlei Beweis erblicken, da wir doch Gottes Urteil über ihn nicht kennen. Ja, nicht einmal einen Beweis gegen seine Behauptung, daß jene großen Sünder mit Einschluß des Teufels unserer Gebete am bedürftigsten und mithin auch am würdigsten seien. Übrigens fordert St. Paul, der Apostel, uns in einem seiner Briefe ja auch auf, wir möchten unsere Gedanken und unsere Vernunftskräfte brauchen, indem er sagt, wir sollen nicht Kinder am Verständnis sein, sondern Kinder nur an der Bosheit; am Verständnis aber, so sagt er, seid vollkommen. Nun aber, Herrlichkeit, scheint mir, es sei diese ganze Stadt vollkommen an der Bosheit.»

Der Großtyrann ging auf diesen letzten Satz, der vom Färber fort und zu den cassanesischen Begebenheiten hinleiten sollte, nicht ein. Er meinte:

«Gut. Es war nur des Beispiels halber gesagt. Aber wenn nun ein Geistlicher dir dein Gedankenmachen verwiese?»

«Warum sollte er das tun, Herrlichkeit?» fragte Sperone verwundert zurück. «Ich habe es nie an der Ehrerbietung vor dem priesterlichen Amt fehlen lassen. Und ich bin ja auch willig, jede geistliche Belehrung anzunehmen.»

«Und wenn die geistliche Obrigkeit es dir untersagte, mit anderen Leuten zu beten oder von Glaubensdingen zu reden?»

«Wie könnte sie das? Da ich hiermit doch nichts anderes tue, als daß ich den klaren Geboten Christi und der Apostel folge?»

«Warum bist du nicht geistlich geworden?»

«Ich habe nichts gelernt. Ich verstehe nicht zu schreiben, nicht einmal zu lesen.»

«Und hast du dich nicht als dienender Bruder in ein Kloster begeben mögen?»

«Der Engel hat mir nichts davon gesagt.»

«Du hast zu deinem Engel ein sehr großes Vertrauen?»

«Ja», sagte Sperone, «und ich glaube, daß den Engeln eine hohe Wichtigkeit zukommt und eine höhere, als manche Menschen, selbst unter den frömmsten, es annehmen. Denn daraus, so denke ich, erhellt des Menschen Würde, selbst des verworfensten, daß Gott ihm einen Schutzengel zuordnete vom Anfang der Welt her. Dieser Engel hat achten müssen auf alle Blutsteilchen in den Geschlechtern vor ihm. Er mußte sorgen, daß dieser oder jener vorbestimmte Urvater nicht von einer kindlichen Krankheit fortgenommen oder vorzeitig von einem Blitze getötet wurde. Er mußte sorgen, daß nicht der Schlag eines Pferdes aus meinen zahllosen Ältermüttern eine bestimmte traf, ehe sie jenes winzige Lebensstückchen weitergegeben hatte, das zum Bau meines Leibes verordnet war und sich verbinden mußte mit tausenden ähnlicher Stückchen aus anderen Urvätern und Ältermüttern, über welche ebenfalls dieser Engel eine Obhut zu üben hatte. Und nun hat er mich zu behüten, daß ich meinen Fuß an keinen Stein stoße.»

«Du bürdest den Engeln sehr vieles auf und gibst ihnen einen erhöhten Platz. Ich bin kein Gelehrter und weißt nicht, ob du hierin völlig mit der Kirche in Übereinstimmung denkst. Vielleicht ist es auch eine gefährliche Meinung, und du könntest mit ihr bei den geistlichen Oberen in einen schlechten Geruch kommen. Aber ich wollte dich noch an etwas anderes erinnern. Da du dich mit der Auferweckung des Lazarus befaßt hast, so wirst du wohl auch jenes alte und allgemeine Gerücht gehört haben, das sich die einfachen Leute von Lazarus erzählen, obwohl die Geistlichen dagegen ankämpfen. Das Volk sagt nämlich, Lazarus, der ja vier Tage im Grabe gelegen hat, habe bis an seinen zweiten Tod des Grauens nicht mehr Herr werden können und sei auf diese Weise der elendste unter allen Menschen geworden.»

Des Großtyrannen Kopf duckte sich ein wenig in den Schultern, wie eines Menschen, der mit einem Schauder an den Tod denkt. «Es ist etwas Grauenhaftes, daß wir sterben müssen», sagte er flüsternd.

Dann hob sich seine Stimme. «Hast du auch bedacht, Färber, daß du deinen Tod anstellst? Färber, ich rate dir gut. Ziehe dein Geständnis zurück. Denn wer, glaubst du, könnte dir den Mord nachweisen, wenn du selber nicht darauf beharrst, es zu tun?»

Sperone schüttelte stumm den Kopf. Diese Gebärde war von einer großen Entschiedenheit.

Der Großtyrann stand auf und sagte: «Es ist gut. Ich werde diese Aufforderung nicht wiederholen. Morgen wirst du in mir den Richter sehen. Aber die Tür deiner Zelle wird unverschlossen sein bis zum Dämmern des Tages. Und meine Wächter werden Anweisung erhalten, dich nicht zu hindern, wenn du das Kastell verlassen willst. Sonst aber wird von morgen ab mit dir verfahren werden, wie es nach den Gesetzen hergebracht ist.»

Er nahm die Lampe vom Tisch und ging.

6

Der Großtyrann verbrachte den folgenden Tag damit, daß er einige auswärtige Abgesandtschaften empfing und mit ihnen im Gartenhause unterhandelte. Nach Sperone fragte er nicht.

Am Nachmittag fügte er diesen Geschäften eine Pause ein, indem er die Unterhändler für eine Weile beurlaubte. Er selber hielt sich in seinem Garten auf. Hierher ließ er auch Nespoli führen, als dieser ihm zur Abstattung seines Vortrages gemeldet wurde.

Seit jenem Morgen war Nespoli noch nicht wieder in diesem Garten gewesen, in welchem alle Geschehnisse ihren Ursprung hatten. Wie damals fiel wieder das Klagegeschrei der Pfauen in sein Gehör. Die Farben des Gartens schienen verdorrt. In der bleigrauen Luft lag ein blasser Sonnenschein.

Während sie miteinander die Wege auf und nieder schritten, berichtete Nespoli von einem kirchlichen Bittgang, der um Änderung des Wetters unternommen worden war, und von einigen Unordnungen, die sich bei diesem Umzug ereignet hatten. Hieran schloß er mehrere Meldungen ohne Belang. Und bei all diesem empfand er mit Verwunderung, daß des Großtyrannen Gedanken abwesend zu sein schienen, während er doch sonst die Art hatte, sich mit ungespaltener Aufmerksamkeit dem jeweils in Rede stehenden Gegenstande hinzugeben, mochte dieser auch geringfügig sein. So war er auch abgewichen von seiner Gewohnheit, den Vortragenden durch Zwischenfragen nach dieser und jener Einzelheit zu unterbrechen.

«Und von dem Totschlag auf dem Kräutermarkt sagst du mir nichts?» fragte der Großtyrann, als Nespoli schwieg.

Es wollte Nespoli scheinen, der Großtyrann habe sich zu dieser Frage gezwungen, um ihn nicht merken zu lassen, daß sein Geist mit anderen Dingen beschäftigt war.

«Die Herrlichkeit hat meinen Amtsbereich bekanntermaßen eingeengt. Ich sah keinen Anlaß, mich mit dieser Sache zu befassen. Denn es war mir von meinen Fischern gemeldet worden, der Zwist habe seinen Ausgang gehabt in der Beschuldigung, der eine der Streitenden solle sich zu einem Meineide erboten haben in Sachen des Herrn Confini oder eines jener Frauenzimmer. Und so habe ich verzichtet, mich darum zu kümmern.»

«Du hast meine Anordnung sehr wörtlich genommen, Massimo.»

«Ein Deuteln an den Befehlen der Herrlichkeit steht mir nicht zu.»

«Mein Lieber, in deinem jetzigen Verhalten bist du nicht ein Nutzen, sondern ein Hemmnis aller öffentlichen Ordnung.»

«Es steht der Herrlichkeit frei, dieses Hemmnis zu beseitigen, indem sie mir den Abschied gewährt. Die Herrlichkeit möge nicht glauben, daß ich an den schmalen Überbleibseln meines Amtes hänge.»

Der Großtyrann schüttelte stumm den Kopf, und seine Blicke gingen über einige entfernte Baumwipfel.

«Ich bin kein glücklicher Mensch», sagte Nespoli. «Aber vielleicht trägt dieser Umstand zum Glück der Herrlichkeit bei. Darum wünscht sie mich in ihren Diensten zu behalten.»

«Ach, Massimo, wie jeder Bedrückte denkst du zu gering von der Gewalt der Zeit. Alles Jetzige wird einmal vorüber sein. Ich kann nicht sagen, wann das geschehen wird, doch möchte ich meinen: bald. Du wirst deine Verrichtungen und dein Leben haben wie zuvor. Und du wirst auch deinen Groll vergessen. Aber sage mir doch, was du von dem Färber Sperone hältst. Denn du wirst wohl gehört haben, daß er sich des Mordes schuldig bekannt hat.»

Der Großtyrann hatte in dem bisherigen Gespräch schnell geredet. Es war merklich, daß er ungeduldig gewesen war, an diesen Punkt zu gelangen. Und dies bestätigte sich für Nespoli auch in dem erzwungenermaßen beiläufigen Ton der Frage.

Mit der Hast eines Überredenwollenden, welche sonst seiner Sprechweise fremd war, fuhr der Großtyrann fort: «Hierin kannst du dich jetzt ohne den Zwang einer amtlichen Verbindlichkeit äußern, nachdem ich in dieser Sache eine solche ja von dir genommen habe. Und da ein jeder Einwohner von Cassano bis hinab zum letzten Gassenbuben eine Meinung hierüber hat, so wirst wohl auch du eine haben.»

Dies war seit längerem das erstemal, daß der Großtyrann in einem eigentlicheren Sinne wieder die Rede an Nespoli richtete; denn seither hatten sie wie zwei einander gänzlich Fremde nichts gewechselt als kurze Worte, die ihren unmittelbaren Bezug hatten zu den Gegenständen des Vortrages. Und Nespoli wunderte sich ein wenig darüber, doch auch er hatte ja heute mit seinen Äußerungen das knappe Maß des amtlich Notwendigen bereits hinter sich gelassen.

Indessen meinte er sich etwas zu vergeben, wenn er auf des Großtyrannen Aufforderung einginge, und dies um so mehr, als er ja seinen Drang, über Sperone zu reden und reden zu hören, wahrnahm. So antwortete er: «Mein schielender Diener, dem es ja nicht verboten ist, sich mit diesem Mordfall abzugeben und sich seine Gedanken zu machen, wird sicherlich eine Meinung haben. Ich habe keine. Er hat mir, nachdem die Selbstbezichtigung des Färbers geschehen war, beim Rasieren seine Mutmaßungen samt allerlei städtischen Gerüchten ausbreiten wollen, aber ich habe ihm den Mund verboten. Befehle die Herrlichkeit, so werde ich den Schieler hersenden.»

«Massimo! Massimo!» sagte der Großtyrann. «Gehst du so weit in deinem Grimm? Ich lege dir eine Frage vor, und du erbietest dich, sie durch deinen Diener beantworten zu lassen. Ist es dein selbstfeindlicher Wunsch, ich möchte dies als eine Ungezogenheit nehmen und danach mit dir verfahren? Daß ich dir die Bearbeitung des Mordfalles abnahm, war dies nicht zugleich eine Handlungsweise der Schonung? Ich dächte, dies solltest du verstehen, Massimo. Nun, es ist gut. Gehe jetzt. Wir werden schon wieder zusammenkommen.»

Der Großtyrann schien nicht nur verstimmt, sondern auch enttäuscht. Dies empfand Nespoli als eine kleine Genugtuung.

Sie trennten sich an der Stelle, an welcher sie in jener Morgenfrühe vor dem Leichnam gestanden hatten. Nespoli zuckte im Davongehen unhöfisch die Achseln. Und auch vor sich selber weigerte er sich, über Sperone eine Meinung zu haben, gleich als käme er schon damit dem Großtyrannen zu weit entgegen. Auch gaben ja alle seine Weltübung und Erfahrenheit, die sich doch nur vollendet hatten im Umkreis des irdisch Überschaubaren, ihm nirgends eine rechte Handhabe, um mit einer Erscheinung wie Sperone ins gleiche zu kommen.

7

Nach Nespolis Fortgang nahm der Großtyrann seine Besprechungen mit den fremden Abgesandten wieder auf. Erst lange nach Dunkelwerden wurden die letzten entlassen. Darauf schickte der Großtyrann nach Sperone.

Das ebenerdige Gartenhaus enthielt einen einzigen Raum, der nach allen vier Seiten je ein Fenster hatte. Die Wände waren gemalt mit den Geschichten großer Empörer, nämlich mit dem Aufruhr der Giganten gegen die Götter, dem Abfall des Absalom, dem Aufstande des Spartakus und der Verschwörung des Catilina; doch waren alle diese nicht in ihrer Erniedrigung und Besiegtheit dargestellt, sondern verherrlicht in der vollen Kraft ihres Aufbegehrens. Unter den Cassanesen, noch mehr aber unter den Ortsfremden hatte es Verwunderung erregt, daß der Großtyrann seinem Gartenhause gerade diesen Schmuck bestimmt hatte. Der Raum enthielt Ruhebett, Tisch und Stühle. Auf der Achatplatte des länglichen Tisches stand ein vielarmiger Silberleuchter. Die Kerzen brannten ruhig; die Fenster waren geschlossen.

Als Sperone eintrat, sagte der Großtyrann: «Ich sehe, du hast die Möglichkeit verschmäht, die ich dir öffnete. Wundere dich nicht, von jetzt an einen Richter in mir zu finden.»

«Ich habe ja den Richter begehrt», antwortete Sperone.

«Du kannst dich setzen. Wir werden vielleicht lange miteinander zu tun haben. Womit hast du den Mönch getötet?»

«Mit einem Dolch.»

«Woher hattest du ihn?»

«Er ist von jeher in meinem Besitz gewesen.»

«Ist er noch in deinem Hause?»

«Ich habe ihn in die Senkgrube geworfen.»

«Woher wußtest du, daß Fra Agostino bei mir war, hier in diesem Raume?»

«Ich hatte ihn beobachtet.»

«Des längeren?»

«Ja.»

«Er sah dich nicht kommen?»

«Ich stand hinter einem Busch.»

«Gut. Wäre es nicht dunkel, so könnte ich dich in den Garten führen, damit du mir das Vorgefallene an seinem Ort genau wiederherstellst. Aber alle diese Dinge sind mir nicht von Wichtigkeit. Ich will etwas anderes wissen. Aus welchem Grunde hast du die Tötung begangen?»

«Warum fragst du mich danach, Herrlichkeit? Ich habe meine Tat gestanden. Ist das nicht genug? Strafe mich.»

«So leicht wird es nicht hingehen, Sperone. Wie kann ein Richter urteilen, wenn er nur die Tat kennt, nicht aber ihre Antriebe?»

Sperone geriet in eine sehr sonderbare Unruhe. «Nimm mein Leben», rief er «und versöhne mit ihm die beleidigte Gerechtigkeit! Aber warum willst du mein Herz erforschen, da doch die Tat offenbar ist?»

Der Großtyrann bog ein wenig ab von dem bisherigen Pfade des Gesprächs, indem er nachdenklich sagte: «Meine Erinnerung trifft zufällig auf eine Briefstelle des Apostels Petrus, welche dir vielleicht auch bekannt sein wird, da du ja in diesen Dingen so bewandert bist. Sie mag von den Jahren meiner Erziehung her sich in meinem Gedächtnis aufbewahrt haben. Nämlich er schreibt: es möge von den Seinen niemand leiden als ein Mörder oder Dieb oder Amtsanmaßer oder sonst um einer Missetat willen; und nur wo er leide in seiner Eigentümlichkeit als Christ, nur da habe er keinen Anlaß zur Scham. Ist nun nicht in diesem Wort eine sehr klare Verurteilung für dich ausgesprochen?»

Er beobachtete Sperone sehr genau, als er das sagte. Des Färbers Gesicht aber hatte unter dieser Rede des Gewalthabers wieder eine große Ruhe angenommen. Ja, es war ein Lächeln auf ihm erschienen, das, obwohl es wehmütig war, doch an jene Drolligkeit erinnerte, welche Sperones Leute an ihm kannten. Er antwortete nur: «Mir war dieses

Wort zwar fremd, Herrlichkeit, aber ich weiß wohl, daß ich einer Verurteilung bedarf.»

Der Großtyrann kehrte darauf wieder zu seinem richterlichen Verhör zurück und stellte noch eine Reihe von Fragen. Welche Berührungen denn zwischen ihm und Fra Agostino stattgefunden hätten? Ob Sperone von seiten des Mönches eine Kränkung erfahren habe? Oder ob er von einem Dritten zur Begehung seiner Tat angestiftet sei?

Auf all dieses antwortete Sperone entweder ausweichend oder verworren. Und wo der Großtyrann ihm mit seinen Fragen deutlichermaßen zu Hilfe kam, selbst da wußte er sich dieser Hilfe in seiner Verwirrung nicht zu bedienen.

«Du hast also in Fra Agostino deinen Feind erblickt?»

«Es ist uns befohlen, alle Menschen zu lieben.»

«Aber nicht bei allen fällt die Erfüllung dieses Geheisses uns gleichmäßig leicht. Fiel es dir nun schwer oder leicht, den Fra Agostino zu lieben?»

Hier schien Sperone keine Antwort mehr zu wissen. Und wie ein eigensinniges Kind kehrte er immer wieder zu seiner Meinung zurück, daß doch dem Großtyrannen sein Schuldbekenntnis genug sein müsse.

Der Großtyrann ließ ihm Zeit, wieder zur Ruhe zu kommen, und beschäftigte sich eine Weile mit den Papieren auf seinem Tisch. Ohne von ihnen emporzusehen, trug er dem Sperone auf, die Kerzen, deren ebenmäßiger Brand allmählich in ein Flackern übergegangen war, zu säubern. Sperone nahm die Putzschere, die am Fuße des Leuchters lag, und verrichtete das Befohlene geschickt und sorgsam.

Endlich wandte der Großtyrann sich ihm wieder zu. «Nun, da du mir noch nichts Rechtes sagen magst über die Ursachen, die dich zur Tötung des Mönches veranlaßten, so will ich hierin aufs erste nicht weiter nachforschen — indem ich dies einer späteren Stunde aufbehalte — und will jetzt von dir nur erfahren, aus welchen Ursachen du deine Tat freiwillig einbekannt hast. Denn du weißt ja, daß ein Verdacht auf dich noch nicht gefallen war.»

«Mein Gewissen hat mich getrieben», sagte Sperone.

«In welchem Sinne?» fragte der Großtyrann. «Etwa so, daß du deine Strafe erleiden wolltest, damit die verletzte Gerechtigkeit wieder heil werde?»

«Auch in diesem Sinne, Herrlichkeit. Allein vornehmlich doch in einem anderen. Nämlich um all dieser Leute in Cassano willen.»

«Wie ist das zu verstehen?»

«Herrlichkeit!» rief Sperone mit starker Stimme. «Du fragst mich danach, wie das zu verstehen sei? Ist denn der Zustand dieser Stadt nicht offenbar geworden? Ist sie nicht vergiftet bis auf den Tod? Es gab eine Zeit, da ist sie nicht sündiger gewesen als alle anderen Stätten, an denen Menschen beieinander ihr Leben führen. Jetzt aber ist bald nicht einer in Cassano, den die Verstrickung nicht ergriffen hätte. Da ist Versuchung, Verdacht und Verrat. Lüge und Meineid gehen um zwischen Brüdern und Ehegatten. Gewalttaten werden geübt, Leiber verderben und Seelen verderben. Kommt dich nicht ein Grauen an über all der Verruchtheit deiner Stadt? Und du fragst mich, wie das zu verstehen sei!»

Sperone war in eine Leidenschaft geraten, daß er aufsprang. Und nun sprach er in Jammer und in Zorn von den Dingen, die in Cassano vor sich gegangen waren von dem Tode des Mönches an; und doch wußte er nur einen Teil von ihnen.

«Das alles habe ich geschehen sehen, einen Tag um den anderen. Und was sollte weiter geschehen? Welche Seelen sollten noch zugrunde gehen? Da habe ich mir sagen müssen: ist es nicht besser, daß ein Mensch sterbe, als daß die ganze Stadt umkomme?»

Schweißtropfen standen auf seiner Stirn. Er holte Atem.

Dann sagte er ruhiger: «Hierin, Herrlichkeit, wirst du doch meiner Meinung recht geben müssen: was in Cassano geschieht, das ist mehr als das Gewissen desjenigen, der sich als Urheber der Begebenheiten zu fühlen hat, ertragen könnte.»

Der Großtyrann stützte den rechten Ellenbogen auf den Tisch und verschattete mit der Hand seine Züge gegen das

Kerzenlicht. Von des Färbers wilden Atemstößen getroffen, waren die Flammen aus der Stetigkeit ihres aufrechten Wuchses gewichen und schwankten erregt nach den Seiten.

Der Färber blieb jetzt in seinem Schweigen, und der Großtyrann auch. Der Färber setzte sich wieder hin, und die Kerzenflammen nahmen ihre alte Ruhe wieder an.

Immer noch verharrte der Großtyrann in seiner Haltung, welche dem Färber den Anblick seines Gesichtes entzog. Ohne die verdeckende Hand vom Gesicht zu entfernen, sagte er endlich sehr langsam und mit einer eigentümlichen Bewegung der Stimme: «Dies glaubst du? Du meinst also, das Geschehene sei mehr, als daß das Gewissen seines Urhebers es zu ertragen vermöchte?»

«Ja», gab Sperone zur Antwort. «Und aus diesem Grunde bin ich zu dir gekommen.»

Es verging abermals eine Pause. Dann sagte der Großtyrann: «Was ist das für ein Geräusch? Öffne das Fenster.»

Sperone gehorchte.

Der Wind rauschte in den Zweigen, die Tropfen prasselten. Ein Strom der Kühle gelangte in den Raum. Sie hörten auch die befreiten Atemzüge des Trabanten, welcher Sperone aus der Zelle hergeführt hatte und nun vor dem Gartenhause wartete, um ihn zurückzubegleiten.

«Es regnet», sagte der Großtyrann. «Die Zeit des argen Windes ist vorüber.»

Er ließ die Hand sinken, und von nun an war auch seiner Stimme nichts Ungewöhnliches mehr anzumerken.

«Ist es dir sehr schwer geworden, Färber, jenen Entschluß zu fassen? Ich meine den Entschluß zu deinem freiwilligen Geständnis?»

«Ich habe meine Zeit gebraucht, Herrlichkeit. Denn das Fleisch fürchtet sich ja vor allem, was der Geist ihm auferlegt. Ich bin des Nachts oft in den Ölgarten gegangen und habe dort um Stärke gebeten. Und so habe ich noch in der letzten Nacht getan, ehe ich ins Kastell kam; so wie ich wohl weiß, daß der Herr auf dem Ölberg die Nacht hinbrachte, ehe er denn überantwortet wurde in die Hände seiner Richter. Und ich habe im Ölgarten die Stärkung des Engels erfahren. Da habe ich erkannt: es ist von Zeit zu Zeit notwendig, daß jemand um des Volkes willen aus freien Stücken ein Leiden auf sich nimmt.»

«So meinst du, Christi Opfer sei nicht genugsam gewesen für alle Zeiten?»

Sperone zögerte, bevor er antwortete: «Diese Dinge sind nicht vergleichbar. Es ist mit Christi Opfertod sicherlich der Gerechtigkeit Gottes Genüge getan für die Ewigkeit. Dies schließt nicht aus, daß für einen begrenzten Kreis von Menschen von einer Zeit zur andern ein dem Tode auf Golgatha ähnlich erscheinendes, ob auch nicht zu vergleichendes Geschehnis nötig sein könnte, wie ja auch in der Messe das Opfer von Golgatha, wiewohl unblutig, seine Wiederholung hat. Nicht zuletzt, damit die Menschen beispielhaft erfahren, daß aus einer großen Liebe große Taten möglich sind. Und dies ist wohl gewiß: wer in der Nachahmung Christi stehen will, der wird bereit sein müssen, nicht nur seinem Wandel nachzufolgen, sondern auch dem Werk, mit dem er seinen irdischen Wandel abschloß: nämlich daß er sich freien Willens hingab als ein Löseopfer für viele.»

«Kehre jetzt in dein Gefängnis zurück», sagte der Großtyrann. «Morgen werde ich Gericht halten und alles zu seinem Ende bringen.»

8

Um dieselbe Zeit, da der Großtyrann sich in seinem Gartenhause mit Sperone unterredete, saßen Monna Vittoria und Diomede im Schwanenzimmer beisammen.

Die Bewegung, sie darf wohl Erschütterung genannt werden, in welche sie durch Sperones Geständnis versetzt worden waren, hatte in beiden eine Hinwendung zueinander bewirkt. Und auf die Länge konnte Diomede seine Gedanken vor Vittoria nicht verborgen halten.

Diomede hatte die Tage seit des Färbers Selbstanklage in einer Zwiespältigkeit hingebracht, und es war ihm nicht möglich gewesen, in jene Erleichterung zu kommen, die er sich erhofft hatte. So war er bestrebt, die Glückwünsche, die freundschaftlichen Worte, die er von allen Seiten entgegenzunehmen hatte, maßvoll abzuwehren oder doch abzukürzen. Er mochte sich selber und seiner Stiefmutter ins Gedächtnis rufen, daß ihnen ja nun alles geworden war, um das sie gefürchtet und gestritten hatten, dennoch konnte er seiner großen Bedrückung nicht Herr werden. Ihn verstörte nicht nur, was er getan hatte: ihn verstörte in stärkerem Maße noch der Gedanke an den Färber.

Er erneuerte sich alle Einzelheiten der Waldbegegnung. In seiner Vorstellung erschien immer wieder der schmächtige, dünnbärtige Mann mit der beunruhigten Stimme und der tiefen Bekümmernis über alles, was in der Stadt geschah, über alles, an welchem Diomede seinen Anteil hatte.

Es verlangte Diomede, vieles über den Färber zu erfahren. Dies war nicht schwer. Es bedurfte nur eines Ganges durch die Stadt, in welcher ja von keinem anderen Gegenstand so viel geredet wurde. Solcher Gänge tat Diomede manche. Allein wieviel er auch aus den Gesprächen der Leute an Kenntnis des Färbers gewann, es blieb geheimnisvoll und furchtbar, daß dieser Mann einer solchen Handlung fähig geworden war. Zu der gängigen Erklärung, Sperone habe sich fortreißen lassen von seiner Abneigung gegen diejenigen Geistlichen, deren Anteilnahme an den Händeln und Geschäften dieser Welt ihm ein Ärgernis war, hatte Diomede auch sich nötigen wollen. Allein wie schwer war es, sich den Sanftmütigen und Stillen im Rächerzorn zu denken!

In Unruhe wartete Diomede auf die Rückkunft des Großtyrannen. Des öfteren erschien er im Kastell und fragte, ob noch keine Nachricht über den Zeitpunkt seiner Heimkehr eingegangen sei. Er versuchte auch Zutritt zu Sperone zu erlangen; doch wurde ihm dies abgeschlagen, denn des Großtyrannen Leute hatten ein schlechtes Gewissen, weil ihnen die Kraft gemangelt hatte, Monna

Mafaldas Besuch zu hindern, und wollten nun ihrer Verfehlung keine neue hinzufügen.

In seinem Triebe, von allen Lebensumständen Sperones ein verdeutlichtes Bild zu erwerben, suchte Diomede endlich Wohnung und Werkstatt des Färbers auf. Das armselige Anwesen lag unweit des Flusses, jedoch innerhalb der städtischen Ummauerung.

Das Hofespförtchen stand offen. Diomede trat ein. In den Fenstern der Nachbarhäuser erschienen Gesichter, welche seinem Kommen mit Neugier zusahen.

Der ummauerte Hof war recht ausgedehnt, denn er mußte ja Raum zum Bleichen und Trocknen bieten. Einige an Stricken ausgespannte Tücher bewegten sich, gleichwie von regelmäßigen Atemzügen getroffen, im Winde, welcher ja von seiner Herrschaft noch nicht abgelassen hatte, es sah aus, als seien sie vergessen worden. Der Erdboden zeigte vielerlei farbige Spuren; aus großer Höhe gesehen, hätte er einen Anblick gewähren müssen wie ein in Abständen mit flammenden Sommerblumen bestellter Garten.

Der Hof lag verlassen im heißen Mittagsschein, und Diomede fühlte sich angerührt von einer großen Traurigkeit und Öde. Ein Kübel mit eingetrockneter Krappfarbe leuchtete grell und blutigrot in der Sonne. Haus und Schuppen waren arm und in Verfall. In allem sprach sich eine geringe Erwerbsamkeit aus. Diomede klopfte an die Haustür. Niemand antwortete. Er rüttelte, die Tür blieb geschlossen. Diomede trat in den offenen Schuppen, in welchem mancherlei Gerätschaften ohne viel Ordnung umherstanden. In Körben und Holzhaufen fanden sich, voneinander gesondert, jene Walderzeugnisse, die Sperone zur Herstellung von Farbstoffen zu sammeln pflegte. Einiges war noch unangerührt; anderes hatte bereits diese oder jene Stufe der Farbgewinnung erreicht. In einem in der Ecke liegenden leeren Sack meinte Diomede den gleichen zu erkennen, den Sperone im Walde auf dem Rücken getragen hatte.

Inzwischen hatten sich einige Nachbarn des Färbers eingefunden.

«Suchst du Giovanni?» fragte ein alter Mann. «Er ist am Flusse und wäscht Tücher aus. Denn daß du den Färber selbst hier nicht suchen darfst, das wird dir doch bekannt sein.»

Ein junges Mädchen deutete auf eine Baumgruppe an der Mauerecke und sagte: «Jene Bank dort ist sein Lieblingsplatz gewesen.» Aber als habe sie wider Willen etwas Böses gesagt, verbesserte sie sich gleich darauf: «Jene Bank dort ist sein Lieblingsplatz.»

Ihre Stimme verriet, daß sie den Tränen nahe war. «Giovanni erzählt, daß er dort des Nachts oft gesessen und seine Erleuchtungen empfangen hat. Dann darf niemand bei ihm sein, auch Giovanni nicht.»

Diomede ging an den bezeichneten Ort. Dieser Teil des Hofes mochte vormals ein Garten gewesen sein. Als Bleibsel einer solchen Vergangenheit standen hier eng beieinander zwei Ulmen, ein Sumachstrauch und ein Mandelbaum. Zwischen ihnen sproß ein wenig Gras. Doch gaben diese Gewächse einen kümmerlichen Anblick, denn sie waren durch die Abwässer und Ausdünstungen der Färberei beeinträchtigt und hatten wohl nicht mehr sehr lange zu leben. In ihrer Mitte stand eine roh gezimmerte Holzbank mit abgescheuerter Lehne.

Diomede empfand eine Ergriffenheit vor diesem ärmlichen Ruheplatz. Er setzte sich auf die Bank. Allein da meinte er in den elenden Gesichtern der Leute, welche ihm langsam über die Breite des Hofes nachgekommen waren, etwas wie Unwillen oder gar Erschrecken zu sehen, so, als habe er mit seinem Niedersitzen etwas Geweihtes verunehrt. Er stand verwirrt auf.

«Willst du den Giovanni sprechen?» fragte der Alte. «Soll ich dich zu ihm führen? Ich kann aber auch meinen Enkel an den Fluß schicken und ihn holen lassen.»

«Nein», sagte Diomede, «ich danke euch.»

Denn er hatte plötzlich den Wunsch, aus der feierlichen Beklommenheit dieses Ortes und dieser Menschen fortzugelangen.

Das Bild der Bank unter den armseligen Bäumen hatte sich ihm sehr fest eingeprägt. Er meinte sie noch vor Augen zu haben, da er bereits wieder auf der Straße stand.

Diomede hatte im Sinne gehabt, den Lehrburschen Antonio aufzusuchen. Nun aber dachte er: «Wonach soll ich ihn fragen? Und was könnte ich von ihm zu erfahren hoffen, das mehr Gewicht hätte als diese Örtlichkeit unter den Bäumen? Hier also hat dieser Mann gesessen und hat sich seine Gedanken gemacht. Und hier wird er auch gegrübelt haben über jene Frage, von welcher er im Walde sprach: wieweit nämlich der Mensch auch in einer wohlbestellten Sache auf ein ihm zugefügtes Böses mit einer bösen Verfahrensweise antworten dürfe. Aber was kann jenes Böse gewesen sein, das dem Färber von Fra Agostino zugefügt wurde und auf das er mit dem Dolchstich als mit dem Bösen geantwortet haben soll?»

Das Blut sprang Diomede zu Kopf. Dieser Mann sollte den Dolch gezogen und sollte zugestoßen haben? Dieser Mann zu nächtlicher Zeit in den Kastellgarten gedrungen sein? Und woher wußte er denn vom Aufenthalt des Mönches beim Großtyrannen gerade in dieser Stunde? Er müßte ihn tagelang umlauert haben. Aber wie wenig schien der Färber geschickt zu solch vorbedachtem und heimlichem Handeln!

Diomede fühlte, daß es gefährlich war, sich Gedankenläufen von dieser Art zu überlassen. «Ich darf Mitleid haben», sagte er sich, «Mitleid mit jenem Menschen, mit dem ich diese sonderbare Begegnung auf der Waldstraße gehabt habe. Aber ich darf mir nicht die Freiheit einräumen, eine Verantwortung zu fühlen für sein Handeln und für sein Schicksal.»

Diomede war sehr erregt. Er verließ die Stadt. Ohne eine vorerwogene Absicht gelangte er ins Freie. Er sah auf und gewahrte, daß er den Weg zum Ölgarten eingeschlagen hatte. Er kam an die Stelle, da er von der Straße abgebogen war, um den Ort des Brückenbaus zu erreichen. Er ging weiter. Hier hatte er den Färber zuletzt gesehen, hier war Sperone zum Wald emporgestiegen, hier hatte er sich zurückgewandt und ihm «Herr! Herr!» nachgerufen. Hier hatte er sein sonderbares Wort gesprochen: «Ich denke, es wird die Kraft dazu sein.» Und hier etwa mochte Diomede ihn zuerst eingeholt haben.

9

Spät am Abend trat Diomede zu Monna Vittoria in das Schwanenzimmer. Das Fenster, welches nach Westen ging, stand offen. Vittoria saß zurückgelehnt auf der Polsterbank. Sie hatte den rotgelben Abendhimmel langsam verglimmen sehen. Nun lag ihr Blick auf der Schwärze der nächtigen Luft.

Die Katze war auf ihren Schoß gesprungen. Es waren des öfteren Stunden gewesen, da Vittoria sie an sich gepreßt hatte als das einzige warm Lebende, das zu ihr gehörte. Und das Tier ließ sich gleichmütig alle Zuneigung geschehen und bekundete doch als ein Naturteil, daß es nichts zu erwidern gesonnen sei.

Der Diener Matteo war noch einmal gekommen, um nach der Kerze zu sehen, dann hatte Vittoria ihn schlafen geschickt; die Katze hatte sie ihn mit hinausnehmen geheißen.

Diomede setzte sich zu ihr. Eine Weile dünkte es ihn, er werde nie die Worte finden, um dieses Gespräch zu eröffnen. Plötzlich fragte er: «Was hältst du von dem Färber?»

«Ich kenne ihn nicht», antwortete Vittoria, «außer aus deinen Mitteilungen. Aber ich hatte einen Zorn auf ihn geworfen, denn er ist an vielem schuld geworden, zum ersten mit seiner Tat, zum zweiten mit seinem allzuspäten Geständnis. Weiß dieser Mensch, was er alles angerichtet hat?»

Diomede schwieg, und seine Augen liefen unschlüssig über den Fußboden.

«Ich habe den Zorn aber nicht festhalten können», fuhr Vittoria nach einer Pause fort. «Ich habe mich entsetzt vor dem Mute des Bekennens, welchen der Färber in sich gefunden hat. Die Freiwilligkeit des Geständnisses ist eine völlige, denn, wie ich höre, ist seine Tat noch von keiner Entdeckung bedroht gewesen. Welch eine Kraft also hat er aufwenden müssen! Dies ist ein furchtbares Beispiel für jeden Menschen, auf dessen Gewissen eine noch verborgene Übertretung liegt.»

Diomede begann von neuem: «Ich habe dir etwas zu sagen. Aber ich habe eine Scheu, es auszusprechen; denn damit müßte ich eine neue Unwiderruflichkeit beginnen.»

«Sprich es aus, Diomede», sagte Vittoria. «Denn die Zeit der Unwiderruflichkeiten ist gekommen. Ich habe erkannt, daß für den Menschen kein anderes Heil ist, als daß er sich den Unwiderruflichkeiten anvertraut.» Und sie wiederholte flüsternd die ihr von Diomede überlieferten Worte des Färbers: «Ich hoffe, es wird die Kraft dazu da sein.»

Diomede berichtete von jener Frage des Färbers, welche dem Bösen gegolten hatte. Er mußte Vittoria Sperones Worte wiederholen. Darauf wiederholte sie sehr langsam diese Worte selbst. Und sie setzte hinzu: «Aber auch wenn es anders wäre, Diomede, wir wissen ja nicht einmal, ob die Sache, in der wir mit einer bösen Verfahrensweise antworten wollten, eine gute ist.»

«Von jenem Augenblick an, da du zu mir ins Lusthäuschen kamst», so fuhr er fort, «von jenem Augenblick an habe ich gewußt, daß diese Worte des Färbers ja nicht ihm gegolten haben, sondern mir. Ich habe es mir nicht gestehen wollen bis heute. Nun aber kann ich es mir nicht länger verhehlen, mir nicht, dir nicht und niemandem mehr. Und du sagst es ja selber, daß die Zeit der Unwiderruflichkeiten ihren Anfang haben soll.»

Er schilderte ihr den Färber, schilderte ihr den ganzen Umkreis seines Lebens, schilderte ihr jenes Zusammentreffen im Walde in dem neuen Licht, in welchem sich ihm jetzt alle diese Dinge zur Schau stellten.

«Und so hat er mir zu verstehen geben wollen, daß ich nicht weitergehen dürfe auf dem Wege aller jener Handlungen, die ich in Sachen des Vaters unternommen habe, ja, daß die ganze Stadt nicht weitergehen dürfe auf diesem Wege. Und er hat nach der Kraft gesucht, diesem allem ein Ende zu setzen. Und zuletzt hat er diese Kraft gefunden.»

«Ich bin bereit, deiner Meinung beizupflichten», sagte Vittoria. «Denn welches auch die Gründe des Sperone gewesen sein mögen dafür, daß er seine Tat eingestanden hat — die Wirkung ist in jedem Falle die, daß er dich und mich vor weiteren Befleckungen des Gewissens behütet. Und ich will dir offen sagen, daß neben dieser Wirkung seines Geständnisses vielleicht jene zweite Wirkung geringer erscheinen mag: daß er uns behütet hat vor aller anderen Unehre und Einbuße.»

«Es ist falsch», sagte Diomede langsam und mit großem Gewicht, «nach den Gründen seiner Tat zu fragen, statt nach den Gründen seines Geständnisses: denn dieser Mensch hat diese Tat nicht begangen. Dieser Mensch will sich zum Opfer bringen für andere, es sei nun für den Mörder des Fra Agostino oder für jene, die durch Fra Agostinos Tod in Nöte und in Irrungen geraten sind, gleich wie du und ich.»

«Er hat die Tat nicht begangen?» schrie Vittoria vorschnellend, und wie eine Gespensterjagd schossen fetzenhaft Vorstellungen und Versuchungen durch ihr Bewußtsein: Sperone hatte nicht getötet — Pandolfo hatte getötet — war sie nicht gerechtfertigt?

Allein diese Augenblicke waren ihre letzte Versuchung. Sie hörte nicht auf die Überlegungen und Beweisgründe, die Diomede für des Färbers Unschuld aufführte, indem er unerbittlich rundend eines an das andere fügte. Sie wußte ja, daß Sperone schuldlos war, mit seinen ersten Worten schon hatte Diomede sie überzeugt. Und gerade weil Sperones Schuld ihr Leben und ihre Habe sicherte und alle Gefährdung fortträumte, gerade darum mußte sie an seine Unschuld glauben. Denn es ekelte sie vor allem, das sie gewonnen hatte. Es ekelte sie vor jeder Gewißheit ihres Daseins.

Wer die Tötung begangen hatte — und sollte es selbst Pandolfo gewesen sein, — unter welche Drohungen Nespoli vom Großtyrannen gestellt worden war, welche Gefahren der Rettichkopf über sie verhängt hatte, was hatte dies alles mit ihr zu schaffen?

«Ich habe» — so sagte sie zu sich — «nicht mehr nach dem zu fragen, was von andern getan worden ist, noch hierin meine Rechtfertigung zu suchen. Und auch nicht nach den Folgen, welche alle diese Dinge haben könnten, habe ich zu fragen. Sondern einzig nach dem habe ich zu fragen, was ich selber beging.»

Diomede war verstummt. Beide hoben sie die Blicke zueinander. Durch das offene Fenster fuhr ein Windstoß und löschte die Kerze; der Wind hatte sich gewandt, der Wind kam von Westen.

«Zünde sie nicht wieder an», sagte Vittoria. «Es ist nicht nötig, daß wir unsere Gesichter sehen in dieser Nacht.»

Der Wind fauchte in Stößen. Von draußen kam das Rascheln der Blätter, die von ihm gepeitscht wurden.

Diomede sagte: «Ich habe es nicht aufzuhellen vermocht, wer den Fra Agostino zum Tode brachte. Ich werde daran festhalten, daß mein Vater es nicht gewesen ist. Aber ich werde das nicht tun auf Kosten eines andern, welcher ebenso unschuldig ist wie mein Vater. Und so werde ich morgen aufs Kastell gehen und meine Gedanken sagen. Denn wie ich bisher beflissen gewesen bin, die Schuldlosigkeit meines Vaters zu erweisen, so werde ich mich von nun an mühen, die Unschuld des Färbers darzutun. Ich weiß, daß ich damit den Vater und uns von neuem gefährde. Aber ich will, daß in dieser Sache die Wahrheit an den Tag komme und daß Gerechtigkeit werde.»

Es verging abermals eine stumme Zeit von nicht geringer Dauer. Dann rief Diomede: «Nein! Das ist nicht genug. Sondern ich werde dem Großtyrannen alles eröffnen, was ich in Sachen des Vaters getan habe.»

Vittoria sagte: «Gehe morgen aufs Kastell, Diomede. Ich werde dich begleiten.»

Sie saßen im Dunkeln noch lange beieinander. Der Westwind hatte in großer Schnelle Wolken heraufgeführt, welche mit Feuchtigkeit gefüllt waren. Endlich rauschte der Regen auf die dürr gewordene Stadt herab.

FÜNFTES BUCH

Der Großtyrann und das Gericht

1

Es hatte geregnet bis ans Vergilben der Nacht. Der Morgen war kühl, windstill und von bemessener Klarheit. Allenthalben schimmerten die feuchten Blätter. Baumwipfel und Hausdächer hoben sich schön von dem frischen Himmel ab.

Auf den Straßen standen die Erwachten vor den Türen und genossen den Atem. Sie fühlten alle, daß das Atmen ein Glück ist und daß allein um dieses Geschenkes willen der Mensch die Schöpfung loben soll, und atmete er gleich im Elende. Viele lagen in ihren Fenstern und sahen in die reine und unbewegte Luft. Manch einer schüttelte den Kopf in Beschämung oder in Verwunderung, als seien es wüste und giftige Hexenträume gewesen, aus denen er erwacht war. Nun kamen sie alle zur Besinnung und wieder zu sich selber. Und was zuvor gegolten hatte, das galt abermals.

Auch Diomede stand atmend am offenen Fenster, und es erfüllte ihn eine große Klarheit. Es war ihm, als habe er sich zu wundern über alles Abgelaufene, und es wollte ihm unglaubhaft erscheinen, daß er hierin mitgelebt hatte. Unglaubhaft wollte es ihm auch erscheinen, daß er sich gequält hatte in seinen Gedanken und eine leidvolle Widersprüchlichkeit hatte finden wollen zwischen den irdischen Erfordernissen des Rechtes und dem Dienst an seinem himmlischen Inbilde.

Die Glocken der städtischen Kirchen läuteten zum Engel des Herrn, und der Klang hatte in der Reinheit der Luft eine große Fülle.

Diomede durchdachte die Geschehnisse seit seiner Ankunft in Cassano, und es gingen ihm nicht nur alle diese Geschehnisse durch den Kopf, sondern auch seine Gespräche mit dem Großtyrannen. In allen Begebenheiten fand er die verhüllte Widerspiegelung seiner Gedanken. Er hatte geglaubt, es könne die Gerechtigkeit wohnen und herrschen in allen Zuständen der Menschen. Dann aber war er gezwungen worden zu handeln, darum war er in Schuld gefallen und hatte alle Gerechtigkeit verleugnet.

«So ist denn wahr», fragte er sich, «daß reine Hände nicht handeln, handelnde aber nicht rein bleiben können und keine Gerechtigkeit auf Erden möglich ist?» Und er fand sich die Antwort: Das Brot der Engel erfährt an seinem göttlichen Adel keine Einbuße, wenn es im Altarssakrament zum Brote der Menschen wird. Die Gerechtigkeit, die in einem ewigen Himmel wohnt, nimmt, wenn sie zur Erde niedersteigt, die Weise der Erde an, und sie bleibt doch, die sie war. Denn es bestehen wohl sämtliche Dinge aus einem göttlichen Gedanken und einem irdischen Leibe. Alle Rechts- und alle Staatskunst, will sie mehr sein als ein handwerksmäßiges Verwalten vorgefundener Gegenstände, wird immer von neuem den einen Versuch zu wagen, ja, an ihm zu zerschellen haben: den Versuch, die Macht mit der Gerechtigkeit, die Stärke der Hände mit der Reinheit der Hände zu versöhnen. Und auch jeder einzelne Mensch hat ja seine tägliche Aufgabe in einer ähnlichen Versöhnung. Die Kleinheit der Erde aber mag ebenso ihr Recht und ihren Raum haben in der Ordnung des Weltalls wie die Größe Gottes und seiner himmlischen Gerechtigkeit!

Um dieser Versöhnung willen hatte Diomede vor den Großtyrannen hinzutreten und nicht nur seine Überzeugung von der Unschuld des Färbers, sondern jede der Krummzügigkeiten zu offenbaren, deren er sich bedient hatte. Er war sehr ruhig und entschlossen, ja, fast von einer

Heiterkeit des Geistes erfüllt. Und nun dünkte ihn die Stunde gekommen, da er zum Kastell hinaufgehen wollte, und es sollte alles in seine harte Klarheit gebracht werden.

Matteo trat ein und meldete einen Boten des Gewaltherrn. Diomede ging zu ihm in den Vorsaal. Der Mann trug am Gürtel eine offene lederne Tasche, welche mit Briefen gefüllt schien. Aus dieser zog er zwei Schriftstücke und überreichte sie Diomede. Eins war an ihn, das andere an Monna Vittoria gerichtet. Sie waren von der gleichen Kanzleischreiberhand geschrieben, und auch ihr Inhalt mochte der gleiche sein. Monna Vittoria und Messer Diomede Confini erhielten die Vorschrift, sich selben Tages zur Zeit des mittäglichen Geläuts in der kleinen Halle des Kastells einzufinden.

Der Mann empfing von Diomede seinen Botenlohn und ging.

2

Die kleine Halle war im Oberstock einer der östlichen Kastellbauten gelegen. Sie hielt die Mitte zwischen einem sehr großen Aufenthaltsraum und einem Versammlungssaal von mäßiger Ausdehnung. Mitunter wurde sie zu Gerichtstagen oder sonstigen Amtshandlungen benutzt. Zur Rechten der Eingangstür befand sich eine Erhöhung, auf welcher der Sitz für den Leitenden bereitstand. In seinem Rücken waren die beiden hochwölbigen Fenster, durch welche der Raum sein Licht empfing; und so konnte, wer sich in der Halle befand, vom Gesicht des auf dem erhöhten Ehrenplatz Sitzenden wenig mehr erkennen als die Umrisse des Kopfes. Zur Seite des Richterstuhles, noch innerhalb der Grenzen der Erhöhung, war ein kleines Tischchen aufgestellt. Die Halle war ohne Schmuck, es sei denn jener des mit Marmor verkleideten Kamins; sein Gesims wurde rechts und links der Feuerstelle von zwei gebückten Riesen getragen, deren Unterleiber in Pilaster ausliefen.

Da der Bote des Großtyrannen eine Reihe von Einladungen auszutragen gehabt hatte, so war es in der Stadt rasch bekanntgeworden, daß der Großtyrann in Sachen des Mordes Gericht halten wollte und ein Urteil sprechen werde. Daher stand eine gewaltige Menge Neugieriger, unter welchen auch zwei oder drei von Nespolis Menschenfischern waren, vor dem Kastell, und sie begleiteten einen jeden der Eintretenden mit ihren Mutmaßungen und Ausrufen, bis er im Torweg verschwunden war. Auch zahlreiche Freunde des Färbers befanden sich bei diesen Wartenden; sie scharten sich um Antonio, der sehr bleich war und häufigen Zuspruchs bedurfte. Weiter hatten sich viele eingefunden, die, wie das Perlhühnchen und seine Leute oder Monna Mafaldas Gärtner mit seiner Verwandtschaft, an den Ereignissen einen Teil gehabt hatten, ob auch nur einen bescheidenen. Unter allen diesen aber war eine größere Gelassenheit wahrzunehmen als in der Zeit, da der Wind sein Regiment gehabt hatte.

Vittoria und Diomede sahen bei ihrem Kommen den Schieler auf dem Hofe des Kastells umherlungern; er grüßte mit seinem alten Gleichmut. Da sie in die Halle traten — es war noch sehr zeitig —, gewahrten sie einen Mann am Fenster, welcher die Reinheit der Luft kosten mochte. Er stand gegen das Licht und wandte ihnen den Rücken zu, so unterschieden sie ihn anfangs nur in seinen Umrissen.

«Es ist Messer Nespoli», sagte Diomede dann.

Nespoli kehrte sich um und verneigte sich aus der Entfernung vor den beiden. Sie erwiderten stumm seinen Gruß. Diomede traf Anstalt, Monna Vittoria zu einem der Sessel zu geleiten, deren eine Anzahl dem Richtersitz gegenüber aufgestellt war.

Vittoria blieb stehen und sagte zu ihm: «Ich bitte dich, Diomede, gehe für eine kleine Weile hinaus. Ich habe mit Messer Nespoli etwas zu reden.»

Diomede sah sie überrascht an. Doch sagte er nichts und entfernte sich.

Vittoria ging auf Nespoli zu. Die Wände und Wölbungen der stillen Halle warfen das Geräusch ihrer Schritte verstärkt zurück. Er zögerte, ihr entgegenzugehen. Sein Oberkörper legte sich vor, so als sei Nespoli im Begriff, auf sie zuzustürzen, und bog sich dann langsam zurück. Nespoli lehnte sich gegen die Fensterbrüstung und sah vor sich nieder.

Vittoria war nicht mehr weit von ihm, da riß er sich los und hatte sie in einigen Sprungschritten erreicht. Er ergriff ihre Hand und küßte sie, abgekehrten Gesichts. Vittoria sah, wie er zitterte.

«Wir zwei sind schuldig geworden nicht nur miteinander, sondern auch aneinander und gegeneinander», sagte sie. «Es wäre wohl leichter für uns beide, wenn wir einander nicht mehr zu sehen brauchten. Dennoch scheint mir das nicht möglich zu sein. Und so habe ich diesen Anlaß genommen, um mit dir zu sprechen.»

Immer noch konnte er seinen Blick nicht zu ihrem verschleierten Gesicht aufheben. «Sage mir das Härteste, was du mir sagen willst, Vittoria. Du wirst kein Wort der Verteidigung von mir hören. Denn ich weiß ja, daß ich dich verraten habe. Ich habe dich verraten in dem Elende, in das du um meinetwillen gekommen warst. Und auch das weiß ich, daß ich es gewesen bin, der dir mit halben Worten einen Weg vorzeichnete. Ich habe das vergessen und geheimhalten wollen vor mir selber. Aber auf die Länge ist das nicht angegangen.»

«Du sollst mich jetzt mit ganzen Worten fragen», antwortete Vittoria hart, «wie Pandolfo gestorben ist und wie jener Zettel zustande kam. Du sollst mich fragen, ob ich noch zu dir gehalten habe, als Gefahr war, daß dein Herr uns zu Bettlern machte. Du sollst mich fragen, ob ich dich habe retten wollen um deinetwillen oder weil ich mir in dir ein geliebtes Besitzstück meines eigenen Lebens zu erhalten dachte.»

«Ich will das alles nicht wissen», sagte Nespoli. »Es ist

genug an dem, was ich weiß: nämlich daß du mich gerettet hast und ich dich verraten habe.»

«Du hast vieles nicht wissen wollen, Massimo. Aber ich will dir nun meine eigenen Fragen beantworten. Es ist meine Versuchung gewesen, um deinetwillen Böses zu tun, und ich bin ihr erlegen. Es ist meine Versuchung gewesen, um meinetwillen dich preiszugeben, und ich bin ihr erlegen. Ich weiß nun nicht, ob ich Pandolfos Tod verschuldete; aber das weiß ich, daß ich handeln werde, als sei meine Schuld erwiesen.»

Nespoli stieß einen Ruf des Schreckens aus. Er nannte beschwörend ihren Namen. Vittoria achtete nicht darauf.

«Ich habe mir sagen dürfen: Massimo kann nichts mehr geschehen, und die Habe und Ehre des Hauses Confini bleiben ungeschmälert, was also begehre ich noch? Und ich habe mir geantwortet: ich will noch eines. Ich will hinaus aus diesem Dickicht von Hinterhalt, von Verstellungen und Doppelheiten, und ich will hinein in eine ganze Einheit und Schlichtheit. Ich habe diese Einfalt betrüglich zu haben geglaubt, da ich mich entschloß, um unser beider willen alle Schuld zu begehen. Aber ich habe erfahren, daß ich mich damit nur tiefer verstrickt habe in Heimlichkeit und Zwiefalt. Und darum werde ich jetzt der ganzen Wahrheit ihren Raum geben.»

Nespoli fand nicht die Worte in sich, die seine Erschütterung ausgedrückt hätten. Er gelangte auch nicht mehr zum Sprechen, denn nun ging die Tür auf, und Monna Mafalda kam herein, gestützt auf Diomede, ja, halb von ihm geschleppt.

3

Mit dem Umschlage des Wetters war die überreizte Lebendigkeit von Monna Mafalda gewichen, und es war plötzlich ein Zusammensinken der Erschlaffung über sie gekommen. Sie erschien mit einem Schlage gealtert, und wer sie sah, mochte meinen, daß ihr Tod nicht mehr weit sei.

Monna Mafalda besaß eine riesige, nach den Maßen ihres Körpers angefertigte Sänfte, die von zwei starken Männern wuchtigen und bedächtigen Schrittes zu tragen war; doch machte es Monna Mafaldas Stolz aus, daß sie sich ihren hohen Jahren zum Trotz fast nie dieses Gerätes bediente, außer in der schlechten Jahreszeit, wenn der Schmutz allzu hoch auf den Straßen lag. Jetzt hatte sie sich in dieser Sänfte nicht nur ins Kastell, sondern auch die Treppe in den Oberstock jenes Ostbaues hinauftragen lassen. Diomede, der sich im Treppenhause aufgehalten hatte, war ihr oben beim Aussteigen behilflich. Er geleitete sie in die Halle und an einen der Sessel. Sie nickte Vittoria und Nespoli zerstreut zu, als habe sie sie kaum erkannt.

Diomede stellte sich zu ihr und wußte nicht recht, ob er in der Halle bleiben oder aus Rücksicht auf Vittoria und Nespoli wieder gehen sollte. Allein nun trat jener Beamte ein, welcher für den Großtyrannen die Zeugenverhöre vorzunehmen gehabt hatte, und Nespoli und Monna Vittoria tennten sich. Gleich nach ihm kam Don Luca. Alle begrüßten sich gemessen, und es schien ein jeder sehr mit sich selber beschäftigt.

Don Luca hatte die Botschaft aus dem Kastell vorgefunden, da er von der Frühmesse heimgekehrt war und von der Haushälterin zu seiner Morgenmahlzeit gerufen wurde. Er hatte noch die vollkommene Erquickung der erneuerten Luft in sich und einen großen Frieden. Er nahm das Schreiben vom Tisch, und er bekreuzte sich, ehe er es öffnete. Er las die trockenen Worte der Vorladung und fühlte, wie seine Knie in ein Zittern gerieten. Er konnte nicht anders glauben, als daß er beschieden werde zu seiner großen Prüfung.

Die Haushälterin kam herein, und so zwang sich Don Luca, einige Bissen zu essen. Darauf ging er in seinen Garten. Dieser erschien ihm heute, in der Genesung des nächtlichen Regenfalles, voll einer wunderbar gesättigten Ruhe.

Don Luca setzte sich unter seinen Feigenbaum, sah auf den Garten und wunderte sich, daß dies der Tag sein sollte, der so lange zuvor ihm angekündigt worden war. Und nun hatte dieser Tag eine natürliche Klarheit, und es war gut, in ihm zu atmen.

Don Luca legte die Hände an den Stamm seines Feigenbaumes, und der Stamm fühlte sich an, wie er sich angefühlt hatte von je. Dem alten Priester wollte scheinen, als habe alle Natürlichkeit, alle Unverrückbarkeit sich wiederhergestellt. Auch das Erschrecken seines Leibes dünkte ihn natürlich. Unverrückbar und natürlich dünkte ihn die priesterliche Pflicht, die von keiner Spitzfindigkeit wußte. Nur um Kraft hatte er zu bitten, nicht um Erleuchtung.

Nicht lange nach Don Luca erschien der Rettichkopf. Aus seiner Rocktasche sahen beschriebene Papiere hervor, denn in dem Vorladungsbrief war ihm aufgegeben worden, sein Gutachten und das Schriftstück des Herrn Confini mitzubringen. Er hatte dem einladenden Boten so lange zugesetzt, bis dieser ihm mitteilte, an wen er die weiteren Schreiben zu überbringen hatte. Jetzt kam der Rettichkopf würdig in die Halle gestelzt. Kaum aber war er drinnen, als sein Kopf behende hin und her huschte, bis er sich überzeugt hatte, ob der Bote ihm auch die rechte Auskunft gegeben hatte, wer von den Geladenen schon zur Stelle war und wer noch fehlte.

Er schien zu überlegen, zu welchem der Anwesenden er sich gesellen sollte. Da aber kam ein Diener in die Halle und legte einen umfänglichen Packen beschriebener Blätter auf das Tischchen neben dem erhöhten Sitze, und nun hatte des Rettichkopfs Neugierde ein Ziel. Er warf abwägende Blicke bald auf das Tischchen, bald auf den Beamten des Großtyrannen. Endlich, unfähig seinem Gelüst zu widerstehen, tänzelte er heran und äugte über den Tisch hinweg mit verdrehtem Kopf auf die Akten. Es genügte ihm nicht, was er in seiner Kurzsichtigkeit auf diese Weise erkennen mochte, und so wand und kehrte er sich noch eine kleine Weile, dann aber lief er um den Tisch herum, beugte sich vor und streckte die Hand aus, um die Papiere umzuschlagen und durchzublättern. Allein da trat der

Haushofmeister in die Halle, und nun floh der Rettichkopf zu den Sesseln und setzte sich hin, als sei er des Ausruhens seit längerem bedürftig.

Der Haushofmeister überblickte die Versammelten, wie um sich von ihrer Vollzahl zu überzeugen, und verließ dann wieder den Raum. Wenige Augenblicke später erschien Sperone. Durch die Türöffnung sah man, daß ein Trabant, welcher nun umkehrte, ihn geleitet hatte.

Alle Blicke wandten sich ihm zu, und Diomede fühlte ein heißes Aufquellen im Herzen. Der Färber war blaß, aber auch auf seinem Gesicht lag etwas von der klaren Ausgleichung, die seit dem Umschlage des Wetters jeder in sich verspürte. Er blieb in einer Verlegenheit unweit der Türe stehen, sah sich um und grüßte darauf die Anwesenden mit einer linkischen Verbeugung, wobei er die Hände, als wisse er ihnen keinen rechten Ort, an den Gürtelstrick legte, den er nach der Weise des Dritten Ordens um seinen Kittel trug. Dann begab er sich unsicher zu einem Sessel, der ein wenig abseits der übrigen stand, setzte sich bescheiden hin und stützte das Kinn mit dem schwächlichen Bart gegen die linke Hand.

Diomede sah ihn ergriffen an, stand auf und trat zu ihm. Allein noch ehe er ihn anzureden vermochte, öffnete sich die Tür abermals, und der Großtyrann kam rasch herein.

4

Alle erhoben und verneigten sich, Monna Mafalda mit einem Ächzen. Der Großtyrann nickte und ließ sich auf dem erhöhten Sitze nieder. Zugleich winkte er den Aufgestandenen, sie möchten ihre Plätze wieder einnehmen. Diomede setzte sich neben den Färber. Sie waren der Tür am nächsten. An der entgegengesetzten Seite bildeten Nespoli und Monna Vittoria den Beschluß der Reihe.

Der Großtyrann ließ eine kleine Zeit hindurch seine

Blicke über den Verein dieser Menschen hingehen. Darauf sagte er:

«Ihr alle wißt, aus welchem Anlasse ich euch hierher beschieden habe. Ihr seid versammelt, die ihr mit diesem Anlasse in einer nahen Weise zu schaffen hattet. Doch habe ich nicht alle diejenigen laden wollen, die sonst noch in unserer Angelegenheit aufgetreten sind, denn es hat sich ja die ganze Stadt Cassano auf diese oder jene Weise in den Fall, welchen ich jetzt richten werde, verfangen. Es ist mir auch gemeldet worden, daß viele sich draußen eingefunden haben, wie jenes Mädchen oder dein schielender Diener, Massimo. Was ich euch zu eröffnen habe, dies hat seine Bedeutung nicht für euch allein, sondern auch für jene unwichtigen Leute, und so werdet ihr es in einer Art, die euch angemessen erscheint, zur Kenntnis jener Übrigen bringen. Ich sitze aber hier zu Gericht nicht über die einzelne Tat eines Menschen, wie ihr vielleicht geglaubt habt. Sondern es hat sich aus einer solchen eine Abfolge von sehr vielen anderen Taten ergeben; und ihr wißt nicht, bis zu welchem Grade sie mir offenbar geworden sind. Ich habe die menschliche Art nicht für so leichtfällig gehalten. Nun aber habe ich gesehen, daß der Mensch nur in Versuchung geführt zu werden braucht, um in Schuld zu fallen. Dies werde ich euch erhärten und einem jeden das Seine geben im Verständnis seiner Antriebe und Handlungen und im Klarsetzen alles Zusammenhängens. Denn ich habe ja von dem herrscherlichen Amte jenen Begriff, daß ein Abbild des Herzenserforschers und Weltenrichters in ihm beschlossen liegt.»

Es ging ein Schauer aus seinen Worten über die acht Menschen hin. Einige von ihnen empfanden es mit einem Male sehr deutlich, wie groß der Saal war, der für viele Dutzende Raum geboten hätte und ja nur einer Unterscheidung zuliebe die kleine Halle genannt wurde; es war ihnen, als sei eine riesige Leere um sie her, obwohl doch die Sessel nicht sehr weit voneinander standen.

Der Großtyrann hatte wohl noch geredet in seiner herrscherhaften und überlegenen Art, die ein jeder an ihm kannte, obwohl er ihr nicht in sämtlichen Alltagsdingen ihren freien Lauf ließ. Dennoch dünkte er sie ein wenig verändert. Allein das wurde ihnen nicht recht deutlich, da ja ein jeder sehr stark mit dem eigenen Anteil an den Geschehnissen beschäftigt und so sehr erfüllt von der Erwartung des Kommenden war. Nur Nespoli als dem erfahrensten Beobachter seines Herrn, Nespoli wollte scheinen, es verrate sich in den Bewegungen und Mienen des Großtyrannen eine Unruhe, wie er sie bisher nie an ihm hatte wahrnehmen können. Es fiel ihm eine Blässe des Gesichtes auf und eine ungewollte Beweglichkeit des schmallippigen Mundes, und doch vermochte er, um des Fensterlichtes willen, die Züge des Großtyrannen nicht übermäßig genau zu unterscheiden. Ja, auch aus der Stimme des Gewalthabers meinte er etwas Ungewöhnliches herauszuhören.

Alle sahen sie zum Großtyrannen auf. Nur Monna Mafalda tat das nicht. Ihr mächtiger weißer Zottelkopf war zur Brust gefallen. Aber selbst ihr Schnarchen noch verriet mit seinen heftigen und ungeregelten Stößen die wilde und querköpfige Kraft der Greisin. Der Beamte, welcher neben ihr saß, beugte sich herüber, um sie behutsam zu wecken. Doch der Großtyrann blickte hin und verwehrte es ihm mit einem Wink.

Gleich beim Eintritt des Großtyrannen hatte der Rettichkopf begonnen, sich höchst auffällig zu gebärden. Er räusperte sich laut, er zog die Papiere aus der Rocktasche, wendete sie hin und her und knisterte mit ihnen, indem er sie bald auseinander-, bald wieder zusammenfaltete.

Mit einem kleinen Lächeln erwies ihm der Großtyrann endlich den Gefallen, auf ihn aufmerksam zu werden.

«Hast du das Gutachten da?» fragte er.

Der Rettichkopf schnellte in die Höhe, schwenkte sein Papierbündel und begann: «Mit der gnädigen Erlaubnis und nach Auftrag der Herrlichkeit habe ich eine genaueste

Vergleichung vorgenommen zwischen der Handschrift jenes Zettels, der im Sterbebett des seligen Pandolfo Confini gefunden worden ist, und allerlei anderen Schriftstücken, die von der Hand eben dieses Seligen...»

Der Großtyrann unterbrach ihn: «Es bedarf keiner Einleitung.»

«So erlaube die Herrlichkeit mir, mein Gutachten zu verlesen! Ich darf vorausschicken, daß ich es in zwei Ausfertigungen hergestellt habe, nämlich einmal in der Volkssprache, und zum zweiten, der Freude an wohlgebildeten Sätzen zuliebe, im Latein; ja, wie ich in Bescheidenheit und Untertänigkeit glaube sagen zu dürfen: in der edelsten Latinität. Und so beginne ich.»

«Gib es her», befahl der Großtyrann.

«Beides?» fragte der Rettichkopf. «Das Lateinische auch?»

«Alles.»

«Und den Zettel des seligen Herrn Confini?»

«Alles.»

Der Rettichkopf trat vor und legte mit einer Verbeugung den ganzen Packen zu den Akten auf das Tischchen. Er blieb wartend stehen, das verzogene Gesicht, dessen enttäuschter Ausdruck von keinem verkannt werden konnte, dem Großtyrannen zugewandt. Dieser winkte ihm mit dem Kopfe, an seinen Platz zurückzukehren, ohne daß er nach den Papieren gegriffen, ja, auch nur einen Blick auf sie geworfen hätte.

«Ich muß jetzt zu dir sprechen, Färber», sagte er. «Ich habe viele Leute in Versuchung fallen sehen, vornehmlich in dieser letzten Zeit. Und auch dich, Färber. Du bist versucht worden mit der Lockung, in dir selber einen Heiligen zu erblicken. Dieser Versuchung hast du zu begegnen gewußt. Dann habe ich dich versucht mit der Lockung, du könntest dein Geständnis zurücknehmen, den Kerker verlassen und vor allem Übel sicher bleiben. Und in eine besondere Versuchung habe ich dich noch gebracht, indem ich, du wirst dich erinnern, dir jenen Satz aus dem Briefe des Apostels Petrus vorhielt. Auch diesen Versuchungen hast du widerstanden. Einer anderen aber bist du erlegen. Soll ich dir sagen, welche es war? Du hast Gott dienen müssen nach deiner Bestimmung mit deinem Wandel, und du hast eine große Sehnsucht gehabt, ihm statt dessen zu dienen mit einer Tat. Unter dem Wandel verstehe ich ein Leidendes, das unermeßliche Geduld fordert, unter der Tat ein Handelndes, das eines unermeßlichen Heldentums bedarf. Der Wandel ist ohne Ende, die Tat einmalig. Der Wandel begreift Taten ein, nicht die Tat. Und so erblicke ich in der Tat den Versuch, sich im einmaligen Aufschwung der dauernden Notwendigkeit des Wandels zu entziehen und sich ihr zu entziehen durch eine Steigerung, welche den Wandel hinter sich läßt. Es hat dich verlangt, und dies begreife ich wohl, einen einmaligen heldenhaften Aufschwung zu wählen, dem die Ruhe in Gott folgen sollte, statt eines ständigen Aufschwunges, der schwer, streng und immer gegenwärtig ist, so wie ja mancher aus dem Getreide dem stillen, alltäglichen und getreuen Brot den Kornbranntwein vorzieht, der rasch und beflügelnd in den Kopf aufsteigt. Und so hast du dich von dem Glanz der Tat verblenden lassen und hast deinem mühseligen täglichen Gottesdienst auf Erden entfliehen wollen durch die sturmhafte Erhebung einer Tat, die dich jählings gen Himmel reißen sollte. Dies also war die Versuchung, welcher du erlegen bist. Habe ich nicht recht?»

«Gewiß wirst du recht haben, Herrlichkeit», antwortete der Färber. «Und dennoch habe ich tun müssen, was ich getan habe. Aber daß ich dieser Versuchung erlag, das ist nicht der einzige Grund dafür, daß ich freiwillig jenen Mord eingestand, dessen gerechte Bestrafung ich jetzt von dir erwarte.»

«Ich werde dich später nach deinem anderen Grunde fragen», sagte mit einer kleinen Mißbilligung der Großtyrann, als habe er sich einen genauen Ablauf dieser Unterredung wie auch der ganzen Gerichtsverhandlung vorgesetzt und als sei es ihm nicht recht, daß der Färber ihn durch irgendeine Erklärung von dem beschlossenen Wege abbringen könne.

«Einstweilen», fuhr er fort, «habe ich euch die Eröffnung zu machen, daß dieser Mann sich freiwillig eines Verbrechens bezichtigt, das er nicht begangen hat.»

Die Hörer gerieten in Unruhe. Diomede hatte Mühe, einen Schrei zu unterdrücken. Er griff nach Sperones Hand und preßte sie ungestüm.

«Ich habe es begangen», sagte Sperone verwirrt.

«Lieber, danach habe ich dich jetzt nicht gefragt», versetzte der Großtyrann. «Es wird dir bewiesen werden, daß du nichts mit der Sache zu schaffen hattest. Denn ich werde in kurzem vor allen hier Versammelten den Täter nennen. — Du, Don Luca, hast dich verteidigt mit allerlei Klugheit und Tapferkeit des Herzens, doch möchte es mir wohl denkbar sein, daß auch du in deinem Innern dich hast irren und anfechten lassen. Und ob du, hätte deine Probe, die nun geendigt ist, ein wenig länger gewährt und wäre sie ein wenig härter geworden, nicht auch der Versuchung nachgegeben hättest, dies bleibe unerörtert; vielleicht hat nicht deine eigene Seelenkraft, sondern nur der Gang der äußeren Dinge dich gehindert. Der Widerstreit, welcher in dir angefacht worden ist, ging um ein Luftgespinst und um ein Nichts, denn ich weiß ja, daß jener Beichtende dir nichts gesagt haben kann von dem, wonach ich dich fragte; und doch ist dieser Widerstreit ein Abbild gewesen allen Widerstreites, der sich je und je im Gewissen eines Menschen erheben mag.»

Don Luca schlug seine Hände vor das Gesicht, während die Ellbogen sich in das Fleisch der Oberschenkel gruben. Sein großer und bäuerlicher Leib wurde von Schluchzen hin und her geworfen, und zwischen den Fingern tropften klare Tränen hervor. Mit einem Male löste er die Hände vom Gesicht und sah auf. Er erinnerte sich plötzlich jenes Feigenbaumes und er wußte nun, daß er weder verdorren noch der Axt gegeben werde. Er erinnerte sich jenes Wortes, das Christus zu Nathanael sprach: «Da du unter dem Feigenbaume warest, sah ich dich.» Er verstand, daß dieses Wort auch zu ihm gesprochen war, und er sagte es vor sich hin, einmal über das andere, unbekümmert um die Gegenwart der übrigen. Niemand verstand, was er meinte. Er aber hatte nun die Gewißheit der Verheißung, die am gleichen Ort ausgesprochen ist, nämlich, daß er noch Größeres sehen werde als dies.

5

Der Großtyrann hatte in seinem Sprechen innegehalten, bis Don Lucas äußerste Erschütterung gesänftigt war. Er fuhr nun fort: «Dir, mein Massimo, habe ich zu sagen, daß ich dir jene Fristen stellte und jene Bedrohung über dich verhängte, nicht weil ich deine Geschicklichkeit, sondern weil ich die Redlichkeit deines Herzens auf die Probe zu setzen wünschte. Und ich habe auch sehen wollen, ob du ein Vertrauen zu mir hast und zu meiner Einsicht und Gerechtigkeitsliebe oder aber in knechtlicher Furcht vor mir bist. Du aber hast dich von dieser Furcht antreiben lassen, und so hast du das geistesschwache Mädchen beschuldigt. Dies war deine erste größere Abweichung, und von ihr schreibt alles Weitere sich her. Darauf, Monna Mafalda, Monna Vittoria und Diomede Confini, sind jene Begebnisse vorgefallen, die mit eurem Hause ihren Zusammenhang hatten, und ihre Auszweigungen fanden in all diesem Getriebe von Zeugen, Widerzeugen und Widerwiderzeugen.»

Monna Vittoria und Diomede saßen steil aufgerichtet und ohne eine Regung. Monna Mafalda aber, da sie ihren Namen nennen hörte, schrak auf. Sie schaute um sich, leblos und hinfällig, so daß es ein jammernswürdiger Anblick war für alle, die in der Halle zugegen waren. Allein gleich darauf wurde sie wieder von ihrer alten Abwesenheit umfangen.

«Ich habe euch auf meine Proben gestellt», so redete der Großtyrann weiter, «indem ich euch den Entzug eurer Besitztümer androhte, und ihr wißt, welche Entschlüsse ihr daraus zogt, und wir alle wissen ja auch, welches Maß an jeder Übeltat sich sonst noch in dieser Stadt ereignete und daß dies alles sich aus der gleichen Wurzel herleitete. Nun weiß ich freilich wohl, daß der giftige Wind, dem ja die Natur vieler Menschen untertan ist, an manchem Ursache gewesen sein muß. Und dennoch graut es mir vor allem, das ich euch habe tun sehen, euch und alle andern Einwohner meiner Stadt.»

Nach diesen Worten winkte der Großtyrann den Rettichkopf zu sich.

«Nimm all dies Papier hier vom Tische, trage es zum Kamin, schlage Feuer und lasse es in den Flammen umkommen bis auf das letzte Blatt. Hüte dich aber, daß du keinen Versuch machst, auch nur eine Zeile zu lesen oder gar etwas auf die Seite zu schaffen.»

«Alles? Herrlichkeit! Auch mein Gutachten in den zwei Ausfertigungen? Und auch das Schreiben des seligen Herrn Confini?»

«Alles.»

«Herrlichkeit!» schrie er kläglich. »Die Herrlichkeit hat ja mein Gutachten noch nicht gelesen, geschweige denn von mir verlesen lassen!»

«Tu, was ich dich geheißen habe.»

Der Rettichkopf stöhnte und seufzte erbärmlich. Mit einem Gesicht, das von vollkommener Verzweiflung entstellt wurde, begab er sich zum Kamin. Jeder seiner Schritte schien eine schwer zu leistende Selbstüberwindung.

Der Großtyrann behielt ihn im Auge, bis die Flammen zur Höhe schlugen. Nun hieß er ihn an seinen Ort zurückkehren und sagte: «Sehe ein jeder zu, wie er das Gewicht des von ihm Getanen ertrage.»

Während des Verbrennens war es durchaus still gewesen. Und nur Don Luca hatte mit seiner zitternden Stimme, in welcher doch ein Jubel und ein Lobpreis mittönten, noch einmal vor sich hingesagt: «Da du unter dem Feigenbaum warest, sah ich dich.»

Der Großtyrann fuhr jetzt in seiner Ansprache fort, indem er sehr bedeutsam sagte: «Und nun weiß ein jeder einzelne von euch, welcher Art die Anklagen sind, die hier in Rede stehen, und er weiß auch, gegen wen diese Anklagen sich richten. Gegen den verstorbenen Pandolfo Confini aber oder gegen den Färber Sperone richtet sich keine Anklage, wie denn überhaupt in Sachen des Mordes eine Anklage nicht erhoben werden kann. Die Tötung des Fra Agostino nämlich steht außerhalb der Gerichtsbarkeit. Ich selbst habe sie mit meiner eigenen Hand vollzogen, da ich mich von seiner Verräterei überzeugt hatte und doch kein Gerichtsverfahren wünschen konnte; denn es ging um sehr heimliche Staatsdinge.»

Über die Lippen des Rettichkopfes kam ein pfeifender Laut, und seine Augen schienen sich aus dem Gesicht drängen zu wollen. Sein ganzer Körper drückte ein entzücktes Schnuppern und Wittern aus. Nespolis runder Kopf sank mit einem Ruck gegen die Brust. Dies mochte eine unbewußte Schutzbewegung sein, damit er den Blicken, die sich nun von allen Seiten auf ihn richten würden, nicht zu begegnen brauchte. Indessen sah niemand ihn an. Alle Augen lagen auf dem Gesicht des Großtyrannen. Nespoli sagte halblaut: «Ich habe es gewußt. Es hat Augenblicke gegeben, da ich es gewußt habe, das erkenne ich jetzt. Aber ich habe es nicht zu wissen gewagt.»

«Du hättest es wissen und wagen müssen», sagte unmitleidig der Großtyrann. «Und du bist ja auch auf diesen Gedanken verfallen, wenn auch nicht als auf einen offenbaren, so doch als auf einen heimlichen, ohne dein eigenes Vorwissen. Allein dann sind deine Furcht und deine Knechtlichkeit über dich gekommen. Nicht so sehr deine Furcht davor, mir ins Angesicht zu sagen: ‚Du, Herrlichkeit, bist der Mörder, es kann niemand anders sein als du' — denn dieser Furcht hättest du wohl Herr werden können, da du mir im Confinischen Lusthäuschen jene todesmutigen Dinge gesagt hast. Aber es hat dich eine andere Knechtlichkeit und Furcht beherrscht: nämlich die Furcht davor, dir selber einzugestehen, daß jemand sich aus dir, aus Massimo Nespoli, ein Spiel machen könne, ein Spiel der Probe oder gar der Laune. Denn deine Eigenliebe hat dich wohl dir selber als etwas Unentbehrliches und von Cassano nicht Hinwegzudenkendes gezeigt. Aber wie sehr bist du von ihr abgefallen, als ich mit dem Zettel zu dir kam und die Versuchung, es könne alles von selber zu seiner Ordnung kommen, sich vor dich hinstellte!»

Während dieser Rede hatte die Betäubung, welche mit dem Tatbekenntnis des Großtyrannen über die Anwesenden gelegt worden war, Zeit gehabt, einer wilden Bewegtheit Raum zu machen. Diomede sprang auf und rief, flammend vor Schmerz und Zorn: «Du, Herrlichkeit, hast dir ein Spiel aus allem gemacht? Du hast aus einer kalten Lust die Ehre und den Namen meines Vaters beschmutzen lassen? Und mit welchem Übermaß an Verschlagenheit und Verstellung hast du es getan! Don Luca und der Färber werden von diesen Dingen mehr wissen als ich; aber ich erinnere mich wohl eines Wortes aus dem Evangelienbuch, daß nämlich Ärgernis sein müsse in der Welt. Allein es ist auch gesagt: Wehe jenem, von welchem das Ärgernis seinen Ausgang nimmt!»

Auch Vittoria war von ihrem Sitz aufgefahren; aufgefahren mit einem Schrei. Diomede stand da, schön und wild in seinem Grimme. Er wurde es nicht gewahr, daß Sperone ihm die Hand auf den Arm legte wie zu einer mißgeschickten Liebkosung. Diomedes Hände lagen geklammert an zwei Sesselknäufen, und sein Oberkörper war vorgeschnellt, so, als werde er sich im nächsten Augenblick zu einer Gewalttat auf den Großtyrannen werfen. Allein dann senkte er den Kopf und sagte mit einer schmerzlichen Dämpfung der Stimme:

«Du hast mir noch etwas anderes angetan, Herrlichkeit. Du hast das Bild zerstört, das ich von dir gehabt habe.»

Der Großtyrann entgegnete streng: «Vergiß nicht, Diomede, daß ich es bin, der hier zu Gericht sitzt, und nicht du oder sonst einer. Ist jemand unter euch, der es etwa wagt, mir einen Vorwurf zu machen aus der Tötung des Mönchs? Er mag es straflos sagen und ohne Scheu.»

Niemand antwortete. Schließlich erklärte der Beamte in seiner ruhigen Weise, jedoch ohne den geringsten Ton einer Schmeichelei: «Hierin wird keiner die Herrlichkeit tadeln wollen. Das ist Sache des fürstlichen Gewissens, das vor Gott steht.»

Der Großtyrann sagte: «Und da ich mir dies Recht nahm, das mir niemand abstreitet, so nahm ich mir ein anderes von der gleichen Unabstreitbarkeit: nämlich dasjenige, mir einen Erweis zu verschaffen von der Gesinnung und der Gewissensstärke derer, mit denen ich zu tun habe als mit meinen Dienern und Untertanen. Und ich habe sie alle unterliegen sehen vor jeder Versuchung. Auch dich, Diomede, der du so sehr ein Anwalt aller Gerechtigkeit bist.»

«Was hat dieser mit uns getan!» raunte Nespoli erschüttert.

Vittoria aber kehrte in ihren Sessel zurück. Sie schüttelte den Kopf und antwortete: «Darin liegt es nicht, Massimo. Hatte ich denn vergessen können, daß ich ja keine Rechtfertigung mehr erwarten will aus den Handlungen anderer Menschen? Ich habe einzig zu fragen nach meinem eigenen Tun, und so werde ich auftreten und alle Begebnisse ansagen.»

Nespoli schwieg einige Augenblicke. Dann sagte er: «Und wenn du das tust, Vittoria, so sage an, daß alles aus meiner Anstiftung geschehen ist. Denn auch ich will keine Schonung mehr.»

6

So stark war Don Luca bestürmt worden vom Überfließen seines Herzens, daß er für den Großtyrannen nur wenig Gedanken hatte haben können. Es war ihm auch nicht möglich gewesen, des Großtyrannen Mitteilung von der eigenen Täterschaft in ihrer ganzen Schwerkraft aufzunehmen; dies um so weniger, als ja Don Luca nicht von den geschwinden Menschen war. Und so hatte ein Maß Zeit vergehen müssen, bevor die Verknüpfung aller Einzeldinge sich in seinem Geiste vollzogen hatte. Seine Augen rundeten, sein Mund öffnete sich. Die dichten weißen Brauen zogen sich zusammen, daß fast die Nasenwurzel unter ihnen verschwand. Über die vielen Runzeln seines Gesichts lief eine Bewegung. Er schluckte schwer, er hob seinen grobschlächtigen Leib aus dem Sessel, und er trat langsam an den Großtyrannen heran, indem er einen Fuß auf die Erhöhung stellte. Und nun begann er zu reden, ohne Rücksicht, ohne Schonung und voll einer bäuerlichen Unerschrockenheit.

«Und du selber, Herrlichkeit?» fragte er sehr laut und lauter als alle, die vor ihm in diesem Raum gesprochen hatten, so daß der Hall von den Wänden zurückprallte und über die Hörer hinwogte. «Bist du nicht der Versuchung erlegen wie alle?»

«Welcher?» fragte der Großtyrann zurück, und dem Beamten, der ja nicht so im Innerlichsten mitbetroffen wurde wie die übrigen und daher weniger in seiner beobachtenden Aufmerksamkeit gehindert war, fiel es auf, daß in der Stimme des Großtyrannen eine Beunruhigung sich zu erkennen gab.

«Der ärgsten von allen», antwortete Don Luca. «Der des Gottähnlichseinwollens. Der Versuchung der Schlange im Paradiese, welche unseren Voreltern sagte: ‚Ihr werdet sein wie Gott, indem ihr wissen werdet das Gute und das Böse.' Wir andern sind in Versuchungen und Verschuldungen gefallen nach menschlicher Weise und innerhalb der Begrenzung des menschlichen Wesens. Du aber als der einzige hast gesündigt, indem du dich über das Menschliche zu erheben trachtetest und Gott gleich sein wolltest.»

Der Großtyrann schloß die Augen. Doch blieb er unbeweglich und sagte nichts.

Der Beamte sah, daß ein Angriff von großer Kühnheit und Gewalt gegen seinen Herrn gerichtet wurde, ohne daß dieser gesonnen schien, ihn abzuwehren. Daher sagte er mit seiner gleichmäßigen und angenehm klingenden Stimme: «Ihr vergeßt eins, Don Luca. Die Herrlichkeit hat ihren Ort hoch über allen anderen Menschen. So muß es nur ziemlich erscheinen, daß sie auch da, wo sie vor dem Angesicht Gottes sündigen mag — ob sie es tat, hierin habe ich nicht zu urteilen —, über den Sehkreis des gemeinen menschlichen Sündigens sich emporhebe.»

«Sprich du jetzt nicht, mein Freund», sagte der Großtyrann leise zu ihm. «Denn ich habe mehr Lust, die Stimmen der Anklage zu hören als die der Verteidigung.»

«Welche Nötigung hat dich genötigt, Herrlichkeit, oder welche Bedrohung dich bedroht?» fuhr Don Luca fort, ohne auf die Einrede des Beamten zu achten. «Ein jeder andere wurde so versucht, daß er aus Zwang und Not eines rettenden Ausweges bedurfte; und er war schwach genug, ihn zu begehen. Wo aber ist deine Entschuldigung? Du hast mit deinem freien Willen dies widergöttliche Spiel angehoben, nicht getrieben von einer Not, sondern einzig von deinem Gelüsten, in Gleichheit Gottes die Schicksale der Menschen zu bewegen und zu beschauen und endlich als ein Weltenrichter über sie zu befinden. Und so hast du des Menschen Fehlbarkeit und Leichtverführbarkeit bestürzender zum Erweis gebracht als diese anderen. So bist du der Urheber aller bösen Geschehnisse in deiner Stadt, und einzig du, Herrlichkeit, hast nichts, was zu deiner Rechtfertigung dienen könnte oder zu einer Milderung des Urteils, wie es doch alle diese anderen haben. Dies ist die Anklage, die hier gegen dich erhoben wird. Und nun weißt du, Herrlichkeit, daß du unter dem Gerichte stehst, ob auch nicht unter dem unseren.»

Mehrfach noch hatte der Beamte versucht, Don Luca durch Zeichen zu bedeuten, er möge einhalten. Er war erschrocken, und er befürchtete einen Zornesausbruch des Großtyrannen. Ja, er erwartete von Augenblick zu Augenblick einen Wink seines Herrn, aufzuspringen und Leute von der Trabantengarde kommen zu lassen, die den Priester in Verhaft zu nehmen hätten. Und selbst Nespoli, welcher in seinem Inneren tiefer aufgerissen worden war als zu all jenen Stunden an der Brücke, im Schwanenzimmer oder Lusthäuschen und noch keine Fassung hatte gewinnen können, selbst Nespoli wollte es aus der Gewohnheit seines höfischen Verhältnisses ungeheuerlich anmuten, daß Don Luca solche Dinge redete vor den Ohren eines ganzen Kreises von Menschen, unter denen ein Mann war wie der Rettichkopf.

Der Großtyrann indessen ließ kein Merkmal des Zornes erkennen. Er saß, ein wenig zusammengesunken, auf seinem hochstehenden Sessel und rührte sich nicht, eine längere und qualenvolle Zeit hindurch.

Danach sagte er mit einer mühseligen Stimme: «Und du, Färber? Was hast du mir zu sagen? Aber du brauchst nicht mehr zu sprechen. Denn ich habe mein Urteil aus deinem Munde gestern nacht im Gartenhause vernommen, und es war ein Wort darunter, das seitdem vorzugsweise meine Gedanken nicht mehr hat verlassen können. Du redetest davon, daß in dieser Stadt mehr Dinge vorgefallen seien, als das Gewissen ihres Urhebers zu tragen vermöchte.»

Sperone antwortete ihm mit einem jener Einfälle, an deren oberen Ursprung er glaubte: «Herrlichkeit, ich habe erzählen hören, daß die Deutschen, deren ja manche mit den Kaisern in unser Land kommen, die Redewendung haben, es sehe einer den Wald vor lauter Bäumen nicht. Aber mich dünkt, wir sollten diesen Satz umkehren, und so dürfen wir ihn auf Gott anwenden, indem wir sagen, er sehe vor Wald die Bäume nicht. Hiermit aber will ich meinen, sein Blick gehe nieder aus einer solchen Höhe, daß für ihn jene Unterscheidungen, welche wir wahrzunehmen glauben, nicht statthaben; vielmehr mag vor seinem Auge ein winziger Wald stehen von ebenmäßiger Beschaffenheit, und eine häuserhohe Pappel mag ihm darin nicht anders erscheinen als ein krüppeliges und sich kaum vom Boden hebendes Stachelgewächs. Und so sind vor ihm die uns wichtig dünkenden Unterscheidungen zwischen den Menschen gering, und es bedeutet nichts, ob nun nach menschlichen Maßen die Verschuldung des einen um ein weniges schwerer wiegt als die des anderen.»

Nach diesen Worten Sperones begann der Großtyrann wieder zu sprechen, indem er sich nicht an den Färber allein, sondern an die Gesamtheit der Anwesenden wandte: «Es ist wohl so gewesen, daß ich aufs erste nur mit dir, mein Massimo, jene Probe vorhatte. Darauf aber hatte sich der Umkreis der Handlungen erweitert ohne mein Zutun. Ich habe es auch anfänglich nicht so weit treiben wollen, wie es getrieben worden ist. Allein da überkam mich die Lockung, die Handlungen der Menschen, da ich ja den Wurzelgrund dieser Handlungen kannte, so klar vor mir zu sehen, wie sie vor dem Auge Gottes liegen. Und so habe ich nicht aufzuhören vermocht. Doch verschmähe ich es, mich auf den tückischen Wind als eine Mitursache meines Tuns zu berufen. Darum habe ich auch das Gutachten über die Handschrift geflissentlich hinausgezögert, damit es nicht ein vorzeitiges Ende bewirke. Und ebenso habe ich auch jenes Mädchen, das ihr Perlhühnchen nennt, nicht gefänglich verwahren lassen, was ja doch nahegelegen hätte, damit es einer Beeinflussung seiner Aussagen entzogen würde. Aber ich wollte ja gerade sehen, wie diese Einflüsse wirksam waren, welche Widereinflüsse sie heraufführen mußten und wie dieses Spiel sich fortspinnen würde. Und ich weiß nicht, ob ich heute zu diesem Abschluß hätte herbescheiden können, wenn ich nicht mit dir, Färber, es zu schaffen bekommen hätte. Ich weiß, daß ich ein Zwiefältiger bin, und als ein Zwiefältiger habe ich mit euch Zwiefältigen gespielt. Allein dann bin ich diesem Einfältigen begegnet; mit dem hat nicht gespielt werden dürfen. Du hast, Färber, unter dem, was du mir zu nächtlicher Zeit sagtest, noch ein Wort gesprochen, das sich in mir festsetzte, wenn ich dich auch dies nicht habe merken lassen. Nämlich du sprachst davon, daß du dich dieser Tat bezichtigt hast aus einer Liebe zu den Menschen. Und hier möchte ich dich noch etwas fragen, und ich denke mir, es wird zusammenfallen mit jenem, das du vorhin sagen wolltest, als ich dir meine Ansicht über deine Versuchung auseinandergesetzt hatte. Nämlich: an wen hast du gedacht, da du dich aus deiner großen Liebe hast opfern wollen?»

Sperone antwortete: «Ich sagte es dir, Herrlichkeit. Ich habe dem Taumel ein Ende machen wollen, um alle die Einwohner von Cassano herauszuführen, die sich in ihn verstrickt hatten. Und ich habe das tun wollen, weil ich eine Liebe zu ihnen hatte.»

«Wie ist das zu verstehen?» fragte der Großtyrann. «Du hättest also eine solche Liebe gehabt auch für den Mörder des Fra Agostino, welchen du ja nicht kanntest? Und habe ich Anlaß zu glauben, du habest auch für mich dich aufopfern wollen?»

Sperone errötete und bejahte mit einem Nicken des gesenkten Kopfes.

Vittoria näherte ihre Lippen dem Ohre Nespolis und flüsterte:

«Dieser hat lieben wollen um der anderen willen. Wahrlich, es ist nichts vielförmiger als die Liebe.»

Der Großtyrann sagte: «Es ist also einer gewesen in Cassano, der aus Liebe hat sterben wollen auch für mich.»

Er wollte noch sprechen, aber es versagte ihm die Stimme; dies hatte keiner an ihm erlebt, wie lange sie ihn auch kannten.

7

Der Großtyrann wandte sich ab und barg das gesenkte Antlitz hinter den Händen. Es war sehr still, und kaum Atemzüge wurden vernehmlich. Dies währte seine Weile, dann stand Diomede auf und ging auf den Rettichkopf zu, welcher offenen Mundes mit triefenden Lippenwinkeln den Gewaltherrn aus verzückten Augen anstarrte; seine Zunge lief rasch über beide Lippen hin und her. Diomede sagte halblaut, doch so scharf, daß jeder in der Halle seine Worte verstehen konnte: «Gehe hinaus. Du bist nicht der Mensch, der zugegen sein darf, wenn ein Mann wie die Herrlichkeit sein Herz entblößt.»

Der Rettichkopf spähte unsicher um sich, als suche er nach Beistand.

«Ich habe Ansprüche», erwiderte er schließlich.

«Gehe. Ich stehe dir dafür, daß du zu dem deinigen kommst.»

Der Rettichkopf wollte Einwendungen machen, aber er erschrak vor Diomedes Miene. Diomede streckte die Hand nach ihm aus. Der Rettichkopf, welcher sich bereits bei Diomedes erster Anrede erhoben hatte, ohne daß dies seine Absicht gewesen wäre, huschte davon. Ohne Geräusch schloß er hinter sich die Tür.

Der Großtyrann dauerte eine geraume Zeit in seiner Haltung aus, vor der alle eine Ehrfurcht hatten.

Endlich ließ er die Hände sinken. «Vergebt mir», sagte er in die Stille hinein. «Denn ich bin der Schuldige.»

Alle fühlten, daß es ungeziemend gewesen wäre, eine Antwort zu geben; denn in dieser Bitte des Herrschers lag ihre Gewährung durch die Untertanen beschlossen.

Nespoli durchlief es glühend wie die Ahnung vom Dasein einer anderen Welt, einer Welt außerhalb all jener Ursachen und Folgen, an welche er geglaubt hatte, und doch in jeder von ihnen gegenwärtig, einer Welt ohne Vorbehalte. Es widerfuhr ihm ein plötzliches Auffluten aller seiner Seelenkräfte, und er fühlte, daß er alle seine künftigen Jahre hindurch werde die Hand ausstrecken müssen nach etwas, das er sich nicht zu deuten noch zu nennen wußte.

Er hätte auf den Großtyrannen zugehen mögen; aber er wandte sein Gesicht zu Monna Vittoria und faßte nach ihrer Hand.

«Vittoria», flüsterte er, «wie wird es werden? Wird es dahin kommen, daß wir einander werden ansehen können? Oder willst du, daß nichts Gemeinsames mehr sei zwischen uns?»

«Die Schuld war uns gemeinsam, Massimo», gab Vittoria zurück, «und so bedürfen wir einer gleichen Vergebung. Welche größere Gemeinsamkeit kann zwischen zwei Menschen sein als diese?»

Nespoli wollte noch etwas sagen, da hörte er die Stimme des Großtyrannen und blieb stumm.

«Sperone, du hast mir vorgestern gesprochen von einem Unterschiede zwischen der unvollkommenen und der vollkommenen Vergebung. Ich weiß, wir Menschen können um unserer Schwäche willen einander nur unvollkommen vergeben. Aber wir wollen versuchen, hierin unser höchstes Maß zu erreichen und zugleich uns jener Vergebung zu versehen, welche vollkommen ist, nicht nur nach dem Willen, sondern auch nach der Wirkung.»

Vittoria stand auf. «Herrlichkeit», sagte sie, «ich an meinem Teil kann diese Vergebung nicht hinnehmen, ehe ich nicht alles bekannt habe.»

«Mit dem Verbrennen der Schriftstücke», versetzte der Großtyrann, «habe ich euch bereits angezeigt, daß kein einzelnes untersucht oder weiter beredet werden soll. Es ist ja auch verziehen allen Verleumdern, Meineidigen und Gewalttätern aus dieser Zeit. Vieles ist an den Tag gekommen; das übrige bleibe bedeckt.»

Auch Diomede erfuhr mit dem Wort des Sperone von dem Walde und den Bäumen die neue Erschütterung dieser Stunde. Er fühlte, daß jene sonderbare Gemeinsamkeit, die in Liebe und in Haß zwischen ihm und dem Großtyrannen gewesen war, durch den Färber ihre Besiegelung empfangen hatte. Einen Augenblick noch wunderte er sich, daß er es nicht hatte ertragen können, diesen Mann, der doch sein Feind hätte sein müssen, in solcher Verkleinerung zu erblicken; einen Augenblick noch wunderte er sich, wie das hatte über ihn kommen können, daß er den Rettichkopf hinausweisen mußte, um dem Großtyrannen eine Beschämung zu sparen; doch mochte er hierbei weniger vom Gedanken an den Großtyrannen geleitet worden sein als von der Empörung über die Anwesenheit des Rettichkopfes in einer solchen Stunde.

Jetzt aber sah er auch den Großtyrannen — als zwielichtigen Mann, in welchem ja nach menschlicher Weise Größe und Fehlbarkeit verschlungen waren — in jenes Gedankengebilde vom Morgen einbegriffen, und nun liebte er ihn in seiner Zerbrochenheit stärker als je zuvor, stärker und ohne Einschränkung. Wie es ihm ehedem schwer geworden war, daß der Großtyrann ihn zu einer Feindschaft gegen sich genötigt hatte, so wollte er jetzt fast darüber lächeln, daß er hatte meinen können, zu einem Hasse gegen ihn verpflichtet zu sein.

Diomede hatte bekennen wollen, und sein Bekenntnis war zurückgewiesen worden. Er hatte dem Färber ein Opfer bringen wollen, und gleich dem Sohnesopfer des Abraham war sein Opfer nicht angenommen worden. Er versagte es sich Sperone oder den Großtyrannen von seiner Bereitschaft zu diesem Sühneopfer etwas wissen zu lassen. Denn auch dies Bekennen, denn auch dies Opfer gehörte dem Alten an, das vergangen war.

8

Gleich den anderen hing auch der Großtyrann eine Zeit über schweigend seinen Gedanken nach, während sein Blick auf der Gestalt des Färbers ruhte. Er wußte wohl, und eben jetzt wußte er es, daß er nicht geschaffen war zu der vollkommenen Einfalt Sperones. Und doch begehrte er nach einem Ausgang aus all seiner Vielspältigkeit und Mehrsinnigkeit und aus seiner Liebe zum Zwieströmigen, Heimlichen und Durchsetzten; denn dies hatte er ja an dem Färber erfahren, daß Gott ein Herr und ein Freund des Einfachen ist. Er erlaubte sich keinen Selbstbetrug, und er bedachte, daß es ein langer und mühevoller Weg war, welcher vor ihm lag und begangen sein wollte in Härte und in Freudigkeit.

Er sagte: «Ich merke wohl, welch eines Gewissens ich bedarf. Du, mein Massimo, sollst fortfahren, mein Auge, mein Ohr und mein Arm zu sein. Aber von dir, Diomede, denke ich, daß du mein Gewissen zu sein vermöchtest, nämlich das Gewissen meiner Gerechtigkeit. Darum kehre nach Bologna zurück und führe deine Studien zu ihrem Ende. Ich werde dich erwarten.»

«Wie wäre das möglich, Herrlichkeit?» entgegnete Diomede. «Ich weiß nicht, ob du den Umfang meiner Verschuldungen kennst.»

«Ich glaube ihn zu kennen, mein Diomede», versetzte der Großtyrann. «Und eben deshalb habe ich dir meinen Vorschlag gemacht. Glaubst du denn, Petrus hätte zum Fürsten der Apostel werden können und für alle Zeiten zum Hüter der Gewissen des Erdkreises, wenn er nicht dreimal den Herrn verleugnet hätte?»

Diomede schwieg. Der Großtyrann aber kehrte sich zu Sperone.

«Möchtest du dich entschließen, das geistliche Amt anzustreben, so würde ich dich als meinen Beichtiger bei mir haben wollen; denn mir scheint, es ist hier bereits ein Anfang geschehen. Ich werde dich dem Bischof empfehlen und für dich sorgen, bis du die Weihen erhalten hast.»

Sperone antwortete mit einem Lächeln: «Ich danke dir, Herrlichkeit. Aber ich habe wohl nicht den Kopf dazu. Auch hat mir mein Engel von einem solchen Vorhaben nichts ins Herz gegeben. Und wenn ich viel wüßte, so stünde ich ja in Gefahr, verwirrt zu werden.»

«Und was willst du tun? Die Leute werden dir jetzt noch mehr nachlaufen und zusetzen als bisher. Sie werden dich sehr rühmen.»

«Ich werde die Werkstatt meinem Giovanni überlassen. Ich werde heute noch fortgehen und den Engel bitten, er wolle mir den Weg zeigen. Wie sollte ich denn nach diesem allem ohne Anfechtung in Cassano leben, als ob sich nichts ereignet hätte?»

Damit stand er auf, trat zu Don Luca und bat ihn um seinen priesterlichen Segen. Als er ihn von dem Überraschten erhalten hatte, umfaßte er mit einem Blick den Großtyrannen und die übrigen, verneigte sich und ging zur Tür.

Diomede sprang auf, er wollte ihm nacheilen und ihn halten. Allein in der Tür wandte der Färber sich um, sah ihn an und hob verwehrend die Hand. Diomede begriff schmerzlich, daß er kein Anrecht auf diesen Mann hatte.

Don Luca sagte leise: «Sein Weg wird in die Schmach des Scheiterhaufens führen oder in die Ehre der Altäre. Wir können ihn nicht halten, wir müssen es Gott anheimstellen und ihn bitten, er wolle ihm eine der vielen Wohnungen seines Hauses geben.»

Alle schwiegen sie bewegt. Endlich sprach der Großtyrann:

«Geht jetzt ruhig in eure Häuser. Es wird manches sein, das ihr noch untereinander werdet in seine Ordnung zu bringen haben. Dies mögt ihr in der Stille tun, jeder nach seinem Gewissen. Und auch ihr sollt euch ja gegenseitig vergeben. Morgen werden wir miteinander den göttlichen Leib nehmen und danach den Herrn Confini zu seiner Ruhe bestatten. Und dann werden wir trachten, unser Leben weiterhin zu ertragen, ein jeder nach seiner Weise. Denn dies wird ja von uns gefordert.»

Werner Bergengruen
Schreibtischerinnerungen
Zürich 1961 – Auszüge

Mein Roman ›Der Großtyrann und das Gericht‹ ist nicht am Pettenkofer-Schreibtisch niedergeschrieben worden. Dennoch fühle ich mich bewogen, in diesen meinem Berliner Roman* geltenden Erinnerungen auch auf ihn einen Blick zu werfen, denn beide Bücher werden oft zusammen genannt und nicht zu Unrecht als Pendants angesehen.

Freilich, das Thema des einen ist die menschliche Furcht, das des anderen vornehmlich die menschliche Hybris, der allerdings die Furcht der Beherrschten antwortet. Aber manche Parallelen liegen am Tage: hier wie dort ein bedrohtes Gemeinwesen, hier wie dort die alle Normen verrückenden Wirkungen der Bedrohung, hier wie dort eine Katharsis nicht allein der Individuen, sondern – soweit das menschlicherweise denkbar ist – ebenfalls des Gemeinwesens. Beide Bücher zeigen in vertikaler Anordnung alle Abstufungen vom Herrscher bis hinab zum Gewimmel der untersten Schichten. Beide sind in der nationalsozialistischen Aera geschrieben und veröffentlicht worden, konzipiert zwar bereits vor der Herrschaft der braunen Partei und nicht vom Ursprung her als Kampfschriften gegen sie gedacht, wohl aber durch die Wucht der Ereignisse während der Arbeit mit Notwendigkeit und Selbstverständlichkeit in den Kampf gegen die Tyrannei hineingerissen und nun mit klarem Bewußtsein als Kampfmittel an der Front des geistigen Widerstandes eingesetzt worden.

Wenn ich von der Entstehung des ›Großtyrannen‹ berichten will, so muß ich bis in den Herbst 1926 zurückgehen, den ich in Danzig verlebte. Damals begegnete mir – ich weiß nicht mehr, wie und wo – ein Märchenmotiv: der Sultan befiehlt seinem Wesir, einen rätselhaften Mord binnen drei

---

* Am Himmel wie auf Erden. Roman. Hamburg 1940. Das Buch wurde 1941 verboten.

Tagen aufzudecken, widrigenfalls ihm der Kopf vor die Füße gelegt werden solle. Das Motiv mag morgenländischer Herkunft sein; und so habe ich hier die gehörigen Titulaturen hergesetzt; es kann sich aber ebenso gut um König und Kanzler gehandelt haben. Vielleicht kommt dergleichen in Tausendundeiner Nacht* vor, vielleicht im Sagenschatz nördlicher Länder, das alles weiß ich nicht mehr, und ich hatte wohl auch bald vergessen, wie die Geschichte weiterging. Möglicherweise ging sie auch garnicht weiter, und es ist nur in irgendeinem Zusammenhange irgendwo dies Motiv erwähnt worden. Das Motiv setzte sich in mir fest... Daß es sich in mir festsetzte, habe ich nicht recht wahrgenommen, und wenn es nach einiger Zeit wieder auftauchte, dann tat es das nicht viel anders, als es zahllose Stoffe tun, zahllose Projekte und Halbprojekte, die unsereinem etwas Verlockendes zu haben scheinen und die man als Möglichkeiten erwägt. Mit einiger Spielfreude wendet man sie hin und her, spinnt sie nach dieser oder jener Richtung weiter, und es ist keineswegs gewiß, vielleicht nicht einmal wahrscheinlich, daß sie zu den verhältnismäßig wenigen gehören werden, die man ernstlich ausführt.

Aber auch wenn der Entschluß zur Ausführung bereits feststeht, so pflege ich solchen Plänen eine längere Entwicklungszeit zu gönnen, ehe ich mich bereit finde, an die Arbeit zu gehen. Auch später, als ich schon mit dem Schreiben begonnen hatte, habe ich das Manuskript häufig wieder auf die Seite gelegt. Der äußere Anlaß dazu waren andere Arbeiten, die sich vordrängten und für deren Fortführung ich mich entschieden hatte. In Wirklichkeit mag mich die Ahnung bestimmt haben, daß manches noch eines weiteren Ausreifens bedurfte.

Ich breche hier meinen Bericht ab, um ihn von einer anderen Seite her wiederzubeginnen. Seit je hat mich die Frage nach der Gerechtigkeit beschäftigt. Ich denke dabei nicht an die jedem Menschen von Natur eingepflanzte Art,

---

* Es ist die Geschichte der 19./20. Nacht, ›Von den 3 Äpfeln‹.

sich über vorkommende Ungerechtigkeiten zu empören, eine Neigung, über der man bisweilen Gefahr läuft, alle Maßstäbe aus den Augen zu verlieren. Ich bin kein Querulant, kein Kohlhaas und kein Gastwirt Hahn. Aber es entsprach immer meiner Natur, mir Gedanken über das Spannungsverhältnis zwischen Recht und Macht, Gerechtigkeit und Staatsräson, Gerechtigkeit und Lebensanspruch zu machen und nach der unlöslichen Verbindung, aber auch nach dem unlöslichen Widerstreit zwischen göttlicher und menschlicher Gerechtigkeit zu fragen. Der alte römische Spruch, wonach das höchste Recht zugleich das höchste Unrecht ist, hat mir schon in meiner Kindheit einen bezwingenden, zur Nachdenklichkeit stimmenden Eindruck gemacht.

Ich weiß wohl, daß eine vollkommene Lösung dieser Fragen nur in der Transzendenz, nur im Angesicht Gottes möglich ist; aber das darf uns ja nicht hindern, uns um die Lösung innerhalb der Begrenzungen unseres täglichen Daseins immer von neuem zu mühen. Ich bin nie Jurist gewesen, obschon man mich oft als einen Adepten dieser Fakultät, einmal sogar als ehemaligen Staatsanwalt bezeichnet hat. Aber ich habe immer ein Interesse an der Klärung verwickelter Rechtsfragen gehabt, insbesondere soweit ihr für die beteiligten Menschen wirklich eine schicksalhafte Bedeutung zukam und soweit sie sich mit der Frage nach der Schuld, die ja zu den Urmotiven aller Epik gehört, berührte. Daß Neigungen dieser Art in mir lagen, mögen auch andere gefühlt haben, denn ohne daß ich mich zu solchen oft lästigen und undankbaren Ämtern gedrängt hätte, bin ich zum Beispiel schon in meiner Studentenzeit, aber auch später, sehr oft als Unparteiischer, Ehrenrichter und dergleichen in Anspruch genommen worden.

Der Mensch beobachtet sich selbst ja glücklicherweise nur mangelhaft. Lange Zeit war es mir nicht einmal zum Bewußtsein gekommen, welche Rolle diese Frage nach der Gerechtigkeit in allem spielte, das ich schrieb. Meine Frau wies einmal gesprächsweise darauf hin, daß in sehr vielen meiner Novellen unter allerlei Verkleidungen eine Verwirrung von Recht und Nichtrecht erscheint, die dann in einer großen Gerichtsszene von einem erhöhten Platze aus gelöst wird. Sie war sehr erstaunt, als es sich herausstellte, daß mir die häufige Wiederkehr solcher Motive und Szenen garnicht bewußt gewesen war, und ich war es auch. Aber der Griff nach derartigen Stoffen war mir so selbstverständlich gewesen, daß ich ihn ebensowenig beobachtet und registriert hatte, wie der Mensch auf seine ihm doch zum Leben unentbehrlichen Atemzüge achtet ...

Jeder Erzähler hat einen ganz bestimmten Ausgangspunkt: beim einen ist das Primäre das, was man mit einem nicht sehr glücklichen und viel mißbrauchten Wort das Milieu nennt, beim anderen ist es ein Charakter, beim dritten eine These oder etwas ihr ähnliches – ich komme hierauf noch zurück. Bei mir ist es ein Vorgang, eine Handlung; damit hängt wohl auch meine Neigung zur Novelle zusammen. Nur darum hat das erwähnte Motiv mich überhaupt interessieren können, denn es war ja weder ein Milieu noch ein Charakter gegeben. Diese sollten sich vielmehr erst später aus den Notwendigkeiten der Handlung bilden. Es geschah nun, daß in meinem Inneren die Frage nach der Gerechtigkeit und dem Gewissen und alle die anderen Teilfragen, also die Fragen nach dem Verhältnis zwischen Recht und Macht, Gerechtigkeit und Staatsräson und die Frage nach dem Opfer, der Stellvertretung und Liebe, der menschlichen Versuchbarkeit und Leichtverführbarkeit zu einem Komplex verschmolzen, welcher im Zeichen der großen Hauptfrage stand, nämlich jener des Glaubens. Dieser Komplex begegnete nun meinem Handlungsmotiv, und der zeitlich nicht bestimmbare Augenblick, da sich das ereignete, war der Entstehungsmoment meines Buches. Denn nun war das gegeben, was ich das Thesenartige, besser vielleicht: das Thesenhafte nennen will.

Ich nenne das, was ich meine, das Thesenartige oder Thesenhafte, um anzudeuten, daß es mit der These zwar verwandt, keineswegs aber identisch ist. Ich habe kein besseres Wort zur Hand und würde es dankbar entgegennehmen, wenn jemand mir ein geeigneteres vorschlüge ...

Die These selbst bedarf keiner Definition; doch möchte ich darauf hinweisen, daß sie zur Tendenz in einem nicht unbedenklichen Verwandtschaftsverhältnis stehen kann. Tendenz und These sind mitunter schwer gegeneinander abzugrenzen. Sagt sich ein Autor: ich will jetzt einen Roman schreiben, der die und die These auszubreiten und zu erhärten hat, dann wird – seltene Ausnahmen vorbehalten – den Leser ein tödliches Mißbehagen überkommen; fast wird er meinen, sich im Netz einer Tendenz gefangen zu haben. Tendenz und These haben die Absichtlichkeit gemein.

Im Gegensatz zu diesen beiden wird das Thetische oft sehr schwer in Worte zu fassen sein und mitunter eine höchst komplexe Beschaffenheit haben. Es läßt sich leichter in Bild und Beispiel ergreifen als in der Definition. So würde ich, um das thetische Element in Tolstois ›Krieg und Frieden‹ deutlich zu machen, das Individuum in der goldverschnürten Offiziersuniform der namenlosen grauen Masse der aus ihren Dörfern zum Dienst geholten Soldaten gegenüberstellen. Durchaus bin ich davon überzeugt, daß dies Thetische nicht der Ausgangspunkt des großen Tolstoischen Romans gewesen ist und nicht als Vorsatz seine Entstehung herbeigerufen hat. Sondern es wird sich während der gedanklichen Vorarbeit oder gar erst während der Niederschrift entwickelt haben und dem Autor selbst vielleicht erst viel später bewußt geworden sein. Das heißt also: wir haben es hier nicht mit einer These, geschweige denn mit einer Tendenz zu tun, sondern eben mit dem Thesenartigen, Thesenhaften, Thetischen. Es ist sein Kennzeichen, daß es sich ungewollt, ja, unmerklich und von selbst bildet. Es wächst aus dem Stoff und zugleich aus der Individualität des Autors, es wächst aus dem sich entfaltenden Leben des Romans mit seinen Geschehnissen, Verwirrungen, Entwicklungen und Gestalten. Es ist unentbehrlich, es ist die verborgene Seele des Romankörpers aber in ihm muß diese Seele erwachsen. Sie kann ihm nicht von außen her eingehaucht werden. Sie darf keine Präexistenz haben und nicht, wie gewisse Lehrgemeinschaften es sich vorstellen, latent und auf Verkörperungsmöglichkeiten lauernd im Weltall umherschweifen. Sie ist vergleichbar mit der Bedeutung, die sich aus der Erscheinung entfaltet oder hinter ihr ahnbar wird. Dies Thetische, das jedem Roman nötig ist, entspricht im Bezirk des Gedankens etwa dem, was wir im Blick auf eine novellistische Handlung nach Paul Heyses Vorgang als den Falken bezeichnen.

Das Thetische im ›Großtyrannen‹ tut sich im Motto und in der Präambel kund, vielleicht mit einer Deutlichkeit, die schon ein wenig an die der These heranreicht. In ›Am Himmel wie auf Erden‹ hat es sich im Titel und im Motto ausgesprochen und damit das eigentliche Agens des Buches beim Namen genannt.[*]

Die Fragen: Was tut der Wesir? Wer ist der Täter? Was für ein Mensch ist der Sultan? Und welche inneren und äußeren Folgen hat der Ablauf der Geschehnisse für die Beteiligten? – diese Fragen fanden allmählich ihre Beantwortung, und so ergaben sich mit den schärfer gefaßten Handlungszügen die Charaktere, deren jeder auf seine Weise versucht wird. Der Stoff erweiterte sich, der Umkreis wuchs; hier und da verschoben sich die Schwerpunkte, damit begannen andere Formgesetze Gültigkeit zu erlangen. Was mir anfangs als ein Novellenrohstoff erschienen war, das drängte nun zum Roman. Jetzt hatte ich mich zu entscheiden, in was für einem Lebensbezirk die Handlung angesiedelt werden wollte. An ein morgenländisches Kostüm habe ich nicht einen Augenblick gedacht. Irgendein historisches Interesse leitete mich nicht, doch ergab es sich bald, daß die Vorgänge und ihre Problematik nur in einer vergangenen Zeit möglich waren, in einer noch gänzlich unmechanisierten Lebenswelt, einer Welt ohne Technik, wissenschaftliche Kriminalistik, Daktyloskopie und den ganzen gerichtlichen Apparat unserer Tage. Ich stellte mir ein deutsches Duodezfürstentum der Ba-

---

[*] »Fürchtet euch nicht!«

rockzeit vor, eins der russischen Teilfürstentümer aus der Zeit vor dem moskowitischen Großreich und mehr dergleichen; aber das alles wollte nicht passen. Es wäre den Charakteren, wie sie sich in mir entwickelt hatten, nicht angemessen gewesen. Ferner bedurfte ich, um alle Konsequenzen der Geschehnisse sichtbar machen zu können, eines abgeschlossenen Gemeinwesens, eines nicht zu großen, aber beispielhaft alle Volksschichten, Lebensregungen, Leidenschaften und Strömungen umschließenden Stadtstaates. So etwas fand sich in der reinsten Ausprägung im alten Italien; ich entschied mich also in dieser Richtung und will gern zugeben, daß meine große Liebe zur italischen Welt an dieser Entscheidung ihren Anteil gehabt haben mag.

In meiner Kindheit träumte ich mitunter davon, als ein Städtegründer in die Geschichte einzugehen. Diese Lust am Städtegründen hat mich nie ganz verlassen ...

Jetzt also erbaute ich mir die in der Wirklichkeit nicht vorhandene Stadt Cassano, deren Namen freilich verschiedene unbedeutende Örtlichkeiten der Halbinsel tragen. Ich umgürtete sie mit Mauern, wie es einer Stadt der alten Zeit zukommt. Eine nie ermattende Liebe zieht mich noch heute zu Stadtmauern, selbst wenn sie nur noch in Straßennamen oder Fluchtlinien fortdauern. Ich weiß mir keinen schöneren Spaziergang als den stadtumkreisenden Schlenderschritt auf den heute zu grünen Promenaden umgeschaffenen Umwallungen alter Städte. Die Mauern sind mir nicht nur altertümliche Befestigungen, sondern Grenzen. Jede Ummauerung schafft etwas deutlich Begrenztes gegenüber der Unendlichkeit der Erde und des Kosmos, und solche Umgrenzung ist es allein, was ein wahrhaft menschliches Zusammenwohnen kennzeichnet und verbürgt. Damals, in den Gründungsjahren Cassanos, denn gleichwie Rom ist es nicht an einem Tage erbaut worden, zeichnete ich mir Pläne der Stadt und ihrer Umgebung, und ich beklage es, daß ich nicht, wie so viele unserer heutigen Dichter, nebenbei ein Maler bin, denn so deutlich sah ich jede Straßenkreuzung, jeden Platz, jeden Turm, jede Kirche, den Brückenbau und die Höhenzüge des Monte Torvo vor mir, daß ich mir gern zu meiner eigenen Freude und sozusagen als mein Reisemitbringsel in Aquarelltechnik ein Album cassanesischer Ansichten hergestellt hätte.

An eine genau im geschichtlichen Raume zu bestimmende Zeit habe ich nicht gedacht. Jede Andeutung, die etwa so hätte ausgelegt werden können, ist in meinem Buch vermieden. Auch eine deutlich renaissancehafte Atmosphäre habe ich nicht gegeben; diese Menschen, diese Geschehnisse sind ja nur möglich in einer Zeit noch ungebrochener Gläubigkeit, und so mag man wohl spätestens an das fünfzehnte Jahrhundert denken.

Nun begann langsam jener Prozeß, den man in Anlehnung an einen Begriff der Naturlehre als »Einschießen« bezeichnen kann. Dieser Prozeß macht es wenigstens mir unmöglich, nebenher etwas anderes hervorzubringen, und sei es auch nur ein einzelnes Gedicht. Vielmehr schießt alles, was einem an Eindrücken, Empfindungen und Gedanken, an Beobachtungen und Erfahrungen des eigenen Lebens nahetritt, in die vorhandene und auf diese Weise allmählich zu ihrem Maß und in ihre Form wachsende Masse ein.

Die geschilderte Entwicklung des Motivs vollzog sich in einem Zeitraum von drei Jahren. Im Herbst 1929 schrieb ich auf einer Reise die Präambel und die ersten drei Kapitel. Bei dieser Gelegenheit gestehe ich gern, daß ich in der völligen Unabhängigkeit und Einsamkeit des Reisens die glücklichsten Arbeitsbedingungen finde und im Zuge, auf Dampfern, in wimmelnden Wartesälen und Kaffeehäusern oft fruchtbarer gearbeitet habe als in der nie ganz unangefochtenen Stille meines Schreibzimmers; und auch vom ›Großtyrannen‹ sind sehr beträchtliche Teile fern von Hause entstanden. In den folgenden Jahren nahm ich die Arbeit immer wieder vor. Die wesentlichen Gespräche zwischen dem Großtyrannen und Diomede entstanden zum Teil im Sommer 1931 im Riesengebirge, doch war damals die Handlung, innerhalb deren sie ihren Ort hatten, erst skizziert, noch nicht ausgeführt; so etwa wie ein Dramatiker, der sich bereits ein genaues Szenarium angelegt hat, den vierten Akt – meist wird es freilich der fünfte sein – häufig vor dem zweiten schreibt. Aber auch jetzt noch schoben sich stets von neuem größere Pausen ein. Zu Ostern 1931 war der erste der fünf Teile, in die das Buch zerfällt, zur Hälfte fertig. Eine größere Unterbrechung bedeutete die Arbeit an meiner ›Deutschen Reise‹, denn ich habe nicht die Gabe, zwei mir wichtige Dinge nebeneinander betreiben zu können, sooft ich das, durch Erfahrungen unbelehrt, auch versuche. Der größte Teil des Buches ist 1933 und 1934 geschrieben worden. Vom März bis Oktober 1934 habe ich meine ganze Arbeitskraft ausschließlich dem ›Großtyrannen‹ gewidmet, und im Herbst war er beendet, genau acht Jahre, nachdem ich seinen ersten Anhauch verspürt hatte.

Aber was für Jahre waren diese letzten gewesen! Mit Vehemenz hatte der Prozeß des Einschießens völlig neue Komponenten erfaßt und hineingetragen.

Schon im Stadium des Planens und Entwerfens, noch mehr in dem des ersten Arbeitsbeginnes beherrschte mich zuweilen ein Vorgefühl als könne manches von den Problemen und Situationen des Buches aus dem Raum des bloßen Gedankens sehr wohl in den der Realitäten hinübertreten. Dieser Hinübertritt vollzog sich im Jahre 1933, und es war nun ein neues thetisches Element gegeben. Plötzlich hatte die geplante Romanhandlung eine unheimliche, eine fürchterliche Aktualität. Einer ganzen Nation stellten sich die Fragen, die ich den Gestalten meines Buches zu stellen dachte. Allenthalben erwies sich die Leichtverführbarkeit der Unmächtigen und Bedrohten. Alle menschliche Freiheit war aufgehoben, über jedem hing die Drohung, und fast alle Teilnehmer der Macht, bis hinunter zum kleinsten, erlagen der Versuchung des Gottgleichseinwollens. Ich befand mich in einem Zustande der Verzweiflung und Empörung über all das, was sich vor meinen Augen abspielte, und der brennenden Besorgnis über das, was von der nächsten Zukunft erwartet werden mußte. Jetzt verstand es sich von selbst, daß mein Buch nach der Antwort nicht nur auf immer anpochende Menschheitsfragen, sondern auch auf die konkreten Fragen der deutschen Gegenwart zu suchen hatte. Und nun prägten sich manche Züge mit ganz anderer Schärfe aus, als es ursprünglich in meiner Absicht gelegen hatte.

Die Zeit selbst stellte meinem Buch eine Aufgabe, die über die Grenzen der Dichtung hinausging. War es nicht schon eine Chance besonderer Art, daß ich gerade jetzt, gerade in diesen furchtbaren Jahren und Tagen mit einem Vorwurf beschäftigt war, der nur einiger Akzentverschiebungen und Akzentverschärfungen bedurfte, um ein Politikum zu werden? Es war nicht möglich, die Chance ungenutzt zu lassen. Wiederum ist, daß ich sie ergriff, nicht einem Entschluß zuzuschreiben, so wenig der Augenaufschlag eines Erwachenden oder das Atemholen einem Entschluß zugeschrieben werden kann. Es war eine elementare Notwendigkeit meiner Natur, es war ein Akt außerhalb meines bewußten Willens, aber einer jener Akte, die dann vom Willen freudig aufgenommen und bestätigt werden. Ich habe in meinen Rittmeisterbüchern versucht, das alte Soldatensprichwort: »Was geblasen ist, wird geritten« zu Ehren zu bringen und es mit Nietzsches Wort vom Amor fati, also vom liebenden Gehorsam gegenüber dem Schicksal, in den Rang eines Lebensgesetzes zu erheben. So war mir ein Trompetensignal ins Ohr gefallen, ich hatte keine Wahl. Ich folgte dem Signal, das die Zeit gegeben hatte, und paßte ihm die Gangart des Pferdes an. Über die Richtung des Rittes konnte es keinen Zweifel geben, keine Unsicherheit, keine Debatte. Und ich habe es dankbar als einen hohen Glücksfall angesehen, daß, indem ich im Aussprechen bestimmter Dinge eine Gehorsamspflicht erkannte, die Erfüllung dieser Pflicht für mich gleichzeitig die Sättigung eines unbändigen Verlangens bedeutete. Selbst wenn ich nie auf einen Verleger, Drucker und Leser hätte rechnen können, ich wäre dennoch geritten, was geblasen war.

Wir alle sind diese zwölf Jahre hindurch in irgendeiner Art monomanisch gewesen, die Nationalsozialisten ebenso wie wir, ihre Gegner. Wie es damals kaum ein Gespräch gab, das sich nicht mit der aktuellen Situation befaßt hätte, so konnte fast niemand etwas schreiben, das nicht von dieser Zeit geprägt worden wäre. Auch diejenigen unter meinen im verruchten Jahrzwölft entstandenen Novellen, in denen scheinbar nichts vom grauenvollen Geschehen der Zeit berührt wurde, verleugneten ihre Entstehungsjahre nicht; und sei es auch nur dadurch, daß ein Gegenbild aufzurichten versucht wurde, an dem diese Aera zu messen war...

Für uns aber konnte es von 1939 an ein unbefangenes, den Krieg zum Schauplatz nehmendes erzählendes Schreibwerk nicht mehr geben. Alles Geschriebene mußte notwendig verlogen werden, denn es hatte sich ja über die Grundfrage hinwegzuschwindeln, die nach dem Sinn und Recht dieses Krieges. Damals wurden militärisch bewunderungswürdige Leistungen vollbracht; aber schon im Augenblick des Vollbringens waren sie entwertet. Der Krieg war entfesselt worden, um Herrschaft und Existenz einer Verbrecherbande, die sich von der Gendarmerie umstellt fühlte, zu verlängern, und selbst die ausgezeichnetsten Taten, die ein mißbrauchtes Volk vollbrachte, degradierten sich zu Bravourstücken.

Nein, eine Epik, die nicht in irgendeiner Art Zeugnis von ihrer Entstehungszeit ablegte, war im Dritten Reiche kaum denkbar, und unter solchem Aspekt will auch der ›Großtyrann‹ betrachtet sein.

Lebensdaten

Geboren am 16. September 1892 im livländischen damals russischen Riga als zweiter Sohn des praktischen Arztes Paul Bergengruen, dessen Vorfahren aus Schweden ins Baltikum eingewandert waren.
1903–1908 auf Wunsch des Vaters Besuch des Gymnasiums Katharineum in Lübeck.
1909 Umzug der Familie nach Marburg an der Lahn.
1911–1914 Studium der Theologie, Geschichte, Germanistik und Kunstgeschichte in Marburg, München, Berlin.
1914–1918 Teilnahme am I. Weltkrieg auf dt. Seite als Ulan, bis 1919 an den Nachkriegskämpfen der Baltischen Landeswehr.
1919 Heirat mit Charlotte Hensel.
1919–1925 überwiegend journalistische Tätigkeit in Tilsit, Memel, Berlin.
1922–1936 Wohnsitz in Berlin.
1924, 1928, 1930 Geburt der Kinder Luise, Maria, Alexander.
1936 Konversion zur katholischen Kirche.
1936–1942 Wohnsitz in Solln bei München.
1937 Ausschluß aus der Reichsschrifttumskammer.
1942 Zerstörung des Sollner Hauses durch eine Luftmine, Übersiedlung nach Achenkirch in Tirol in das Jagdhaus von Freunden.
1946 Übergabe der Buchrechte an den Verlag Die Arche in Zürich.
1946–1958 Wohnsitz in Zürich.
1948/49 Winteraufenthalt in Rom.
1948 Wilhelm-Raabe-Preis der Stadt Braunschweig.
1958 Rückkehr nach Deutschland, Bezug des Hauses in Baden-Baden. Ehrendoktor der Universität München. Aufnahme in den Orden »Pour le mérite«.
1962 Schiller-Gedächtnispreis des Landes Baden-Württemberg.

Mitgliedschaft in der Bayerischen Akademie der Schönen Künste, der Berliner Akademie für Wissenschaft und Kunst, der Darmstädter Akademie für Sprache und Dichtung sowie der Mainzer Akademie für Wissenschaft und Literatur.
Gestorben am 4. September 1964 in Baden-Baden.

*Werke von Werner Bergengruen
in der Chronologie ihres Erscheinens*

Wenn nicht anders angegeben, sind Neuausgaben in der Verlags-AG Die Arche, Zürich, erschienen, ebenso sämtliche Neuerscheinungen nach 1945.

Rosen am Galgenholz. Geschichten vom andern Ufer. 1923
Das Gesetz des Atum. Roman. 1923. Neuausgabe Frankfurt a. Main: Suhrkamp Verlag 1987
Schimmelreuter hat mich gossen. Erzählungen. 1923
Leo Tolstoi, *Chadshi Murat.* Roman. Übers. aus d. Russ. 1924
Das Brauthemd. Novellen. 1925
Der Retter des Zaren. Komödie in 5 Akten, zusammen mit Wilhelm Meyer-Förster. Urauff. Hannover 1925
Das große Alkahest. Roman. 1926. Neuausgabe u. d. T.: Der Starost. 1951
Das Buch Rodenstein. Sagen und Erzählungen. 1927. Erweiterte Neuausgabe 1950
Das Kaiserreich in Trümmern. Roman. 1927
Fedor M. Dostojewski, *Schuld und Sühne.* Roman. Übers. aus d. Russ. 1928. Neuausgabe Zürich: Manesse Verlag 1951
Die Woche im Labyrinth. Roman. 1930
Capri. Gedichtzyklus. 1930
Herzog Karl der Kühne oder Gemüt und Schicksal. Roman. 1930. Neuausgabe 1950
Der tolle Mönch. Novellen. 1930
Der goldene Griffel. Roman. 1931. Neuausgabe 1962
Zwieselchen im Warenhaus. Kinderbuch. Stuttgart: K. Thienemanns Verlag 1931. Neuausgabe: Ebenda 1986
Zwieselchen im Zoo. Stuttgart: K. Thienemanns Verlag 1931. Neuausgabe: Ebenda 1988
Zwieselchen und Turu-Me. Stuttgart: K. Thienemanns Verlag 1932
Zwieselchen und der Osterhase. Stuttgart: K. Thienemanns Verlag 1932. Neuausgabe: Ebenda 1987
Der Wanderbaum. Gedichtzyklus. 1932
Baedeker des Herzens. Ein Reiseverführer. 1932. Neuausgabe u. d. T.: *Badekur des Herzens.* Ein Reiseverführer. 1956
Zwieselchens große Reise. Stuttgart: K. Thienemanns Verlag 1933. Neuausgabe: Ebenda 1989

Die Ostergnade. Novellen. 1933
Die Feuerprobe. Novelle. Mit autobiographischem Nachwort. 1933. Neuausgabe Stuttgart: Reclam Verlag 1963
Semjon Rosenfeld, *Rußland vor dem Sturm.* Übers. aus d. Russ. 1933
Deutsche Reise. 1934. Neuausgabe 1959
Die Schnur um den Hals. Novellen. 1935. Neuausgabe u. d. T.: *Die Heiraten von Parma und andere Novellen.* 1955
Begebenheiten. Geschichten aus einem Jahrtausend. 1935
Der Großtyrann und das Gericht. Roman. 1935. Neuausgabe 1949
Die Rose von Jericho. Gedichte. 1936. Neuausgabe 1946
Die drei Falken. Novelle. 1937. Neuausgabe 1946
Der ewige Kaiser. Gedichtzyklus. 1937. Konfisziert und verboten 1938
Die verborgene Frucht. Gedichte. 1938. Neuausgabe 1947
Der Tod von Reval. Kuriose Geschichten aus einer alten Stadt. 1939. Neuausgabe 1949
Die Leidenschaftlichen. Novellen. 1939
Am Himmel wie auf Erden. Roman. 1940. Neuausgabe 1947
Der spanische Rosenstock. Erzählung. 1941. Neuausgabe 1946
Das Hornunger Heimweh. Novelle. 1942. Neuausgabe 1948
Dies irae. Gedichtzyklus. 1945. Neuausgabe 1946
Die Sultansrose und andere Erzählungen. 1945
Das Beichtsiegel. Erzählung. 1946. Neuausgabe 1968
Pelageja. Erzählung. 1947
Zauber- und Segenssprüche. 1947
Sternenstand. Novellen. 1947
Schatzgräbergeschichte. 1948
Dir zu gutem Jahrgeleit. Gedichte. 1949
Die Hände am Mast. Erzählung. 1949
Römisches Erinnerungsbuch. 1949. Neuausgabe 1971
Der Teufel im Winterpalais. Eine Erzählung. 1949. Neuausgabe Zürich: Sanssouci-Verlag 1971
Das Feuerzeichen. Roman. 1949
Die heile Welt. Gedichte. 1950
Die letzte Reise. Novelle. 1950
Das Tempelchen. Erzählung. 1950
Die Zigeuner und das Wiesel. Geschichten. Freiburg: Herder Verlag 1951
Lombardische Elegie. 1951
Jungfräulichkeit. Novelle. 1951

Der letzte Rittmeister. Roman. 1952
Der Rittmeister und sein Tessin. Erzählungen. 1952. Erweiterte Neuausgabe u. d. T.: Lob des Tessins. 1972
Erlebnis auf einer Insel. Eine Novelle. 1952
Das Geheimnis verbleibt. 1952
Nachricht vom Vogel Phönix. Erzählung. 1952
Die Sterntaler. Eine Novelle. 1953
Der Pfauenstrauch. Eine Novelle. 1953
Leo Tolstoi, *Krieg und Frieden.* Roman. Übers. aus d. Russ. München: List Verlag 1953
Die Rittmeisterin. Wenn man so will, ein Roman. 1955
Die Zwillinge aus Frankreich. Erzählungen. 1954
Die Flamme im Säulenholz. Novellen. 1955
Das Netz. Novelle. 1956
Die Kunst, sich zu vereinigen. Erzählung. 1956
Mit tausend Ranken. Gedichte. 1956
Privilegien des Dichters. Vorwort von Reinhold Schneider. 1956
Figur und Schatten. Gedichte. 1958
Zur heiligen Nacht. 1958
Glückwunschgabe. Gedichte. 1958
Zorn, Zeit und Ewigkeit. Erzählungen. 1959
Bärengeschichten. 1959
Der Kaiser im Elend. Novelle. Zürich: Alpha Presse 1960
Titulus. Miszellen ... 1960
Suati. Erzählung. 1961
Schreibtischerinnerungen. 1961
Hubertusnacht. Erzählung. 1961
Vater Jewgenij. Erzählung. 1962
Der dritte Kranz. Erzählungen. 1962
Mündlich gesprochen. Reden und Aufsätze. 1963
Die schönsten Novellen. In der Auswahl des Dichters. 1963
Die Schwestern aus dem Mohrenland. Erzählung. 1963

Posthum

Räuberwunder. Erzählungen. 1964
Calibans Geliebte. Pelageja. Zwei Erzählungen aus Alaskas russischer Zeit. 1964
Herbstlicher Aufbruch. Gedichte. 1965
Dichtergehäuse. Aus den autobiographischen Aufzeichnungen. Aus-

gew. u. hg. von Charlotte Bergengruen. Nachwort von Emil Staiger. 1966
Die wunderbare Schreibmaschine. Zwei Erzählungen. 1967
Pferdegruß. Erzählungen und Gedichte von Pferd und Reiter. Hg. von Charlotte Bergengruen. 1967
Das Beichtsiegel. Eine Novelle. 1968
Die Glückliche. Zwei Erzählungen. 1968
Die Sultansrose und andere Erzählungen. Hg. von Hans-Urs von Balthasar. Basel: Schwabe & Co. Verlag 1968
Der Kranke. 1969
Und dein Name ausgelöscht. Erzählungen. 1971
Geliebte Siebendinge. Aus den nachgelassenen Aufzeichnungen. Ausgew. u. hg. von Charlotte Bergengruen. 1972
Spuknovellen. Hg. von Charlotte Bergengruen. 1973
Kindheit am Wasser. Erzählungen. 1976
Männer und Frauen. Liebesgeschichten. 1977
Magische Nacht. Gesammelte Liebesgedichte. Hg. von Charlotte Bergengruen. 1978
Leben eines Mannes. Neunzig Gedichte. Chronologisch geordnet. Hg. von N. Luise Hackelsberger. Mit einem Nachwort von Albert von Schirnding. Ebenhausen: Langewiesche-Brandt Verlag 1982
Die Greiffenschildtschen Damen. Geschichten von damals. Zürich: Sanssouci-Verlag 1986
Schnaps mit Sakuska. Baltisches Lesebuch. Hg. von N. Luise Hakkelsberger. 1986
»Gestern fuhr ich Fische fangen ...« Hundert Gedichte. Hg. von N. Luise Hackelsberger. 1992
Baltische Erzählungen. Hg. von N. Luise Hackelsberger. München: Nymphenburger 2000